U0104096

獻給敬愛的父親范國禎先生、母親李阿梅女士

烏塘渺渺水平隄，隄上行人各有攜。試問春風何處好，辛夷如雪柘岡西。

梨花淡白柳深青，柳絮飛時花滿城。惆悵東欄一株雪，人生看得幾清明。

宋人絕句書為
宜如女棣清誦
雨盦

筆者取得博士學位後，汪師雨盦題贈

文學研究叢書・古典文學叢刊

一個地域文學的考察

——明代中期吳中文壇研究

范宜如　著

自序
時間的地誌

一

關於「地域」的研究角度，從現今的研究面向來看，並非是一個特殊的存在。審視國科會「文學一」學門熱門前瞻議題成果報告[1]，分析二〇一〇年至二〇一四年通過的專題研究計畫案件，歸納出的熱門學術研究議題，大致以六個研究領域最為大宗，分別是出土文獻研究、空間研究、文學傳播與文學生產、域外漢學、性別研究、儒學。其中的空間研究，包含：一、地方形象研究：文學與文獻對地方性的建構，在地文化與景觀的描繪，以及地方族群意識的研究；二、臺灣地方研究：臺灣各地的文學、文獻所再現的地方形象與地方文化，幾個熱門的地域為臺南、金門、新竹、臺東；三、華人離散研究：華人的離散（diaspora）研究，包含流放文學、海外華人文學中的地方再現與文化建構，譬如流放文人的地方體驗與地方再現、東南亞的海外華人文學研究；四、文學與人文地理學：運用人文地理學，對文學再現景觀的現地研究、文學中地域詞彙的考察。

從以上的敘述可以發現，運用人文地理學或是以地域為區隔，地

1　蔡英俊：〈文學一（中文）學門熱門前瞻議題成果報告〉，《人文與社會科學簡訊》18卷2期（2017年3月），頁4-10。文中指出對於前瞻性的研究議題，除了繼續重視新出土、新發現材料之研究之外，關注跨學科、跨領域、跨地域之研究議題。所擬定的二十一項研究議題，與空間相關的就有空間、文學地景區域文學史女性與鄉土文學在地書寫、在地文化。

方性的研究已然成為「熱門學術研究議題」。[2]誠然，經典無熱門之別，學術研究的「熱門」也可能因為時間的淘洗而轉變。然而，學術研究是一種積累，也一種對話。研究課題與會與自己的生命感受互為連結。回看二〇〇一年撰寫的博士論文《明代中期吳中文壇研究》，是筆者以「地域與文學研究」為主軸的發端，當時關切的是吳中地域意識的形成，鄉邦意識的藝文實踐，從記憶性古蹟到地方記憶的成型，乃至於吳中地域的商業活動、文士風流及其文化現象。然而，地域與文學是個複雜的概念，從地域空間的互動、文學史的設想，文人史等面向等等來看，就有許多觀念的交織。若從地方文人的角度觀看地景在時代變動下的軌跡，還有哪些可能？書寫原本就是一種後見之明，既有面向未來的視野，又有凝視當下的眼光，是追憶，讓這些事件充滿了抒情性；是記憶的風景，讓這些事件銘刻了人文的軌跡。書寫本身就是記憶的技藝，無論是詩作、篇章或筆記，是「憶」讓「我」成為「我們」，也是地域文學之所以蘊藏人文情識的緣由。

臺灣中文學界對於地域課題的研究，或許可以用這本《空間、地域與文化——中國文化空間的書寫與闡釋》（2002）專著[3]做為觀察的角度。《空間、地域與文化——中國文化空間的書寫與闡釋》為研討

2 蔡英俊老師在本文指出：「尤其是『文學一』學門就其屬於人文學科的特質而言，更需要強調研究議題可能與現代社會連結的知識面向。因此，我們或許需要不同的思維與視角、援引當前學術場域的觀念與用詞，藉以整理、歸納並分析如此龐雜的研究領域所呈現的研究議題及其產製的學術成果，進而能更為具體清晰的闡釋可能的熱門及前瞻的學術議題。」

3 此外，漢學研究中心於二〇〇八年三月二十六日至二十八日聯合臺灣大學文學院、中興大學文學院、中央研究院中國文哲研究所共同主辦「空間移動之文化詮釋國際學術研討會」，以變動／穩定、複製／再現、跨界／再結構、冒險／追求、想像／實踐等五個子題為會議核心議程，邀請國內外學者發表論文。論文集為《空間與文化場域：空間之意象、實踐與社會的生產》（臺北：漢學研究中心，2009年），黃應貴所撰述之〈導論：空間之意象、實踐與社會的生產〉值得參考。

會論文的結集，其中多篇論文日後均發展成專書，在中文學界具有影響力。例舉而言，如曹淑娟發表〈祁彪佳與寓山——一個主體性空間的建構〉[4]，後成為《流變中的書寫——祁彪佳與寓山園林論述》[5]的一章。文中，曹老師以「人本主義地理學」詮解存在空間，給予筆者很多啟發。劉苑如發表〈欲望塵世／境內蓬萊——《拾遺記》的中國圖像〉[6]，此文收入《朝向生活世界的文學詮釋——六朝宗教敘述的身體實踐與空間書寫》[7]，序文指出「無論是確有所指的實體空間，或是由能指所指涉的想像空間，還是符號所構成的文本空間，顯然皆非僅是一種凝滯的客觀意象，而都是歷經歷史文化過程的文化場域，受至於具體的社會的政經條件，並在傳統、作者與讀者的辯證關係中獲得新的詮釋。」[8]鄭毓瑜發表〈東晉「建康」論述——名士與都城的相互

4 曹淑娟：〈祁彪佳與寓山——一個主體性空間的建構〉，收入李豐楙、劉苑如主編：《空間、地域與文化——中國文化空間的書寫與闡釋（下冊）》（臺北：中央研究院文哲研究所，2002年），頁373-420。

5 曹淑娟：《流變中的書寫——祁彪佳與寓山園林論述》（臺北：里仁書局，2006年）。其後所出版之《在勞績中安居：晚明園林文學與文化》（臺北：臺灣大學人文社會高等研究院東亞儒學研究中心，2019年），透過文獻考索、知識考證、空間解讀，在文本分析之外，融入思想的探源、價值的辨析，統攝了哲學、文學與文化的深刻探問及反思。譬如辨析「易代」遺民其實有地域性和時序上的差異，如作者所述：「園林不是目的，是生之歷程中，在操勞與憂畏的交相牽引中，闢築的一方棲居之地，在世界之中提供一個場所。」此外，葉叡宸：《地因人重，即景見心——清代地方園林志的典範追尋與文本重構》（臺北：臺灣大學中文研究所博士論文，2020年。後收入《臺大文史叢刊》第157種，2023年）指出園林具有地域文化精神的象徵，亦值得參考。

6 劉苑如：〈欲望塵世／境內蓬萊——《拾遺記》的中國圖像〉，收入李豐楙、劉苑如主編：《空間、地域與文化——中國文化空間的書寫與闡釋（上冊）》（臺北：中央研究院文哲研究所，2002年），頁238-283。

7 劉苑如：《朝向生活世界的文學詮釋——六朝宗教敘述的身體實踐與空間書寫》（臺北：新文豐出版公司，2010年）。

8 劉苑如：〈導言：朝向生活世界的文學詮釋〉，《朝向生活世界的文學詮釋——六朝宗教敘述的身體實踐與空間書寫》，頁20。

定義〉[9]，此文收入《文本風景——自我與空間的相互定義》，毓瑜老師也提及此書是她研究上的分水嶺[10]，序言指出「《文本風景》以「空間」為思考核心，分別探討都城意象、地方感、國族認同與物類體系的形塑。」[11]以上僅是略舉一二[12]，但可以發現臺灣中文學界論述的多元特質，以及本於經典，「跨域」思考的內蘊。然而，地域本有其區位性，因此，如胡曉真《明清文學中的西南敘事》[13]、高嘉謙《遺民、疆界與現代性：漢詩的南方離散與抒情（1895-1945）》[14]、李嘉瑜《元代上京紀行詩的空間書寫》[15]之作，對於地理空間[16]、區域現場、地

9 鄭毓瑜：〈東晉「建康」論述——名士與都城的相互定義〉，收入李豐楙、劉苑如主編：《空間、地域與文化——中國文化空間的書寫與闡釋（下冊）》，頁199-236。祁立峰：《建康內外：南朝作家的都城書寫與空間想像》（臺北：政大出版社，2020年）可作為延伸參照。

10 見鄭毓瑜：〈三版序〉，《文本風景——自我與空間的相互定義》（臺北：政大出版社，2023年）。二〇〇五年為本書初版，第二版二〇一四年為增訂版，均由麥田出版公司出版。二〇二三年為第三版。

11 見鄭毓瑜：〈三版序〉，《文本風景——自我與空間的相互定義》。

12 本書其他單篇論文，如楊玉成：〈士庶、性別、地域——論南北朝的文學閱讀〉，衣若芬：〈宋代題「瀟湘」山水畫詩的地理概念、空間表述與心理意識〉、鄭文惠：〈空間形式與文化權力——武氏祠漢畫石刻研究之二〉等，無論直指「地域」，或論「空間」，都對臺灣的古典文學研究有所啟發。

13 胡曉真：《明清文學中的西南敘事》（臺北：臺灣大學出版中心，2017年）。本書將「西南」帶入中國文學研究領域，並以「西南」作為研究方法，為開創之作。可參見范宜如：〈評胡曉真《明清文學中的西南敘事》〉，《漢學研究》第36卷第1期（總第92號）（2018年3月），頁329-335。

14 高嘉謙：《遺民、疆界與現代性：漢詩的南方離散與抒情（1895-1945）》（臺北：聯經出版事業公司，2016年）。

15 李嘉瑜：《元代上京紀行詩的空間書寫》（臺北：里仁書局，2014年）。

16 如林佳蓉之論述——《杭州聲華——以張鎡家族姜夔周密之詞為探討核心》（臺北：臺灣學生書局，2011年）；《詞與地方的抒情敘述：以張炎、仇遠、趙孟頫、文徵明之詞為探討核心》（臺北：臺灣學生書局，2023年）。

方性[17]的文本詮釋，也可看出臺灣中文學界豐沛的研究能量。[18]

中國大陸學界對此課題有許多相關的論述，如曾大興《文學地理學》[19]、《文學地理學概論》[20]、楊義《文學地理學會通》[21]，由於二者在中國大陸的影響力，其後亦有汪文學：《邊省地域與文學生產——文學地理學視域下的黔中古近代文學生產和傳播研究》[22]之作。汪文學在此書緒論〈文學地理學研究的歷史現狀與學科反省〉，就提及從地域角度研究文學的可能性與必要性。而「文學地理學」也成為論述的方法。再如羅時進：《地域‧家族‧文學——清代江南詩文研究》[23]、《文學社會學：明清詩文研究的問題與視角》[24]所提出的研究思考以及陳廣宏：《閩詩傳統的生成：明代福建地域文學的一種歷史省察》[25]，此書以閩地為中心，屬於斷代的區域文學史研究，本書序論提出地域文學研究的背景與意義，可供參考對照。[26]

---

17 關於地方與地方傳統的思考，可以參考以下論述——〔美〕包弼德：〈地方傳統的重建——以明代的金華府為例（1480-1758）〉，收入李伯重、周生春編：《江南的城市工業與地方文化（960-1850）》（北京：清華大學出版社，2004年），頁247-286；李弘祺：〈什麼是近世中國的「地方」？——論宋元之際「地方」觀念的興起〉，收入杜正勝、劉翠溶等著，劉翠溶編：《中國歷史的再思考》（臺北：聯經出版事業公司，2015年），頁259-278。

18 筆者所述旨在點出以地域、空間為研究視角的論述，近二十年來已累積相當豐富的成果。本文未能詳列所有文本，或有闕漏之處，謹此說明。

19 曾大興：《文學地理學》（上海：上海人民出版社，2012年）。

20 曾大興：《文學地理學概論》（上海：商務印書館，2017年）。

21 楊義：《文學地理學會通》（北京：中國社會科學出版社，2013年）。

22 汪文學：《邊省地域與文學生產——文學地理學視域下的黔中古近代文學生產和傳播研究》（上海：上海古籍出版社，2016年）。

23 羅時進：《地域‧家族‧文學——清代江南詩文研究》（上海：上海古籍出版社，2010年）。

24 羅時進：《文學社會學：明清詩文研究的問題與視角》（北京：中華書局，2017年）。

25 陳廣宏：《閩詩傳統的生成：明代福建地域文學的一種歷史省察》（上海：上海古籍出版社，2018年）。

26 可與金發根：《中國中古地域觀念之轉變》（臺北：蘭臺出版社，2014年）對讀。

徐雁平〈「地域文學傳統的建構」成為一種文學敘寫方法——以明清集序為研究範圍〉[27]則從吳承學提出的「地域文體學」[28]以及蔣寅所指出的「明清兩代地方性詩文集與詩話的不斷湧現，地域文學傳統日益浮現並不斷得到強化。」[29]以二者之說思考地域文學傳統下的文體學與文化學。北京大學中文系葉曄指出：「地域文學研究做為一個新的學術增長點，自二十世紀八〇年代方興未艾……傳統的地域文學研究的重點，主要在作家的地域性集群行為，如宗族關係、結社活動、書院教習、師承脈絡、文獻編纂等，這些是地域文學群體甚至流派得以成立的重要標誌。」他歸納出「作品所反映的地方性知識、地方文學傳統、地方共同體是三要素，是文學研究有別於他專門史的獨有之處。」[30]就葉曄的說法，地域文學研究已然從「傳統」的角度形成更具結構性的課題了。

二

我將這本博士論文修訂版的出版視為一種紀錄，一種記憶。

當年撰寫論文的問題意識，主要是提出「地域」觀點的探究。這

27 《文學・歷史・社會：楊承祖教授紀念論文集》（臺北：臺灣學生書局，2022年），頁271-282。

28 吳承學：《中國古代文體學研究》（北京：人民出版社，2011年）。

29 蔣寅：〈清代詩學與地域文學傳統的建構〉，《中國社會科學》2003年第5期。

30 葉曄言：「將另撰〈讀寫實踐與宋人「地方詩歌」觀念的形成〉等地方性知識在『讀寫實踐』的重要性。」並推薦李貴：〈靈壁興替：宋代文學中的小鄉鎮與大時代〉、劉寧：〈從劉禹錫〈海陽十詠〉看地方性公共園林書寫的詩文之異〉，及前述徐雁平之文。參見葉曄：〈近世轉型與古典復興：宋明文學會通的外來經驗與本土思考〉，收入「第四屆近世意象與文化轉型」國際學術研會會議論文集（本會議由中正大學中國文學系暨研究所、東亞漢籍與儒學研究中心主辦，2024年4月25-26日），頁16。

個觀點的啟發緣於吳師宏一在課堂提出的說法。報考碩士班階段曾閱讀梁容若的《中國文學史研究》[31]，此書也從地域的角度來看待文學史的發展，這是我對地域觀念的初步理解。我由劉師培〈南北文學不同論〉以及梁啟超〈中國地理大勢論〉入手，探討近代學人如何提出地域分野的文學觀點，再從古籍中的陳述去探討地域文化特性。然而，地域概念真的只有南北區位的劃分嗎？閱讀吳潛誠〈地誌書寫，城鄉想像：楊牧與陳黎〉[32]，在文中他以愛爾蘭詩人黑倪的話語為引——"We are dwellers, we are namers, we are lovers, we make homes and search for histories." 詩人為土地命名，創建家園，甚至建構歷史——有待於我們去發掘並賦予意義。於是我以此為發想，以吳潛誠所提出的「地誌詩」為引導，詮釋文徵明的歷史感以及他對吳中場域的情感、地點感以及獨特的吳中意識，撰成〈吳中地誌書寫——以文徵明詩文為主的觀察〉[33]。由於這篇論文獲得當年國科會乙種獎勵，我感覺自己的研究思路是可行的，這篇論文可說是我個人研究的重要起點。

地域與文學之關聯並非單純由地理特性來劃分，當年我引用王文進《南朝邊塞詩新論》[34]的說法，老師推翻了向來以為南朝的地域特性，不容易產生邊塞詩的成說，藉此說明：「若單由南北地理特性來詮說，不免流於環境決定論。」同時，也借鑑余英時《史學與傳統》所提及的「大傳統」與「小傳統」之說[35]，指出兩個傳統之差異，以

31 梁容若：《中國文學史研究》（臺北：三民書局，1990年）。

32 本文收入吳潛誠：《島嶼巡航：黑倪和臺灣作家的介入詩學》（新北：立緒文化事業公司，1999年）。

33 范宜如：〈吳中地誌書寫——以文徵明詩文為主的觀察〉，《中國學術年刊》第21期（2000年3月），頁389-418。

34 王文進：《南朝邊塞詩新論》（臺北：里仁書局，2000年）。

35 余英時：《史學與傳統》（臺北：允晨文化實業公司，2021年）。（筆者閱讀的版本為余英時：《史學與傳統》〔臺北：時報文化出版企業公司，1982年〕。）

及相互依存、交流的關係，以這個說法思考文人如何去面對地域文化傳統。我所關切的不僅是古典的「地域文學」，而是「相應於時代研究的趨勢，以當代的文化視野來進行古典文學的研究」，這也成為我日後研究的取徑：以古籍為主體，展開核心文本的細讀，借鑑當今西方文論思潮之方法觀點，進行當代視角的演繹。當年的博士論文提要如下：

> 本論文以地域文學為角度，期望能展現「文壇研究」應具備的具體規模、文壇的研究涵括在地理特性之下文人群體的歷史源流，文人活動乃至於文人型態。簡言之，一則需理解文學環境的背景，一則需說明交人群體的組構及互動，以宏觀的角度審視交人、文學與文化，以地域為切入角度除了顯示客觀的歷史事實，也期盼對既有的文學史書寫，注入新的視野。本文從個別文人對生活地點的書寫，乃至於文人如何創塑一地的歷史記憶以及文化傳統的建構。進而論述政治、經濟、社會環境下的文學活動生態，以及文人在特定時空所展現的生命型態，提出的觀點如下：
>
> 其一，明代中期吳中地域的文風有著相異於他地的風貌，他們組構成地域性的文人群體，在文化世族的延續中，展現了吳中的人文特色。
>
> 其二，吳中有其獨特的文化傳統。藉由鄉先賢的撰作，文人得以具體理解「昔日的吳中」：文人於同地進行書寫，也使得「吾吳中」有了共同的歷史記憶。從地誌書寫到崇慕鄉先賢，地域意識代代相承，成為吳中文人內化的意識。
>
> 其三，由於商業活動的盛行，文學的風貌注入新的元素，文學商品化的現象比比可見，並創造了地域品味，成為一時風尚。

> 同時，吳中的風尚也成為明代流行的趨向，適可成為他地競爭的焦點。
>
> 其四，在文化商品流行的文藝社會，吳中文人仍能追尋自我的生命型態，分別為狂怪風流、博雅好古、市隱心態與適情尚趣。在「雅」「俗」之間，呈顯吳人獨特的生活美學。

當時隱然已覺察地域文學研究的多元性。大抵可以分幾個面向，從突顯區域特性而言，強調某一地域的地理特性與文史內涵，可以梳理其文學傳統與地域特徵，並見其地域意識的形成。另一方面，從地域特性著手，可以深入辨析文本的地域性及其書寫內涵。以本書為例，觸及家族與鄉先賢的追慕及應和，甚且建構地理景觀中的歷史記憶，以及吳中的文化記憶等等。因此，關於地方志乘的編纂，保藏故物以及對鄉先賢作品的追和等，都是可以輻射而出，且聚焦的研究課題[36]。

一如當時所意識到的，不能流於「環境決定論」[37]。本書雖然從古籍中的南北分野課題出發，然而關切的不只是以地域劃分的文學特性，而是「在此地活動的文人，如何看待自己生活的場域，如何在文

36 可參考：李卓穎：〈易代歷史書寫與明中葉蘇州張士誠記憶之復歸〉，《明代研究》第33期（2019年12月）。李卓穎：〈地方性與跨地方性：從「子游傳統」之論述與實踐看蘇州在地文化與理學之競合〉，《中央研究院歷史語言研究所集刊》第82本第2分（2011年6月）。何維剛：〈從詠史到懷古：論南朝祠廟詩的書寫發展與南方經驗〉，《政大中文學報》第38期（2022年12月），頁27-54。何維剛：〈隱匿的太伯：六朝吳地太伯廟考察〉，《東亞漢學研究》（長崎大學多文化社會學部）第9期（2019年11月），頁276-284。以及李明：〈地方認同與文學傳統：論高啟的蘇州書寫〉，《蘇州大學學報（哲學社會科學版）》2021年第6期。

37 徐隆垚：〈《列朝詩集》編纂體例考——兼及作者意圖之反思〉指出地域意識不能僅突出編者的鄉邦意識，必須與文學正統論、故國情懷等複雜的觀念交織在一起的說法深獲我心。詳見徐隆垚：〈《列朝詩集》編纂體例考——兼及作者意圖之反思〉，《中國文哲研究集刊》第60期（2022年3月），頁1-50。

學創作中展現地方意識，透顯人與地的時空關聯。」我以為，地域不是框架，而是感知與理解文人活動及文本意涵的思考徑路。

「吳中」，既是一個具有高度共識的文化區域，也是一個具有實然地理概念的區位。本書雖是少作，文中所涉及的地域性文化家族、李東陽創建的「東莊」園林、記憶性古蹟的課題、吳中文士的人物書寫，吳中文人的六朝想像等等都是可以延展的學術論題。本書修訂版的撰述過程，也讓我有了新的構思，目前正在執行的國科會補助專題研究計畫〈文獻・地理・記憶：清代士人的吳中書寫〉（計畫編號：NSTC 112-2410-H-003-163 MY2〔2023.8.1~2025.7.31〕）正是這本書的延伸。

必須要說明的是，當年撰寫博士論文之際，許多典籍幾乎無點校本也無電子資料庫（昔日大多使用偉文圖書出版的文集），這次的修訂版在原典部分已盡可能尋找適合的版本進行修正，並確認每個注釋出處，重新修潤文句，對整本書進行了微調。近年來，人文地理學的研究已然進入文學研究的領域，地誌、地景等詞彙也成為空間書寫撰述的常用語彙，[38]為求文氣一致，本書在理論部分並未大幅度增修。

---

38 本書有關地理景觀以及人文化／文人化的風景，在當時並未融入人文地理學的觀點，包含有關「空間」（space）與地方（place）以及地景有如「刮除的羊皮紙」的概念。這些觀點請參看〔美〕段義孚著，王志標譯：《空間與地方：經驗的視角》（北京：中國人民大學出版社，2017年）。〔美〕段義孚著，宋秀葵、陳金鳳、張盼盼譯：《人文主義地理學：對於意義的個體追尋》（上海：上海譯文出版社，2020年）。〔英〕邁克・克朗（Mike Crang）著，王志弘、余佳玲、方淑惠譯：《文化地理學》（臺北：巨流圖書公司，2003年）。筆者在師大國文研究所開設「空間與文學」：「這門課近年來跨領域、跨學門的研討，為文學研究提供多元的論述視角。本課程以「空間」為考察之核心，借鑑人文地理學的研究成果，探索其中的地誌書寫（topography representation）與地方想像（place-based imagination）以及文學地景（landscape）。包括個人與空間的關係、文本與地方的聯結、地景與個人、集體間的彼此界義，乃至城市書寫的敘事元素與抒情性。透過各種文本（包含方志、筆記、詩詞歌賦、散文等記事文學）之細讀，以精進文本之再現及詮釋能力。藉此突顯文

全書保留博士論文的主體形貌，修訂部分會在註解中以「筆者案」的方式增補。本書雖為博士論文修訂版，卻是關於地域與文學研究的先聲，或有其參考價值。

學術研究是一個反思的過程。一方面是自我的反思，個人處境、社會型態與身分認同如何觸發我的研究之路？另一方面是自身在於學術領域的反思：我的研究，究竟揭示了怎樣的知識向度與文學意涵？或是「創造」了怎樣的文化視域？從大學時代、研究所至今的學院生涯，遇見了許多令人仰慕，豐實我生命的學者，讓我深信學術研究基本上是要跟研究者的生命經驗結合，才能養出一方生命風景，讓論文成為有意義的文化記憶工程，打開自己的視野，書寫當下此在。

這本書的出版，感恩父親母親、婆婆、外子及家人的護持，朋友、學生以及助理的協力，特別感謝萬卷樓總編輯晏瑞的規劃及專業建議，二〇一一年我的升等專書由他主理，成為「古典文學叢刊」的第一本專著，既榮幸且感謝。今年又有責編婉菁的助力，謝謝她的細心與執行力，寬容與等待。感謝人生中流轉的因緣，一部書的出版，是一個學習階段的分號，我彷彿才要開始呢。

范宜如

謹識於2024年夏日

學書寫與地域空間的複雜關係，進而持續探索、省思文學與文化的研究面向。」也是試圖延展這個論題的可能。

目次

第一章
緒論

第一節　問題的提出

一　以地域為研究角度的可能

關於明代文學的討論，長久以來，研究大都將焦點置於詩文理論的辨析、文學流派的陳述。而以時期來劃分，晚明則最為學者所重視。關於晚明思潮、詩學理論、小品論述、文人生活與美學都有重要的研究專著。[1]對照民國七十六年淡江大學的「晚明思潮與社會變動」學術研討會，與民國八十八年中國古典文學研究會所舉辦的「明代文學」學術研討會，長期以來，研究者的方向仍是以詩文理論為其

1　相關論述可參見淡江大學中文系主編：《「晚明思潮與社會變動」會議論文集》（臺北：弘化文化事業公司，1987年）；陳萬益：《晚明小品與明季文人生活》（臺北：大安出版社，1988年）；曹淑娟：《晚明性靈小品研究》（臺北：文津出版社，1988年）；龔鵬程：《晚明思潮》（臺北：里仁書局，1994年）；鄭培凱：《湯顯祖與晚明文化》（臺北：允晨文化實業公司，1995年）等。至於中文學術圈以晚明為主題進行碩、博士論文研究者，更是燦若繁星，蔚為一時風潮。

筆者案：以上為博論撰寫之際（2000）的現象觀察，以今（2024）視之，從研討會、工作坊、專著出版、碩博士論文研究成果等等來看，明清文學研究依然是當前學界之熱點。廖棟樑、錢璋東在〈闡釋與建構——古典文學研究的回顧〉即指出明清文學形成研究熱潮，研究焦點上，有別於早期的文獻整理、人物史實考辨、及近代文體源流、文學流派、理論闡釋等，又陸續開創各類議題，其中就包括了記憶、時間、地域、群體、園林等等。廖棟樑、錢璋東：〈闡釋與建構——古典文學研究的回顧〉，收入耿立群主編：《深耕茁壯：臺灣漢學四十回顧與展望》（臺北：漢學研究中心，2021年），頁132。

主軸。[2]誠然，在學術研究的範疇中，不必定以「推陳出新」為高，然則，對學者較少關注到的領域進行探究，[3]對於明代文學的多元理解，確實有一定的意義。

對於區域文學的探究，兩岸三地均有相關的論述。臺灣從八○年代以來重視地方文獻史料的考索，並有區域文學史之撰述，對早期作家與作品進行全面而完整之探討。[4]除此之外，對單一地點的區域特性探究，以文學角度思考地域的今與昔的地域文學研討會，亦為重視鄉土、突顯地區的風潮中的跫音。[5]中央研究院中國文哲研究所也有「空間、地域與文化」研討會，[6]足見「地域」已形成一個重要的討論課

---

2 中國古典文學學術研討會以「明代文學」為主軸，於民國八十八年六月五、六日舉辦學術研討會，會後收錄二十二篇論文，編成《古典文學》第十五集。中國古典文學研究會主編：《古典文學》（臺北：臺灣學生書局，2000年），第15集。

3 龔鵬程有文〈區域特性與文學傳統〉，論述文學史中地域與文學傳統的源流與現象，收入《古典文學》第十二集。當年的研討會即以此題為主軸，可見區域特性作為文學、文化領域的探討，應始於八○年代。中國古典文學研究會主編：《古典文學》（臺北：臺灣學生書局，2000年），第12集。

4 文訊出版社在一九八八年即舉辦「鄉土文學與文學環境」的巡迴討論會，討論臺灣各區的文化、文學發展。關於區域文學史的撰述，可參考施懿琳、許俊雅、楊翠：《臺中縣文學發展史》（臺中：臺中縣立文化中心編印，1995年）；江寶釵：《嘉義地區古典文學發展史》（臺北：里仁書局，1998年）；龔顯宗：〈區域文學史——安平文學史〉，《臺灣文學研究》（臺北：五南圖書出版公司，1998年）。

5 一九九八年，花蓮縣立文化中心舉辦「第一屆花蓮文學研討會」，並印行論文集。

6 本研討會於二○○○年十一月舉辦。劉苑如在〈「空間、地域與文化專輯」前言〉提出這個討論會的宗旨：「探討中國文學、中國文化如何構造各式的想像空間，寄寓神魂精感？如何形成多元的地域論述，鞏固政經、族群和思想領域間的權力結構？以及文人如何附著於地域之中，汲取人文化成的養分傳承創新？同時，更令人感興趣的是，從空間、地域的角度，吾人尚能如何設問？」劉苑如：〈「空間、地域與文化專輯」前言〉，《中國文哲研究通訊》第10卷第3期（2000年9月），頁107。

筆者案：其後，跨學科之專題式科際整合研究愈來愈受到學界重視，漢學研究中心於二○○八年三月二十六日至二十八日聯合臺灣大學文學院、中興大學文學院、中央研究院中國文哲研究所共同主辦「空間移動之文化詮釋國際學術研討會」，指出：「空間移動」是個值得研究的切入點，可從文學、歷史、哲學、人類學、宗教

題。[7]再以香港為例，由香港中文大學主辦的「香港文學研討會」視香港為一特定的區域，對其文學特色及文化現象加以探討。[8]大陸學界對於地域與文學的重視，可由相關叢書的出版略窺一二。[9]上述的研究，雖然涉及現／當代文學的研究領域，然而地域觀念的萌發與生成，係上承昔日歷史的文風及文化特色。如《江南士風與江蘇文學》[10]一書以江南文人的文化性格與文學精神來檢驗當代文人的作品，並以為今

和地理等面向，對華人文化進行深思。華人歷史文化中豐富而多樣的空間移動現象，諸如移民、殖民、流亡、貶謫、旅行、探險、仙遊、商賈、征戍、出使等，在後現代情境中亟需進行跨學科的反思，從而深入詮釋現象背後的世界觀、宇宙觀，是否在變中與時俱變，抑或有所不變？並以變動／穩定、複製／再現、跨界／再結構、冒險／追求、想像／實踐等五個子題為會議核心議程，邀請國內外學者發表論文。出版《空間與文化場域：空間之意象、實踐與社會的生產》及《空間與文化場域：空間移動之文化詮釋》二書。

7　關於地域與文學的研究，可參考王文進：《荊雍地帶與南朝詩歌關係之研究》（臺灣：臺灣大學中文研究所博士論文，1987年）：張蕙：《宋代西湖詞壇研究》（臺北：臺灣大學中文研究所碩士論文，1987年）。而張高評在〈唐宋文學研究概況〉也指出：「可以選擇地域文化的觀點，去考察南北朝中後期以來，存在的三大地域文化體系……透過地域文化集團的了解，考察唐詩的藝術精神，將有助於文學之鑑賞與研究。」張高評：〈唐宋文學研究概況〉，收入龔鵬程主編：《五十年來的中國文學研究》（臺北：臺灣學生書局，2001年），頁207。

8　一九九九年四月上旬，「香港文學研討會」在香港中文大學舉行，會後並將數十篇論文結集成書，見黃維樑主編：《活潑紛繁的香港文學——1999年香港文學國際研討會論文集》（香港：香港中文大學出版社，2000年）。關於香港文學的探討，尚可參閱陳炳良編：《香港文學探賞》（臺北：書林出版公司，1994年）；黃繼持、盧瑋鑾、鄭樹森：《追跡香港文學》（香港：牛津大學出版社，1998年）；黎活仁、龔鵬程主編：《香港新詩的大敘事精神》（嘉義：南華管理學院，1999年）等相關論著。

9　參見《中國地域文化叢書》（分別為三秦文化、三晉文化、中洲文化、兩淮文化、巴蜀文化、徽州文化、江西文化、燕趙文化、荊楚文化、齊魯文化、吳越文化、臺灣文化），許伯明主編：《江蘇區域文化叢書》（分別為江蘇文化概觀、吳文化概觀、金陵文化概觀、楚漢文化概觀、維揚文化概觀），以及嚴家炎主編：《二十世紀中國文學與區域文化叢書》。《中國地域文化叢書》（瀋陽：遼寧教育出版社，1995年）；許伯明主編：《江蘇區域文化叢書》（南京：南京師範大學出版社，1996年）；嚴家炎主編：《二十世紀中國文學與區域文化叢書》（長沙：湖南教育出版社，1995年）。

10　費振鍾：《江南士風與江蘇文學》（長沙：湖南教育出版社，1995年）。

日的「我們」與六朝和晚明江南文人相當接近，[11]甚至自言活在一個古典城市裡，時時可以將他輕而易舉的引向「過去」和「歷史」。[12]現／當代文學雖以地域作為研究的向度，卻將其理論基礎設定在古典的歷史文學經驗，可見地域與文學的關聯有其歷史淵源，[13]值得研究者加以抉發。[14]而且每一時代的文學研究必然相應於當時的社會環境與文化思潮。學者指出：

> 從上一個世紀末走來，文學研究早已捨離無邪純粹的美感追索，而轉向文學書寫與當時社會環境、權力結構彼此交錯互動的關係探討。
>
> 看待文學不再只是問「它（或他、她）說了什麼」，而是問「它（或她、他）陷落（involve）於什麼樣的環境機制。」[15]

---

11 費振鍾：《江南士風與江蘇文學》，頁353。

12 費振鍾：《江南士風與江蘇文學》，頁347。

13 王水照提到：「區域的人文性文化對文學活動的影響常是最直接、最顯著的。」他以魯迅之語為例：「居處之文陋，卻也影響於作家的性情」，以為「洛陽文人集團的形成、集團成員的創作心態、風格和審美趣尚乃至文學活動的方式，都與洛陽這一特定地區環境息息相關。」王水照：〈北宋洛陽文人集團與地域環境的關係〉，《文學遺產》1994年第3期（1994年5月），頁74-83；王水照：〈「京派」與「海派」〉，收入周樹人撰，魯迅先生紀念委員會編：《魯迅全集》（上海：人民文學出版社，1973年），第5卷，頁75。

14 在明清史的研究上，自一九八〇年日人森正夫提出「地域社會論」，並得到史學界的認同與發展，也成為一種觀看歷史的角度。以上資料參見（日）山田賢著，太城佑子譯：〈中國明清時代「地域社會論」研究的現狀與課題〉，《暨南史學》第2期（1996年6月），頁39-57；于志嘉：〈日本明清史學界對「士大夫與民眾」問題之研究〉，《新史學》第4卷第4期（1993年12月），頁141-175；常建華：〈日本八十年代以來的明清地域社會研究述評〉，《中國社會經濟史研究》1998年第2期（1998年5月），頁72-83。

15 鄭毓瑜：〈楚騷論述的文化意義〉，《性別與家國——漢晉辭賦的楚騷論述》（臺北：里仁書局，2000年），頁1。

以地域為文學研究的角度，正關係到文人與社會環境的互動，並且與文藝社會的形成息息相關。筆者在碩士論文中，[16]已注意到錢謙益的詩學觀念與地域意識的關聯，從《列朝詩集小傳》對當時學者的批駁即可見一斑，因此對於地域之文風與文化現象一直保持高度的關切。本論文的書寫，乃是延續個人關注的議題，並相應於時代研究的趨勢，以當代的文化視野來進行古典文學的探究。以地域為切入角度，探討明代中期的吳中文壇，從地誌書寫的觀察探討文人地域意識的形成，並對當時的文人群體、文學活動以及文人型態加以探析。

二　地域與文學關係的探討

以地域為分野的文學觀念是否能成為觀看明代文學現象的方式？我們仍需從古籍文本中去追索地域特性與文學的關聯，以辨析本文的研究角度。明代文人頗注意文學與地域之間的關係。唐順之〈東川子詩集序〉有云：

> 西北之音慷慨，東南之音柔婉，蓋昔人所謂繫水土之風氣，若其音之出於風土之固然，則未有能相易者。[17]

胡應麟也指出：

> 國初文人，率由越產，如宋景濂、王子克、劉伯溫、方希古、

16 范宜如：《錢謙益詩學觀念之反省——以〈列朝詩集小傳〉為探究中心》（臺北：臺灣師範大學國文研究所碩士論文，1993年）。

17 （明）唐順之著，馬美信、黃毅點校：〈東川子詩集序〉，《唐順之集》（杭州：浙江古籍出版社，2014年），文集卷之十，序一，頁452。

> 蘇平仲、張孟兼、唐處敬輩，諸方無抗衡者。而詩人則出吳中，高、楊、徐，貝瓊、袁凱，亦皆雄視海內。至弘正間，中原、關右始盛，嘉、隆後復自北而南矣。

又言：

> 國初吳詩派昉高季迪，越派昉劉伯溫，閩昉詩派林子羽，嶺南詩派昉於孫蕡仲衍，江右詩派昉於劉崧子高。五家才力咸足，雄據一方，先驅昭代。[18]

以地點作為詩派名稱，可見時人的確發現不同地點的文學風格之差異。再由學者提供的研究發現，郭紹虞在〈明代文人的文學集團〉一文中即分地域、社所、時代、官職、師門關係、家庭關係等來說明明代文人互相標榜、樹立門戶的集團風氣。[19]韓經太所撰〈以地域分野的明初詩歌派別論〉，以地域為角度，進行詩學與文化現象的探究。[20]吳師宏一在〈晚明的詩壇風氣〉也提出地域研究與明代詩壇的思考角度。[21]那麼，以地域為切入角度的文學研究，究竟是時人為著建構新

---

18 （明）胡應麟：《詩藪續編》（臺北：廣文書局，1973年，影印中央圖書館善本書），頁714-716。

19 其中以地域稱者為：吳中四傑、廣中四傑、會稽二肅、閩中四才子、東南四才子、臺州三學、婁東三鳳、苕溪五隱、廣陵十先生、江北四子、吳中四才子、金陵三俊、江東三才子、浙江四子、楚中三才、錫山四友、練川三老、嘉定四先生、明州四傑、雲間二韓、苕溪四子、吳下三高、婁東二張、南州四子、貴池二妙、山陰二朗、北田五子、東湖三子、太倉十子、雲間五子。詳參郭紹虞：〈明代的文人集團〉，《照隅室古典文學論集》（臺北：丹青圖書公司，1985年），頁342-434。

20 韓經太：〈以地域分野的明初詩歌派別論〉，《文學遺產》1989年第5期（1989年10月），頁97-108

21 吳宏一：〈晚明的詩壇風氣〉，《國文天地》第2卷第8期（1987年1月），頁56-63。

的典範而有的理論思考，還是這種研究角度才更能理解文人、文學與文化？

（一）地理環境與人文特性

首先，我們先由史籍的陳述去理解地域文化的特性。《禮記》〈中庸〉：「寬柔以教，不報無道，南方之強也，君子居之。」孔穎達疏有言：[22]

> 南方謂荊揚之南，其地多陽。陽氣舒散，人情寬緩和柔。

「衽金革死而不厭，北方之強也，而強者居之。」則為：

> 北方沙漠之地，其地多陰。陰氣褊急，故人生剛猛，恆好鬬爭。

此處先指出南北之地，分別以陰、陽說明荊揚之南與沙漠之地的地域特性；進而綰合地域與人性情的關聯。不同的地理環境可以孕育不同的人格特質，同時也指出不同地區有不同的地域特性。《禮記》〈王制〉云：「凡居民材，必因天地寒煖燥濕。廣谷大川異制，民生其間異俗。」[23]《淮南子》〈墬形訓〉云：「輕土多利，重土多遲。清水音小，濁水音大。湍水人輕，遲水人重。中土多聖人，皆象其氣，皆應其類……是故堅土人剛，弱土人肥，壚土人大，沙土人細，息土人美，秏土人醜。」[24]對人地關聯之論述，偏向風俗方面者，如《漢

---

22 （清）孔穎達疏：《禮記注疏》（臺北：藝文印書館，2001年，阮元校勘十三經注疏本），卷52，頁881。

23 （清）孔穎達疏：《禮記注疏》，卷12，頁247。

24 （漢）劉安編，何寧集釋：《淮南子集釋》（北京：中華書局，1998年），頁340、

書・地理志》所云：

> 凡民函五常之性，而其剛柔緩急，音聲不同，繫水土之風氣，故謂之風；好惡取舍，動靜亡常，隨君上之情欲，故謂之俗。[25]

史籍中的地理志，也說明這種人地的關聯。《漢書・地理志》便指出地理環境不同所造成文學風格之不同。

> 鄭國……土陿而險，山居谷汲，男女亟聚會，故其俗淫。鄭詩曰：「出其東門，有女如雲。」又曰：「溱與洧方灌灌兮，士與女秉管兮。恂盱且樂，惟士與女，伊其相謔。」此其風也。吳札聞〈鄭〉之歌曰：「美哉！其細已甚，民弗堪也」，是其先亡乎？[26]

以鄭國之地理環境「山居谷汲」，是以其俗「淫」，擴而廣之，則其詩風為「細」，由地理環境形成一地區的風俗，再由風俗形成文風的本質。若將焦點集中在地理環境對風俗民情之影響與滲透，不免流於環境決定論。那麼，對於地域與文學相關之考察，在典籍中又有怎樣的論述？

343。日人辻田右左男，也引述《淮南子》〈墜形訓〉來說明地域風土的區別對於民風之影響。（日）辻田右左男：〈環境論的歷史〉，收入藤岡謙二郎編：《人文地理學研究法》（東京：朝倉書店，1957年），頁4。

25 （漢）班固：《漢書》（北京：中華書局，1962年），卷28下，〈地理志・第八下〉，頁1640。

26 （漢）班固：《漢書》，卷28下，〈地理志・第八下〉，頁1652。

（二）「南」、「北」分判的地域文學風格

地域特性所形成的文學風格往往從「南」、「北」之分判著眼。如《隋書》〈文學傳〉序云：

> 江左宮商發越，貴於清綺；河朔詞義意貞剛，重乎氣質。氣質則理勝於詞，清綺則文過其意。理深者便於時用，文華者宜於詠歌。此其南北詞人得失之大較也。[27]

或如《北史》〈儒林傳〉云：「大抵南北所為章句，好尚互有不同……南人約簡，得其英華；北學深蕪，窮其枝葉。」[28]而顏氏家訓更深究南北二地的語言特性，進而判讀二地的文人特質。《顏氏家訓》〈音辭〉以為：

> 南方水土和柔，其音清舉而切詣，失在浮淺，其辭多鄙俗。北方山川深厚，其音沈濁而鈋鈍，得其質直，其辭多古語。然冠冕君子，南方為優；閭里小人，北方為愈。易服而與之談，南方庶士，數言可辯；隔垣而聽其語，北方朝野，終日難分。[29]

---

27 （唐）魏徵、令狐德棻：《隋書》（北京：中華書局，1973年），卷76，〈列傳第四十一．文學〉，頁1730。

28 （唐）李延壽：《北史》（北京：中華書局，1974年），卷81，〈列傳第六十九．儒林上〉，頁2709。《世說新語》〈文學〉言：「褚季野語孫安國：北人學問淵綜廣博。孫答曰：南人學問清通簡要。支道林聞之，曰：聖賢固所忘言，自中人以還，北人看書如顯處視月，南人學問如牖中窺日。」對南北二地之討論從學風、創作傾向等不一而足。（南朝宋）劉義慶撰，余嘉錫箋疏，周祖謨、余淑宜整理：《世說新語箋疏》（臺北：臺灣學生書局，2017年），頁216。

29 （北齊）顏之推撰，（清）趙曦明注，（清）盧文弨補注：《顏氏家訓》，收入《續修四庫全書》（上海：上海古籍出版社，2002年），第1121冊，頁669。

此處稱南方之言辭為「鄙俗」，北方為「古語」，並以「水土和柔」、「山川深厚」的地理環境作為理解其語言特性的基礎，孔尚任也有：「蓋山川風土者，詩人性情之根柢也。得其雲霞則靈，得其泉脈則秀，得其岡陵則厚，得其林莽煙火則健。凡人不為詩則已，若為之，必有一得焉。」[30]再如湯顯祖所言：「詩者，風而已矣。國之風，采而為詩，舒促、鄙秀、澹綺、夷隘，各以所從。江以西有詩，而吳人厭其理致；吳有詩，江以西厭其風流。」[31]分別由理致與風流二種風格來說明吳地與江西的詩歌特質，[32]不也說明地域與文學風格的呼應？孔尚任〈古鐵齋詩序〉：「北人詩雋而永，其詩在誇；南人詩婉而風，其詩在靡。」[33]也有相同的見解。

再如傅山（1607-1684）對東南之文與西北之文的分判，已不只是地域的分別，更是文化的分野。[34]他曾作〈序西北之文〉：

> 西北者，以東南之人謂之西北之文也。東南之文蓋主歐、曾，西北之文不歐、曾。夫不歐、曾者，非過歐、曾之言，蓋不及

30 （清）孔尚任：〈古鐵齋詩序〉，（清）孔尚任撰，汪蔚林編：《孔尚任詩文集》（北京：中華書局，1962年），卷6，頁475。其他如沈德潛、況周頤皆有類似的敘述，參看吳承學：〈江山之助──中國古代文學地域風格論初探〉，《文學評論》1990年第2期（1990年5月），頁50-58。

31 （明）湯顯祖：〈金竺山房詩序〉，《玉茗堂全集》，收入《四庫全書存目叢書》（以下簡稱《存目叢書》）（臺南：莊嚴文化事業公司，1997年），集部，第181冊，頁71。

32 如東漢孔融在〈汝潁優劣論〉以「汝南士勝潁川士」談地域與士風的相關，可見此自覺意識萌發頗早。見（清）嚴可均編：《全上古三代秦漢三國六朝文》（北京：中華書局，1958年），頁1846。

33 （清）孔尚任：〈古鐵齋詩序〉，（清）孔尚任撰，汪蔚林編：《孔尚任詩文集》，卷6，頁475。

34 見孫立：《明末清初詩論研究》（廣州：廣東高等教育出版社，1999年），第三章〈方外遺民對古典詩說的尊崇與游離──以方以智、傅山為對象〉第二節〈東南之文與西北之文〉，頁160。

> 歐、曾之言也。說在乎漆園之論仁孝也，不周之風不及清明之風，天地之氣勢使然，故亦自西北不辨其非西北之文也。[35]

他倡導「西北之文」，在詩中，也隱然對東南士子有所貶抑。〈金陵不懷古〉云：

> 甚是金陵古，詩人亂有懷。自安三駕老，誰暇六朝哀。曾道齊黃拙，終虧馬阮才。肉髀愁不鼓，傖父過秦淮。[36]

吳梅村也曾指出西北之文的美學風貌：

> 吾聞山右風氣完密，人材之挺生者堅良廉悍，譬之北山之異材，冀野之上駟，嚴霜零不易其柯，修坂騁不失其步，若程公者，真其人乎，噫唏，抑何其壯也！[37]

> 余少時得交天下士，以為三晉者，河岳之奧區也，太行王屋之交，風氣完密，必有鉅儒偉人魁壘沈塞者出乎其間。[38]

一再以「風氣完密」來陳說人才之形成為「堅良廉悍」、「魁壘沈塞」，也表明了地理環境與人文風格之關聯。

---

35 （清）傅山撰，劉貫文、張海瀛、尹協理主編：《傅山全書》（太原：山西人民出版社，1991年），卷20，頁368。

36 （清）傅山撰，劉貫文、張海瀛、尹協理主編：《傅山全書》，卷10，頁172。

37 （明）吳偉業：〈程崑崙文集序〉，《梅村集》，收入《景印文淵閣四庫全書》（以下簡稱《文淵閣四庫全書》）（臺北：臺灣商務印書館，1983-1986年），第1312冊，頁217。

38 （明）吳偉業：〈白東谷詩序〉，《梅村集》，收入《文淵閣四庫全書》，第1312冊，頁210。

至於錢謙益，他在《列朝詩集小傳》慣以「南」、「北」之區分來說明他的文學地域意識。[39]如丙集〈周給事祚〉：

南方之士，北學於空同者，越則天保，吳則黃省曾也。[40]

再如丙集〈蔡孔目羽〉：

吳中詩文一派，前輩師承，確有指授。正、嘉之間，傾心北學者，袁永之、黃勉之也。[41]

所謂的北學係指以李夢陽為主的前七子復古之論。[42]由於李夢陽為「慶陽人，徙大梁」，因其里籍之故，錢謙益稱他為「北地之學」。可見個人地域意識的內化會影響詩論的評騭。

劉師培的〈南北文學不同論〉除了說明人與自然環境的關聯，更進一步闡述文學風格的形成與地理環境的關係：

南方之文，亦與北方迥別。大抵北方之地土厚水深，民生其

39 有關錢謙益的文學地域意識，見孫立：《明末清初詩論研究》，第五章〈明代復古主義的終結與清詩的開山──以錢謙益為對象〉第三節〈重地域與師承〉。筆者碩士論文第二章也論及錢謙益的地域觀念在詩學上的呈現，見范宜如：《錢謙益詩學觀念之反省──以《列朝詩集小傳》為探究中心》。此外，筆者另有專文探討《列朝詩集小傳》中的吳中文壇敘述，見范宜如：〈《列朝詩集小傳》中的吳中文壇圖像〉，《國文學報》第28期（1999年6月），頁219-244。

40 （清）錢謙益撰集，許逸民、林淑敏點校：〈周給事祚〉，《列朝詩集》（以下不贅撰校者）（北京：中華書局，2007年），丙集，頁3529。

41 〈蔡孔目羽〉，《列朝詩集》，丙集，頁3414。

42 〈邊尚書貢〉：「弘治時，士有所謂七子者：北郡李夢陽、信陽何景明、武功康海、鄠杜王九思、吳郡徐禎卿、濟南邊貢也。」收於《列朝詩集》，丙集，頁3497-3498。

> 間，多尚實際。南方之地水勢浩洋，民生其際，多尚虛無。民崇實際，故所著之文不外記事、析理二端；民尚虛無，故所作之文或為言志、抒情之體。[43]

劉師培先以陸法言之語「吳楚之音時傷清淺，燕趙之音多傷重濁。」作為「言分南北之確證」，再從聲音之不同，推論南北之異，就中再以地理環境之差異，指出南北之民有虛無／實際二重特質，表現在文學作品中則有「記事析理」與「言志抒情」之差異。此外，劉師培更綜論文學大勢，分「南文」與「北文」各為一派，詳述其源流以及特質。[44]他試圖以「南」、「北」來概括中國文學的整體風貌。其中固然細分為「此亦南文之一派」、「此又南文之一派也」，或是不在其規範之內而有歧出者如「折衷南體北體之間而別為一派」，卻可發現他以為南方之風「清綺」、「哀豔之詞」、「緣情托興」，北方之風「粗厲猛

43 劉師培：〈南北學派不同論．南北文學不同論〉，收入劉夢溪主編：《中國現代學術經典．劉師培卷》（石家莊：河北教育出版社，1996年），頁756-763。

44 「東漢**北方之文**，詞多駢儷，句嚴語重，乃古代之文也；**南方之文**多屬單行，語詞淺顯，乃古代之語也。」「魏晉之際，文體變遷，而北方之士侈效南文……江左詩文溺於玄風，詞謝雕采，旨寄玄虛，以平淡之詞寓精微之理，故孫、許、二王，語咸平典，由嵇阮而上溯莊周，此**南文**之別一派也。」「齊梁以降，益尚豔辭，以情為理，以物為表，賦始於謝莊，詩昉於梁武。音、何、吳、柳，厥制益工，研煉則隱師顏、謝，妍麗則近齊、梁。子山繼作，掩抑沉怨，出以哀豔之詞，由曹植而上師宋玉，此又南文之一派也。鮑照詩文義尚光大，工於騁勢，然語乏清剛，哀而不壯，大抵由左思而上效蘇、張，此亦南文之一派也。」「自子山、總持江總身旅北方，而**南方清綺**之文漸為北人所崇尚。」「隋唐文體力剛於顏、謝，采縟於潘、張，折衷南體北體之間而別為一派。中唐以降，詩分南北，少陵、昌黎體峻詞雄，有黃鐘大呂之音。若夫高、常、崔、李，詩帶邊音，粗厲猛起。張、孟、賈、盧，思苦語奇，縋幽鑿險，皆**北方之詩**也。太白之詩才思橫溢，旨近蘇、張。溫、李之詩緣情托興，誼符楚騷。儲、孟之詩清言霏屑，源出道家。皆南方之詩也。」「東坡之文出入蘇、張、莊、老間，亦為**南體**，蘇門四子更無論矣。」見劉師培：〈南北學派不同論．南北文學不同論〉，收入劉夢溪主編：《中國現代學術經典．劉師培卷》，頁760-762。

起」、「體峻詞雄」，與他所指出的地理環境有緊密的關聯。對於南、北之文，他有總括性的說明：

> 大抵北人之文，猥瑣鋪敘以為平通，故樸而不文；南人之文，詰屈雕琢以為奇麗，故華而不實。

無論是地理環境與人性情的相關，或是地理環境與文學風格的綰合，都揭示地域與人文現象的密切關係。[45]梁啟超以為「大而經濟、心性、倫理之精，小而金石、刻劃、遊戲之末，幾無一與地理有密切之關係。」[46]梁啟超用引龔定庵之詩來說明南北風俗之顯著差異：「黃河女直徙南東，我說神功勝禹功。安用迂儒談故道，犂然天地划民風。」自注云：「渡河而南，天異色，地異氣，民異情。」指出「蓋南北之差殊，稍有識者皆能見之矣。」[47]他同時也說明兩地文學風格的「差殊」：

> 燕、趙多慷慨悲歌之士，吳、楚多放誕纖麗之文，自古然矣。自唐以前，于詩于文于賦，皆南北各為家數：長城飲馬，河梁

---

45 這種地域性的觀念又可見劉師培〈南北學派不同論．南北諸子學不同論〉，他以為「山國之地，地土磽瘠，阻於交通，故民之生其間者崇尚實際，修身力行，有堅忍不拔之風。澤國之地，土壤膏腴，便於交通，故民之生其間者，崇尚虛無，活潑進取，有遺世特立之風。故學術互異，悉由民習之不同。」見劉師培：〈南北學派不同論．南北諸子學不同論〉，收入劉夢溪主編：《中國現代學術經典．劉師培卷》，頁756-763。

46 梁啟超：〈中國地理大勢論〉，收入劉夢溪主編：《中國現代學術經典．梁啟超卷》（石家莊：河北教育出版社，1996年），頁708。

47 梁啟超又以為若以南北來區分人民，則「有白河流域之民，有黃河流域之民，有揚子江流域之民，有珠江流域之民。坐此之故，全地政治，雖歸於統一，而民間社會風俗，支離破碎，殆如異國。此亦地勢所不得不然者也。」見梁啟超：〈中國地理大勢論〉，收入劉夢溪主編：《中國現代學術經典．梁啟超卷》，頁713。

攜手，北人之氣概也；江南草長，洞庭始波，南人之情懷也。散文之長江大河一瀉千里者，北人為優；駢文之鏤雲刻月善移我情者，南人為優。蓋文章根于性靈，其受四圍社會之影響特甚焉。[48]

以「放誕纖麗」之「情懷」為南人之特質；「慷慨悲歌」之「氣概」為北人之特質。又捻出文章本乎性靈，受社會影響甚遽的論點。據此，我們也不可妄下斷言，以為文學的內容特色風格必來自於地域、社會的影響，然而，在劉師培與梁啟超的論述中，的確可以看出無論從地理環境到文學風格，從風俗民情到人文特質，南北之間的殊異。[49]以地域為分野的文化意識，的確是值得探討的課題。[50]

---

48 梁啟超：〈中國地理大勢論〉，收入劉夢溪主編：《中國現代學術經典‧梁啟超卷》，頁707。

49 此外，關於文學現象的詮釋，也因史官出身地之不同而有有所差別。參見曾守正：《唐初史官文學思想及形成》（臺北：臺灣師範大學國文研究所碩士論文，1993年），第三章〈唐初史官文學思想的主要成因〉第一節〈史官地域的集中性〉；以及〈南朝正史中的文學思想〉，收入《春風煦學集》（臺北：里仁書局，2001年），頁324。

筆者案：關於「南」、「北」觀念的研究課題，亦可參考田曉菲：《烽火與流星：蕭梁王朝的文學與文化》（新竹：清華大學出版社，2009年），第七章〈「南、北」觀念的文化建構〉。

50 筆者案：近二十年來，中國大陸關注文學地理學的研究，如曾大興：《文學地理學》、楊義《文學地理學會通》，二者是關於文學地理學的建構，由於二者在中國大陸的影響力，也有了其他論述，例如汪文學：《邊省地域與文學生產──文學地理學視域下的黔中古近代文學生產和傳播研究》。汪文學在此書緒論〈文學地理學研究的歷史現狀與學科反省〉，就提及從地域角度研究文學的可能性與必要性。其論述角度，從《史記》〈貨殖列傳〉及朱熹《詩集傳》從地域環境解釋人性格之形成。再由《漢書》〈地理志〉所述：「凡民函五常之性，而其剛柔緩急，音聲不同，繫水土之風氣，故謂之風。好惡取捨，動靜無常，隨君上之情欲，故謂之俗。」印證人之情性與水土之關聯。再引劉師培《南北學派不同論》則有「山國之地，地土墝瘠，阻於交通，故民之生其間者崇尚實際，修身力行，有堅忍不拔之風。澤國之

(三) 地域文學的研究角度

劉勰《文心雕龍》〈物色〉指出：

> ……然屈平所以能洞監《風》《騷》之情者，抑亦江山之助乎！[51]

作家創作的泉源來自於「江山之助」，從上一小節的論述，我們的確也可以發現地域與文學風格的關係。然而，我們能否以作品反映自然環境的思維方式來處理地域與文學的關係呢？筆者以為若單由南北地理特性來詮說文學思維與意識的差異，不免流於環境決定論。[52]畢竟，每個地域文學的形成，與地理環境、經濟因素、文藝社會等息息相關。研究者指出：

> 《詩經》、《楚辭》是由於南北兩地的文化迥異，遂使其作品的藝術風貌也因之不同。本來古人的區域地理，也正是其文化地理，而文化決定文學的作風。[53]

地，土壤膏腴，便於交通，故民之生其間者崇尚虛無，活潑進取，有遺世特立之風。大抵北方之地，土厚水深，民生其間，多尚實際；南方之地，水勢浩洋，民生其間，多尚虛無。」並指出梁啟超《近代學風之地理分布》也有：「同在一國同在一時而文化之度相去懸絕，或其度不甚相遠，其質與其類不相蒙，則環境之分限使然也。環境對於『當時此地』之支配力，其偉大乃不可思議。」筆者想指出的是關於古籍中的地域觀念，後出者之論述或許更完整，然而史傳、文集，包括近代學人劉師培、梁啟超、汪辟疆之論述，值得深入考索。

51 （南朝梁）劉勰撰，莊適選註：《文心雕龍》（上海：商務印書館，1947年），頁124。

52 如王文進便推翻了一般人以為以南朝的地域特性，並無產生邊塞詩的可能。藉由他的研究，更可以理解地域與文學之關聯並非單純由地理特性來劃分。見王文進：《南朝邊塞詩研究》（臺北：里仁書局，2000年）。

53 彭毅：〈析論《楚辭．九歌》的特質〉，《楚辭詮微集》（臺北：臺灣學生書局，1999年），頁250。

著重「文化地理」而非單就地理現象來考述作品的藝術風貌，這是地域文學研究中值得注意之處。孔尚任〈官梅堂詩集序〉有云：「吾閱近詩選本，於吳、越得其五，於齊、魯、燕、趙、中州得其三，於秦、晉、巴蜀得其一，於閩、楚、粵、滇再得其一」[54]，對於地域的詩歌數量比例容或有差異，卻揭示了地域文化存在的客觀事實。[55]

在宇宙的時空座標中，地域文化的特性並不意味著某種絕無僅有的屬性和特徵，而是指某一區域的人們能夠根據自身所處的自然社會環境，使文化生長的共性中那些具有活力或積極意義的要素得到最佳的組合、最充分的發揮。[56]所謂的「地域性」，表現在文學創作中，其一是文學流派以地域為名稱，二是成員的聚集、創作的繁盛，往往在此地展開，不只是創始者的活動肇始於此。[57]其內涵的呈現，則為文化習俗、藝術傳統的歷史承繼，學者或稱之為「人文感應」。[58]

就前者而言，可開展為地域文學群體、流派之研究；就後者而言，則是以地域為角度，探索文學群體之構成、活動，以及文人如何

54 （清）孔尚任：〈官梅堂詩集序〉，（清）孔尚任撰，汪蔚林編：《孔尚任詩文集》，卷6，頁466。

55 孔尚任〈古鐵齋詩序〉又云：「考三代以來，江以東無詩，所謂楚風者，乃在方城、漢水間。漢魏之言詩者，南弱而北盛，至唐宋始相均。近則吳、越、七閩，家絃戶誦，可謂南盛於北矣。」見（清）孔尚任撰，汪蔚林編：《孔尚任詩文集》，卷6，頁476。

56 參見王友三主編：《吳文化史叢（上）》（南京：江蘇人民出版社，1993年），頁23。

57 人文地理與地域性文學流派的形成有密切的關係。當然，文學流派雖然往往以所屬地域命名，但其實際發展又不局限於此。如江西詩派是「詩江西，非人皆江西也。」參（明）楊萬里：〈江西宗派詩序〉，《誠齋集》（上海：上海古籍出版社，2012年），卷79，頁653。

58 張宏生提到，考察清代的詞派，可以發現詞壇領袖的開宗立派，往往受到特定的地域文化氛圍的影響，因而自覺地選擇宗奉對象。如陽羨詞派的風格悲慨激揚，出自蘇、辛；但他們同時對鄉先輩蔣捷大加推崇。張宏生：《清代詞學的建構》（南京：江蘇古籍出版社，1998年）。

連結同一地域昔日的文化傳統[59]與今日的文學作品，使得此一地域的文學傳統有了連續的可能。本文所關注的不只是以地域劃分的文學特性，而是在此地活動的文人如何看待自己生活的場域，如何在文學創作中展現地方意識，透顯人與地的時空關聯；如是，則文人對於此地域的自覺意識乃至於文化傳統就有了完整的輪廓。

第二節　研究範圍的釐定

一　關鍵名詞的辨析

本書題為「一個地域文學的考察——明代中期吳中文壇研究」。以下分就時期、人物的擇取，地域名稱的考辨加以論述。

（一）「明代中期」的時間義涵

關於文學史的分期，或因文學發展本身的脈絡，如郭預衡《中國散文史》明代部分，分為：明代初期、明代前期、明代中期、明代後期、明清易代之際[60]。以及《中國文學理論史》分為明初、明中葉、明後期、明末。[61]或如廖可斌所劃分：因文學思潮發展變化的情況，結合政治、經濟、思想等領域的狀況，而分為前期、中期、後期：明

---

59 一如余英時運用人類學所論及的「大傳統」與「小傳統」的概念，其大意是說，大傳統是少數有思考能力的上層人士創造出來，小傳統則是大多數不識字的農民在鄉村生活中逐漸發展出來，所強調的是兩個傳統之間的互相依存、互相交流的關係。見余英時：〈從史學看傳統〉，《史學與傳統》（臺北：時報文化出版企業公司，1982年），頁1-17。因而，本文所論述的傳統，雖重視其地方性，其實亦不掩此地方傳統在整體文化觀照下的交互影響。

60 郭預衡：《中國散文史》（上海：上海古籍出版社，1999年），第3冊。

61 黃保真、成復旺、蔡鍾翔：《中國文學理論史・明代時期》（臺北：洪葉文化事業公司，1994年）。

朝建國（1368）至正統十四年（1449）為前期，景泰元年（1450）至萬曆二十年（1592）為中期，萬曆二十一年（1593）至明亡（1644）為後期。其中中期又可以弘治中葉（約1500）為界，分為前後兩個階段。[62]依此來看，無論以何種方式來區分，自不免因個人的關懷重點、價值取向的不同而有所差異。

本文以「明代中期」為範疇，就時間而言，為成化（1465-1487）、弘治（1488-1505）、正德（1506-1521）、嘉靖（1522-1572）年間。這樣的分野，一則就社會面向來考察：明初的吳中地區由於政治與經濟因素，文人動輒遭禍，「吳中四傑」高啟、徐賁、楊基、張羽，無一善終。明代中期則因經濟的富庶，造就繁富的城市文化；科舉制度也產生了一批批不得為任、滯留家園的文人才士，形成了文藝社會。至於明末，又因政治的變化，激發文人的現實感受，卻又無法有效的產生制衡力量，亦以壯烈的悲劇收場。[63]因此，明代中期可謂是社會型態相對穩定的一段時期，以此作為研究的基點，既可上溯元末明初的社會圖像，又可開展對於晚明乃至於易代之際的文化觀察，自有其意義。

再者，明代中期的文人，具顯了獨特的生命型態。[64]本文以《列朝詩集小傳》、《明史文苑傳》所著錄的文人為擇選對象，以沈周、文徵明與吳寬等人為研究主軸。（分別作為「名士」、「館閣領袖」的代表[65]）而文徵明以其高壽（1470-1559），約等同於成化至嘉靖的時間

62 廖可斌：《復古派與明代文學思潮》（臺北：文津出版社，1994年），第二章〈地域文人集團的興替與元末明初文學思潮的變遷〉，頁50。

63 據謝國楨之考察，明末的社集活動可分三時期，一、萬曆初期的社集以文會友，是社集萌芽的時代。二、崇禎年間社集，由詩文的結合變為政治的運動。三、弘光以後，由政治的活動變為社會革命的運動。參見謝國楨：《明清之際黨社運動考》（臺北：臺灣商務印書館，1978年），頁12。

64 黃繼持：〈明代中葉文人型態〉，《明清史集刊》第1卷（1985年10月），頁37-61。

65 詳見《明史》〈文苑傳〉有關吳中文人的記載。（清）張廷玉等：《明史》（北京：中華書局，1974年），卷287，〈列傳第一百七十五．文苑三〉，頁7363。

歷程，恰與本文所指涉的時間分期有相疊之處。[66]同時研究者如澤田雅弘〈明代中期吳中文苑考〉也指出明代中期吳中地區為文人活動的極盛期，亦以沈周、文徵明等人活動的時期為界——成化、弘治、正德、嘉靖，約一百年間。[67]可見以文人活動期間為分期論述，亦是合理的解讀。

地域的設定以明代蘇州府為中心。何以本文以「吳中」為名，而不以簡錦松所言「蘇州」文苑？以下先由地名的辨析來作說明。

（二）「蘇州」名稱的演變過程

蘇州名稱始見於隋初，文帝楊堅於開皇元年（581）改吳州為蘇州。然其作為地方的行政設置，在歷史上分合廢設，變易很大。回顧其歷史：春秋時代始建城，實稱闔閭（廬）城。越滅吳，楚滅越後，改稱吳城。秦建會稽郡，東漢末葉分置吳郡，其首縣為吳縣，治所即舊吳城。南朝陳時改吳郡為吳州，到楊堅平陳後改為蘇州。自唐肅宗李亨至德二年（757）之後，習慣上將蘇州作為州、郡、府治所在城邑的通稱。[68]

---

66 以文徵明活動的時間為考量點，除其高壽外，也與他在吳中文壇的影響力有關。《明史》〈文苑傳〉稱他為「風雅領袖」，亦為「吳中四才子」之一。當代學者劉綱紀也提出：「他的大量文章對研究明代吳中歷史，卻也有不可忽視的價值。」簡錦松亦認為所撰之《甫田集》「為蘇州掌故之淵藪」。見劉綱紀：《文徵明》（長春：吉林美術出版社，1997年），頁75；簡錦松：《明代文學批評研究》（臺北：臺灣學生書局，1989年），頁94。

67 （日）澤田雅弘：〈明代中期吳中文苑考〉，《日本中國學會報》第35期（1983年10月），頁191-204。

68 參看陸振岳：〈蘇州的山與地方文化〉，《蘇州大學學報》1998年第2期（1998年5月），頁96。

（三）「吳中」名稱的文史內涵

大陸學者對於吳文化的探究有許多相關的論述。有廣義與狹義之別：狹義的吳文化，專指周代吳國的文化。廣義的吳文化，則泛指吳地文化，把吳國文化前後的源流，以至於後世吳文化的蓬勃發展都概括在內。[69]就地區的確定則有二說，一為吳地區域為寧、滬、杭、太湖流域三角地帶；[70]一為吳文化區域位於中國東南沿海的長江和錢塘三角洲地帶，其中以蘇州為中心的區域為吳文化的中心地區。[71]

以蘇州為名，涵括的面向較狹，以吳為名，則牽涉地區又太廣。因而我們回到文學現場，看看彼時的文人如何稱謂，或許更有其意義。

其一：從歷史的軌跡來看，現在的江蘇地區古名為吳，文人稱呼此地多為「吾吳」、「吾吳中」，為了呈現此地的歷史軌跡，以「吳中」為名，更有歷史文化的內涵。

其二：從地理方位來看，廣義的吳中為江南地區，而狹義的吳中以蘇州府為中心，旁及鄰近地域。以本文所擇選的文人來看，由於明初朱元璋實施遷徙政策，許多原本里籍蘇州之文士也遷至他地，如顧璘：「世為蘇之吳縣人。國朝洪武中，高祖通，以匠作徵隸工部，因占數為上元人。」[72]顧璘為上元人，不屬蘇州，若了解其家世背景則又必須將他納入吳中文人的範圍。又如閻秀卿，先世為臨江人，「國初以事徙隸蘇州衛，遂為蘇人。」[73]再如楊維楨，他自稱「會稽楊維

---

69 李學勤：〈豐富多彩的吳文化〉，《文史知識》1990年11期「吳文化專號」（1990年11月），頁18-25。

70 高燮初：〈談吳學研究〉，《歷史教學問題》1991年第4期（1991年5月），頁3-4。

71 嚴明：〈吳文化的基本界定〉，《蘇州大學學報（哲學社會科學版）》1991年第3期（1991年5月），頁104-108、100。

72 （明）文徵明：〈故大夫南京刑部尚書顧公墓誌銘〉，（明）文徵明撰，周道振輯校：《文徵明集》（上海：上海古籍出版社，1987年），卷32，頁743。

73 （明）文徵明：〈亡友閻起山墓誌銘〉，《文徵明集》，卷29，頁676。

楨」[74]，會稽不屬蘇州，但若以「吳中」為範疇則又可納入討論。[75]因此，以吳中而不以蘇州為名，也有里籍判定的考量。

其三：「吳中詩派」之說源自胡應麟之語。沈周也有：

> 吳中詩派，自高太史季迪。後學者不能造詣，故多流於膚近生澀，殊失為詩之性情、言句。[76]

以吳中為名，也有劃分文學群體的意涵。

二　相關資料的考辨

在臺灣方面，藝術史與歷史學界對於吳中文壇的研究成果甚為豐碩，在社會生活史方面，吳智和有系列的作品；[77]石守謙則以吳門畫派與畫風為主要考察對象。[78]在文學方面，一九八七年林賢得《明代

---

74 （明）楊維楨：〈嘉樹堂記〉，（明）錢穀編：《吳都文粹續集》，卷18，收入《文淵閣四庫全書》，第1385冊，頁456。

75 又如《明詩紀事》：「元季吳中好客者，稱崑山顧仲瑛、無錫倪元鎮、吳縣徐良夫，鼎峙二百里間，海內賢士大夫聞風景附，一時高人勝流，佚民遺老，遷客寓公，緇衣黃冠，與于斯文者，靡不望三家以為歸。」此處將崑山、吳縣、無錫皆視為「吳中」。崑山與吳縣地屬蘇州府，無錫地屬太湖流域，可見「吳中」之名稱是以蘇州為中心而旁及其鄰近區域。（清）陳田輯：《明詩紀事》，甲籤卷25，收入《續修四庫全書》，第1710冊，頁453。

76 （明）沈周：《石田先生詩鈔・題周寅之詩稿》，（明）沈周著，張修齡、韓星嬰點校：《沈周集》（上海：上海古籍出版社，2013年），頁230。

77 其研究有〈明人茶書飲茶生活文化〉，《國立編譯館館刊》第25卷第1期（1996年6月），頁167-187；〈明代蘇州社區鄉土生活史舉隅──以文人集團為例〉，東吳大學歷史學系主編：《方志學與社區鄉土史學術研討會論文集》（臺北：臺灣學生書局，1997年），頁23-47；〈明人文集中的生活史料〉，中國明代研究學會主編：《明人文集與明代研究學術研討會會議論文》（臺北：中國明代研究學會出版，2001年）。

78 石守謙：《風格與世變》（臺北：允晨文化實業公司，1996年）。

中葉吳中名士詩歌研究》在資料的蒐羅上堪稱完備。[79]以群體為主的研究，一九八九年簡錦松《明代文學批評研究》當中的一章〈蘇州文苑〉可謂力作；對於資料的考辨、觀點的論述，都有深入而精闢的詮釋，為吳中的研究奠下厚實的基礎。[80]之後如邵曼珣〈明代中期蘇州文人尚趣研究〉便是根據簡錦松之論述再進行細部的書寫。[81]林琦妙《明代蘇州文學與繪畫藝術之交流》則是結合文學與繪畫藝術並對應到社會生活史的碩士論文，[82]鄭文惠《詩情畫意——明代題畫詩的詩畫對應內涵》也有一章論吳中的社會現象。[83]從簡錦松由文風之異同論蘇州文苑的特性，到鄭文惠關注到吳中文壇的文化現象，可見此地域在明代確有其獨特的位置。以個人為焦點的論文則有劉瑩《文徵明詩書畫藝術研究》，[84]可見此一領域，仍有寬廣的研究空間。

大陸學界關注的焦點都在於「吳文化」。[85]就文學方面，僅是專書

79 林賢得：《明代中葉吳中名士詩歌研究》（臺北：臺灣師範大學國文研究所碩士論文，1987年）。

80 簡錦松：《明代文學批評研究》（臺北：臺灣學生書局，1989年）。

81 邵曼珣：〈明代中期蘇州文人尚趣研究〉，古典文學研究會編：《古典文學》（臺北：臺灣學生書局，1993年），第12集。

82 林琦妙：《明代蘇州文學與繪畫藝術之交流》（臺北：政治大學中國文學研究所碩士論文，1986年）。

83 鄭文惠：《詩情畫意——明代題畫詩的詩畫對應內涵》（臺北：東大圖書公司，1995年）。

84 劉瑩：《文徵明詩書畫藝術研究》（臺北：蕙風堂筆墨公司，1995年）。
筆者案：以文徵明為研究對象的論文，尚可參看由簡錦松指導，江佩純：《文徵明詩歌生活空間研究——以蘇州為主的考察》（高雄：中山大學中國文學系研究所碩士論文，2015年）。而書學方面的著作，朱書萱：《復古與超越——祝允明與鍾繇典範》（臺北：新文豐出版公司，2019年）及相關論文，亦值得參考。

85 可參看《東南文化》增刊第1期「吳文化研究專刊」（1989年10月）；《文史知識》「吳文化專號」1990年第11期（1990年11月）。專書如潘力行、鄒志一主編：《吳地文化一萬年》（北京：中華書局，1994年）；王友三主編：《吳文化史叢》（南京：江蘇人民出版社，1993年）；許伯明主編：《江蘇區域文化叢書：吳文化概觀》（南京：南京師範大學，1996年）等。

中的部分章節，如廖可斌《復古派與明代文學思潮》第二章〈地域文人集團的興替與元末明初文學思潮的變遷〉第二節論「元末吳中派」、「浙東派對吳中派的攻擊」及第四章〈景泰至弘治中期的文學思潮〉第二節「吳中派的復興」，由於是書的焦點在於復古派的詮解，因而作者對於吳中派的解釋便集中在它與復古派的關聯：「就古典詩歌的審美特徵而言，吳中派則是在俗化的方向繼續發展，它在成、弘之間影響相當廣泛，也從反面刺激了復古派的興起。」[86]

此外，陳書錄《明代詩文的演變》第二章〈儒雅品位的沈降與審美意識的回升——從臺閣體到茶陵派、吳中派演變的軌跡〉第四節〈緣情尚趣，追求自適與狂放——由楊維楨向李贄、袁宏道等過渡的吳中派〉，從宏觀的角度來理解吳中派在明代文壇的位置，提出了「上承元末明初以楊維楨為代表的尊情抑理的思潮，下啟晚明以李贄、袁宏道等人為代表的文學解放思潮」[87]。

以上二者所論多著重文學風格與流派特色的考察。嚴迪昌則從市隱心態、文化家族、商業活動的多重角度撰述吳中文壇的諸種面向，對筆者的研究甚有啟發。我們也可以發現，純粹從文學角度去考索吳中派的論述，與加入社會生活與經濟環境的探討，所得到的文壇圖像並不相同。如陳書錄，他在是書的末章，討論了「蘇州、徽州等地商潮與詩文革新思潮」。鄭利華《明代中期城市生活與社會型態》一書，從城市、商業經濟等層面去考索文壇的活動與文人心態，對於吳

86 廖可斌：《復古派與明代文學思潮》，頁131。

87 陳書錄從袁宏道對唐寅詩文之評點，如「自在」、「豪甚！俗士夢想，亦不及此」、「說盡假道學」接軌吳中派與公安派的承繼。見陳書錄：《明代詩文的演變》（南京：江蘇教育出版社，1996年），頁182；（明）唐寅：〈送王履約會試〉，《唐伯虎全集》（臺北：水牛文化事業公司，1966年），頁50；（明）唐寅：〈中州覽勝序〉，《唐伯虎全集》，頁172；（明）唐寅：〈焚香默坐歌〉，《唐伯虎全集》，頁22。

中文壇的理解，也有更豐富多元的體認。[88]

如上所述，無論從文學、藝術乃至於社會習尚，皆可呈現吳中文壇多重之面向。胡應麟有言：「勝國諸名勝留神繪事，故歌行絕句凡為渲染，作者靡不精工。」[89]又云：

> 宋以前詩文書畫人各自名，即有兼長，不過一二。勝國則文士鮮不能詩，詩流靡不工，書且旁及繪事，亦前代所無也。[90]

詩書畫兼擅已是吳中文人之特色，此種特色，或許成為吳中文人的限制。胡應麟以為其雖「雄據一方，先驅昭代」，卻是「格不甚高，體不甚大」。[91]再如王世貞《藝苑卮言》所論：「吳匏庵如學究出身人，雖復閒雅，不脫酸習。沈啟南如老農老圃，無非實際，但多俚辭。……祝希哲如盲賈人張肆，頗有珍玩，位置總雜不堪。……文徵仲如仕女淡粧，維摩坐語；又如小閣疏窗，位置都雅，而眼境易窮。……唐伯虎如乞兒唱〈蓮花樂〉，其少時亦復玉樓金埒。」[92]因此，他們在文學傳統的位置，無法形成「文學典律」的一環。研究者

---

88 鄭利華：《明代中期城市生活與社會型態》（上海：復旦大學出版社，1995年）。
筆者案：因地緣因素，中國大陸近年來對於吳中地域研究迭有成果，如李明〈地方認同與文學傳統：論高啟的蘇州書寫〉(2021)、蔣勇〈地域自守與文壇互動：吳人史志書寫中的明代吳中士風和文學精神〉(2022)、王曉輝〈明中期吳中文學的創作取向及審美流變〉(2021)、王徵〈明中葉吳中派隱逸風尚與陶詩接受——以沈周、祝允明、文徵明為中心〉(2019)，包括以楊循吉、龔明之作品為主題的碩士論文，可見吳中文壇研究仍有相關議題值得探討研究。

89 （明）胡應麟：《詩藪．外編六》，頁694。

90 （明）胡應麟：《詩藪．外編六》，頁697-698。

91 （明）胡應麟：《詩藪續編》，頁714-716。

92 （明）王世貞：《弇州山人四部稿》（臺北：偉文圖書公司，1976年），卷5，頁6776-6779。

或從其書畫藝術論其創作特色，對其文學表現往往有「畫苑書法，精絕一時，詩文之長因之掩者，沈石田、唐伯虎、祝希哲、文徵仲是也」[93]的認知，這正是吳中文學無法形成主流論述的原因之一。

由前人研究的成果顯示，吳中一地由於其商業意識的勃興與地理環境之優越，人才並出，尤其在明代中期，既有「吳中四才子」之盛名，更形成歷時性與共時性的吳中文人群體。他們顯示的「吳中意識」甚為明顯，除了在詩文中稱述「吾吳中」，更有大量的鄉邦資料的撰述，與外地互動時，又有以此地自得的自詡之情，有其地方傳統的承繼。因而考索他們的地域意識，理解吳中之所以為吳中之「殊相」，為本論文之特點，也是前述研究者未詳加分析之部分。

第三節　研究觀點的確立

本論文資料之選取，以明代文學典籍為主，中央圖書館（現稱國家圖書館）印行之《明代藝術家彙刊》、《明代論著叢刊》、《四庫全書》裡的明人文集、《明代傳記叢刊》等皆為本論文採用的文本。由江蘇古籍出版社出版的《江蘇地方文獻叢書》、《中國地方志集成》以及相關之地方志[94]、《元明史料筆記》、《明清史料筆記》等皆是重要的

93 （明）袁宏道撰，錢伯城箋校：〈敘姜陸二公同適稿〉，《袁宏道集箋校》（上海：上海古籍出版社，1981年），卷18，頁696。

94 梁啟超以為：「最古之史，實為方志。」漢唐以來的「地志、「地記」、「圖經」都是雜記式。至宋代，創造了「人」、「事」、「地」、「物」四項原則，均以地方為限，表達了一地之「史」與「地」的全貌，正式發展為「方志」。根據朱士嘉《中國地方志綜錄》之統計，宋代方志有二十八套凡五百三十七卷，元代較少，只有十一套一百二十四卷，但至明代卻增加至七百七十套，凡一萬零八十七卷。明、清時期為方志發展的頂峰期。而明朝修志強調「資治」，所以「郡邑莫不有志」。因而，明代方志的參照，對於地域文學的辨析，有極高的參考價值。以上所述，係參照朱士嘉：《中國地方志綜錄》（臺北：新文豐出版公司，1975年）；林天蔚撰，國立編譯館主

吳中文獻。由原典的考索以探勘「吳人紀吳事」之傳統，由詩文的詮解以說明吳中文人的地域意識乃至於文學現象，「讓原典說話」是本文撰作的主體內涵。

古代文人雖無「文壇」之名，卻有著文壇活動的實景。文人彼此之間的唱和往還、作品與當時社會形成的對話關係以及與當時商賈、士人的互動，正形成所謂文壇活動的主要景觀。文壇研究不僅是文學風格的探索，還必須加入當時社會環境與經濟活動的觀察，牽涉到文人群體、文人活動、文風傾向，以及文人型態，以便追索其特出的文化現象。

再者，由於所關注的是地域文學的論題，本身即是跨文化、跨學科的領域[95]。本文採用人文地理學與當代建築理論來說明地理空間與與地誌書寫的意義。此外，由於地域意識牽涉到「認同」的問題，本文由「集體記憶」（包含「社會記憶」）來說明吳中文人如何藉由實質文物、文獻或各種活動來強固吳中的凝聚與延續。[96]對於西方理論的運用，重點在於它是否能恰如其分地詮釋古典文學，而非挪用（被動地套用）其說，以原典來印證理論。同時，筆者相信，每個時代的文學研究必然有當代的文化心理，因此，當西方文學理論已成為當今中文學界的操作程式之一時，我們「不薄今人」亦不必菲薄古人，且容

編：《方志學與地方史研究》（臺北：南天書局，1995年）；來新夏：《中國地方志》（臺北：臺灣商務印書館，1995年）；陳正祥：〈方志的地理學價值〉，《中國歷史文化地理》（臺北：南天書局，1995年）等書。

95 中央研究院中國文哲研究所舉辦《空間、地域與文化》跨學科座談會，業已提出「主題式的討論，涉及跨文化、跨學科的領域」，並以為「空間、地域乃是各種學科共同關注的問題，中國文學研究是否能經由相關學門的整合，跨學科的研究，更深入的闡釋中國文學中的空間觀，從而建立一種文學世界中的宇宙圖式。」見劉苑如：〈「空間、地域與文化專輯」前言〉，頁107-109。

96 王明珂：〈記憶、歷史與族群本質〉，《華夏邊緣——歷史記憶與族群認同》（臺北：允晨文化實業公司，1997年），頁51。

許並且嘗試西方理論在古典文學中「適時」的「出入」。[97]

文學的研究，絕非僅是社會現象的考索而已，面對文人詩文中所具顯的生命型態，惟有回到原典，走進文人的當下情境，方能考抉出吳中文人的生命影像。因而，方法只是提供觀察的角度，文本才能顯現人文情識，如是，我們才能銘刻彼時，吳中文人的不朽姿態！

綜上所述，本文撰作之目標為：

其一：以地域為切入角度，探勘地域在古典文學研究的可能。

其二：說明文人如何透過書寫自己生長、活動的地方，形塑吳中人文風景，將地景中的人文意象轉化共同的歷史記憶，將過去、今日、書本、傳統、自然與人文摶成個人的創作，而每個文人親臨此境，則走入了歷史記憶（既是前代的，也是當下寓目所感），這也是地域意識的來源之一。

其三：說明吳中文人群體及文人活動之特色，並藉由其文人活動看出其文化心態與文人特質。

全文分七章。第一章〈緒論〉，重點在註解本論文的題旨義涵。所謂地域文學，必須處理人與地之間的關聯，地域文人的特性以及地域意識的生成。因而有了第二章〈吳中地域文人的組成、類型與特徵〉，指出文人群體的類型及組成的結構，說明文人群體的地域特徵在於家族與師友相錯綜的人際網絡。吳中一地的文人群既有共時性的文人群，又有歷時性的文化世族，此為吳中文風蔚然興盛的主體因

97 吳師宏一指出：「臺灣、香港與海外的中文學界，除了延續傳統文學研究之外，在不同時代流行了不同的外國文學理論與方法。好處是使舊文學可以推陳出新，有了新生命；壞處是有時削足適履，過於穿鑿附會。空談理論，侈論方法，與傳統之過於徵實尚質，其失維均。」見吳宏一：〈中國文學研究的困境與出路〉，《中國文學研究的困境與出路》（臺北：天宏出版社，2011年），頁26。研究者引介西方理論以詮釋中國古典文學之際，應有避免趕「流行」以及「套用」（乃至於「誤用」）的自覺，這也是筆者引以為鑑的撰作態度。

素。以及第三章〈吳中地域意識的內化歷程〉，旨在說明吳中文人對其地理環境、歷史傳統的自覺，以及地域對作品內涵的影響。另一方面，文人藉由地誌書寫來創塑歷史記憶，藉此可剖析文人身分認同的歷程。此外，吳中有何異於他地之處？他地人如何看待吳中？吳中人眼中的吳中又為何？第四章〈吳中地域的文化現象〉，便是探討吳中文人經過時間積累所形成的文化現象。其一為「文獻足徵」的傳統，其二為獎掖後進、推重先輩的風氣，二者相結合，則形成鄉先賢的崇敬與仰慕，進而成為吳中人物所塑造的「古典偶像」。再從另一角度省察，社會環境與當時的文學創作有何關聯？地域經濟的繁富會產生怎樣的文壇面貌？第五章〈吳中商業活動對文壇的影響〉，首論吳中地區的社會環境，再由吳中文人與商賈的關聯為切入點，說明他們對於商賈的理解與評價，進而解析文學商品化的現象以及城市文化對文學作品的影響。回歸至文人自身，他們（文壇的主體）呈現了怎樣的人文圖像？第六章〈吳中文人生活與生命型態〉，即分「文人狂怪與文士風流」、「好古心態與博雅學風」、「市隱心態與隱逸圖像」、「自娛心態與適情尚趣」四部分，探索地域文人所呈現的生命意識與生活美學。第七章〈結論〉，討論吳中文人與其他地域的文學對話與藝文互動，並對全文所論述的要點進行整體的觀照。

第二章
吳中地域文人的組成、類型與特徵

法國文化批評學者布爾迪厄（Bourdieu, 1930-1996）近年為文學研究者提出了一套文學社會學的概念。他認為要充分詮釋當代文學作品，並非內緣式的鑽入文本本身，亦非外緣式的從作家身分的社會決定論入手，而是應該深入作家所屬的整個文化領域，亦即從「文壇」作全面性的分析——看重作家在文壇所站的位置，細究文壇的歷史與內部結構，尤其不可忽略整個文壇及其背後權力運作的關係。[1]此理論雖是以「當代文學作品」為主，卻提供我們理解古代作家的另一種觀察角度。本章即以此角度，從時間的軌跡與世代的輪廓來說明吳中文人群體的類型。

---

1 參見應鳳凰：〈《旋風》出版檔案——流離與定著〉，《聯合報》，第41版，讀書人週報，1999年10月18日。關於布爾迪厄的文化理論尚可參閱Pierre Bourdieu, *The Field of Culture Production* (NY: Columbia University Press, 1993), pp. 161-176；邱天助：《布爾迪厄文化再製理論》（臺北：桂冠圖書公司，1998年）。

筆者案：關於布爾迪厄的書籍，簡體字出版甚多，臺灣出版者如Patrice Bonnewitz：《布赫迪厄社會學的第一課》（臺北：麥田出版，2002年）；邱天助：《布爾迪厄文化再製理論》（臺北：桂冠圖書公司，2002年）；尚－路易．法汴尼（Jean-Louis Fabiani）著，陳秀萍譯：《布赫迪厄：從場域、慣習到文化資本：「結構主義英雄」親傳弟子對大師經典概念的再考證》（臺北：麥田出版，2019年）等均可參考。

第一節　吳中的地理環境與歷史軌跡

一　吳中的地理環境

為了理解地域文人活動的領域，我們先由古籍的記載來考辨吳中的範疇。《江南通志》云：

> 蘇州……東距太倉，西通陽羨，南界嘉興，北距大江。三縣附郭而居，六邑環其外。山川鉅麗，風土清嘉，江南之奧壤也。山之大者，陽山、天平、穹窿、岝崿，以拱郡志。……水則長江自江陰流入，經常熟縣境，而東注於海。鉅而名者，太湖也，中有七十二山吞吐波際，常、潤、宣、歙之水皆納於此，以下注三江。……擅江湖之利，兼海陸之饒，繁華盛麗之名甲天下……轉輸供億，天下資其財力，……豈不以形勢之所關，匪但財賦之淵藪哉。[2]

此處則以蘇州為主，言其境內山水之形勢，以及地產之富饒、財賦之盛。以「擅江湖之利，兼海陸之饒，繁華盛麗之名甲天下」來強調其地理方位的特性。此處，我們則有疑問：吳中是蘇州？還是吳郡？在《明史》〈地理志〉有云：

> 蘇州府（元平江路，屬江浙行省），太祖吳元年九月曰蘇州府。領州一，縣七。西距南京五百八十八里。洪武二十六年編戶四十九萬一千五百一十四，口二百三十五萬五千三十。弘治

2　（清）趙宏恩修：《（乾隆）江南通志》，〈輿地志〉，卷1，收入《文淵閣四庫全書》，第507冊，頁153-154。

四年，戶五十三萬五千四百九，口二百四萬八千九十七。萬曆六年，戶六十萬七百五十五，口二百一萬千九百八十五。

州為太倉州，「本太倉衛，太祖吳元年四月置。弘治十年正月置州於衛城，析崑山、常熟、嘉定三縣地益之。西距府一百零五里。領縣一。」[3]縣七分別為：吳縣、長洲、吳江、崑山、常熟、嘉定、崇明。其中崇明於元朝原屬揚州路，明洪武八年改屬蘇州府。[4]

據史籍記載，吳地夏商時期屬揚州之域；商末周太王時，長子泰伯仲雍遜位至其地，自號勾吳，都梅里（今無錫縣境），稱泰伯城，或吳城，為吳國始祖。西周武王時，封仲雍之後周章於此，號吳國；春秋時，吳王闔閭遷都吳縣（今蘇州），拓築城府，吳門名稱由此而來，同時亦稱吳城、吳都、吳中；秦時屬會稽郡，設郡治於吳縣，亦稱吳會；東漢順帝永建四年（129），在浙江以西分設吳郡領縣十三，郡志於此，故亦稱吳郡；[5]三國吳亦稱吳郡，領縣十五，陳時改為吳州；隋唐時一度改為蘇州，[6]蘇州、姑蘇之名稱由此而來；宋時升為平江府；元改為平江路；明清均為蘇州府。[7]可知，同為一地，在歷

3　（清）張廷玉等：《明史》，卷40，〈志第十六．地理一〉，頁918、920。

4　可再參看（明）聞人詮、陳沂纂修：《（嘉靖）南畿志》，〈區域〉，收入《北京圖書館古籍珍本叢刊》（北京：書目文獻出版社，1988年），史部，地理類，第24冊，頁196。

5　東漢順帝永建四年，將會稽郡一分為二，浙江以西為吳郡，領縣十三；以東為會稽郡，還治山陽。

6　《元和郡縣志》言，隋開皇九年（589）於常熟縣置常州，因縣得名。後割常熟縣屬蘇州，移常州於晉陵。唐時蘇州一府轄七縣，包括吳縣、嘉興、崑山、海鹽、華亭等。韋應物、白居易、劉禹錫先後出任蘇州刺史。（唐）李吉甫：《元和郡縣志》，卷26，收入《文淵閣四庫全書》，第468冊，頁468-435。

7　（清）姚承緒〈蘇州〉：「蘇州，古揚州地。泰伯號勾吳，築城梅里，至闔閭始城姑蘇。明初為蘇州府，吳、長洲二縣為附郭，餘太倉、崑山、常熟、吳江、嘉定、崇明，共一州七縣屬焉。」（清）姚承緒撰，姜小青校點：《吳趨訪古錄》（南京：江蘇古籍出版社，1999年），卷1，頁1。

代州府建制沿革中名稱屢有變更，有吳縣、吳城、吳都、吳中、吳會、[8]吳郡、吳門、蘇州、姑蘇等。[9]是以王鏊等人編修地方志稱為「姑蘇志」[10]，而畫派稱為「吳門畫派」、詩派稱為「吳中派」。學者簡錦松則視此區域為「蘇州文苑」，而本文稱「吳中文壇」，名稱雖異，所指涉則一。

再者，由於歷代地理區域之劃分對吳中一地有廣、狹之別。故「吳」與「吳中」之稱亦略有不同。「吳」係指以太湖為軀體，上海、南京做首尾，蘇州、無錫、常州、杭州、嘉興、湖州為節肢的一個區域。[11]「吳中」則以蘇州府為主，旁及松江府等地。本文以吳中為名，而不言蘇州，意在著重此地的歷史承繼，且當代文人多自稱「吾吳中」，從廣義來看，他們有自覺的地域意識；如徐有貞〈常熟縣學興修記〉云：「常熟，蘇上邑也。蓋古吳國之虞鄉，言游氏之故里也。」[12]將現處之地點上溯及歷史中的方位，可見其以「吳」自重的內在意識；另一方面，由文獻來考索，《明史》〈文苑傳〉、《列朝詩集小傳》多以「吳中」稱此區域，因而以吳中為名，更能展示此地的人文現象與文化特性。

8 （明）王行〈送沈志道序〉：「姑蘇古稱吳會，以吳為東南都會也。其地為會府，其民人之蕃且庶也。」（明）王行：《半軒集》，收入《明代基本史料叢刊》（以下簡稱《明史叢刊》）（北京：線裝書局，2013年），文集卷，卷6，頁340。

9 參見（清）趙宏恩修：〈建置沿革表（蘇州府）〉，《（乾隆）江南通志》，〈輿地志〉，卷5，收入《文淵閣四庫全書》，第507冊，頁241-248；（明）聞人詮、陳沂纂修：〈蘇州府屬沿革〉，《（嘉靖）南畿志》，卷12，收入《北京圖書館古籍珍本叢刊》，史部，地理類，第24冊，頁194。

10 王鏊於明正德年間任國史副總裁，所撰〈重修姑蘇志序〉言書名之來由：「姑蘇山名在城西南，昔以名郡，故今以名其志。」見（明）王鏊等：《姑蘇志》，收入吳相湘主編：《中國史學叢書》（臺北：臺灣學生書局，1965年），頁2。

11 參許伯明主編：《吳文化概觀》（江蘇：南京師範大學，1998年）。

12 （明）徐有貞：〈常熟縣學興修記〉，（明）錢穀編：《吳都文粹續集》，卷6，收入《文淵閣四庫全書》，第1385冊，頁137。

吳中文壇的特殊性可由地理環境之富饒、風土清嘉之人文特性，以及藝文人才之輩出來說明。以地理特性來說，光緒九年〈蘇州府志序〉言：「吳在周初一小國也，自周秦迄今，由國而郡而州而軍而路而府，遂為東南一大都會。其風土之清嘉、田賦之蕃溢、衣冠文物之阜、人才藝文之閎偉甲天下，考古者每樂志之。」[13]章潢也謂：「故吳之墟以跨引閩越，則姑蘇一都會也。其民利魚稻之饒，居果布之湊，造作精靡，以綰轂四方。」[14]

明代莫旦〈蘇州賦〉云：「蘇州拱京師以直隸，據江浙之上游，擅田土之膏腴，饒戶口之富稠，文物萃東南之佳麗，詩書衍鄒魯之源流，實江南之大郡。」[15]以吳中地理環境盛於他郡之說在在可見。吳中本身有天然的地理優勢：「蘇州古稱劇郡，今更為天下最，山川清淑、人文萃聚，衣冠林立，民物殷盛，商旅輻輳皆甲於江左。」[16]正顯示這種優勢所形成商業經濟的發達，以及獨特的城市文化特徵。袁宏道所見亦是：

> 山川之秀麗，人物之色澤，歌喉之宛轉，海錯之珍異，百巧之川湊，高士之雲集，雖京都亦難之。[17]

---

13 （清）鄔雲鵠：〈重修蘇州府志序〉，（清）李銘皖等修，（清）馮桂芬等纂：《蘇州府志》（以下不贅修纂者）（臺北：成文出版社，1970年），頁8。孫嘉淦《南遊記》卷一有「姑蘇控三江，跨五湖而通海。閶門內外，居貨山積；行人水流，列肆招牌，燦若雲錦，語其繁華，都門不逮。」見（清）孫嘉淦：《南遊記》，收入沈雲龍主編：《近代中國史料叢刊》（臺北：文海出版社，1969年），第32輯，頁19。

14 （明）章潢：〈三吳風俗〉，《圖書編》（臺北：成文出版社，1971年），卷36，頁4565。

15 （明）莫旦：〈蘇州賦〉，《吳江志》（臺北：成文出版社，1983年），〈附錄〉，頁934-935。

16 （清）安寧：〈蘇州府志序〉，《蘇州府志》，卷150，〈舊序〉，頁3539。

17 （明）袁宏道撰，錢伯城箋校：〈龔惟學先生〉，《袁宏道集箋校》，卷5，錦帆集之三，〈尺牘〉，頁239。

王錡稱「吳中素號繁華」,「以至於今，愈益繁盛」:

> 人性益巧而物產益多。至於人才輩出，尤為冠絕。作者專尚古文，書必篆隸，駸駸兩漢之域，下逮唐、宋未之或先。此固氣運使然，實由朝廷休養生息之恩也。人生見此，亦可幸哉。[18]

可知地點之富庶與經濟之富饒相關，而經濟之富饒又形成才人輩出的背景因素。

二　吳中的歷史軌跡

「風土清嘉」之地理環境形成人以地為重的地域情感。莫旦云：「吳為南畿重地，改蘇州府。其風俗人才之美，禮樂文物之懿，又有非前代所能及焉……蘇為吾父母之邦，生斯長斯而可謂不知其人與事，可乎？」[19]表現了強烈的地域認同感。所謂「吳地盛文史，群彥今汪洋」，人才彬彬之盛誠為吳中人物引以自傲的特點[20]。如高啟〈吳趨行〉[21]:

> 僕本吳鄉士，請歌吳趨行。吳中實豪都，勝麗古所名。五湖洶巨澤，八門洞高城。飛觀被山起，游艦沸川横。土物既繁雄，民風亦和平。泰伯德讓在，言游文學成。長沙啟伯基，異夢表

18 （明）王錡：〈吳中近年之盛〉,《寓圃雜記》(北京：中華書局，1984年)，頁42。

19 （明）莫旦：〈蘇州賦〉,《吳江志》,〈附錄〉，頁933。

20 莫旦又言：「吳為南畿重地，其風俗人才之美，禮樂文物之懿，又有非前代所能及焉。」見（明）莫旦：〈蘇州賦〉,《吳江志》,〈附錄〉，頁933。

21 樂府題解：「古樂府。吳趨者，行經趨市也。」文選注云：「趨，步也。此曲吳人歌其土風也。」(宋）范成大：《吳郡志》，卷2，〈風俗〉，收入《文淵閣四庫全書》，第485冊，頁8。

> 休禎。舊閥凡幾家，奕代產才英。遭時各建事，徇義或騰聲。財賦甲南州，詞華並西京。茲邦信多美，粗舉難備稱。願君聽此曲，此曲匪誇盈。[22]

表達了對身為「吳鄉士」的自豪之情。從地理境的壯闊，極言其「盛麗」；以「茲邦信多美」表達了吳中多元的地域特性，就地理環境而言，有「五湖洶巨澤」的雄偉氣勢，就社會環境而言，財富為南方各郡之首，文學辭章亦可與他方匹敵。而「此曲匪誇盈」之語更顯示個人自詡之辭。謝徽嘗言：「夫吳，東南之一都會也。山有虎阜靈巖之勝，水有三江五湖之饒，而遺臺故苑、舊家甲第、仙佛之宮參錯乎城郭之內外。民俗富而淳，財賦強而盛，故達官貴人、豪儁之士與夫羈旅逸客，無不喜遊而僑焉。」[23]概括其地理特性與民情。再如錢謙益介紹沈周所言：

> 其產則中吳文物風土清嘉之地，其居則相城，有水有竹、菰蘆蝦菜之鄉；其所事則宗臣元老，周文襄、王端毅之倫；其師友則偉望碩儒，東原、完庵、欽謨、原博、明古之屬；其風流弘長則文人名士，伯虎、昌國、徵明之徒。有三吳、西浙、新安佳山水，以供其遊覽；有圖書子史，充棟溢杍，以資其朗讀；有金石彝鼎、法書名畫，以博其見聞；有春花秋月、名香佳茗，以陶寫其性情；煙風月露、鶯花魚鳥，覽結吞吐于毫素行墨之間，聲而為詩歌，繪而為繪畫。[24]

22 〈高太史啟・吳趨行〉，《列朝詩集》，甲集，頁1127。

23 （明）謝徽：〈僑吳集序〉，（元）鄭元祐：《僑吳集》（臺北：中央圖書館，1970年），頁1-2。

24 （清）錢謙益：〈石田詩鈔序〉，《牧齋初學集》，卷40，收入《四部叢刊正編》（臺北：臺灣商務印書館，1979年），第78冊，頁436。

焦點放在此地的文人與生活型態。文人群體有元老、碩儒、名士等；生活型態則是以陶寫性情為主，充滿了知性的內涵與藝文的生活格調。這樣的形態似乎為吳中文人所追尋的生活主體。錢穆言：「文苑立傳，事始東京，至是乃有所謂文人者出現。有文人，斯有文人之文，文人之文之特徵，在其無意於施用。其至者，則僅以個人自我創作中心，以日常生活為題材，抒寫性靈，歌唱情感，不復以世用縈懷。」[25]這裡所指出的「抒寫性靈」、「不復以世用縈懷」似乎可說明有明中期吳中文人的性情與創作態度。這種態度是吳中人物的「本色」嗎？從史籍資料中，不難發現其間演變的歷史軌跡。

歷代對吳中人物之特性各有不同的解讀。《漢書》〈地理志〉評述此地為：「吳、粵之君皆好勇，故其民至今好用劍，輕死易發。」[26]《隋書》〈地理志〉則為：「江南之俗，火耕水耨，食魚與稻，以漁獵為業；雖無蓄積之資，然亦無饑餒。其俗信鬼神，好淫祀，父子或異居，大抵然也。……其人本並習戰，號為天下精兵。……然數郡川澤沃衍，有海陸之饒，珍異所聚，故商賈並湊。其人君子尚禮，庸庶敦龐，故風俗澄清，而道教隆洽，亦風氣所尚也。」[27]以「習戰」、「好勇」稱之，是隋朝以前的看法。齊梁之時，任氣好武之氣漸為文弱之風取代。

從尚武之習到崇文之風，書院的設置實為吳中一地文教興盛的基礎。透過書院的設置，吳中一地學風鼎盛。吳中書院之盛起於北宋年間，《蘇州府志》〈學校〉有言：「吳之有學肇於宋范文正之遺澤，胡安定之教。」[28]《吳縣志》卷二十六〈學門銘〉也有：「天下郡學莫興於

---

25 錢穆：〈讀文選〉，《新亞學報》第3卷2期（1958年8月），頁10-14。

26 （漢）班固：《漢書》，卷24上，〈食貨志〉，頁1667。

27 （唐）魏徵、令狐德棻：《隋書》，卷31，〈志第二十六．地理下．林邑郡〉，頁886、887。

28 《蘇州府志》，卷25，〈學校〉，頁595。

宋，然其始亦由於中吳，蓋范文正以宅建學，延胡安定為師，文教自此興焉。」[29]誠然，自范仲淹（989-1052）創辦府學，延聘胡瑗（993-1059）為首席，以經術教授吳中，對地方學術影響甚為深遠。[30]吳中人才輩出，有「東南財賦地，江浙人文藪」之稱，自與其重教興學之現象相關，其中又以書院之設置所形成之講學風氣為最。朱長文以為：

> 泰伯遜天下，季札辭一國，德之所化遠矣。更歷兩漢，習俗清美。昔吳太守麋豹問功曹唐景風俗所尚，景曰：處家無不孝之子，立朝無不忠之臣，文為儒宗，武為將帥。蓋朱買臣、陸機、顧野王之徒顯名於天下，而人尚文；支遁、道生、慧響之儔倡法於羣山，而人尚佛。吳人多儒學，喜施捨，蓋有所由來也。然誇豪好侈，自昔有之。吳都賦云：「競其宇區則並疆兼巷，矜其宴居則珠服玉饌」，亦非虛語也。[31]

此處追溯吳郡的歷史淵源，並盛言其文化資源，以人才為盛，多顯名於天下。除了將吳郡的歷史、人文做總括性的說明，也透顯了吳郡在不同時代的人文形貌。[32]

29 （元）鄭元祐：〈學門銘〉，（清）曹允源：《吳縣志》（臺北：成文出版社，1970年），卷26，〈文廟〉，頁377。

30 胡瑗以為「致天下之治者在人材，成天下之材者在教化，……教化之所本者在學校。」見（宋）胡瑗：〈松滋儒學記〉，（清）陳夢雷編，（清）蔣廷錫等奉敕撰：《古今圖書集成》（臺北：鼎文書局，1985年），方輿彙編，職方典，卷1197，荊州府部，第15冊，頁10881。

31 轉引自《吳郡圖經續記》，《蘇州府志》，卷3，〈風俗〉，頁134。

32 以鄉邦先賢為重，稱此地人尚文、尚儒的文化傳承，並提出「誇豪好侈」，不惟今日為然，而在昔日即透顯此現象。這種凡事必從歷史的縱深來解讀的形式，恰是吳中人書寫自我、書寫此地的共同特徵。

第二節　文人群體的組成

一　群體之釋義與劃分

文人群體的名稱，大致可分為「流派（派）」、「集團」、「群體（群）」等幾種稱謂。首先，「流派」的稱謂大多指涉文學性的團體，如江西詩派、浙派等。「集團」之構成則有幾項基本條件，其一，集團中的每個成員都有共同的社會活動的目標。其二，集團在實體上必須構成一種現實存在的組織，在這一組織中的人們之間有一種十分確定的因緣關係，如血緣、地緣等社會關係。其三，集團中的人們在精神上必須有一種鮮明的集團自覺意識。[33]文學集團的形成，有兩種可能，一類是當事人有明顯的集團意識，並有鮮明的主張和需求；另一類則是當事人並無明顯的結派意識，而是在創作成果中客觀呈現某種共同的傾向，或者他們之間存在某種共同的傾向，以後的研究者將他們歸於某一集團或流派。至於「群體」之稱，則為文人的群體組合，它可以指涉「集團」，也可以成為「流派」。對於吳中文人群體而言，它的確具有雙重的意義指標。[34]

在文學史的研究中，對作家群體的劃分有幾種方式。其一，以開宗立派的代表人物為流派命名，如江西詩派，即以黃庭堅的里籍為詩派的名稱。其二，以作品風格為命名依據。如宋詞中的「婉約派」、「豪放派」。再者，由於作家生活的地區相同，作品旨趣、風格也近

33 郭英德：〈中國古代文人集團論綱〉，《中國文化研究》，1996年第2期（1996年5月），頁9-15。

34 如鄭利華稱之為文人集團或文人圈，陳書錄則指出「吳中派」的文學特色。陳書錄：《明代詩文的演變》（南京：江蘇教育出版社，1996年）；鄭利華：〈明代中葉吳中文人集團及其文化特徵〉，《上海大學學報》第4卷第2期（1997年4月）。

似，從而形成文學流派[35]或文人集團者。如近代詩歌中的同光體，依詩人里籍分作「閩派」、「贛派」及「浙派」等。[36]綜而論之，有依文類劃分者；有據時空斷限者，其中或有強化流派的時代意義，或有重視派系的鄉黨情誼，也有其他組合變化。而其確立的過程，一為派系中人有意識地結合，他們由於身分、信念相近，曾參與共同的文學活動，遵循某種創作原則，遂結成有組織的集團；一為經後人的整理歸納，將文學史上有共同傾向的作家歸為一類。[37]

當研究者以地域為標準來劃分文學集團時，作家生活的地域實際上被作為一種整合、牽繫、把握文學現象的線索。[38]因而，當我們以「吳中」作為文人群體的名稱，所考慮的便是這群文人生活在共同的時空，有相似的人生經歷、相近的文化素養，進而有共同的文人活動。因為「地域」是使這群文人聯結起來的主要因素，因此我們稱之為「吳中文人群（體）」。

二　吳中文人群體的歷史觀察

吳中人才輩出，王鏊（1450-1524）有云：「蘇學獨名天下……科第往往取先天下，名臣碩輔亦多發跡於斯。」[39]人才並非一個抽象的

35 劉少雄指出：「文學流派的形成，或出自當事人的自覺意識，或係後人據前賢的實際成果歸納而得，總是在創作經驗累積到相當的時候才發生的。」見劉少雄：《南宋姜吳典雅詞派相關詞學論題之探討》（臺北：臺灣大學出版中心，1995年），頁29。

36 根據錢仲聯編：《中國文學大辭典》（臺北：建宏書局，1999年），頁1302-1303。

37 劉少雄：〈文學流派的性質及其研究價值〉，《南宋姜吳典雅詞派相關詞學論題之探討》，頁5。

38 以上所述，係參看李玫：〈蘇州作家群的名稱和成員〉，《明清之際蘇州作家群研究》（北京：中國社會科學出版社，2000年），頁13。

39 （明）王鏊：〈蘇郡學志序〉，（明）錢穀編：《吳都文粹續集》，卷1，收入《文淵閣四庫全書》，第1385冊，頁26。

概念，所謂「代有達人，名碩相望」，凡在人的文化素質、道德規範、科舉仕宦等方面表現突出、可資稱道者，均可形成一定的人文規模。[40]那麼，我們應當如何架構文壇的活動情境？如何重現文壇的情景？以下分別由文獻資料進行組合與推演。

吳人陸粲（1494-1551）[41]在《仙華集後序》[42]言：

> 吳自昔以文學擅天下，蓋不獨名卿材大夫之述作，烜赫流著，而布衣韋帶之徒，篤學修詞者，亦累世未嘗乏絕。其在本朝憲、孝之間，世運熙洽，海內日興於藝文，而是邦尤稱多士。[43]

陸粲以後代人追述前朝事的方式，說明吳中藝文極盛期乃在成化（1465-1487）、弘治（1488-1505）年間。文人之類型不只為仕宦之紳，即使是布衣之士，亦篤好文藝，且綿延數代，形成一個具有濃厚文化氛圍的場域。袁宏道也稱述：「蘇郡文物，甲於一時。至弘、正間，才藝代出，斌斌稱其盛，詞林當天下之五。」[44]從《列朝詩集小傳》觀之，可發現吳中人文薈萃之盛，有其發展的軌跡。在丙集〈朱處士存理〉傳中有總括的說明：

---

40 江慶柏論及家族的基本特徵及其發展過程時，強調人才的規模與質量。見江慶柏著：《明清蘇南望族文化研究》（江蘇：南京師範大學出版社，1999年），頁5-12。

41 本章論述之文人甚多，其生卒年詳見本書附表〈吳中文人年表〉，此處不再贅述。

42 （明）劉鳳〈趙同魯〉：「趙同魯與哲，少亢爽不群，於書靡不涉獵……所為詩名仙華集，陸粲序而傳之。」收於（明）劉鳳：《續吳先賢讚》，收入周駿富輯：《明代傳記叢刊》（臺北：明文書局，1991年），第148冊，頁643。

43 （明）陸粲：〈仙華集後序〉，《陸子餘集》，卷1，收入《文淵閣四庫全書》，第1274冊，頁588。

44 （明）袁宏道撰，錢伯城箋校：〈敘姜陸二公同適稿〉，《袁宏道集箋校》，卷18，頁695。

> 自元季迨國初，博雅好古之儒總萃於中吳，南園俞氏、笠澤虞氏、廬山陳氏書籍金石之富甲於海內。景、天以後，俊民秀才汲古多藏，繼杜東原、邢蠢齋之後者，則性甫、堯民兩朱先生其尤也。其它則又有邢量用文、錢同愛孔周、閻起山秀卿、戴冠章甫、趙同魯與哲之流，皆專勤績學，與沈啟南、文徵仲諸公相頡頏，吳中文獻，於斯為盛。[45]

這段文字，將吳中文壇略分為三期。從時間歷程來看，吳中人文盛況從元末明初開始成型，為博雅好古之儒：南園俞氏、笠澤虞氏、廬山陳氏，景泰（1450-1456）、天順（1456-1464）之後，則為杜瓊、邢量及人稱二朱先生[46]的朱性甫、朱堯民，再者為邢參、錢孔周、閻秀卿、戴冠、趙同魯與沈周、文徵明等人形成吳中文人群體的盛況。

丙集〈蔡孔目羽〉提到：

> 吾吳文章之盛，自昔為東南稱首，成、弘之間，吳文定、王文恪遂持海內文柄，同時楊君謙、都玄敬、祝希哲，仕不大顯，而文章奕奕在人。[47]

---

45 文震孟〈邢布衣先生〉云：「邢蠢齋先生」可知邢量字用理、號蠢齋。此處先言邢蠢齋先生，後又云邢量用文，當為筆誤。邢量有孫邢參，字麗文，故前已言邢量，此處或言邢參。此外，趙同魯（1422-1503）、戴冠（1442-1512）較朱存理、朱凱稍早，此或為錢謙益之誤。見〈朱處士存理〉，《列朝詩集》，丙集，頁3383；（明）文震孟：〈邢布衣先生〉，《姑蘇名賢小記》，收入周駿富輯：《明代傳記叢刊》，第148冊，頁26。

46 （明）文徵明〈朱性甫先生墓志銘〉：「吾蘇有博雅之士，曰朱性甫存理、朱堯民凱，兩人皆不業仕進，又不隨俗為塵井小人之事，日惟夾冊呻吟以樂。好求昔人理言遺事而識之，對客舉似，如引繩貫珠，纚纚弗能休。素皆高貲，悉費以資其好，不恤也。成化、弘治間，其名奕奕，望於郡城之東。人以所居相接而業又甚似也，麗稱之曰兩朱先生。」見《文徵明集》，卷29，頁679。

47 此段文字似出自文徵明〈翰林蔡先生墓志〉：「吾吳文章之盛，自昔為東南稱首。成

朝中有王鏊、吳寬理文柄，在野之士則有楊循吉、都穆、祝允明、蔡羽等人引領風雅。《明史》〈文苑傳〉對吳中文壇現象的記載則為：

> 吳中自吳寬、王鏊以文章領袖館閣，一時名士沈周、祝允明輩與並馳騁，文風極盛。徵明及蔡羽、黃省曾、袁袠、皇甫沖兄弟稍後出。而徵明主風雅數十年，與之遊者王寵、陸師道、陳道復、王穀祥、彭年、周天球、錢穀之屬，亦皆以詞翰名於世。[48]

> 禎卿少與祝允明、唐寅、文徵明齊名，號吳中四才子。[49]

> 吳中自文徵明後，風雅無定屬。穉登嘗及徵明門，遙接其風，主詞翰之席者三十餘年。嘉、隆、萬曆間，布衣、山人以詩名者十數，俞允文、王叔承、沈明臣輩尤為世所稱，然聲華烜赫，穉登為最。[50]

成化、弘治之後，吳中文壇蔚然興盛，陸師道〈袁永之文集序〉：

> 吳自季札、言游而降，代多文士。……洪武初，高楊四雋，領袖藝苑。永宣間，王、陳諸公，矩矱詞林。至於英、孝之際，徐武功、吳文定、王文恪三公者出，任當鈞冶，主握文柄。天

化、弘治間，吳文定、王文恪繼起高科，傳掌帝制，遂持海內文柄。同時若楊禮部君謙，都太僕玄敬，祝京兆希哲，仕不太顯，而文章奕奕，顒然在人，要亦不可以一時一郡言也。」見〈蔡孔目羽〉，《列朝詩集》，丙集，頁3414；（明）文徵明：〈翰林蔡先生墓志〉，《文徵明集》，卷32，頁735。

48 （清）張廷玉等：《明史》，卷287，〈列傳第一百七十五・文苑三・文徵明〉，頁7363。

49 （清）張廷玉等：《明史》，卷286，〈列傳第一百七十四・文苑二・徐禎卿〉，頁7351。

50 （清）張廷玉等：《明史》，卷288，〈列傳第一百七十六・文苑四・王穉登〉，頁7389。

> 下操觚之士，響風景服，靡然而從之。時則有若李太僕貞伯、沈處士啟南、祝通判希哲、楊儀制君謙、都少卿元敬、文待詔徵仲、唐解元伯虎、徐博士昌穀、蔡孔目九逵，先後繼起，聲景比附，名實彰流，金玉相宣，黼黻並麗。[51]

茲將上述各家之說列為一表，以進行對照：

	成化、弘治	嘉靖、隆慶、萬曆
明史文苑傳	吳寬、王鏊、沈周、祝允明、文徵明、徐禎卿、唐寅、蔡羽、黃省曾、袁袠、皇甫沖兄弟、王寵、陸師道、陳道復、王穀祥、彭年、周天球、錢穀	俞允文、王叔承、沈明臣、王穉登
列朝詩集小傳	吳寬、王鏊、楊循吉、都穆、祝允明、朱性甫、朱凱、邢參、錢孔周、閻秀卿、戴冠、趙同魯、沈周、文徵明	王穉登承接文徵明，為吳中風雅之主
袁永之文集序	徐有貞、吳寬、王鏊、李應禎、沈周、祝允明、楊循吉、都穆、文徵明、唐寅、徐禎卿、蔡羽	

由以上之敘述可了解吳中文壇興衰的軌跡：初盛期為元末明初，極盛期在成化、弘治年間，衰退期在隆慶、萬曆年間；同時，成化、弘治間的文人為吳中文壇的主要文人群，除了吳中四才子（祝允明、唐寅、徐禎卿、文徵明），更有館閣領袖吳寬、王鏊等，吳中人文彬彬之盛，可從文藝活動、文人特質、生活型態等多面角度去理解，文人的群聚與活動也形成獨特的地域人文風格，是明代特出的文學現象。

51　（清）顧有孝輯：《明文英華》，收入《四庫禁燬書叢刊》（北京：北京出版社，2000年），第34冊，頁405。

第三節　文人群體的類型

一　傳統文人結社類型之詮說

中國古代文人詩客結成具有一定組織形式和活動方式的聚會，或以吟風弄月，滿足個人心性愉悅為主的詩社，或有以揣摩時文風氣作為日後進身之階的功利性目的者（如文社、文會）。追溯文人詩文社的淵源，當起於漢代梁園雅集，乃至於東漢建安年間曹丕等人的南皮之會、晉元康年間石崇等人的金谷園雅集，永和年間王羲之等人的蘭亭雅集、唐會昌年間白居易等人的七老會等，對於日後的文人雅聚，都有一定的啟示作用。[52]

謝國楨指出，晉慧遠白蓮社、宋胡瑗經社、元吳渭月泉吟社，為明人結社的起源。[53]郭英德則將明代文人結社之類型分為四類，即純粹之詩社、怡老之會社、文社和政治會社。[54]純粹之詩社又可分為三類，一是切實做詩的詩社，如青州海岱詩社。[55]一是風流雅集的詩社，如南京青溪社。[56]一是以詩社兼游賞之趣者如嘉靖年間祝時泰等人所結之西湖八社。[57]怡老之會社多有怡情養性、逍遙散誕之特色，

---

52 請參看陳寶良：〈文化生活型會社〉，《中國的社與會》（杭州：浙江人民出版社，1996年），頁268-287。

53 謝國楨：《明清之際黨社運動考》（臺北：臺灣商務印書館，1978年），第一章第二節〈社〉，頁8。

54 郭英德：〈明代文人結社說略〉，《北京師範大學學報》1992年第4期（1992年8月），頁28-32。

55 參見（清）永瑢等撰：《四庫全書總目》（北京：中華書局，1965年），卷189，集部42，〈總集類四．海岱會集十二卷〉，頁70-71。

56 參見〈附見　金陵社集詩〉，《列朝詩集》，丁集，頁4628-4640。

57 他們以集會的風景勝地八處，隨處立名，有紫陽詩社、湖心詩社、玉峰詩社、飛來詩社、月岩詩社、南屏詩社、紫雲詩社、洞霄詩社等，總稱西湖八社。

如張瀚組織的怡老會。文社以揣摩時文、精研八股，以仕進為目的；文社極易朝向政治會社轉化，往往不自主地朝向政爭與黨爭之中，如張溥、張采所領導的復社。若由詩間歷程來看，明代中期吳中文人群體應屬前二類型。文人的社群聚集，或以詩文為同好，或以游賞為生活的分享，皆屬於非功利性、非政治性的群體，同時顯示了文人以情性為主的生命型態。這些文人群體，無論是顧仲瑛的玉山雅集，或是高啟的北郭十友，都成為日後吳中文人引以為豪的歷史記憶。

二　以詩歌創作為主的文學群體

初期的文人聚會，以「詩社」型態出現者，[58]如王世貞所云：

> 勝國時，法網寬大，人不必仕宦，淛中每歲有詩社，聘一二名宿如楊廉夫輩主之，宴賞最厚。饒介之分守吳中，自號醉樵，延諸文士作歌。仲簡詩擅場，居首坐，贈黃金一餅。高季迪白金三斤，楊孟載一鎰。後承平久，張洪修撰為人作一文，得五百錢。[59]

從這段話，可以讀出幾則訊息：一、當時每年有固定的詩社聚會；

58 從嚴格的意義來說，詩社不同於文社、文會。詩社是文人士大夫聚合而成的文學團體，以吟風弄月、崇尚風雅為表現形式，同時也有把酒弄盞的生活場景，以及團體成員志趣的合一。從總體上說，詩社是消閒的，是士大夫風雅生活的集中體現。文社及文會的出現，則在宋以後科舉盛行之後，士子聚會，揣摩八股風氣，一起會課會文，結成文社或文會。由是可見，文社與文會是功利的，為士子應付科舉的文學集團。當然，隨著時間的推移，二者之間的界限也漸次模糊。文社也有詩酒盟會、風流消閒的一面；詩社也有諷議朝政的內容。參看陳寶良：〈文化生活型會社〉第一節〈文人的雅聚：詩文社〉，《中國的社與會》，頁269。

59 〈白羊山樵張簡〉，《列朝詩集》，甲集，頁508。

二、詩社均聘名儒，楊維楨即是代表；三、吳中四傑之高啟、楊基等人在詩社中各有展現，其中係以張仲簡為首；四、洪武年間人不必仕宦而文風為盛[60]，但承平日久，昔日為詩可得黃金，今日作文卻只得五百錢，不也顯示文風的衰退？從王世貞的感嘆可推想當年詩風之盛，張習也稱：「吳中之詩，一盛于唐末，再盛于元季，繼而有高、楊、張、徐及張仲簡、杜彥正、王止仲、宋仲溫、陳惟寅、丁遜學、王汝器、釋道衍輩，附和而起，故極天下之盛，數詩之能，必指先屈于吳也。」[61]可知元末明初的吳中文壇，確實是形成了一種風尚，成為日後吳中人物的典範。[62]

（一）自相標舉的文人群

明初，文人集團興盛，多有標舉名目，自成一「派」的文人群，如東南五才子、景泰十才子等。王達、解大紳、王孟揚、王汝玉號「東南五才子」[63]。沈愚，字通理「以詩名吳下，與劉溥諸人稱十才子。」[64]景泰十才子為「吳下劉溥、中都湯胤績、崑山沈愚、海昌蘇平、蘇正、西蜀晏鐸、四明王淮」及蔣忠、王貞慶、徐震、徐章兄弟。[65]據《列朝詩集小傳》乙集之記載，蔣忠「與蘇平、沈愚唱和，有名於時」，王貞慶「嘗與姚少師、釋南洲為鬥茶之會，有詩流傳長

60 〈余左司堯臣〉中引張羽之言：「予在吳城闉中，與余唐卿諸君游，皆落魄不任事，故得流連詩酒。」見《列朝詩集》，甲集，頁777。

61 〈丁學究敏〉，《列朝詩集》，乙集，頁2473。

62 〈黃舉人省曾〉也提到：「吳中前輩，沿習元末國初風尚，枕籍詩書，以啖名干謁為恥。」見《列朝詩集》，丙集，頁3532。

63 〈王讀學達〉，《列朝詩集》，乙集，頁2265。

64 〈沈倥侗愚〉，《列朝詩集》，乙集，頁2544。

65 《明詩人小傳稿》「蔣主忠」條下載：景泰十才子乃劉溥、湯胤績、沈愚、蘇平、蘇正、晏鐸、王淮、王貞慶、蔣主忠、蔣主孝，其中主孝者或為徐震。見（清）潘介祉纂輯：《明詩人小傳稿》（臺北：中央圖書館，1986年），卷1，頁45。

安，以為韻事」，徐震「與西蜀晏鐸、海昌蘇平唱和，亦與十才子之列。」[66]《明詩人小傳稿》又有：「景泰中，稱詩豪者有十才子，每推溥為盟主，研覃載籍，尤精天文律曆之學。」[67]以「時間」作為文人群體之稱謂，詩文唱和為主要的活動，並推有盟主，甚至有「傳播人口」之美譽；[68]東南五才子則標舉「空間」，顯示了「地點」與文人的緊密關聯。

（二）以高啟為中心的北郭十友

元末明初，文人大多遷徙至吳地，因著政事的變化，吳中一地成為文人避居的桃花源，如陳寬亦是「避兵來吳」之後卻成為吳中經學之首。[69]即如領袖一時的文氏家族，其祖本非吳中人，也是避亂入吳，才由兵籍轉為儒者。其中的「北郭十友」係以高啟為中心的文人社群，高啟在〈送唐處敬序〉有云：

> 余世居吳之北郭，同里之士，有文行而相交善者，曰王君止仲一人而已。十餘年來，徐君幼文自毗陵，高君士敏自河南，唐君處敬自會稽，余君唐卿自永嘉，張君來儀自潯陽，各以故來居吳，而卜第適皆與余鄰，於是北郭之文物遂盛矣。余以無事，朝夕諸君間，或辯理詰義以資其學，或賡歌酬詩以通其

66 〈蔣淮南忠〉、〈金粟公子王貞慶〉、〈徐處士震〉，《列朝詩集》，乙集，頁2560-2561、2564、2566。

67 （清）潘介祉纂輯：《明詩人小傳稿》，卷1，頁44。

68 〈沈倥侗愚〉：「善行草，曉音律，詩餘、樂府，傳播人口。」〈徐處士震〉：「少從陳嗣初學詩，有〈弔項羽廟〉、〈睢陽懷古〉、〈輓岳武穆〉詩傳播人口。」《列朝詩集》，乙集，頁2544、2566。

69 〈陳公子寬〉云：「初，惟允兄弟避兵來吳，居船場巷，得朱勔故居，名朱家園，更名綠水。……吳中稱經學者，皆宗陳氏。」《列朝詩集》，乙集，頁2592。

> 志。或鼓琴瑟以宣堙滯之懷，或陳几筵以合宴樂之好，雖遭喪亂之方殷，處隱約之既久，而優游怡愉，莫不自有所得也。[70]

從這段文字裡，我們發現這個文人群體的形成來自於「地方」的組合，他們這十人分別來自不同的地方，或自河南，或自會稽，但卻同時選擇了「吳地」作為處所，又恰好與高啟為鄰，因而組成了此文人群體。他們所追求的既非文學觀念的會通，也非對某種文學理論的堅持與發揚，而是以「宣堙滯之懷」、「合宴樂之好」為主，以「優游怡愉」自得的文人社群。他們相處的內涵，勾勒了「純粹詩社」的活動風貌：或談論文辭，或賞鑑書畫、品評詩文；或者，僅是相處一室，享受友于之樂。張羽也云：「予在吳城闉中，與余唐卿諸君游，皆落魄不任事，故得流連詩酒。」[71]可見類似「流連詩酒」這種「鬆散」、「無組織」的詩文社已成為日後吳中文人群體的主要型態。如沈周有詩〈侍家父、世父與劉完庵、西庵文會〉[72]即有：「我來行酒聽論文」之語，此種文酒之會，正是文人群體相處的主要型態。同時，北郭十友也成了日後文人的日後文人群體追慕的對象。據朱彝尊《靜志居詩話》云：

> 明初，高侍郎季迪有北郭十友，麗文（按：邢參字麗文）亦有東莊十友：吳爟次明、文徵明徵仲、吳奕嗣業、蔡羽九逵、錢同愛孔周、陳淳道復、湯珍子重、王守履約、王寵履仁、張靈孟晉。故其詩云：「昔賢重北郭，吾輩重東莊，胥會誠難得，同盟詎敢忘？」[73]

70 （明）高啟撰，周立編：《高太史鳧藻集》，卷2，收入《四部叢刊正編》，第73冊，頁18。

71 〈余左司堯臣〉，《列朝詩集》，甲集，頁777。

72 （明）沈周：《石田先生詩鈔》，《沈周集》，頁121。

73 （清）朱彝尊：《靜志居詩話》，卷11，收入《續修四庫全書》，第1698冊，頁275。

以「昔賢」和「吾輩」對照，「北郭」與「東莊」互為呼應，從名稱的相近（相似）自可發現北郭十友對於吳中文人的歷史意義。

三　以古文辭創作為主的文學群體

（一）科舉制度下的文化產品

文學群體之形成與當時的社會環境互為關聯。影響士人最鉅的便是科舉。科舉制度自宋代以降，已成為一種成熟的社會機制，使一群人不斷以讀書應舉為主要的生命目標和生活方式，這群人通常被稱為士人，形成一個有區隔性的群體；通過科舉的機制，使此一群體雖沒有固定的身分背景來源，卻可以有源源不絕的加入者。[74]而科舉之不達卻使得眾多的文人滯留在吳中，這自然也是形成吳中文風鼎盛的主要因素。茲說明如下：

1　科舉不第的普遍性

程文與古文辭矛盾之根源在於科舉制度。[75]從明太祖定都北京後，傳統上的「崇北抑南」之風便開始復甦。《明會要》卷四十七〈選舉〉[76]云：「（洪武）三十年，考官劉三吾、白信蹈所取宋琮等五

74　參見陳雯怡：《由官學到書院——從制度與理念的互動看宋代教育的演變》（臺北：臺灣大學歷史研究所碩士論文，1996年），頁267。

75　在（明）文徵明〈送周君振之宰高安敘〉說明當時入仕之制度：「國家入仕之制雖多途，而惟學校為正。學校之升，有進士，有鄉貢，有歲貢。歲貢云者，有司歲舉一人焉。鄉貢率三歲一舉。合一省數郡之士，群數千人而試之，拔其三十之一，升其得雋者曰舉人。又合數省所舉之士，群數千人而試之，拔其十之一，升其得雋者曰進士。凡今之高官要職，非進士不：進士尚矣。」見《文徵明集》，卷17，頁462。

76　（明）龍文彬：《明會要》，收入《續修四庫全書》，第793冊，頁405、406。

十二人，皆南士。三月，廷試，擢陳䢿為第一。帝怒所取之偏，命侍讀張信等十二人復閱……取任伯安等六十一人。六月，復廷試，擢韓克忠第一，皆北士。」明仁宗洪熙元年採用南北分卷制，南北之分，主要以長江為界，仁宗與楊士奇議定「南人十六、北人十四」，後未實施；直到英宗正統元年始分南、北、中卷進行考試，「南取五十五名，北取三十五名，中取十名」。代宗景泰二年會試，「禮部奉初詔，遵永樂間例，不限額，不分地。給事中李侃爭之，言：『部臣欲專以文詞多取南人。』刑部侍郎羅綺亦以為言。下禮部復奏，言：『臣等所奉詔書，非私請也。且鄉舉里選之法既不可行，取士若不以文，考官將何所據？』上命遵詔書，不從侃議。」尤此可見南方以「文詞」勝北方，也可知南方文風之盛。代宗一朝後來也採用了「南北中卷制」:「景泰四年，給事中徐廷章請仍依正統間額，從之。五年，會試，禮部奏請裁定。於是復分南、北、中卷：南卷應天及蘇、松諸府，浙江、江西、福建、湖廣、廣東，北卷順天、山東、河南、山西、陝西；中卷四川、廣西、雲南、貴州及鳳陽、廬州二府，滁、徐、和三州。遂著為令。」南北中分卷制自然是顧及各地不同的文化水準，卻也不能避免僧多粥少之事實。

文徵明對此自有感慨，他自言：

> 自弘治乙卯抵今嘉靖壬午，凡十試有司，每試輒斥。年日以長，氣日益索，因循退托，志念日非。非獨朋友棄置，親戚不顧，雖某亦自疑之。所謂潦倒無成，齷齪自守，駸駸然將日尋矣。[77]

科舉無成之挫敗，除了來自親友間無形的壓力，更對自己缺乏信心，

77 （明）文徵明：〈謝李宮保書〉，《文徵明集》，卷25，頁588。

生命的頓挫形於言表。但他並非一味否定科舉：[78]「科舉之法行，則凡翹楚特達之士，皆於科舉乎出之。於是乎有以功業策名者，有以文章著見者，有以氣節能見稱於時者。問之，皆科目之士也。」[79]科舉能選出「翹楚特達之士」，無論以文章、氣節、功業稱道一時，均可為科舉取士之功。[80]但文徵明又提出一個問題：「然則科目之外，豈復有遺材哉？」如果藉科舉均能選出拔萃之士，何以又需推薦「懷珍抱奇、道義自將」[81]之士？他也意有所指的說：「近時以科目取士，凡魁瑋傑特之士，胥此焉出。以余觀於戴先生，一第之資，豈其所不足哉？迄老不售，以一校官困頓死，殆有司之失耶？抑自有命耶？謂科目不足以得士者，固非也；而謂能盡天下之士，誰則信之？」[82]

對於科試不第之情況，「命」成了人生歷程的必然，對於士子而言，這只是自我安慰的詮釋罷了；另一方面，他也提出具體的情況來說明當前士人真實的處境：

> 迤邐至於今日，開國百有五十年，承平日久，人材日多，生徒日盛。學校廪增，正額之外，所謂附學者不啻數倍，此皆選自有司，非通經能文者不與。雖有一二倖進，然亦鮮矣。略以吾蘇一郡八州縣言之，大約千有五百人。合三年所貢，不及二

---

78 （明）文徵明〈送提學黃公敘〉言：「國家取士之制，學校特重。自學校升之有司，苟諧其試，則謂之舉人。自有司升之禮部，苟諧其試，則謂之進士。凡世之大官膴仕，悉階進士以升。進士之升，有司、禮部實操之樞焉，然而士習之隆汙、儒風之顯晦不與也。」科舉的影響力不及於士風，文徵明對士風之標準為：崇碩大而黜異說，上博綜而下訓詁。見《文徵明集》，卷16，頁450。

79 （明）文徵明：〈謝李宮保書〉，《文徵明集》，卷25，頁587。

80 （明）文徵明〈東潭集序〉：「惟我國家以經學取士，士苟有志用世，方追章琢句，規然圖合有司之尺度，而一不敢言詩。」見《文徵明集》，補輯卷19，頁1269。

81 （明）文徵明：〈謝李宮保書〉，《文徵明集》，卷25，頁587。

82 （明）文徵明：〈戴先生傳〉，《文徵明集》，卷27，頁642。

> 十；鄉試所舉，不及三十。以千五百人之眾，歷三年之久，合科貢兩途，而所拔才五十人。夫以往時人材鮮少，隘額舉之而有餘，顧寬其額。祖宗之意，誠不欲此塞進賢之路也。及今人材眾多，寬額舉之而不足，而又隘焉，幾何而不至於沉滯也？故有食廩三十年不得充貢，增附二十年不得升補者。其人豈皆庸劣駑下，不堪教養者哉？顧使白首青衫，羈窮潦倒，退無營業，進靡階梯，老死牖下，志業兩負，豈不誠可痛念哉！[83]

一千五百個人中僅有五十個錄取名額，所以「志業兩負」的人日益眾多，這些科第不舉之人才滯留在吳中，也成了吳地特殊的人文景觀。如長洲戴冠「為文必以古人為師，汪洋澄湛，奮迅陵轢，而議論高遠，務出人意。……推其餘為程文，亦奇雋不為關鍵束縛。」[84]然科第八試皆絀。在吳中，科第不中之例甚夥，如華珵「七試輒斥」、蔡羽「試輒不售，屢挫益銳，而卒無所成。蓋自弘治壬子至嘉靖辛卯，凡十有四試；閱四十年，而先生則既老矣」、袁飛卿「自弘治甲子至正德丙子，凡四試，始舉於鄉……自是更七試，或赴或不赴，竟不獲一第」[85]，皆可看出吳中一地文人不遇之景況。

以下將文徵明所舉吳中文人科舉不第者列為一表，以茲參照：

---

83 （明）文徵明：〈三學上陸冢宰書〉，《文徵明集》，卷25，頁584-585。

84 （明）文徵明：〈戴先生傳〉，《文徵明集》，卷27，頁640。

85 此外，尚有孫軾「自辛卯至丁酉，凡三斥，每斥而學亦益進。」杜允勝「五試輒斥」、錢孔周「自弘治辛丑，至正德丙子，凡六試應天，試輒不售。」依序見《文徵明集》，卷27，〈華尚古小傳〉，頁643；卷32，〈翰林蔡先生墓志〉，頁736；卷32，〈袁飛卿墓志銘〉，頁737。

人物	具體內容
文徵明	自弘治乙卯抵嘉靖壬午，凡十試有司，每試皆絀。（〈謝李宮保書〉）
戴冠	八試皆絀。（〈戴先生傳〉）
華珵	七試輒斥。（〈華尚古小傳〉）
杜允勝	自正德丙子至嘉靖戊子，凡五試，試皆斥。（〈杜允勝墓志銘〉）
蔡羽	先生試輒不售，屢挫益銳，而卒無所成。蓋自弘治壬子至嘉靖辛卯，凡十有四試；閱四十年，而先生則既老矣。（〈翰林蔡先生墓志〉）
袁翼	試有司，輒不利，自弘治甲子至正德丙子，凡四試，始舉於鄉。……自是更七試，或赴或不赴，竟不獲一第，而飛卿老矣。（〈袁飛卿墓志銘〉）
王寵	自正德庚午，至嘉靖辛卯，凡八試，試皆絀。（〈王履吉墓志銘〉）
錢孔周	自弘治辛丑，至正德丙子，凡六試應天，試輒不售。（〈錢孔周墓志銘〉）

科舉不仕之文人羈留吳中，組成文人群體；或為師友，或為同好，也是另一種型態的「科舉文化產品」。

2　古文辭與程文的矛盾

文徵明一再提及自己對古文辭之喜好，而對程文有所不滿。所謂程文，即是為科舉而寫就之文；而古文辭，則以古學為主，一則是「古文」，一則是「時文」。[86]文徵明也不掩其對程文之貶抑，在〈杜允勝墓志銘〉便說：「其學粹而深，為文光潔而傳於理。非如一時舉

86 明清科舉以八股取士。八股文又稱制義、制藝、時藝、時文等，取題於四書，通常由破題、承題、起講、入手、起股、中股、後股、束股八部分組成。體制固定，講求對偶排比，行文時且要揣摩孔孟、程朱之語氣，所謂「代聖賢立言」。

子，工為程試之文而已。」[87]一般舉子之文，只為應付科考，而杜允勝之文卻是「光潔而傳於理」，一是可大可久之文章，一是一時科考之文字，其間相去甚遠。在〈上守谿先生書〉裡文徵明也自言程文與古文創作的矛盾：

> 某亦以親命選隸學官，於是有文法之拘，日惟章句是循，程試之文是習，而中心竊鄙焉。稍稍以其間隙，諷讀左氏、史記、兩漢書及古今人文集，若有所得，亦時時竊為古文詞。[88]

程試之文的學習方式是「文法」與「章句」，著重的是體式的統一，[89]而文徵明雖日日習之，心中卻鄙視而不以為然。學習古文詞則需要閱讀的積累，需諷讀經史文集，以深厚的學養作為根柢。然而程文以成當時之風潮，文徵明若想創作古文詞，只能「竊為」，即使如此，仍被同輩嘲笑：「一時曹耦莫不非笑之，以為狂；其不以為狂者，則以為矯、為迂。」也有人給予他建議：「惟一二知己憐之，謂『以子之才，為程文無難者，盍精於是？俟他日得雋，為古文非晚。』」[90]認為先通過程文之科試，再從事古文之創作。這種看法無疑是將「程文」置於工具價值，[91]而肯定古文詞為個人情性之發展。[92]文徵明也辨析這種想法：

---

87 （明）文徵明：〈杜允勝墓志銘〉，《文徵明集》，卷30，頁709。

88 （明）文徵明：〈上守谿先生書〉，《文徵明集》，卷25，頁581。

89 （明）文徵明〈戴先生傳〉言：「同時諸生多守章句訓詁，所為經義，類多熟爛骫骳之言。」收於《文徵明集》，卷27，頁640。

90 （明）文徵明：〈上守谿先生書〉，《文徵明集》，卷25，頁581-582。

91 即使是以程文入舉之王鏊，文名傳遍天下「士爭傳錄以為式」也曾自言：「是足為吾學耶？」對程試之文不以為然。見（明）文徵明：〈太傅王文恪傳〉，《文徵明集》，卷28，頁662。

92 （明）文徵明〈王履吉墓志銘〉云：「三吳之士知君者，咸以高科屬之，其真知者，謂能肆情詞藝，非直經生而已。」「君文學藝能，卓然名家；而出其緒餘，為明經試策，宏博奇麗，獨得肯綮。」以為「明經試策」乃「出其緒餘」，並認為「肆情

> 某亦不以為然。蓋程試之文有工拙，而人之性有能有不能。若必求精詣，則魯鈍之資，無復是望。就而觀之，今之得雋者，不皆然也，是殆有命焉。苟為無命，終身不第，則亦將終身不得為古文，豈不負哉？用是排群議，為之不顧；而志則分矣。緣是彼此皆無所成。[93]

為科舉而作之程文，有工拙之分；若致力於此，而科舉又不第，豈不是終身都不能作古文？這種心態或許不是文徵明一人獨有的矛盾。按理來說，為古文者，於程試之文應不難，但文徵明的古文詞文學群體卻屢遭不第之憾。如王寵「蓋自正德庚午，至嘉靖辛卯，凡八試，試輒斥。而名日益起，從者日眾，得其指授，往往去取高科，登顯仕，而君竟不售以死。」[94]科舉八試不第之人所指導之程文反而能「取高科、登顯仕」，這豈不是一大諷刺？作古文詞者雖「潦倒不售」、「人益非笑之，以為是皆學古之罪也」，[95]但文徵明也有所感，真正能流傳後世之文不在一時舉子所作之程文，而是有一己情性之古文詞。〈大川遺稿序〉有言：「且以一時舉子言之，莫不明經業文，以為取科第無難也。卒之獵高科，登膴仕，曾不幾人；而泯沒無文者皆是。以道卿今日視之，果孰多少哉？此余所以有取於是，而無用彼為也。」[96]眾人孜孜矻矻研習程文，所抱持的是中舉之信念；但真能登高科，為世所用者又有多少人？致力於古文辭者，視文章為百年之事業，雖一時被視為「矯、迂」，卻能「自足名家」、「後有識者，必能信而傳

詞藝」與「經生」非同一層次。從文中所述「非直經生而已」即表達對程文之不以為然。見《文徵明集》，卷31，頁713。

93 （明）文徵明：〈上守谿先生書〉，《文徵明集》，卷25，頁582。

94 （明）文徵明：〈王履吉墓志銘〉，《文徵明集》，卷31，頁714。

95 （明）文徵明：〈大川遺稿序〉，《文徵明集》，補輯卷19，頁1259。

96 （明）文徵明：〈大川遺稿序〉，《文徵明集》，補輯卷19，頁1259。

之。」[97]祝允明也有相近之看法：

> 一壞於策對，又壞於科舉，終大壞於近時之科舉矣。且科舉者，豈所謂學耶？如姑即以論其業，從隋唐以至乎杪宋，則極靡矣。今觀晚宋所謂科舉之文者，雖至為猥澆，亦且獵涉繁廣，腐綺偽珍，紉綴釦鏤，眩曜滿眼，以視近時亦不侔矣。其不侔者愈益空歉，至於蕉萃萎槁，如不衣之男，不飾之女，甚若紙花土獸而更素之，無復氣彩骨毛豈壯夫語哉？而況古之文章本體哉？而又況乎聖賢才哲為己之學之云哉？[98]

批判科舉之弊，焦點放在「科舉」與「學」之差異，以為科舉之文，無文章本質之氣彩，從修辭技巧而言，非「壯夫語」，從文章本質探索，非「文章本體」，更拉高其層次，科舉之文並非「聖賢才哲為己之學」。這種批判角度，就與「漫讀程文，味如咀蠟；拈筆試為，手若操棘，則安能與諸英角逐乎？」強調個人質性之異有所區別。[99]

(二) 古文詞文學群體的互動

在文徵明交遊的範疇中，有以「古文辭」而形成文學群體。在

---

97 （明）文徵明〈吏部郎中西原先生薛蕙墓碑銘〉云：「質義揚榷，雋味道腴，經義之外，尤攻古文辭。」對於創作古文辭者加以讚揚。見《文徵明集》，補輯卷32，頁1568。

98 （明）祝允明：〈答張天賦秀才書〉，《祝氏集略》，卷12，《祝氏詩文集》（臺北：中央圖書館，1971年），卷12，頁989。

99 祝允明又稱：「今為士，高則詭談性理，妄標道學以為拔類；卑則絕意古學，執夸舉業謂之本等。就使自成語錄，富及百卷，精能程文，試奪千魁，竟亦何用？」「今人幼小輒依閭閻童兒，師教以書市所賣號為古文者，一踏舉業門，即遙置度外矣。」（明）祝允明：〈答人勸試甲科書〉、〈答張天賦秀才書〉，《祝氏集略》，卷12，《祝氏詩文集》頁972、989-990、995。

〈顧春潛先生傳〉提到：

> 春潛……獨與同舍生文徵明友善。徵明雖同為邑學生，而雅事博綜，不專治經義，喜為古文辭，習繪事，眾咸非笑之，謂非所宜為。而春潛不為異，日相追逐，唱酬為樂。[100]

〈大川遺稿序〉：

> 弘治初，余為諸生，與都君玄敬、祝君希哲、唐君子畏倡為古文辭。爭懸金購書，探奇摘異，窮日力不休。[101]

〈錢孔周墓志銘〉：

> 吾友錢君孔周……雅性闊達，不任撿押。所與遊皆一時高朗亢爽之士，而唐君伯虎、徐君昌國，其最善者。視余拘檢齷齪，若所不屑，而意獨親。時余三人，與君皆在庠序，故會晤為數。時日不見，輒奔走相覓，見輒文酒讌笑，評隲古今，或書所為文，相討質以為樂。既而唐、徐起高科入仕，尋皆病亡。而湯君子重，王君履約、履吉，雖稍後出，而游好為密。[102]

〈上守谿先生書〉：

> 年十九還吳，得同志者數人，相與賦詩綴文。于時年盛氣銳，

100　（明）文徵明：〈顧春潛先生傳〉，《文徵明集》，卷27，頁652-653。

101　（明）文徵明：〈大川遺稿序〉，《文徵明集》，補輯卷19，頁1259。

102　（明）文徵明：〈錢孔周墓誌銘〉，《文徵明集》，卷33，頁756。

> 不自量度，僩然欲追古人及之。未幾，數人者，或死或去，其在者亦或叛盟改習。[103]

從這幾段文字的描述，可知文徵明與祝允明、都穆、唐寅、徐禎卿、錢孔周、顧春潛等人均有志於古文辭之創作；之後，因唐寅、徐禎卿出仕，之後友朋病故，這個文學群體也就自然地崩解。後出者如湯珍、王寵、王守等人仍與文徵明結為同好。以同好古文詞稱為「同志」，[104]且「與余同志者才三數人」，[105]所提「叛盟改習」者，所指應是徐禎卿，祝允明亦有「北學中離群」之語。[106]

文嘉〈先君行略〉也提及：

> （公）稍長，讀書作文，即見端緒，尤好為古文辭。時南峰楊公循吉、枝山祝公允明，俱以古文鳴，然年俱長公十餘歲。公與之上下其議論，二公雖性行不同，亦皆折輩行與交，深相契合。……南濠都公穆，博雅好古；六如唐君寅，天才俊逸。公與二人者，共耽古學，游從甚密，……徐迪功禎卿年少時，袖詩謁公；公見徐詩，大喜，遂相與倡和……時雅宜王君寵，異才也。少公二十四歲。公雅相推重，引於游處，王竟以德學名。[107]

---

103 （明）文徵明：〈上守谿先生書〉，《文徵明集》，卷25，頁581。

104 文徵明在文集中提及「同志」者，共有三處，其一在卷十七〈送周君振之宰高安敘〉，其一在卷二十五〈上守谿先生書〉，其一在補輯卷二十八〈太學上舍生陸君思寧壽藏銘〉。依序見《文徵明集》，卷17，頁462；卷25，頁581；卷28，頁1494。

105 （明）文徵明〈送周君振之宰高安敘〉：「余少隸學官，同遊之士，無慮百數十人。而與余同志者才三數人。三數人者，其氣同，其業同，其發為文章，著於行義，與夫群試於有司無不同者，蓋莫不憪然思以自見於世也。」收於《文徵明集》，卷17，頁462-463。

106 （明）祝允明：〈夢唐寅、徐禎卿〔亦有張靈〕〉，《祝氏集略》，卷4，《祝氏詩文集》，頁614。

107 （明）文嘉：〈先君行略〉，《文徵明集》，〈附錄〉，頁1619-1620。

由是可知只要是性行相和，以古文詞為媒介，上可交楊循吉、祝允明，下可與王寵、王守等人折輩與交[108]，這也是吳中文人交遊不以仕、隱、少、長的例證。祝允明〈懷知詩〉前有序言：「臥病泊然，緬懷平生知愛，遂各為一詩。少長隱顯，遠近存沒，皆非所計，秪以心腑之真。」[109]更說明了文人交遊，「少長顯隱」、「皆非所計」之型態。

以古文詞為主的文學群體雖然只有一段時間，藉此，我們也發現了吳中文人與當時前七子的文學互動，並發現因為興趣的結合，不分年紀、地域的文人有所交往。雖然古文詞不是當時文學的主流現象，但透過這些互動，亦可發現吳中文人對創作的堅持與執著。

四　以情性結合的文人群體

吳中文人自身有「群」之概念，如祝允明有詩：〈夢唐寅、徐禎卿〔亦有張靈〕〉云：「北學中離群。」[110]或如王寵自言「湯也實同社，登堂袂交把」[111]，「吾黨慕自然，狂歌春酒前。」[112]以「同社」、「吾黨」相稱。一如張鳳翼所言：「當時有同聲相和之美，無文人相輕之嫌，則猶存古之道也。」[113]祝允明有〈七悲文・悲黨〉一文，提及他對友朋群體之見：

---

108 文徵明在〈沈維時墓志銘〉云：「君長余二十年，而修世講特厚，相知為深。」沈周與文徵明介乎師友之間，沈維時長文徵明二十歲，亦有友朋之情誼。收於《文徵明集》，卷29，頁674。

109 （明）祝允明：〈懷知詩〉，《祝氏集略》，卷4，《祝氏詩文集》，頁616。

110 祝允明對徐禎卿學北地之學，有所慨嘆。〈徐博士禎卿〉也提到「登第之後，與北地李獻吉游，悔其少作，改而趨漢魏、盛唐，吳中名士頗有『邯鄲學步』之誚。」收於《列朝詩集》，丙集，頁3351。

111 （明）王寵：〈秋日侍蔡師宴湯二子重〉，《雅宜山人集》（臺北：中央圖書館，1968年），卷1，頁21。本詩作於嘉靖年間。

112 （明）王寵：〈歲暮燕諸友〉，《雅宜山人集》，卷4，頁158。

113 （明）張鳳翼：〈文博士詩集序〉，《文徵明集》，附錄，頁1675。

> 友于諸賢，聯蜚逸鑣，分華炙簡，固亦每接言笑，互見肺肝，又何必憧憧往來，連床執袂而後謂之朋從者哉。[114]

對於文人相交之認知，不在於「憧憧往來」，以緊密性的組織型態作為聯繫友朋情誼的主要方式。每次聚會的當下感受：「每接言笑，互見肺肝」才是他們最深刻的心靈交流。[115]即便他們有「同年會」[116]、「五同會」[117]、「三友會」[118]等名稱的文人群體，仍是屬於文人的風雅文會。風雅文會的淵源始於顧仲瑛的玉山雅集。《國朝獻徵錄》云：「築別業於茜徑西，曰『玉山』，日夜與客置酒賦詩其中。其園池亭榭之盛，圖史之富，與夫餼館聲伎，名鼎甲一時，風流文雅著稱於時。」[119]「置酒賦詩」的聚會型態已成文人活動的主體，相處之形式

114 （明）祝允明：〈七悲文・悲黨〉，《祝氏集略》，卷9，《祝氏詩文集》，頁846。

115 以情性為主的文人群體自有以創作為主的活動。如《文徵明集》，卷十即有〈九日期九逵不至，獨與子重游東禪，作詩寄懷兼簡社中諸友〉，他們有以「社」為名的文學群體，並且有唱和的文學活動。然而，他們所重視的並非創作意念的交流，而是生活的意趣與情味。如卷十〈王履約履吉屢負余詩，叩之九逵云：「已得兩句矣。」憶東坡督歐陽叔弼兄弟倡和有「昨夜條後壁已驚」之句，與此頗類，因次韻奉挑〉，從詩題本身可見唱和活動之意趣。詩云「底事清吟苦不成？應將不戰屈人兵。」又〈履約兄弟得詩竟不見因再疊前韻〉云：「二子堅城似長卿，從教百戰擾罷兵」，將吟詩比擬成戰場的兵戎相接，有文人逞才爭勝的鬥智之趣。三詩依序見《文徵明集》，卷10，頁243、241、241。

116 （明）吳寬：〈同年會飲〉、〈上元日劉道亨家作同年會〉、〈同年會散夜赴濟之〉，《匏翁家藏集》（臺北：臺灣商務印書館，1967年），卷26，頁155、97。

117 所謂「五同」乃「同時、同鄉、同朝、同志、同道」，見〈五同會序〉。又卷二十九〈新歲與玉汝、世賢、禹疇、濟之為五同會。玉汝以詩邀飲，因次韻。時玉汝初治楚獄還〉也提及五同會聚談之情貌。依序見（明）吳寬：《匏翁家藏集》，卷44，頁269；卷29，頁173。

118 沈周〈三友會年序〉云：「王君汝和、都君良玉與予凡三人，成化丙午皆登六十。」收於（明）沈周：《石田先生詩鈔》，《沈周集》，頁211。

119 （明）焦竑：〈顧仲英瑛傳〉，《國朝獻徵錄》，收入周駿富輯：《明代傳記叢刊》，第114冊，頁774。

如袁袠所稱：「絲竹娛心意，歡謔各相親。篇翰侈傳玩，疑義共討論。」[120]在怡然自得的瀟灑中，也有群體交流的快意。

吳寬曾有「中秋夜偶過濟之，忽鄉友數輩至，遂成良會。」[121]從「偶過」、「忽鄉友數輩至」可知友輩們聚會的情境，並非預先設定與安排，而是興之所至，即成「良會」。友朋相聚之情景如沈周之「三友會」為：「自幼追逐硯席間，學業相資，過失相規，燕飲相和，遊般相攜。鄉之人每見吾三人，嘆羨其契誼之若此，莫不交口嘖嘖稱之。」[122]所重者在於情性之相應，情誼之相契，燕游之樂。吳寬的「同年三友會」：

> 三人者，性皆不飲，終席醒然，清言不窮。善謔間發，歡洽累日，契好益深，退輒賦詩以紀其事。[123]

雖無酒意之盎然，卻也「清言不窮」，時發謔語，聚則「歡洽」，退則「賦詩」。吳寬以為一般人之群聚「情話不交，雅音不作，鬨然而集，鬨然而散，不啻市人之於朝暮者。」[124]徒有群體相聚之型態，而欠缺文士相應的內涵。

至於吳寬之「五同會」，雖自言「循洛社之例」，其聚會之性質仍是「與鄉人之仕於朝者，姚城陳玉汝、海虞李世賢、松陵吳禹疇、震澤王濟之……職務之餘，期月一聚飲，以釋其勞相樂也。」[125]聚會的

---

120 （明）袁袠：《衡藩重刻胥臺先生集》，卷4，收入《明史叢刊》，文集卷，第4輯，〈嘉靖朝前期〉，頁147。

121 （明）吳寬：〈中秋夜偶過濟之忽鄉友數輩至遂成良會濟之有詩次韻〉，《匏翁家藏集》，卷25，頁152。

122 （明）沈周：《石田先生詩鈔》，《沈周集》，頁211-212。

123 （明）吳寬：〈同年三友會詩序〉，《匏翁家藏集》，卷44，頁268。

124 （明）吳寬：〈同年三友會詩序〉，《匏翁家藏集》，卷44，頁268。

125 （明）吳寬：〈送陳都憲玉汝赴南京詩序〉，《匏翁家藏集》，卷44，頁271。

內容則為「具酒饌為會，坐以齒定，談以音諧，以正道相責望，以疑義相辨析。興之所至，即形於詠歌，事之所感，每發於議論，庶幾古所謂莫逆者。」《靜志居詩話》載有吳寬文會之情貌：

> 匏菴與沈啟南、史明古衿契最深，車馬簦笠，往還無倦，其詩亦足相敵。在都門闢東園，築玉延亭，留客園中，草木莫不有詩。吏部後，園亦為掃除，欄藥檻花，暇必酬和，極友朋文字之樂。[126]

吳寬本身的園林生活即別有情趣：「在翰林時，於所居之東治園亭，雜蒔花木。退朝執一卷，日哦其中；每良辰佳節，為具召客，分題聯句為樂，若不之知有官者。」[127]

這群「鬆動」的文人群體，不以宗派為號召，在共同的人文傾向中透顯群體的文化心態。交遊與互動過程，並不在於文學觀念的傳播，或是創作內容的探索。雖則文徵明自言：

> 時余三人（案：唐伯虎、徐昌國與文徵明），與君皆在庠序，故會晤為數。時日不見，輒奔走相覓，見輒文酒讌笑，評隲古今，或書所為文，相討質以為樂。[128]

此處所描述的，重在「文酒讌笑」、「相討質以為樂」友朋的交誼，而不在於創作觀念的傳述。

文人活動的內容由吟詩唱和、書畫品題乃至於品鑑圖籍，皆顯示

---

126 （清）朱彝尊：《靜志居詩話》，卷8，收入《續修四庫全書》，第1698冊，頁222。

127 （明）楊廉：《新刊皇明名臣言行錄》，卷4，收入周駿富輯：《明代傳記叢刊》，第45冊，頁720-721。

128 （明）文徵明：〈錢孔周墓志銘〉，《文徵明集》，卷33，頁756。

了文人獨特的才性，形成了地域性的文化現象。如文人間的和詩酬贈，除了緣於文人間相知相契的情性，同時也是深含意義的「儀式行為」──通過它，個人融入了文人群體，成為其中的一員，並藉此而形成自我的肯定與自我的完成。[129]

贈詩與友朋，朋友又依原韻回贈者，稱為和詩，或稱次韻。文徵明的和詩中除與前輩文友，如王鏊〈奉和守谿先生秋晚白蓮之作〉、沈周〈和答石田先生落花十首〉[130]，在〈小楷落花詩〉有：

> 弘治甲子之春，石田先生賦落花之詩十篇，首以示壁，壁與友人徐昌穀甫相與歎艷，屬而和之。先生喜，從而反和之。是歲，壁計隨南京，謁太常卿嘉禾呂公，相與歎艷，又屬而和之。先生益喜，又從而反和之。自是和者日盛，其篇皆十，總其篇若干，而先生之篇，累三十而未已。[131]

談落花詩唱和之緣由。尤其強調他與徐昌穀、呂直觀之「相與嘆艷」、「屬而和之」，並讚沈周：

> 若夫積詠而纍十盈百，實自先生始。至於妙麗奇偉，多而不窮，固亦未有如先生今日之盛者。或謂古人於詩，半聯數語，足以傳世，而先生為是，不已煩乎？豈尚不能忘情於勝人乎？抑有所託而取以自況也？是皆有心為之，而先生不然。興之所

129 參見梅家玲：〈論建安贈答詩及其在贈答傳統中的意義〉，《漢魏六朝文學新論：擬代與贈答篇》（臺北：里仁書局，1997年），頁204。

130 （明）文徵明：〈奉和守谿先生秋晚白蓮之作〉、〈和答石田先生落花詩〉，《文徵明集》，卷8，頁177、161。

131 （明）文徵明：〈小楷落花詩〉，《文徵明集》，補輯卷25，頁1384。

> 至，觸物而成，蓋莫知其所以始，而亦莫究其所以終。其積累而成，至於十於百，固非先生之初意也。而傳不傳，又庸何心哉？惟其無所庸心，是以不覺其言之出而工也。而其傳也，又奚厭其多耶！[132]

對文人情性之讚賞，非「有心為之，而是「興之所至，觸物而成」，藉此可見文徵明的創作觀，也可知沈周之創作風格；而吳中人物創作與情性之結合，更可由「和詩活動」窺見一斑。此外，更有追和前代文人之作。如〈追和王叔明溪南醉歸詩〉、〈追和倪元鎮先生江南春〉、〈追和錢舜舉山居韻〉等[133]，以〈追和楊鐵崖石湖花游曲〉[134]為例，詩前作有小序敘唱和之本末：「鐵崖諸公花游唱和亦石湖一時盛事也。此歲，莫氏修石湖志，目為穢跡而棄之，不誠冤哉！余每嘆息其事，因履約讀書湖上，輒追和其詩，並錄諸作奉寄。履約風流文采，不減昔人，能與子重、履仁和而傳之，亦足為湖山增氣也。」[135]

當代文人為石湖作志，卻略去楊維楨清遊之盛事。此處，文徵明除了將鐵崖石湖花遊唱和視為文人風流文采的呈現，更以為王履約讀書石湖之上，亦為石湖之另一盛事。在和詩的文學活動中，也加入了地域的人文形貌。

此外，如《國寶新編》寫都穆之生活：

> 都穆，字玄敬，蘇州人，仕至太僕少卿。清修博學，網羅舊聞，考訂疑義，多所著述。好遊山水，雖居官曹奉使命，有間

132 （明）文徵明：〈小楷落花詩〉，《文徵明集》，補輯卷25，頁1384-1385。

133 三詩依序見《文徵明集》，卷5，頁84；卷4，頁60；卷6，頁109。

134 見《文徵明集》，卷5，頁82。

135 參見中國古代書畫鑑定組編：上海博物館藏〈石湖花游圖〉，《中國古代書畫圖目》（北京：文物出版社，1986年），第2冊，頁304。

> 即臨賞名勝，騁其素懷，所得必撰一記，輯成巨帙。又廣錄古金石遺文為《金薤琳瑯集》。齋居蕭然，樂奉賓客，銜杯道古，以永終日。不植生產，或至屢空，輒笑曰：「天地之間，當不令都生餓死。」日晏如也。[136]

又如朱存理〈題松下清言〉曾描述其友朋聚會之情貌：

> 僦居松下，日錄過客之談，曰《松下清言》。松之下所過客，遠自西郭至者曰楊君謙，曰都玄敬，曰祝希哲，曰史引之，曰吳次明，近自東西鄰而至者曰堯民……今吾與客之所談者，又不過品硯、借書、鑒畫之事而已……松下設一几，上可攤書，客去，隨所得有楮筆即記客之言。[137]

都穆之閱讀、考訂、遊賞山水與朱性甫所言「品硯、借書、鑒畫」，皆可展現了文人風雅的本色，適可為吳中悠然生活的寫照。

第四節　文人群體的地域特徵

由外地遷徙至吳地而形成文人群體，可展現吳中一地兼融並包的文化特性；文化家族的興盛更是吳中人文傳統得以綿延不墜的主要因素。「以文化世族間所構成的姻親等網絡相聯，甚至以一家族為母體不斷衍展出新的文化望族，正是地域特定的一種文化景觀。」[138]一個

136 （明）顧璘：〈太僕少卿都穆〉，《國寶新編》，收入《記錄彙編》（臺北：臺灣商務印書館，1969年，影印明萬曆刊本），頁10。

137 （明）朱存理：《樓居雜著》，收入《文淵閣四庫全書》，第1251冊，頁604-605。

138 嚴迪昌：〈「市隱」心態與吳中明清文化世族〉，《蘇州大學學報（哲學社會科學版）》1991年第1期（1991年2月），頁88。

姓氏的族群會因經濟結構的變化而各自播遷，或因政治生涯的貶謫、或因禍誅、流徙而有所變動。如《太祖實錄》載洪武三年（1370）六月上論曰：「蘇、松、嘉、湖、杭五郡，地狹民眾，細民無田以耕，往往逐末利而食不給。臨濠，朕故鄉也，田多未闢，土有遺利，宜令五府軍民無田產者往臨濠開種，就以種田為己業。」[139]吳寬也稱：

> 國初倣漢徙閭右之制，謫發天下之人，又用以填實京師，至永樂間，復多從駕北遷。當是時，蘇人以富庶被謫發者，蓋數倍於他郡。[140]

古人大多安土重遷，有其群體性依附的心理傳統，但在特定的時空下，不免會有社會結構的流變。而明初的遷徙對吳中的影響，除了是社會結構、經濟環境的改變，對吳人的創作風格也有影響。此外，對於吳人的地域意識也有調整的可能，因為有了這項歷史的因素，許多吳人都曾在明初改籍他地，如顧璘之高祖顧通曾在明初「以匠作徵隸工部，因占數為上元人」[141]，但文徵明強調顧璘「世為蘇之吳縣人」[142]，所以他雖居金陵，吳人仍視其為同一地域的文人，這自然會擴展吳中的地域觀念。

明初吳中四傑皆以政治的因素遭誅，沉寂的吳中文壇至成化、弘治、正德、嘉靖年間文人的密集出現，方展現獨有的文化氛圍。對於吳中文壇而言，地域性家族的出現，以及由核心文人組合而成的文人

---

139 （明）朱睦㮮輯：《聖典》，收入《續修四庫全書》，第432冊，頁471。

140 （明）吳寬：〈伊氏重修族譜序〉，《匏翁家藏集》，卷42，頁257。

141 （明）文徵明：〈故資善大夫南京刑部尚書顧公墓志銘〉，《文徵明集》，卷32，頁743。

142 （明）倪岳：〈山東東昌府臨清縣知縣顧公墓志銘〉，《青谿漫稿》（清武林往哲遺著本），卷22，頁248。

群體，形成共時性的密集群體，以及歷時性的文化家族，這也是吳中地域文人群體的主要特徵。

一　地域性文化家族的傳承

祝允明云：「吳中自昔多儒家，不特一時師友游會之盛，往往父子昆季交承紹襲，引之不替，斯風至美。」[143]一如嚴迪昌在《清詩史》所提到的「地域性特點」與「文化世族現象」。他指出，文化的地域分布差異，在歷史的發展中不斷消長變更。地域文學流派的興衰，每決定於文化世族的能量。這種世族群體網絡把親族、姻族、師生、鄉誼等聯結在一起，組構成或緊密或鬆散的文學文化群。於是，地域的人文積累，自然氣質與具體宗親間的文化養成氛圍，以及家族傳承的文化審美習慣相融匯，形成各式各類的群體型態的審美風尚。[144]審視吳中文壇，其地域性文化世族可分為世代承繼的文化家族以及同代昆仲相承之文化世族。[145]

（一）世代承繼的文化家族

此處先敘述明初三大家族的人物與歷程，至於景泰、天順之後的人物，下二節再詳加說明。

143　（明）祝允明：〈笠澤金氏重建安素堂記〉，《祝氏集略》，卷29，《祝氏詩文集》，頁1750。

144　嚴迪昌：〈緒論之一：清詩的價值和認識的克服〉，《清詩史》（臺北：五南圖書出版公司，1998年），頁10-11。

145　當今學者在研究江南地區的文化家族時，曾根據家族的基本特點，將其分為不同的類型。如嚴迪昌分為簪纓世家、豪門右族、文化世族。吳仁安分為文化世族、科舉入仕與捐納、蔭襲並舉的官宦世族、人丁旺盛的望族。見嚴迪昌：〈文化世族與吳中文苑〉，《文史知識》，1990年第11期「吳文化專號」（1990年11月），頁11-17；吳仁安：《明清時期上海地區的著姓望族》（上海：上海人民出版社，1997年）。

其一為南園俞氏，即俞琰（1284-1314），「隱居吳之南園，老屋數椽，古書金石充牣其中，傳四世皆讀書修行，號南園俞氏云。」[146] 其孫為「吳中世儒」俞貞木（1331-1401），《列朝詩集小傳》〈俞都昌貞木〉云：

> 貞木祖石磵先生琰精于《易》，居吳城之南園，號南園俞氏。貞木自都昌還，惟一弊筐，以布裹物，甚重，家人啟視之，乃官上一斫柴斧耳，其清苦如此。[147]

吳寬〈跋南園俞氏文冊〉對於俞氏家族之興衰有完整之說明：

> 俞氏自宋以來，仕不甚顯，至石磵先生益著書樂道，再世為立菴先生，開門授徒，尤有學行。國初嘗為都昌令。余嘗聞嗣之言：「先祖以憂制還，惟一弊篋，家人啟之，得布裹物甚重，意其奉賞也，視之，乃官上一斲柴斧耳。」其清操如此，故其所遺圖書之外，絕無他物，子孫貧乏亦其勢然。往歲予再經南園，則其居已屬他姓，悉犁為菜圃矣。嗣之有子曰元育，無妻子，且入存卹院。嗚呼，世儒之家，乃至此哉！斯理之不可曉者。[148]

俞氏自都貞木之祖石磵先生方有文名，其父立菴先生尤有學行，從俞貞木辭官還，惟遺一柴斧可見其清介之品格。而後其子孫仕不顯，竟

146 （清）楊紹和：〈宋本張先生校正楊寶學易傳二十卷十冊〉，《楹書隅錄續錄》，卷1，收入《書目叢編》（臺北：廣文書局，1989年），頁7。

147 〈俞都昌貞木〉，《列朝詩集》，甲集，頁2152-2153。

148 （明）吳寬：〈跋南園俞氏文冊〉，《匏翁家藏集》，卷55，頁335。

至以賣先祖遺墨維生[149]，而南園也犁為菜圃，一個文化世族至此灰飛煙滅，足令人慨嘆。《姑蘇名賢小記》云：「都昌先生仕不顯，功名不著，其所勒書亦竟幾灰滅矣。而吳中先達舉名德者，必稱先生，則先生之風誼亦可遙想哉。」[150]由是可見俞貞木之風誼並不因其家族之寥落而失卻其地位。

其二為笠澤虞氏，即虞堪，「虞堪，字克用，一字勝伯，宋丞相雍公八世孫，家長洲，洪武中為雲南府學教授。」[151]《列朝詩集小傳》稱「吳中故世儒家，虞氏與南園俞氏為最」，家中藏書甚富，尤重其祖宋丞相雍公之遺文，即使在千里之外，也極力求購。劉鳳云：

> 虞堪者，宋宰相允文（1110-1174）後也。徙家長洲，家富，其所藏書，多雍公（虞允文，封雍國公）遺，又行重購。校讎日夜不休，自稱僻焉。為詩頗清潤，兼好吮朱設色，圖畫樹石，盤礴睥睨，故為賞好。所移盡費其產。從祖伯生嘗愛重之，其書乃易賴之傳。[152]

其子為虞鏞，「教授里中」，再傳至湜，則去儒業，至「湜之子權，家益貧，盡斥賣先世故物，以供衣食。」[153]虞權死時，妻子將所存先世之詞翰置於魚網，放在屋樑上，久則亡佚。

---

149 「南園俞氏在蘇學之西，予少數過之，主人嗣之輒出其家遺墨款客。時嗣之甚貧，已斥賣供衣食費，久之，吳下人家多得之。」（明）吳寬：〈跋南園俞氏文冊〉，《匏翁家藏集》，卷55，頁335。

150 （明）文震孟：〈姑蘇名賢小記序〉，收入周駿富輯：《明代傳記叢刊》，第148冊，頁15。

151 （清）朱彝尊：《靜志居詩話》，卷5，收入《續修四庫全書》，第1698冊，頁162。

152 （明）劉鳳：《續吳先賢讚》，收入周駿富輯：《明代傳記叢刊》，第148冊，頁613。

153 〈虞廣文堪〉，《列朝詩集》，甲集，頁500。

其三廬山陳氏。陳氏家族陳徵──陳汝言、（弟陳汝秩）──陳繼──陳寬、陳完。陳汝秩（字惟寅）、陳汝言（字惟允）兄弟，其父為陳徵（字明善），人稱天倪先生。「兄弟二人並有雋才，惟允尤倜儻知兵。」[154]曾有一事，寫陳汝言之倜儻與敏捷：

> 惟允與王叔明契厚，叔明知泰安州，廳事後有樓面泰山，叔明張絹素於壁，興至捉筆，三年而圖成。惟允自濟南往訪，方看畫，雪大作，欲改為雪集，而難于設色。惟允沉思良久，曰：得之矣！為小弓，夾粉筆，張滿彈之，儼如飛舞。叔明叫絕，以為神奇，題曰：戴宗密雪圖。[155]

陳惟允（陳汝言）之倜儻不只在於兵事，與王叔明觀畫之際，也能隨手以小弓夾粉筆，創造出雪花滿天的場景，可見其人之才情於一斑。

陳汝言生陳繼，「人呼為陳五經」。[156]陳繼有子陳寬（字孟賢）、陳完（字孟英），二人「自相師友」、「吳中稱經學者，皆宗陳氏」[157]。陳氏自陳徵始卜居於吳，陳汝言、汝秩「力貧養母，有聞於時」[158]，陳繼「生十月，父汝言坐法死，母吳自誓立孤。稍長，令從王行、俞貞木游，貫穿經學，人呼為陳五經。」[159]陳寬、陳完二人自相師友，「被服甚古，儀觀儼然，鄉閭敬之。」[160]

兩家族之間亦有師承之關聯。陳繼（字嗣初）之師為俞貞木，

---

154 〈陳經歷汝言〉，《列朝詩集》，甲集，頁695。
155 〈陳經歷汝言〉，《列朝詩集》，甲集，頁695。
156 〈陳檢討繼〉，《列朝詩集》，乙集，頁2476。
157 〈陳公子寬〉，《列朝詩集》，乙集，頁2592。
158 〈陳處士汝秩〉，《列朝詩集》，甲集，頁514。
159 〈陳檢討繼〉，《列朝詩集》，乙集，頁2475。
160 〈陳公子寬〉，《列朝詩集》，乙集，頁2592。

《(正德）姑蘇志》云:「繼生十月，汝言坐事死。母攜歸蘇，家具蕭然，惟存書二萬卷。其母守節教繼，繼長，從王行學，再從俞貞木，遂以古文名三吳。」[161]錢謙益有云:「吳中故世儒家，虞氏與南園俞氏為最。兩家入本朝，至永樂中而微，至弘治初而絕。」[162]由前所述，可見二個家族由顯至微時間歷程的變化。祝允明〈跋俞陳二先生遺稿〉則倡言都貞木與陳繼之文學與德行：

> 吳故稱多材，蓋不特以一藝云然。醇德雅操，篤行善政，每多兼之，至於文學其一也。有如都昌、五經二先生，一時師友倡和，嘻其盛矣。今鄉後進，多知其學耳。若二先生之德之操之行與都昌之政，則兼有之，謂之君子儒可也，謂之卓行可也，謂之循吏可也，而豈一材之云乎！若夫文章之間，慎守矩矱，有德之言，則既知之矣，而何足以盡之。[163]

可見吳中文人推舉俞氏與陳氏，不僅視之為文學之士，而在於其德操與學行。以「學行」和「道德」為家族根本，這也是吳中文化世族的人文傳統。

除了世居吳中文化世族之外，移居到吳地的家族也形成此地文化繁盛的景觀。諸如伊氏「自沐陽徙吳中，歲久，遂為著姓」，白氏「其先為河南人，從宋南渡，占籍武進，遂久，為大族」。[164]其中最

161 （明）王鏊等：《姑蘇志》，卷52，〈人物十．名臣〉，收入吳相湘主編：《中國史學叢書》，頁761。

162 〈虞廣文堪〉，《列朝詩集》，甲集，頁500。

163 （明）祝允明：〈跋俞陳二先生遺稿〉，《祝氏集略》，卷26，《祝氏詩文集》，頁1620-1621。

164 （明）吳寬：〈伊氏重修族譜序〉、〈白康敏公家傳〉，《匏翁家藏集》，卷42，頁257、卷59，頁372。

為著稱者，《文氏舊譜續集・序》有云：「吳中舊族以科第簪纓世其家者多有，而詩文筆翰流布海內累世不絕則莫如文氏。」[165]溯其源流，文氏之祖起自蜀地，後唐時一支由蜀遷到江西廬陵，最後經浙江寓居吳門。[166]文氏一族皆武人，自文洪始以文章著稱。[167]文氏家族綿延廣遠，由明入清仍未斷絕，茲簡述如下：文洪——文林——文璧（文徵明）——文彭、文嘉——文元直——文肇祉——文震孟、文震亨——文秉——文乘——文柟——文點——文赤——文含——文素。在《姑蘇名賢後紀》稱：

> 文氏自溫州公以下，世多懿德，而太史（案：文湛曾撰《吳中名賢小紀》）恐以溢美為嫌，不載之前紀，予特錄其誌傳，以竢論定云。[168]

所列〈文氏五世誌傳〉為：文宗儒先生林、文徵仲先生徵明、文壽承先生彭、文子悱先生元發、文文起先生震孟。並有〈文氏誌傳增附〉文啟美先生震亨、文應符先生乘。可知文氏一族在吳中的重要地位。吳中極盛期在文徵明一代，「主中吳風雅之盟者三十餘年」[169]，黃佐〈將仕郎翰林院待詔衡山文公墓志〉稱其「優游林壑三十餘年，四方

165 （清）文含重修：《文氏族譜續集》，收入《中國西南文獻叢書二編》（北京：學苑出版社，2009年），頁155。

166 嚴迪昌：〈文化世族與吳中文苑〉，《文史知識》1990年第11期「吳文化專號」（1990年11月），頁17。

167 文徵明〈俞母文碩人墓志銘〉：「吾文氏自衡山徙蘇，家世武弁。我先大父諱洪，始以文顯，仕終淶水教諭。」收於《文徵明集》，卷30，頁701。

168 （清）褚亨奭撰：《姑蘇名賢後紀》，收入周駿富輯：《明代傳記叢刊》，第148冊，頁263。

169 〈文待詔徵明〉，《列朝詩集》，丙集，頁3389。

文儒道吳者，莫不過從……藝文布滿海內，家傳人誦。」[170]王世貞有見於是，曰：

> 吳中人於詩述徐禎卿，書述祝允明，畫則唐寅伯虎。彼自以專技精詣哉，則皆文先生友也，而皆用前死，故不能當文先生。人不可以無年，信乎！文先生蓋兼之也。先生晚而吳中人以朱恭肅公希周並稱。夫朱公者，恂恂不見長人也，何以得此聲先生哉！亦可思矣。余嚮者東還時一再侍文先生，然不能以貌盡先生，而今可十五載，度所取天下士折衷無如文先生者，乃大悔。[171]

此處先言吳中詩書畫之代表，而文徵明獨能兼擅。但這不是文徵明特出之處，其子文嘉即言「繪事余家君之餘」[172]，更重要的是王世貞以為天下士「無如文先生」，[173]不只視其為書家、畫家，而是具有吳中人文風範的文人。從宏觀的文化視野來看文徵明在吳中文壇所扮演的位置，更能完整解讀文人的內涵與風貌。再對照時人對他的評論，如劉鳳《續吳先賢讚》以為「豈徒文藝焉」，閻起卿《吳郡二科志》稱之「能立德者」，徐曾銘所謂「百年來風雅人倫以待詔為嚆矢」，當可知文徵明在當時所形成的人文典範[174]，絕非以書畫聞世而已。

170　（清）黃宗羲編：《明文海》，收入《文淵閣四庫全書》，第1458冊，頁211。另見《文徵明集》附錄，頁1633。

171　（明）王世貞：〈文先生傳〉，《弇州山人四部稿》，卷83，頁3931-3932。

172　（明）汪顯節編次：《繪林題識》，收入周駿富輯：《明代傳記叢刊》，第72冊，頁299。

173　（明）王世貞：〈文先生傳〉，《弇州山人四部稿》，卷83，頁3932。

174　（明）劉鳳：《續吳先賢讚》，收入周駿富輯：《明代傳記叢刊》，第148冊，頁652；（明）閻秀卿：《吳郡二科志》，〈文苑．文璧〉，收入周駿富輯：《明代傳記叢刊》，第148冊，頁778；（明）徐曾銘：〈待詔文先生徵明〉，《續名賢小記》，收入周駿富輯：《明代傳記叢刊》，第148冊，頁132。

其父人稱文溫州，德名甚高，二子皆名士，《列朝詩集小傳》云「明經修行，清真遠俗，瓊枝玉樹，真王、謝家子弟也」[175]。《四庫全書提要》〈文氏五家集〉也稱：「能於耳濡目染之餘，力承先緒，所謂謝家子弟雖復不端正者，亦奕奕有一種風氣也。」[176]文氏家族的家承淵源形成了「遺風餘緒」[177]，隨著時間的推移更突顯其重要性。同族性的家學承傳是文化世族之所以綿延不絕的主體因素。

再如沈氏家族，梁章鉅《浪跡叢談》言沈石田世家「家學相傳，前輝後光」[178]，文徵明以沈澄作為沈氏家族的文化奠基人：「沈氏自蘭菴徵君以儒碩肇厥家，二子起而繼之，曰陶菴、曰同齋，媲聲麗迹鬱為時英，至于今而石田先生，遂以布衣之傑隆望當代。」[179]藉此可知沈澄以「儒碩肇家」而祖孫三代咸為一時名流。吳寬也稱：

> 相城沈氏自蘭坡府君，生蘭庵徵士，蘭庵生同齋，同齋生石田，世游藝苑，繼繼不絕，家藏故物，殆及百年，益完益盛，至于維時，篤好又復過之，蓋予所聞見于沈氏者，五世于茲，其亦難得於今日也。[180]

---

175 〈附見　文氏二承〉，《列朝詩集》，丙集，頁3411-3412。

176 （清）永瑢、紀昀等：《四庫全書總目提要》（臺北：臺灣商務印書館，1983-1986年），卷189，集部42，〈總集類四．文氏五家詩十四卷〉，頁75。

177 值得注意的是，文徵明之女嫁王子美者「更好學，號為博洽，亦能詩，嘗作〈明妃曲〉，有云：『當時只擬殺畫工，誰誅婁敬黃泉道。』即收之《彤管》，豈讓前人。」見〈附見　文氏二承〉，《列朝詩集》，丙集，頁3412。可見文氏家族中的女性亦為家學淵源，文采不讓鬚眉。

178 （清）梁章鉅：《浪跡叢談》，卷9，收入《叢書集成三編》（臺北：新文豐出版公司，1996年），頁455。

179 文徵明〈相城沈氏保堂記〉以沈澄作為沈氏家族的文化奠基人：「沈氏自蘭菴徵君以儒碩肇厥家，二子起而繼之，曰陶菴、曰同齋，媲聲麗迹鬱為時英，至于今而石田先生，遂以布衣之傑隆望當代。」《文徵明集》，卷18，頁476。

180 （明）吳寬：〈跋元諸家墨蹟〉，《匏翁家藏集》，卷48，頁299。

此一家族詩文書畫兼擅，據〈石田先生事略〉所載：「父祖子孫相聚一室商確古今，情發於詩，有倡有和，儀度文章雍容祥雅，四方賢士大夫聞風踵門，請觀其禮，殆無虛日，三吳一時盛族推相城沈氏為最。」[181]沈氏六代為：沈澄──沈貞吉、恆吉──沈石田（沈周）、沈豳──沈雲鴻──沈湄（伊在）。吳寬親身聞見即有五代之盛，《列朝詩集小傳》稱之「風流文翰，照映一時。百年來，東南之盛，蓋莫有過之者。」[182]沈澄（字孟淵）「永樂初，以人材徵，引疾歸。好自標置，恆著道衣，逍遙池館，海內名士莫不造門。居相城之西莊，日日具待賓客，飲酒賦詩，或令人于溪上望客舟，惟恐不至，人以顧玉山擬之。」[183]沈貞吉為兄、弟沈恆吉「相城故家，皆善繪事，生富室，志高尚，工畫金碧山水，以公濟為師。每賦一詩，營一障，必累月閱歲乃出，不可以購取。家庭之間，自相唱酬，僕隸皆諳文墨。並年八十餘。」[184]沈石田為吳中一時風雅領袖，《無聲詩史》寫沈周書畫風行之現象：

> 遠近相傳：「沈先生來矣」，候之者舟闐河干，屨滿戶外，乞詩乞畫。隨所欲應之，無不人人滿意去。[185]

沈雲鴻承繼家風，「長於考訂」、「特好古遺器物書畫，遇名品，摩拊

181　（清）錢謙益：〈石田先生事略〉，（明）沈周：《石田先生詩鈔》，《沈周集》，頁235。

182　〈石田先生沈周〉，《列朝詩集》，丙集，頁3205。

183　〈沈徵士澄〉，《列朝詩集》，乙集，頁2581。另《（正德）姑蘇志》卷五十五云：「沈澄字孟淵……澄雅善詩，尤好客，海內知名之士無不造之。所居曰西莊，日夕治具燕賓客，詩酒為樂，人以顧仲瑛擬之。」（明）王鏊等：《姑蘇志》，卷55，〈人物十七．薦舉〉，頁817。

184　（明）張昶：《吳中人物志》（臺北：臺灣學生書局，1969年），頁566。

185　（清）姜紹書：《無聲詩史》，收入《四庫全書存目叢書》，子部，第72冊，頁718。

諦玩，喜見顏色，往往傾橐購之」，人稱為「鑒賞家」。[186]

陳頎對沈氏家族有總括性的說明：

> 其族之盛，不特貲產之富，蓋亦有詩書禮樂以為之業。當其燕閒，父子祖孫相聚一堂，商確古今，情發於詩，有倡有和。儀度文章，雍容詳雅，四方賢士大夫，聞風踵門，請觀其禮，殆無虛日，三吳間一時論盛族，咸稱相城沈氏為之最焉。[187]

吳中地域的家族，受文化環境的薰染，自然會形成一種文化傳統，具有鮮明的文化特徵。他們以實現家族的文化性為自我的追求目標，家族成員具有強烈的文化意識，對吳中地域的文化傳統有著深遠的影響。

（二）同代昆仲相承的文化世族

除了世代承繼的文化世族外，同代之間，昆弟數人皆為詞章之士者，如皇甫氏、袁氏。《姑蘇名賢小記》〈世學憲袁先生〉云：「是時吳中父兄子弟，皆能文者，推袁氏、皇甫氏。」[188]

袁氏高祖袁以寧，其後為琮，再者為袁敬先，後為袁鼒。文徵明云：「自高曾以下，世以氣義長雄其鄉，而未有顯者。至君昆弟數人，藻發競秀，突起閭閻，聲生勢長，隱然為文獻之族。」[189]

皇甫氏始自其祖皇甫信「以文學起家，為太學生」，其子皇甫錄

---

186 文徵明〈沈維時墓志銘〉：「尋核歲月，甄品精駁，又歷歷咸有據依。江以南論鑒賞家，蓋莫不推之也。」《文徵明集》，卷29，頁673。

187 （明）陳頎：〈同齋沈君墓志銘〉，（明）錢穀編：《吳都文粹續集》，卷40，收入《文淵閣四庫全書》，第1386冊，頁293。

188 （明）文震孟：〈世學憲袁先生〉，《姑蘇名賢小記》，收入周駿富輯：《明代傳記叢刊》，第148冊，頁94。

189 （明）文徵明：〈廣西提學僉事袁君墓志銘〉，《文徵明集》，卷33，頁759。

為丙辰進士，任順慶知府。至皇甫沖等人儼然成為文學名家。文徵明稱述「兄弟自相師友，揚摧探竟，務求抵極，攄詞發藻，迥出輩流。未數年，相繼舉於鄉，而君（皇甫涍，字子安）與二弟遂收甲科。一時名文學之盛，三吳之士，鮮其儷者。」[190]

文氏家族與沈氏家族之外，吳中文人之間的姻親關聯，更使得彼此的關係尤為緊密。如楊循吉，為文徵明父文林之表妹婿，他在文林的祭文自言：「逮齋表妹婿禮部主事致事楊循吉，茲者伏為新故內兄中順大夫溫州知府文公。」[191]劉昌（字欽謨）為楊循吉之舅，錢謙益有云：「楊循吉，其外甥也。」[192]文徵明之文彭，娶錢同愛長女，何良俊有云：「（同愛）與衡山先生最相得，衡山長郎壽承（文彭），即其婿也。」[193]又如沈雲鴻娶祝允明之表姊，兩家有姻親之好，祝允明自言「公（沈周）始愛予深，其子雲鴻又余表姊之家也，辱公置年而友」[194]。都穆之女嫁與陸采（陸粲之弟）；唐寅之女適王寵之子。[195]

藉由姻親的相屬關係，使得家族的文化得以承傳，對於吳中地域文風之興盛，有著深遠的影響。吳中文人也盛讚家族聯姻之下的子孫文學成就，如祝允明，外祖父為徐有貞，祖父祝顥，人稱「內外二祖，咸當代魁儒」[196]，祝允明也自言「允明自惟樸遬之質，幸出附於

190 （明）文徵明：〈浙江按察司僉事皇甫君墓志銘〉，《文徵明集》，卷33，頁753。

191 （明）文林：〈明故中順大夫溫州府知府文公墓志銘．追修功德疏一首〉，《文溫州集》，收入《存目叢書》，集部，第40冊，頁371。

192 〈劉參政昌〉，《列朝詩集》，乙集，頁2489。

193 （明）何良俊：《四友齋叢說》（北京：中華書局，1959年），卷26，頁149。《文徵明集》卷三十三〈錢孔周墓志銘〉言其長女「適余長子縣學生彭」，收於《文徵明集》，卷33，頁758。

194 （明）祝允明：〈刻沈石田詩序〉，《祝氏集略》，卷24，《祝氏詩文集》，頁1554。

195 （明）祝允明〈唐子畏墓誌並銘〉：「寅，生一女，許王氏國士履吉之子。」收於《祝氏集略》，卷17，《祝氏詩文集》，頁1227。

196 （明）王寵：〈明故承直郎應天府通判祝公行狀〉，《雅宜山人集》，卷10，頁411。

內外文獻之宗」[197]，此語雖是自謙之詞，倒也可見他對出身於文獻家族的自詡之情。

二　文人群體的師友關聯

（一）以沈周為主的吳中文人群

吳中的文人群體又因師承與家學的綜合，形成了綿密的家族網絡與師友文學社群。成化、弘治時期的吳中文壇形成以沈周為主的文人群，有祝顥、徐有貞、杜瓊、史鑑、吳寬、文林、李應禎等人，創造吳中一時之「風流文雅」[198]。《吳中人物志》云沈周與「吳文定寬、史徵士鑑、李太僕應禎、劉僉憲玨為莫逆交」[199]，〈完庵詩集序〉云：

> 完庵先生劉公玨……其家長洲之野，江湖之上，日玩雲水不足，引水為池，累石為山，號小洞庭，與客登眺以樂……當時所與倡和者，武功徐公，參政祝公，及隱士沈石田數人而已。[200]

劉玨並與吳寬交遊，吳寬自言：「予與公為後輩而托交久。」[201]《列朝詩集小傳》乙集〈祝參政顥〉指出：「歸田之後，一時耆俊勝集，若徐天全、劉完菴、杜東原輩，日相過從。高風雅韻，輝映鄉邦，歷

---

197 （明）祝允明：〈上堂尊少宰四明先生書〉，《祝氏集略》，卷12，《祝氏詩文集》，頁968-969。

198 （明）吳寬〈完庵詩集序〉：「自公之沒而徐、祝二公相繼下世，吳中風流文雅不可復見矣。」收於《匏翁家藏集》，卷44，頁273。

199 （明）張昶：《吳中人物志》，頁566。

200 （明）吳寬：〈完庵詩集序〉，《匏翁家藏集》，卷44，頁273。

201 （明）吳寬：〈完菴詩集序〉，（明）錢穀編：《吳都文粹續集》，卷56，收入《文淵閣四庫全書》，第1386冊，頁672。

二十年。」[202]《國朝獻徵錄》載：「先生（沈周）雖與物無忤，而披襟吐赤者，十不一二，惟吳少宰寬、都太僕穆、文溫州林則其莫逆交也。此三人者，蓋世所稱篤行慕古金玉偉人也。」[203]從這些文獻，皆可看出文人之間交遊之情狀。

其他文人的師友關係則如杜瓊從陳繼為師：「杜瓊字用嘉，吳縣人，生一月而孤，長從陳繼先生學，博綜古今。」[204]杜瓊又為朱存理、趙同魯之師，《列朝詩集小傳》丙集〈朱處士存理〉云：「存理，字性甫，長洲人。少學制科，謝去，從杜瓊先生游。」[205]《列朝詩集小傳》乙集〈杜淵孝瓊〉云：「三吳會葬者數千人，門生趙同魯私諡曰淵孝先生。」[206]朱存理除了從杜瓊為師，亦以邢量為師。《姑蘇名賢小記》〈邢布衣先生〉記載：「門人朱存理，僅收其遺數篇。存理字性甫，篤學善談名理，讀書杜戶，稱其師傳。」[207]

朱存理與朱凱合稱「二朱先生」，「兩人皆不業仕進，又不隨俗為廛井小人之事，日惟挾冊呻吟以樂。……成化、弘治間，其名奕奕，望於郡城之東。人以其所居相接而業又甚似也，麗稱之曰兩朱先生。」[208]而朱凱又與都穆有通財之好，《西園聞見錄》載：

> （都穆）一歲除夕絕粮，作詩寄故人朱堯民曰：「歲云暮矣室蕭然，牢落生涯只舊氈；君肯太倉分一粒，免教人笑灶無

202 〈祝參政顥〉，《列朝詩集》，乙集，頁2502。

203 （明）張時徹：〈沈孝廉周傳〉，焦竑編：《國朝獻徵錄》，卷115，收入周駿富輯：《明代傳記叢刊》，第114冊，頁794。

204 （明）王鏊等：《姑蘇志》，卷55，〈人物十六・隱逸〉，頁815。

205 〈朱處士存理〉，《列朝詩集》，丙集，頁3383。

206 〈杜淵孝瓊〉，《列朝詩集》，乙集，頁2574。

207 （明）文震孟：〈邢布衣先生〉，《姑蘇名賢小記》，收入周駿富輯：《明代傳記叢刊》，第148冊，頁29。

208 （明）文徵明：〈朱性甫先生墓志銘〉，《文徵明集》，卷29，頁678-679。

> 烟。」堯民儲錢千丈為歲之用，遂分半贈之。[209]

朱凱與都穆為友，都穆又為沈周之弟子，嘗學詩於沈周。[210]邢量之孫邢參與祝允明、徐禎卿為友。徐禎卿為其作歌，寫其「以著述自娛」、「兀坐如枯株……怡然執書坐一角」的情貌：「雲中鵠子鳴且蜚，三三五五將焉歸。歸在外野獨徘徊，從朝無粱暮不炊。於何求乎蘆之漪，我將往饋羹中魚。將子不饑我心愉。」[211]《明分省人物考》云：「邢參，字麗文，吳人。湛默好書，立士行。講授里中以醇和稱，昌穀諸君皆與游。其文亦質而不華；貧無以朝夕，空如也，竟未嘗娶。」[212]

此外，弘治以來，吳中文人又形成以文徵明為中心的文人交遊圈，與以沈周為主的文人群有疊合之處。

（二）以文徵明為中心的吳中文人交遊圈

錢謙益《列朝詩集小傳》丙集〈文待詔徵明〉云：

> 徵仲……又與祝希哲、唐伯虎、徐昌國切磨為詩文。其才少遜於諸公，而能兼撮諸公之長。其為人孝友愷悌，溫溫恭人。致身清華，未衰引退。當群公凋謝之後，以清名長德，主吳中風雅之

---

209 （明）張萱：〈臨財〉，《西園聞見錄》，卷17，收入周駿富輯：《明代傳記叢刊》，第118冊，頁112。

210 「都南濠小時，學詩於沈石田先生之門。」見（明）何良俊：《四友齋叢說》，卷26，頁236。

211 〈邢處士參〉：「參，字麗文。為人沈靜有醞藉，固而不陋，嘉遯城市，教授鄉里，以著述自娛，戶無寸田，未嘗干謁，雖朋友之門，亦不輕步屧過從，昌穀、希哲皆尚之。」《列朝詩集》，丙集，頁3380-3381。

212 （明）過庭訓纂集：〈南直隸蘇州府五・邢參〉，《明分省人物考》，卷22，收入周駿富輯：《明代傳記叢刊》，第131冊，頁54。

> 盟者三十餘年。文人之休有譽處壽考令終，未有如徵仲者也。[213]

誠如錢謙益所述，其「壽」與「譽」非其他文人所能及，又能兼「諸公之長」，故能領袖吳中風雅三十餘年。

文徵明學文於吳寬，學書於李應禎[214]，學畫於沈周，又與祝允明、唐寅、徐禎卿為詩文之友，有吳中四才子之美稱。《無聲詩史》言：「其所嚴事者吳尚書寬、李太僕應禎、沈先生周，而友祝允明、唐寅、徐禎卿。吳徐工古文歌詩，吳又能書；李祝工書，祝又能古文歌詩；沈唐工畫，又能歌詩；而皆推讓先生。」[215]沈德潛〈文待詔祠記〉也稱：

> 公學古文於吳文定寬，學書於李太僕應禎，畫則講論於沈處士周，詩則承厥考溫州公林遺法，而並能由師友家法以上窺古人。故譚藝者於有明吳中如沈、唐、祝、仇諸家各有所長，然或長於此者缺於彼，惟公有兼擅者。[216]

《皇明詞林人物考》也有：「（徵明）於文，師故吳少宰寬；於書，詩故李太僕應禎；於畫，師故沈周。先生咸自喟嘆，以為不如也。吳中文士秀異，祝允明、唐寅、徐禎卿日來遊，允明精八法，寅善丹青，禎卿詩奕奕，有建安風。」[217]

---

213 〈文待詔徵明〉，《列朝詩集》，丙集，頁3389。

214 （明）文徵明〈跋李少卿帖〉：「家君寺丞在太僕時，公為少卿。某以同寮子弟，得朝夕給事左右，所承緒論為多。」《文徵明集》，卷21，頁520。

215 （清）姜紹書：《無聲詩史》，收入《存目叢書》，子部，第72冊，頁719-720。

216 （清）沈德潛：〈文待詔祠記〉，《蘇州府志》，卷37，〈壇廟祠宇〉，頁1082。

217 （明）王兆雲輯：《皇明詞林人物考》，收入《存目叢書》，史部，第112冊，頁70-71。

文徵明對其師長甚為推重，何良俊（1506-1573）曾言：

> 余至姑蘇，在衡山齋中坐。清談盡日，見衡山常稱我家吳先生，我家李先生，我家沈先生，蓋即匏菴、范菴、石田。其平生所師事者，此三人也。[218]

文徵明與其他師友交遊的狀況如〈朱性甫先生墓志銘〉所云：

> 性甫生穎異，少學於里師，覺其所業非出於古人，遂謝去，從杜瓊先生游。於時東南名士若吳興張淵，若嘉禾周鼎，仕而顯者若徐武功有貞、祝參政顥、劉參政昌、劉僉憲玨，並折節與交，且推之為後來之秀。既而諸老彫落，吳文定公、石田先生繼起，而性甫復追逐其間。最後則交楊儀制君謙、都主客玄敬。余視性甫，丈人行也。性甫不余少而以為友，視諸公為親。[219]

以文徵明為中心的文人群體，可由世代、仕隱劃分。此處即以東南名士、仕而顯者作為分判。而朱性甫與其遊[220]，無隱顯貴賤之分。再以世代分隔，前世代之徐有貞、祝顥等人與另一世代之吳寬（仕）、沈周（隱）少長咸集，相處無礙。而文徵明或及身與其交遊，或聽聞其言談，其雅遊者超越世代與仕隱之限制。並與沈周之文人群相疊合，如嘉靖二十七年〈重修大雲碑〉即言：「余屢遊其間……所雅遊皆文人碩士，若沈處士石田、若楊禮部君謙、蔡翰林九逵，皆嘗棲息於此。」[221]

---

218 （明）何良俊：《四友齋叢說》，卷26，頁236。

219 （明）文徵明：〈朱性甫先生墓志銘〉，《文徵明集》，卷29，頁679。

220 朱性甫為沈周之弟子，又與文徵明交遊，這便與前期的文人群有了疊合之處。

221 （明）文徵明：〈重脩大雲菴碑〉，《文徵明集》，卷35，頁795。

此外，文徵明的弟子門生也形成另一世代的群體。與祝允明相交的王寵，在〈明故承直郎應天府通判祝公行狀〉有云：「寵不佞，辱公知愛最深。」[222]稱蔡羽為師[223]，與顧璘、湯子重、吳次明、錢孔周、邢參（字麗文）交遊。[224]與文徵明相交甚密，《列朝詩集小傳》稱：「所與游者，文徵仲、唐伯虎最善。徵仲長於履吉二十四歲，折輩行與定交，而伯虎以女妻其子。」[225]王寵與袁袠亦相善，袁袠稱「山人長余八歲，特相友善」。[226]與袁袞「同學書，相愛徵」[227]，並與黃省曾、袁耿、王穀祥、文彭同為胡纘宗之門生。[228]

文徵明相當欣賞王寵，雖是學生輩，仍「折輩行與定交」。文徵

222 （明）王寵：〈明故承直郎應天府通判祝公行狀〉，《雅宜山人集》，卷10，頁415。

223 （明）王寵：〈懷蔡師二首〉，《雅宜山人集》，卷4，頁156。錢謙益〈王貢士寵〉也云：「少與其兄守，字履約，同學於蔡羽先生。」《列朝詩集》，丙集，頁3444。

224 《雅宜山人集》有他們彼此相過從的詩文記載：卷一〈席上贈顧參政華玉〉、〈秋日侍蔡師宴湯二子重〉、〈會文與湯珍子重郭卲漢才〉、〈蔡師玄秀樓與諸友燕集〉，卷二〈同白下諸友燕東橋顧丈家園四首〉、〈奉同東橋顧丈夜宴賞菊之作〉、〈飲錢二孔周宅桂花下〉，卷三〈楞伽精舍同宿東橋顧丈歌〉，卷四〈錢孔周設燕病不與〉、〈與湯子重游虎丘作〉、〈子重設燕亦不與〉、〈懷蔡師二首〉、〈懷顧臺州華玉〉、〈送湯二子重游茅山〉、〈陪顧臺州華玉宴虎丘二首〉、〈錢二孔周宅桂花下同酌邢麗文〉，卷五〈首夏同吳次明湯君子重家兄履約看竹石湖草堂作四首〉、〈得顧憲長華御書高玉吳中文士然皆軻未達感賦此〉、〈席上贈錢二孔周〉，卷六〈懷顧臺州華玉〉、〈答子重往過草堂兼攜酒貲之作〉、〈楞伽精舍話子重〉、〈子重久不相過奉簡一通〉、〈山中答子重見贈之作〉、〈辱蔡師寄詩悠然有懷〉、〈端陽過錢二孔周〉、〈夏日錢二孔周瑛上人過集〉、〈山中答顧中丞華玉見寄之作〉，卷七〈山居簡湯二子重〉。

225 〈王貢士寵〉，《列朝詩集》，丙集，頁3444。

226 （明）袁袠：〈雅宜山人集序〉，《雅宜山人集》，頁3。《雅宜山人集》，卷二另有：（明）袁袠：〈王子履吉病起家兄弟往越溪莊相看〉，《雅宜山人集》，頁100；（明）王寵：〈養痾山莊袁氏伯仲過訪永之有作奉次一首〉，《雅宜山人集》，頁101。

227 （明）王寵：〈方齋袁君六十壽頌〉，《雅宜山人集》，卷9，頁388。文中又言：「君（袁方齋）少時與家大人同學於張先生氏，絕相愛也。」可知，袁氏與王氏有兩代之好。

228 （明）王寵：〈四子述壽論〉，《雅宜山人集》，卷10，頁442-444。

明的弟子也自成一群體，「其最善後進者王吏部穀祥、王太學寵、秀才彭年、周天球。而先生之二子彭、嘉，亦名能精其業。時時過從，談榷藝文品水石、記耆舊故事，焚香燕坐蕭然若世外」[229]。

其他如錢穀、陸師道，也是文徵明之弟子。《靜志居詩話》云：「叔寶（錢穀）貧無典籍，遊文徵仲之門，日取插架書讀之。」[230]《明史》〈列傳〉云：「（師道）歸而游徵明門，稱弟子。」[231]

文徵明的弟子周天球繼文徵明之後主盟吳中，王世貞云：

> 先生（周天球）少而負經術，為諸生已攻古文辭，善大小篆隸行草法。當是時，文徵仲先生前輩卓犖名家，最老壽，其所取友祝希哲、都玄敬、唐伯虎輩為一曹；錢孔周、湯子重、陳道復輩為一曹；彭孔嘉、王履吉輩為一曹；王祿之、陸子傳輩為一曹，先後凡十餘曹皆盡，而最後乃得先生，而又甚愛異先生。[232]

文徵明的學生輩與文氏家族，有文會過從的活動，《皇明詞林人物考》記載：

> 王參議庭、陸給事粲、袁僉事袠皆里居，與先生（陸師道）善。而先生所取友，如王太學寵、彭徵士年、張先輩鳳翼兄弟，多往來文先生家，與文先生之子博士彭、司諭嘉，日相從評騭文事、攷校金石、三倉、鴻都之學與丹青理，茗盌鑪香，

229 （明）王世貞：〈文先生傳〉，《弇州山人四部稿》，卷83，頁3932。

230 （清）朱彝尊：《靜志居詩話》，卷14，收入《續修四庫全書》，第1698冊，頁342。

231 （清）張廷玉等：《明史》，卷287，〈列傳第一百七十五．文苑三〉，頁7364。

232 （明）王世貞：〈周公瑕先生七十壽序〉，《弇州山人續稿》（臺北：文海出版社，1970年），卷39，頁2129。

> 翛然竟日。間從諸賢出遊，汎石湖，取越來道，放舟胥口，尋覽虎丘、上方、支硎、天池、玄墓、靈巖、鄧尉、萬笏、大石之勝。吳中好事人，操酒船跡之於山水間，先生亦無所拒。[233]

可見以文徵明為中心的吳中文人交遊圈，形成了吳中的風雅現象。從橫向來看，與沈周的文人群有交疊之處；從縱向來看，又因家族的活躍、門生之眾，前後綿延數十年，是吳中文壇最活躍的中心。

三　家族與師友相錯綜的人際網絡

文人群的師友之間透過姻親關係[234]，彼此之關係更為緊密，織綜成一幅人文薈萃的圖像。

以沈氏家族為例：劉珏與沈貞吉、沈恆吉從學於陳繼門下。此後，劉珏與沈恆吉結成親家，沈周的姊姊成了劉珏的兒媳。錢謙益在《沈石田先生詩文集》序有言：「其師友則偉望碩儒，東原、完庵……。」[235]完庵就是劉珏，他於正統三年中舉，景泰三年由刑部主事遷任山西按察使僉事，五十歲致仕回長洲重理舊業，在園中引水作池，疊石為山，自號「小洞庭」。沈周之子沈雲鴻則娶徐有貞之姪孫女，一女嫁史鑑之子史永齡。[236]

〈祝京兆允明墓誌銘〉云：「先生少穎敏，五歲作徑尺字，讀書一目數行下。九歲能詩，有奇語，既天賦殊特，加內外祖咸當代魁

---

233 （明）王兆雲輯：《皇明詞林人物考》，收入《存目叢書》，史部，第112冊，頁116。

234 文徵明長王寵二十四歲，折輩與之相交，唐寅以其女妻王寵之子。

235 （清）錢謙益：〈石田詩鈔序〉，《牧齋初學集》，卷40，收入《四部叢刊正編》，第78冊，頁436。

236 沈周有三個女兒，長女嫁給許貞，另一女嫁給徐廷贊之女徐襄，另一則嫁給史永齡。

儒，目濡耳染，不離典訓……。」[237]祝允明的祖父祝顥，是正統四年（1439）進士，《續吳先賢讚》稱之：「若顥者，予聞知長老言其養孤嫂、繼絕存亡、撫接教誘，義恩兼有焉。在方岳則有功德於民，平居好學不厭，退與二三君遊，又皆弘道厚倫，成禮化一時之盛遠乎哉？」[238]外祖父徐有貞，長女嫁祝巘生祝允明。祝允明之岳父為李應禎，恰為文徵明之師。

這種師友結合姻親的關聯不僅於一代，如文徵明弟子陸師道之子陸士仁娶文彭之女，[239]女陸卿子適趙隱君宧光，生子趙均，娶文徵明曾孫文從簡（1574-1645）之女文俶。[240]陸師道為文彭之岳父，外孫又為文從簡（文嘉之孫）之婿，二家的姻親關係連綿數代，關係深遠。吳中一地，既因師友之深厚交誼，又因姻親之連屬關係，聯繫成巨大的人物網絡，不只是同輩文人之情誼，更能形成前代獎掖後輩，後輩景慕先輩綿延不絕的文化傳統。[241]這種情感性的地緣關係一旦結合了

237 （明）陸粲：《陸子餘集》，收入《文淵閣四庫全書》，第1274冊，頁605。

238 （明）劉鳳：《續吳先賢讚》，收入周駿富輯：《明代傳記叢刊》，第148冊，頁420。

239 明人姚希孟指出「文近先生者（陸士仁），符卿公（陸師道）子，而衛輝公（文元發）婿也。」見（明）姚希孟：〈陸隱君文近先生墓表〉，《公槐集》，收入《四庫禁燬書叢刊》，第178冊，頁638。無論陸士仁為文彭或文元發之女婿，陸世家族文氏家族均有姻親關係。

240 （清）錢謙益：〈趙靈均墓誌銘〉，《牧齋初學集》，卷55，收入《四部叢刊正編》，第78冊，頁639。鄒漪〈趙隱君傳〉云：「婦文名俶，字端容，衡山先生曾孫女，文水先生（文嘉）女孫也。」收於（清）鄒漪纂：《啟禎野乘》，卷14，收入周駿富輯：《明代傳記叢刊》，第127冊，頁517。

241 祝允明在〈懷知詩．沈周先生〉即透露沈周、祝顥與徐有貞的密切關係。此三人彼此有或深或遠的姻親關係，而沈周雖屬祝允明之長輩，與之仍有深刻的友誼：「有華東陽，燁于吳門，古有遺高，展也茲存。孰為先生，秀降三辰，胷集萬寶，手揮五雲。九淵湛暎，千莒齊芬，鶴跱霄逵，抗百風塵。維予二祖，式契且姻，親公自髫，屬于夕昕，齒惟父子，視猶季昆。聚晤負負，援推勤勤，謂子良史，左丘馬班，謂子鵬運，直舉橫騫。安知乘馬，班如迍邅，終需于泥，以卒歲年。余既暮矣，公猶歸然，于何不臧，自遐不因。一往不復，追悔空辛，豈念平生，我思古人。」收於（明）祝允明：《祝氏集略》，卷4，《祝氏詩文集》，頁626。

師友兼姻親的雙重身分，則其文化認同的內聚力更為強大。再如都穆之女適陸采，陸采「從其婦翁故太僕都公游，銳意為古文辭」[242]，師友之誼疊合於親緣網絡之內，就不只是傳統基層的社區意識，文化傳承的的力量尤為深遠。

文化世族與吳中文人群體的歷時性之廣、共時性之密集互為因果，形成文人社群之網絡，誠為理解吳中文風興盛的重要關鍵。除了文氏家族外，其他如顧氏、皇甫氏等亦是值得研究的課題。

其次，家族之間的聯繫也是值得觀察的重點。如廬山陳氏家族與沈氏家族有師傳的關聯。陳繼為沈貞吉、沈恆吉之塾師，小傳稱二者「耳目濡染，蔚有聞望。」[243]其子陳寬又為沈周（沈貞吉之子）之師，可見沈氏家族與陳氏家族之淵源。

以上對於吳中地域主要文人的說明，可以歸納出幾個要點：

其一、吳中文人群體之形成，與明初的政治環境相關。流寓、遷徙而形成的文人群體，雖以詩文唱和為主，卻隱然提供吳中文人日後交遊的主體形態。他們所形成的文人群體，沒有嚴密的組織特性，以情性相應的往來互動，意在建構一種人文典範，形塑了吳中風雅的文化現象。

其二、吳中文人群之所以有歷時性的發展，與其組成之結構相關。一為家族之關聯，一為師友之關聯；家族、師友間又有相錯綜之人際網絡，以是能形成地域性的文人群聚現象。文人有相惜之情，無相輕之習。如吳寬之於文宗儒有「應念老夫同氣味，百年文苑幸相依」[244]之語。

---

242 （明）陸粲：〈天池山人陸采墓志銘〉，焦竑編：《國朝獻徵錄》，卷115，收入周駿富輯：《明代傳記叢刊》，第114冊，頁794。

243 〈沈氏二先生〉，《列朝詩集》，乙集，頁2582。

244 （明）吳寬：〈文宗儒蓄匏研借觀數日宗儒以其制與拙號合遂以贈〉，《匏翁家藏集》，卷21，頁132。

其三、成化、弘治間，吳中文壇蔚然興盛，本章分為以沈周為主的文人群與以文徵明為中心的文人交遊圈，分述其間文人之交遊活動。羅時進在《文學社會學：明清詩文研究的問題與視角》指出，鄉園、門風、家學、宗脈相互貫通，形塑了家族文化意識。家族不但成為政治經濟上互助支援的社群，也是文化團體，具有倫理層面以及人文層面的意義，而家族的存續與地域文化具有高度的關聯。[245]前面已提及嚴迪昌的看法，認為家族可分為簪纓世家、豪門右族、文化世族，羅時進則分為學術型家族與藝文型家族。本章所述，除了地域性文化家族與文人群體，更可看見吳中地域的家族與師友之間彼此的連結[246]。

245 羅時進：〈家族文學研究的邏輯起點語問題視閾〉，《文學社會學：明清詩文研究的問題與視角》（北京：中華書局，2017年），頁1-18。

246 筆者案：包弼德（Peter K.Bol）在〈地方傳統的重建——以明代的金華府為例（1480-1758）〉（收入李伯重、周生春主編：《江南的城市工業與地方文化（960-1850）》，北京：清華大學出版社，2004年）提出一些思考。包弼德主要關心某一地域的士人在某一特定時期如何以「地方」為基礎來建構一共享的身分認同。幾乎宋明時期所有的州縣（以及至少在元代的南方），總有一些人——社會階層中的菁英——認同自己為「士」，一般而言，來自地方性的家族，資助地方公益活動，能延續家族的地方性或全國性名聲。他指出：「身分認同（identity）是社會生活的一部分，作為一種社會現象，身分認同涉及個人在不同變換的情境中對當下的『同』與『異』的不斷重新界定，以及在現實中普遍性的身份界定和特定個人身分認同的可能性。我們可以檢視人們在時間的過程中如何試圖去建構、複製、遺忘、重拾及轉化身分認同，因為身分認同是歷史上一種社會文化過程的產物。」（頁247）據此可見，吳中地域文人群體的身分認同與家族、文人生活情境皆有關聯。

第三章
吳中地域意識的內化歷程

吳中文人對自己生長的地點有強烈的自覺。除了屢屢稱述此地，如文徵明有云：「吾吳聲名文物甲於東南。」[1]閻秀卿所謂「郡之所為文苑者，頡頏相高，流美天下。」[2]面對此地的歷史源流、地理環境與文獻掌故均有深刻的認知與體會。本章旨在說明吳中文人對其地理環境、歷史傳統的關聯，同時也顯示地域對作品文化內涵的影響。藉此，可剖析地域環境與文人身分認同的歷程；並由文人之撰作，探勘吳中地域歷史記憶的形成。

第一節　從地誌書寫到地域意識

對一地點的地景描寫，加入居住者的人文觀察，能突顯其生活意義及文化特色，使這個地景既有歷時性也有共時性的描述；透過這些描述，能組構地方的文化景觀與區域情感，稱之為地誌書寫。地誌（topology）一詞揉合了希臘文中「地方」（topos）與「書寫」（graphein）二字而成。因此，就字源而言，地誌學乃指有關某一地方的描寫。而此義由於使用的移轉，引申為「為地圖命名」，這種譬喻，足以使我們將某一地的景物視同一張只有地名與地理特徵的地圖。因而，地誌學可以說是：將景觀情感落實之書寫，更有「風土誌」的意

1　（明）文徵明：〈郡伯鶴城劉君六十壽序〉，《文徵明集》，補輯卷19，頁1266。

2　（明）閻秀卿：〈吳郡二科志序〉，《吳郡二科志》，收入周駿富輯：《明代傳記叢刊》，第148冊，頁771。

義。[3]我們不妨借用當代學者吳潛誠對地誌詩三種特徵的說法，進一步說明地誌書寫的內涵。

吳潛誠以為地誌詩有三種特徵：其一，地誌詩的描述對象以某各地方或區域為主，諸如特定的鄉村，城鎮、溪流、山嶺、名勝、古蹟，範疇大抵以敘述者放眼所及的領域為準，但想像的奔馳則不在此限；其二，地誌詩需包含若干具體的細節描繪，點染地方的特徵；而非總是書寫綜合性的一般印象；其三，地誌詩不必純粹為寫景而寫景，而可以加進詩人的沈思默想，包括對風土民情和人文歷史的回顧、展望與批判。[4]

觀察吳中文人的地誌書寫，在書寫自身所處環境的當下，他們所發現的不僅是山水之勝景（自然山水），而是山水背後的歷史記憶（人文山水）。或是藉由特殊景點以聯繫吳越史蹟人物，或是由山水去召喚曾在此宦遊的文學人物，藉山水以描述背後的人文歷史，再者是對當代文人的懷想。當然，藉由對每一處地理特性及民風的描述，自可發現吳中風土民情；但由於書寫者有著相同的寫作視角，使得每一處的山水詠作，有著相近的人文感應。如「吳越歷史」往往成為作品中的典故意象，形成特殊的感覺結構。[5]

---

3 見顏忠賢：〈從「地誌學」到「認知繪圖」——研究的問題與過程〉，《影像地誌學》（臺北：萬象圖書公司，1996年），頁3。

4 參吳潛誠：〈詩與土地：南臺灣地誌詩初探〉，《感性定位——文學的想像與介入》（臺北：允晨文化實業公司，1994年），頁57-58。

5 感覺結構（structure of feeling）是在特殊地點和時間之中，一種生活特質的感覺，也是一種特殊活動的感覺方法，混合了「思考和生活的方法」；而且，感覺結構的形成過程，為個體和群體在歷史的特殊情境下，參與時間流（time-space flow）永無止境的結構歷程的另一種副產品（by-product）。詳參夏鑄九：《空間的文化形式與社會理論讀本》（臺北：明文書局，1988年），頁125-128。

書寫自身所處之地域，將「空間」轉換成「地點」[6]，往往來自於地點感的生成。地點感（senseofplace）視地方不只是一個客體，它被每一個個體視為一個意義意向或感覺價值的中心；一個動人的，有感情所附著的焦點，是一個令人感覺到充滿意義的地方。值得重視的是，這種「地點的真實感」是一種自主心靈的產物，無法與其過去歷史的交互作用、社會化歷程等具體情境分離。

吳中的自然環境可以創造許多山水藝術作品，文人俯仰於斯，自能發而為詩文。歸有光〈吳山圖記〉云：「吳長洲二縣，在郡治所分境而治。而郡西諸山，皆在吳縣。其最高者，穹窿、陽山、鄧尉、西脊、銅井而靈巖。吳之故宮在焉。尚有西子之遺跡。若虎邱、劍池，及天平、尚方、支硎，皆勝地也。而太湖汪洋三萬六千頃，七十二峰，沈浸其間，則海內之奇觀矣。」[7]而此地由於史蹟之豐富，宦遊者既多，富庶的經濟環境、秀麗的山水勝景，加以悠遠的歷史傳統，每一處地景幾乎都有文人撰作的記錄，因此，明代文人身臨此境，除了對自然物景的詠嘆，又加以人世興替之感觸，就有了獨特的歷史記憶。藉由創作，既是「當下」的觸發，也是存留吳中的文化傳統，這些撰作，表現了對吳中的情感認同，恰可創塑吳中文人共同的記憶。

---

6 人文地理學對於人的住居以及經常性活動的涉入，經由親密性以及記憶的積累過程中，透過意象、觀念以及符號，在段義孚（Tuan Yi-fu）、瑞夫（Relph）等相關學者的強調中，重新定義「地點」（place）。空間如何轉成地點，係經由人的住居及某地經常性活動的涉入，經由親密性及記憶的積累過程，經由意象、觀念及符號等等意義的給予，經由充滿意義的真實的經驗，或移動事件以及個體或社區的認同感、安全感及關懷的建立；空間（space）及其實質特徵便轉型為地點。同前註，頁119-120。

7 （明）歸有光：〈吳山圖記〉，（明）歸有光撰，嚴佐之、譚帆、彭國忠主編：《歸有光全集》（上海：上海人民出版社，2015年），第6冊，〈震川先生集〉，頁471。

一　鄉土情懷的抒發

（一）讚頌吳中山水

王寵〈自石湖至橫塘山水迴合可賞二首〉：「山水繡相錯，清暉如可餐。峰形分塢塢，沙曲擁灘灘。西蕩荷香拂。南屏秋氣寒。嘯歌終日裏，懶散不簪冠。」[8]題目本身即可見王寵對吳中山水之雅愛，山水清暉本是天成，吳中一地有「花潭水漾綠，松嶺雪含青」[9]的壯闊，亦有「嵐氣山椒潤，苔花石筍蒼」[10]之細緻。王寵另有：「勾吳名山如錦屏，百里合沓迴青冥。龍祥鳳跱盡奇態，日夕嵐光朝戶庭。」[11]也在摹寫吳中山勢之奇美；「東南流水蓄三吳，浩蕩排空砥柱扶」[12]則是寫水氣之浩蕩。

從吳中文人的詩文中，在在都能顯示他們對吳山水的讚賞與情感。文徵明有云：

> 吳玄墓山在郡西南，臨太湖之上。西崦、銅坑，映帶左右。玉梅萬枝，與竹松雜植，冬春之交，花香樹色，鬱然秀茂。而斷崖殘雪，下上輝映，波光渺瀰，一目萬頃，洞庭諸山，宛在几格：真人區絕境也。[13]

玄墓山臨太湖之上，梅、竹、松之雜植，在冬春之交，既有鬱然秀麗

8　（明）王寵：〈自石湖至橫塘山水迴合可賞二首〉，《雅宜山人集》，卷5，頁230。

9　（明）王寵：〈雪後石湖與諸友同汎二首〉，《雅宜山人集》，卷4，頁155。

10　（明）王寵：〈一雲寺〉，《雅宜山人集》，卷4，頁166。

11　（明）王寵：〈越溪莊十絕句．其三〉，《雅宜山人集》，卷8，頁354。

12　（明）王寵：〈歸途覽勝追懷遊事八首．其六〉，《雅宜山人集》，卷7，頁325。

13　（明）文徵明：〈玄墓山探梅倡和詩敘〉，《文徵明集》，卷17，頁457。

的山景，又與太湖之波光相映，又可照見洞庭諸山的景象，毋怪文徵明有「人區絕境」之嘆。而吳寬也有「始信吳中有奇觀」[14]之語，甚至以為「南人相見詫杭州，自料西湖讓一籌」[15]，而祝允明也以居山水之鄉自得，有言「家住江南山水國，年年不負謝公遊」[16]，居京師則謂「吳邦弗可見，不樂將如何」[17]，種種對吳中山水的自詡之情，凝聚了吳人的鄉土情懷[18]，使他們自覺地面對個人生活的場域，書寫了有關吳地山水與人文風貌的詩文，經由一代代的承傳，地靈人傑的地域情感得以彰顯。

（二）地靈人傑的自詡之情

吳中文人向來以身居吳地自豪，鄭元祐有言：「中吳自泰伯端委以臨其民，其後子游生於海虞乃能北學於聖人之門，風氣既開，賢者輩出，由其山川之秀不可閟。」[19]以泰伯、子游為吳中學風之首，並以山川之秀聯結人與地之關聯，這種觀念已深植為吳中人士共同的認知與「信仰」了[20]，閻秀卿《吳郡二科志》有言：「天下惟東南為最，

14 吳寬：〈山行十五首．望穹窿山〉：「我昔聞吳諺，陽山高抵穹窿半，壯哉五千仞。始信吳中有奇觀，銅坑鄧尉作屏（户衣），天平靈巖當几案，其間法華與雅宜，水邊橫互如長岸。何人著山經，宜作吳山冠，但嫌地勢高，山家每憂旱。舟行半日青已了，卻被濃雲忽遮斷。水回路轉二三里，依舊諸峰青歷亂。人云山頂百畝平，合結茅廬傍霄漢。龍門勝蹟未遑添，坐向船頭先飽看。」收於（明）吳寬：《匏翁家藏集》，卷5，頁58。

15 （明）吳寬：〈山行十五首．泊虎山橋〉，《匏翁家藏集》，卷5，頁58。

16 （明）祝允明：〈題畫〉，《祝氏文集》，卷9，《祝氏詩文集》，頁300。

17 （明）祝允明：〈京師登樓眺遠〉，《祝氏集略》，卷4，《祝氏詩文集》，頁595。

18 文徵明〈次韻師陳懷歸二首〉：「南望吳門是故鄉，興懷山澤意徧傷。」《文徵明集》，卷11，頁313。

19 （宋）鄭元祐：〈重修平江路儒學記〉，（明）錢穀編：《吳都文粹續集》，卷3，收入《文淵閣四庫全書》，第1385冊，頁62。

20 明代徐有貞〈蘇郡儒學興修記〉也有總括性的說明：「蘇為郡甲天下，而其儒學之規制亦甲乎天下，是蓋有泰伯至德之化，子游文學之風，安定師法之傳在焉，不徒

東南惟吳會為最。山川糾鬱，材產饒裕。」[21]明代莫旦〈蘇州賦〉云：「蘇州拱京師以直隸，據江浙之上游，擅田土之膏腴，饒戶口之富稠，文物萃東南之佳麗，詩書衍鄒魯之源流，實江南之大郡。」[22]宋代陳從古云：「大抵山澤英靈之所萃，其寓于物也，必有瑰奇雄傑之觀。其毓于人也，必有高明俊秀之才。」[23]文徵明以「百年形勝誇天設，一代文章屬地靈」[24]來稱道吳中，正是「地靈人傑」的內在意識。

對吳中山水之美，他們或以詩歌讚詠：「吳中山水正如此，震澤洞庭天下奇」[25]、「勾吳山水秀西南，雲白天青萬嶺含」[26]，這份自詡之情如文徵明在〈記震澤鐘靈壽崦西徐公〉所云：

> 吾吳為東南望郡，而山川之秀，亦惟東南之望。其渾淪磅礴之氣，鍾而為人，形而為文章，為事業，而發之為物產，蓋舉天下莫之與京。故天下之言人倫、物產、文章、政業者，必首言吳；而言山川之秀，亦必以吳為勝。[27]

他以為天官侍郎崦西徐公係「山川磅礴之氣，百數十年之所鍾也」一

財賦之強、衣冠之盛也。」收於（明）徐有貞撰，孫寶點校：《徐有貞集》（杭州：浙江人民美術出版社，2019年），〈附錄〉，頁684-685。

21 （明）閻秀卿：〈吳郡二科志序〉，《吳郡二科志》，收入周駿富輯：《明代傳記叢刊》，第148冊，頁771。

22 （明）莫旦：〈蘇州賦〉，《吳江志》，〈附錄〉，頁934-935。

23 （宋）陳從古：〈吳江縣重修廟學記〉，（明）錢穀編：《吳都文粹續集》，卷6，收入《文淵閣四庫全書》，第1385冊，頁143。

24 （明）文徵明：〈題樗仙山城圖贈晉寧貳守王質夫〉，《文徵明集》，補輯卷10，頁1061。

25 （明）吳寬：〈為錢僉憲題二士圖〉，《匏翁家藏集》，卷27，頁165。

26 （明）王寵：〈石湖作〉，《雅宜山人集》，卷6，頁261。

27 （明）文徵明：〈記震澤鍾靈壽西崦徐公〉，《文徵明集》，補輯卷19，頁1263-1264。

如陸宣公、范文正公二人「皆吾東南之望，固山川之靈之所鍾也」[28]，無論物產或是文章，人倫或是政業，吳中皆是天下之首。

吳中山水孕育出文人奇士，形成了因地自豪，因鄉邦賢士而自詡的地域情感，這種地域情感也是文人面對土地的情懷。這種情懷使得當地的文人有了「吾吳中」，與他地區隔的內在意識；也使得他們對於所生長的空間有了更深刻的視野，對於吳中故實、掌故的蒐集，對於文學特質與源流以及文化傳統都有了高度的自覺，正是地域特色成形的開端。

吳地既有如此秀麗之山水，文人又如何看待山川與人文相應之現象呢？王鏊有云：

> 楚之湖曰洞庭，吳之山亦曰洞庭，其以相埒邪？將地脈有相通者邪？郭景純曰：包山洞庭、巴陵地道，潛達旁通，是未可知也。而吾洞庭實兼湖山之勝，始山特為幽人韻士所棲，靈仙佛子之所宅，至國朝名臣徹爵，往往出焉。豈湖山之秀，磅礴鬱積，至是而後泄於人邪？東岡子曰：山川之秀，實生人才；人才之出，益顯山川。顯之維何？蓋莫過於文。[29]

王鏊以「山川之秀，實生人才；人才之出，益顯山川。」說明二者相生相應之關聯，並以為透過文人的書寫，得顯揚山川之靈秀與磅礴。他在〈洞庭山賦〉也有「山因人而其靈始著，地因人而其譽乃揚」、

28 （明）文徵明：〈記鎮澤鍾靈壽崦西徐公〉，《文徵明集》，補輯卷19，頁1264-1266。地以人盛之觀念，不獨對吳中人物，文徵明在〈侍御陳公石峰記〉他也提到「莆多名山，而烏石在郡城，奇麗茜萃，實用鍾莆之秀：侍御陳公之居在焉。公自號石峰，蓋取諸此」、「茲山固將假公而重於世也」。《文徵明集》，卷18，頁479-480。

29 （明）王鏊：〈洞庭兩山賦序〉，（明）錢穀編：《吳都文粹續集》，卷21，收入《文淵閣四庫全書》，第1385冊，頁532。

「夫天下之奇山川必生奇士，以受天之慶」的說法，類似此種人地相因之見，為吳中人物共有之感受。

從吳地山水的勝景以及人文景觀皆可了解吳中特殊的地理方位與人文歷史，文徵明以為：

> 夫山水之在天下，大率以文勝。彼固有其瑰麗絕無待於品題者，而文章之士，又每每假是以發其中之所有。卒亦莫能廢焉。柳子厚記永、柳諸山，本以攄其抑鬱不平之氣，而千載之下，知有黃溪、鈷鉧者，徒以柳子諸記耳。[30]

> 古之名山，往往以人勝；所貴於人，豈獨盤遊歷覽而已？有名德以重之，高情雅致有以領之，然非文文章雄傑，發其奇秘，亦終泯泯爾。是故山無淺深近遠，苟遭名人，皆足稱勝天下。[31]

這兩段話，呈顯了人與地點之間的關聯。首先，藉由創作（書寫活動），文人得以宣洩內在抑鬱不安的情思；所書寫的地方，自也成為千載以後眾人記憶的焦點。其次，他也以為，山水的奇詭瑰麗是自然天成的，即使沒有文人之品賞題詠，也不掩其獨特的天然美。文人藉此以書其心中抑鬱之氣，本不在寫其清美的物景，但若無文人高士以其「高情雅致」加以傳寫，「亦終泯泯爾」[32]。文徵明以柳子厚為例，說明山水與文人書寫之關係[33]，可知他認為通過書寫這個「儀式」，得

30 （明）文徵明：〈宜興善權寺古今文錄敘〉，《文徵明集》，卷17，頁468。

31 （明）文徵明：〈玄墓山探梅倡和詩敘〉，《文徵明集》，卷17，頁458。

32 李覯〈遣興〉：「境入東南處處清，不因詞客不傳名。屈平豈要江山助，卻是江山遇屈平。」便以為江山因文人詞客方得顯揚於世。收於（宋）李覯：《直講先生文集》（臺北：臺灣商務印書館，1965年），卷36，頁268。

33 他以柳宗元為例，云：「或謂永、柳諸山，以柳子之文傳；而柳子之文之奇，非永、

以使山水成為後世傳誦的焦點。[34]

文徵明又說：「苟其人非有幽情真識，不能得其趣；非具高懷獨往之興，不能即其境而遊；矧能發為歌詩，品目詠讚，以深領其勝耶？」[35]他以為需有個人之深情真趣，方能領會山水的逸趣；又需有即境而遊之興味，才真能將胸中丘壑轉為歌詩，使人能藉由文字之逸趣進而感受山水之清鬱。有情識、有高懷、有創作能力，才能將山水之奇化成清麗的文字。如他所言：「古之名僧勝士，又不皆離乎言語文字之間，而其名迄以是傳。」[36]同樣的觀點，他在〈金山志後序〉也有：「詩以山傳耶？山以詩傳耶？要之，人境相須，不可偏廢。」[37]〈玉女潭山後記〉亦有：「地以人重，人亦以地而重。」[38]可見他是有意識的書寫吳中山水，以作為人文景觀的寄寓。[39]

蔡羽〈石湖草堂記〉也有相近之見：

柳諸山，不足以發。」說明山水與文人創作相生相應之情態。見（明）文徵明：〈玄墓山探梅倡和詩敘〉，《文徵明集》，卷17，頁458。

34 在〈重修蘭亭記〉中，他也提到「自永和抵今，千數百年，國有廢興，人有代謝，而蘭亭之名迄配斯文以傳」，並讚賞長洲尹高侯「引邑中賢士，與相倡酬。所歷山谿，輒形紀述。」能書寫所經歷之山水，稱之「風流篇翰，照映一時」。依序見於（明）文徵明：〈重修蘭亭記〉，《文徵明集》，卷19，頁503；（明）文徵明：〈贈長洲尹高侯敘〉，《文徵明集》，卷16，頁456。

35 （明）文徵明：〈玄墓山探梅倡和詩敘〉，《文徵明集》，卷17，頁457。

36 （明）文徵明：〈宜興善權寺古今文錄敘〉，《文徵明集》，卷17，頁468。

37 （明）文徵明：〈金山志後序〉，《文徵明集》，補輯卷19，頁1257。

38 （明）文徵明：〈玉女潭山居記〉，《文徵明集》，卷19，頁502。

39 這種觀念在他人的作品中也可見到。胡槩〈蘇州府儒學八詠詩引〉：「夫蘇為東南大郡，山川之形勝、城郭之壯觀、人物臺榭之廢興、書之圖誌，勒之金石而見知于天下後世者多矣。雖至一邱一壑之微可以登臨弔賞者又從而紀詠之無遺，惟郡庠之勝蹟不齒于詞林者，此非敢後也，蓋有待焉。愚溪八景非柳柳州表而出之，則荒山野水而已，後世曷從而知其勝。」再如吳寬〈樵樂存稿序〉也有「湖州自昔稱山水清遠，人之產其地者，多以文雅相尚，其亦鍾山水之秀而然乎。」二文依序見於（明）錢穀編：《吳都文粹續集》，卷4，收入《文淵閣四庫全書》，第1385冊，頁89-90；《匏翁家藏集》，卷42，頁260。

> 夫湖之勝概，尤萃於茶磨。茶磨之勝，以其能容深林而尤深於茲竹，則是堂也，勝將焉讓。且地微，人雖靈，奚傳？人微，地雖高，奚發？向也山由是、湖猶是、竹猶是，而遊不兼息，息不兼遊，人與地，得無病。今也，林不加闢，地不加深，而湖山在函丈，禽鳥在尊俎，遊於是、息於是，瞑觀霽覽集於是，人與地不亦皆遭乎？[40]

有謂「地微，人雖靈，奚傳？人微，地雖高，奚發？」透過文人的書寫，使得吳中的地景得以流傳於世；而文人與此地緊密的聯結，也使得此地的勝概有著文人獨特的生命姿采。

二　鄉邦典故與地域意識

（一）地名變易與人文歷史

從文人藉由地名之變易，用以陳述昔日之史跡及人文歷史，可看出他們對鄉邦典故的熟稔。如王鏊〈五湖記〉：

> 吳郡之西南有巨浸焉，廣三萬六千頃，中有山七十二，襟帶三州，東南諸水皆歸焉……一名震澤，書所謂震澤底定是也；一名具區，周禮職方氏其澤藪曰具區，山海經：浮玉之山，北望具區是也；一名笠澤，左傳：越伐吳，吳子禦之，笠澤是也；一名五湖，范蠡乘舟出五湖口，太史公登姑蘇望五湖是也……

40 （明）蔡羽：〈石湖草堂記〉，（明）錢穀編：《吳都文粹續集》，卷31，收入《文淵閣四庫全書》，第1386冊，頁71-72。

> 吳人稱謂則惟曰太湖云。[41]

王鏊從史籍記載、歷史遺蹟及掌故來說明太湖名稱之多重面貌，藉此可知太湖名稱之歷史源流，並可更可了解吳越史蹟在吳中的重要性。再如蔡羽〈銷夏灣記〉：

> 山以水襲為奇，水以山襲尤奇也。載襲之以水，又襲之以山，中涵池沼，寬周二十里，舉天下之所無，奇之又奇，銷夏灣是也。灣去郡城且百二十里，春秋時，吳子嘗避暑，因名銷夏。自吳迄今垂二千年，遊而顯者不過五六輩，其不為凡俗所有可知已。[42]

本文雖以「奇之又奇」來概括銷夏灣的地理特性，同時強調「銷夏」之名的由來：「春秋時，吳子嘗避暑，因名銷夏」，於是此地不僅有「山以水襲為奇，水以山襲尤奇也」的地理經驗，更加上了歷史人物的傳奇色彩。而吳中人親臨此地，則可由地名涵染其時間意識。對地名的考索，顯示了吳中文人內在的地域意識。

文徵明對地名也做了深入的考索與審訂。他將吳地的古蹟置於詩題，一則可說明此地的今昔對比，一則可展示對吳地的桑梓之情。如〈漕湖一名蠡湖，相傳范蠡所開，或謂通漕運而設。癸酉秋八月十又七日同錢元抑、陳道復、顧朝鎮朝楚夜汎有作〉[43]，漕湖之典故源於

---

41 （明）王鏊：〈五湖記〉，（明）錢穀編：《吳都文粹續集》，卷23，收入《文淵閣四庫全書》，第1385冊，頁578。

42 （明）蔡羽：〈銷夏灣記〉，（明）錢穀編：《吳都文粹續集》，卷21，收入《文淵閣四庫全書》，第1385冊，頁544。

43 （明）文徵明：〈漕湖一名蠡湖，相傳范蠡所開，或謂通漕運而設。癸酉秋八月十又七日同錢元抑、陳道復、顧朝鎮朝楚夜汎有作〉，《文徵明集》，卷10，頁242。

「通漕運而設」，蠡湖之稱謂來自「相傳范蠡所開」；一為水利設施，一為民間傳說；在詩題中將二者並列，使得這個地點有了歷史的縱深與今昔的對應關係[44]，也可見出文徵明對鄉邦典故的熟悉。

他對家鄉的歷史情懷不止是每個地點今昔的對照，而是，今人面對這個生長的鄉土，是否能「不忘桑梓之舊」？對這片風土清美且充滿歷史景觀的地點，能否有深刻的鄉邦之情？因此，他對沈天民雖居市城，卻不忘自己的原生居處——「滸墅」，故自號滸溪。並求當時名賢，以文字留下記錄，便為滸溪草堂既繪圖又賦詩，詩前並有小序，說明沈天民的故居，別號的由來，並以《圖經》所述，詳敘滸墅之今名、舊名。詩題、小序如下：

> 〈滸溪草堂圖〉乙未　沈君天民世家滸墅，今雖城居，而不忘桑梓之舊，因自號滸溪，將求一時名賢，詠歌其事。余既為作圖，復賦此詩，以為諸君倡。滸墅一名虎墅。按《圖經》：秦始皇求吳王寶劍，白虎蹲於丘上，西走二十五里而失，故名虎疁。吳越諱疁，因改「疁」為「墅」，又偽「虎」為「滸」云。[45]嘉靖乙未臘月。

---

44 （明）孫太初〈發漕湖〉云：「漕湖本名蠡湖。《寰宇記》：『范蠡伐吳開，蠡瀆通此湖，故云。』《唐書》〈地理志〉云：『元和八年，孟簡開泰伯，瀆並導蠡湖，故以瀆為孟瀆，湖為孟湖，其實古之蠡湖也。』故其東為蠡口，西貫無錫之泰伯鄉，亦有蠡尖口，其稱漕湖，不知所始。或云以通漕運故名。其土屬無錫，而其浸皆長洲。」（明）錢穀編：《吳都文粹續集》，卷24，收入《文淵閣四庫全書》，第1385冊，頁623。

45 據同治《蘇州府志》云：「滸墅在郡西二十五里。圖經云：秦始皇求吳王劍，白虎蹲於邱上，遂西走二十五里而失劍不能得。地裂為池，因名其地曰虎疁。唐諱虎，錢氏諱疁，故改曰滸墅。」將方志資料與詩序中所言進行對比，除了略去「地裂為池，因名其地曰虎疁。」外，其餘諸事大抵相同。（明）文徵明：〈滸溪草堂圖〉，《文徵明集》，補輯卷8，頁972；《蘇州府志》，卷35，〈古蹟〉，頁1018。

文徵明為滸溪草堂既作圖，又賦詩，目的在於「以為諸君倡」。在詩中也在在具現這種鄉土情懷，其詩首二句為「何處閒雲築草堂，虎嘐溪上舊吾鄉」。「吾鄉」的用語即是一種鄉土意識，在詩中，他又強調「虎嘐溪」的地名似乎隱含追本溯源的意念。他對吳中地點所隱含的人文史料具有敏銳的感應力，除了沈天民自號「滸溪」的淵源外[46]，也提出了伍疇中別號的典故：

> 寒泉在支硎山之麓，晉支道林之遺蹟，石上二大字猶存。伍疇中自號寒泉，蓋取諸此。[47]

他先說明寒泉的地理位置，再補充寒泉係晉時高僧支道林所留下的遺蹟，從石上存留的「寒泉」二字即可知。並說明伍疇中自號的由來。既與地點有關（寒泉就在支硎山山腳下），且此地點又為鄉邦史蹟。雖不如滸溪草堂中盛讚沈天民「不忘桑梓之舊」，但於詩題中點出其字號之緣由，自有稱美之意。尤其詩之內容與伍疇中並不直接相關，原詩為：「支硎山下古泉清，裂石穿雲玉一泓。急雨每添新瀑布，紫苔都蝕舊題名。何年高士曾飛錫？此日幽人自濯纓。安得相從修茗事，一天明月萬松聲。」[48]適可知在詩題中點出字號的典故，無非是肯定時人對鄉邦古蹟的重視。

---

46 據文徵明〈沈氏復姓記〉云，沈天民自言：「吾沈氏世居吳中，相傳數百年矣。我先君婿於朱，先外祖廷禮無子，養外孫為孫。故吾兄弟皆氏朱而嗣於朱，於是四十年矣。」故沈天民於正德戊寅正月之朔復姓，「易名曰民望，歸嗣於沈。」收於《文徵明集》，卷19，頁490。

47 （明）文徵明：〈寒泉在支硎山之麓，晉支道林之遺跡，石上二大字猶存。伍疇中自號寒泉，蓋取諸此〉，《文徵明集》，補輯卷8，頁956。

48 （明）文徵明：〈寒泉在支硎山之麓，晉支道林之遺蹟，石上兩大字，猶存伍疇中自號寒泉，蓋取諸此〉，《文徵明集》，補輯卷8，頁956。

真實的鄉土情感，是滲透在生活、居處、行旅之中，而非特意標舉。在這些文字書寫中體現的地域情感，既是自覺的（行諸文字、留下記錄），也是不自覺的（處處可見、時時念及）；這是他真實的生活感受，而非外延的知識；也只有長期浸潤在吳中的文化環境中，方能內化成創作意識的一部分。他提供我們理解鄉土情感的另一種形式：對生長地點的深入觀察與理解，聯繫自我與地方，讓生活的地點不只是靜態的名詞，同時也展示其獨特的文化與歷史。[49]

（二）地點特徵與人文環境

文徵明對於蘇州府的都邑，進行了地點與人文特性的論述。其一為崇明：

> 蘇屬邑崇明治東海中，其民素獷健梗治。[50]

> 崇明為蘇屬邑，治大海中，僅若一島。故雖稱內服，而不得與列邑比。其官府制度，賦出章程，視列邑率損十九。然其民獷健易動，又其地有魚鹽之利，易爭以擾，而與戍兵雜處，一失撫寧，輒梟獍以逆。[51]

再者為長洲：

> 長洲為蘇輔縣，隸於郡下。郡當東南要郡……其地介於東南，

49 參見范宜如〈吳中地誌書寫——以文徵明詩文為主的觀察〉，《中國學術年刊》第21期（2000年3月），頁389-418。

50 （明）文徵明：〈靖海頌言敘〉，《文徵明集》，卷16，頁440。

51 （明）文徵明：〈送崇明尹吳君赴召敘〉，《文徵明集》，卷16，頁447。

> 卑瘠多澇，民眾而貧。[52]

言太倉州則是：

> 吳號澤國，故多水患。太倉在郡東鄙，地瀕大海，乃多高仰之田。非資海潤，莫視溉灌，海日再潮，淀沙易淤。[53]

這些描述偏重在地理環境與民風之類比，如《（正德）姑蘇志》卷十三〈風俗〉所言：

> 郡城之俗大校尚文，而其西過華，其東近質。郊郭下縣，則依山者多儉或失之固，……濱海者多闊疏或失之悍。[54]

以地理環境去理解民風之差異，如孔子所云「寬柔以教，不報無道，南方之強也。」故《（正德）姑蘇志》總括吳中人民的特質為「柔葸」，也是就地理環境所形塑的民風而有的論述。

（三）吳中民俗與地方掌故

文人對於自己生長環境的重視與著意，往往在詩文中加入對當時民俗或地方典故的說明，雖非完整的論述，但從片斷的、不連續的書寫之中，也可發現當時的民俗圖像。[55]

---

52 （明）文徵明：〈贈長洲尹高侯敘〉，《文徵明集》，卷16，頁455。

53 （明）文徵明：〈太倉州重浚七浦塘碑〉，《文徵明集》，卷35，頁791。

54 （明）王鏊等：《姑蘇志》，卷13，〈風俗〉，收入吳相湘主編：《中國史學叢書》，頁193。

55 如沈周所云：「火葬壞吳俗。」對照吳寬所言：「小民焚屍，日亦不絕，造飾其語，謂之火葬。」即可知其民俗。（明）沈周：〈吳俗火葬〉，《石田詩選》，《沈周集》，頁632；（明）吳寬：〈蘇州府新立義塚記〉，《匏翁家藏集》，卷38，頁233。

1　疊石為山的習俗

文徵明在〈拙政園詩三十一首（辛卯、癸巳）〉詩前綴有數語，以說明造景之緣由，在〈爾耳軒〉前有言：「爾耳軒在槐雨亭後。吳俗喜疊石為山，君特於盆盎置水石，上植菖蒲、水冬青以適興，語云：『未能免俗，聊復爾耳。』」[56]點出「疊石為山」的「吳俗」。

2　節日民俗

文徵明在詩中提到吳中立春民俗：

> 昨夕今朝跡已陳，頭顱種種歲華新。土牛郭外才驅厲，綵燕筵前已得春。對酒不應談世事，賞心剛喜及良辰。坐中潦倒誰應甚？老我頹然第一人。[57]

詩中所言為吳中立春民俗「土牛郭外才驅厲」，在〈立春相城舟中〉也有「城裏鞭牛歲事闌」之語。[58]至於吳寬則是藉由范成大的作品來傳寫吳中的民俗活動，范成大的詩作引發吳寬對吳中的思鄉情懷，有云：

> 〈新正無事，偶閱鄉先哲范文穆公石湖詩集，見其多道吳中事。因摘取其句有涉于春者輒賦一絕，得十二首。蓋予入官適三十年，處事幾七十歲，公私所繫，不即歸田，賦成，令兒子

56　（明）文徵明：〈拙政園詩三十一首〉，《文徵明集》，補輯卷16，頁1211。

57　（明）文徵明：〈壬子元旦飲毛石屋家觀郡邑迎春蓋明日立春也次東坡韻〉，《文徵明集》，卷12，頁348。

58　「城裏鞭牛歲事闌，城東客思浩漫漫。風光欲動先零雨，水氣相蒸尚薄寒。繞竹探梅移畫舫，行廚傳菜有春盤。未裁帖子吟芳草，且覆茶杯覓淡歡。」（明）文徵明：〈立春相城舟中〉，《文徵明集》，卷10，頁251。

輩誦之，恍如身在吳中，亦可以自慰也。昔人有和陶之作，予僭名為賡，不免文穆公之笑乎？〉[59]

此系列組詩，皆以范成大之詩為詩題，詩末皆以「石湖詩裏──」之句型收束。（如「石湖詩裏探梅花」、「石湖詩裏一舟輕」等）以「鄉先哲」作品作為懷想吳中的媒介，同時，范石湖的作品也傳寫吳中的生活風貌，而吳寬在追憶的同時，也書寫了當時吳中的生活景況；如是，則宋代與明代的「吳中事」並陳，恰可提供我們觀察吳中社會的一個視角。如〈元日立春詩云：交運丑支辛〉：

吳中士女愛迎春，爭看千行百戲陳。近歲吳中迎春以物貨各置綵亭中，而諸行賈從其後，視昔為勝。几坐窗間論歲序，石湖詩裏丑支辛。[60]

〈詠吳中二燈詩云：雨絲風外纈，又云：弱骨千絲結〉：

吳中元夕舊相承，街上家家搭竹棚。夜靜風沙吹滿屋，石湖詩裏看絲燈。[61]

〈春困詩云：諾惺菴裏呼春困〔吳俗立春日兒童以春困相呼〕〉

菜盤椒酒憶江南，春困相呼我獨堪。世外尚無人解此，石湖詩

59 （明）吳寬：〈玉延亭傍新開小徑二首〉，《匏翁家藏集》，卷26，頁156。

60 （明）吳寬：〈元日立春詩云：交運丑支辛〉，《匏翁家藏集》，卷26，頁156。

61 （明）吳寬：〈詠吳中二燈詩云：雨絲風外纈，又云：弱骨千絲結〉，《匏翁家藏集》，卷26，頁156-157。

> 裏諾惺菴。[62]

分別陳述了迎春的活動，以及看燈的節慶，也寫出了立春時兒童「呼春困」的民俗。此外，〈和陳粹之元宵五詠〉[63]以〈鬥雞燈〉、〈走馬燈〉、〈火花〉、〈粉丸〉、〈油饀〉等說明元宵之民俗，亦可補述當時的社會生活史。

王寵〈臈月二十四夜觀野燒二首〉也書寫了當時的民俗活動：

> 山頭野燒似星攢，贏得兒童動地歡。歲暮風烟江海思，越城橋畔一憑闌。（其一）
> 千家然火照田蠶，翠壁丹厓燭影含。旋喜春風催節序，不知身世老江潭。（其二）[64]

詩歌中所敘述的民俗，雖非依時間次序以陳述其由來與典故，卻有著地域色彩，顯示了吳中人以家鄉風情自豪的情懷。

3 吳中風物

每一地點都有它獨有之物產，這些物產形成地方特色，同時也成為文人詩文中的「常客」。文徵明云：「福山楊梅洞庭柑，佳名久已擅東南；風情氣味不相下，稱絕今兼茘子三。」[65]楊梅為吳中之特產，

---

62 （明）吳寬：〈春困詩云：諾惺菴裏呼春困〔吳俗立春日兒童以春困相呼〕〉，《匏翁家藏集》，卷26，頁157。

63 （明）吳寬：〈和陳粹之元宵五詠〉，《匏翁家藏集》，卷11，頁84。

64 （明）王寵：〈臈月二十四夜觀野燒二首〉，《雅宜山人集》，卷8，頁357。

65 （明）文徵明〈新茘篇〉：「常熟顧氏，自閩中移茘枝數本，經歲遂活。石田使折枝驗之，翠葉芃芃然，不敢信也。以示閩人，良是。因作〈新茘篇〉，命壁同賦。」《文徵明集》，卷4，頁62。

文人稱之為「楊家果」，吳寬有詩「銅坑山下摘楊梅，曲徑人從樹杪來。」又有「新春已負雪湖梅，卻為楊家果特來。」[66]再如看燈蟹，在文徵明詩中也曾「露臉」：

> 勞遣霜臍到酒邊，眼看郭索已垂涎。翠螯啄雪正堪把，赤甲含膏更可憐。湖上人家收簖後，江南風物看燈前。〔吳中有看燈蟹。〕居然動我江山興，不忘詩人後惠連。[67]

此外，對於當地的人文景觀，文徵明在詩中也會加上註腳，這也是地誌書寫的特色之一：

> 城中遙指一螺蒼，到此依然自一鄉。曉鼓隔溪漁作事，〔魚舟至則鳴鼓聚人。〕秋風吹枳橘連牆。名山更倚湖增勝，清賞剛臨月有光。正爾會心空又去，不如僧住竹間房。[68]

詩中夾註著「魚舟至則鳴鼓聚人」之語，補充了當時的生活實相，也添加了詩歌的動態之美。

（四）吳中故實的傳述

對於吳中的鄉邦典故，吳人總是加以傳述，且以了解吳中故實為自豪。如錢謙益云：「余嘗欲取吳士自俞石磵、王光庵以後，網羅遺佚，都為一編，而吳岫諸人，亦附著焉，庶幾前輩風流，不泯沒於後

---

66 （明）吳寬：〈山行十五首．入銅坑〉、〈山行十五首．泛下崦〉，《匏翁家藏集》，卷5，頁58。

67 （明）文徵明：〈冬日謝克和送蟹〉，《文徵明集》，卷10，頁269。

68 （明）文徵明：〈游洞庭將歸再賦〉，《文徵明集》，卷7，頁154-155。

世，且使吳人尚知有讀書種子在也。」[69]對於吳中故實之不可考，則有著嘆惋之情。如文徵明志朱存理之墓云：「正德壬申堯民死，明年性甫又死，自兩人死，吳中故實，往往無所於考，而求其遺書，亦無所得，惜哉！」[70]

吳中人有論次吳中事之傳統，如錢穀編選《吳都文粹續集》，「貧無典籍，遊文徵明之門，日取插架書讀之，手抄異書最多，至老不倦，倣虎臣（案：〔宋〕鄭虎臣）《文粹》，輯成續編聞有三百卷，其子功父繼之，吳中文獻藉以不墜。」[71]又如文震孟《姑蘇名賢小記》自云寫作之因緣為：「因取諸賢之行事，合於少時家庭之所習聞，疏為小紀，僭加論次，昉自國朝，弗溯往代，遠不敢徵也；僅及吳門兩邑，而他邑無記焉，恐耳目之未逮。」[72]錢穀遊於文徵明之門，文震孟為文徵明之曾孫，可見文徵明對於吳中故實，皆有深入之接觸與記錄，此處我們便以文徵明為例，說明他在詩文中如何書寫鄉邦典故。

1 親見人事的記錄

文徵明喜於詩句中自注，以說明人或事之典故。如〈先友詩．參政陸公容〉：「陸公婁東鳳，少小已翱翔」自注：「公少與張滄洲泰、陸靜逸釴齊名，時稱婁東三鳳。」[73]恰可說明「婁東三鳳」稱號的典故。

又如〈哭石田先生二首〉其二：

---

69 〈朱處士存理〉，《列朝詩集》，丙集，頁3383。

70 （明）文徵明：〈朱性甫先生墓志銘〉，《文徵明集》，卷29，頁679。

71 （清）朱彝尊：〈錢穀〉，（清）朱彝尊選編：《明詩綜》（北京：中華書局，2007年），卷50，頁2498。

72 （明）文震孟：〈姑蘇名賢小記序〉，收入周駿富輯：《明代傳記叢刊》，第148冊，頁3。

73 （明）文徵明：〈先友詩．參政陸公容〉，《文徵明集》，卷2，頁33。

> 不堪惆悵失瞻依，手把圖書夢已非。文物盛衰知數在，老成凋謝到公稀。石田秋色迷寒雨，竹墅風流自夕暉。未遂感恩酬死志，此生知己竟長違。[74]

詩末自注：「先生所居號有竹居」對時人而言，此注或為蛇足；就後人而言，此注卻足以成為鄉邦史事的明證。這或許也是文徵明喜談吳中故實，並為其留下文字記錄的原因。再如：

> 杖屨空然記昔年，高情無復看雲眠。溪堂白髮留遺照，竹榻清香感斷緣。奄忽流光驚夢裡，蹉跎殘諾負生前。只因舊事僧知得，灑淚同看獨夜篇。[75]

「溪堂白髮留遺照」下自注「堂中有先生遺像」，於是我們可知東禪寺內有沈周遺像。[76]王鏊曾概括沈周之容貌為「風骼潔修、眉目娟秀，外標朗潤，內蘊精明」[77]，錢謙益在〈石田先生事略〉也有「先生生而娟秀玉立聰明絕人」之描述。[78]藉由文徵明之記錄，恰可與文本對照。

文徵明對吳中寓遊人物甚為重視，有詩云〈處州劉學諭乃劉龍洲

74 （明）文徵明：〈哭石田先生二首〉，《文徵明集》，卷9，頁208。

75 （明）文徵明：〈石田先生留詩東禪命壁牽和久而未能。寺僧天璣出以相視，於是先生下世三年矣。感今懷昔，撫卷淒然，因次韻題其後〉，《文徵明集》，卷10，頁243-244。

76 《文徵明集》與《匏翁家藏集》分別有一部分專為「像贊」。據文獻記載，五十歲後，沈周曾多次被畫肖像，約於五十八歲、六十歲、七十四歲、八十歲、八十三歲。並有沈周自題之詩句。見阮榮春：《明清中國畫大師研究叢書．沈周》（長春：吉林美術出版社，1996年），第一章第五節〈容貌〉，頁36。

77 （明）王鏊：《震澤集》，收入《文淵閣四庫全書》，第1256冊，頁440。

78 （清）錢謙益：〈石田先生事略〉，（明）沈周：《石田先生詩鈔》，《沈周集》，頁232。

遠孫，便道拜龍洲墓於崑山作詩送之〉：

> 玉峰之陽荒古原，秋草數尺封寒雲，詩魂醉魄渺何許？山人尚識龍洲墳。龍洲先生天下士，曾以危言犯天子。肯緣祿豢倚時人，竟把殘骸托知己。矗肩斗酒意翩然，不見風流三百年。諸孫沿牒下吳船，到此忍不相流連？當年聲華元不改，風雨荒祠儼猶在。[79]祭田修復勤故老，仆碑重立煩賢宰。旁人懷古尚勤悛，況也博士諸孫賢？源流不隔千里遠，椒漿天假今朝緣。精神恍惚如相授，父老追隨為搔首。誰云聲跡不相聞，要識忠賢須有後。宦途南北不終留，片帆又逐浙江流。白雲天際渺無極，夢魂常在玉峰頭。[80]

由詩題可知崑山有劉龍洲墓，詩中書寫劉龍洲當年之事蹟，並寫此墓修復、重立之過程。可知吳中人士有「懷古」之特質（「旁人懷古尚勤悛」），能為昔日的寓遊文人留下可資記憶的地點。即使到了他地，對古先賢的遺址也甚為著意，〈留城道中有張良祠〉：「古隄楊柳綠絲柔，盡日南風送客舟。百里青徐平入望，千年汴泗正交流。草荒霸業春過沛，月滿叢祠夜泊留。老去馬遷心尚在，不妨書劍事遨遊。」[81]

---

79 歸有光亦有〈野鶴軒壁記〉：「吾崑之馬鞍山小而實奇，軒在山之麓旁，有泉芳冽可飲，稍折而東，多磐石。山之勝處俗謂之東崖，亦謂劉龍洲墓，以宋劉過葬於此。墓在亂石中，從墓間仰視，蒼碧嶙峋，不見有土，惟石壁旁有小徑，蜿蜒出其上，莫測所往，意其間有仙人居也。」可見鄉先賢之故址為吳中文人共同的記憶中心。《歸有光全集》，第6冊，〈震川先生集〉，頁449。

80 （明）文徵明：〈處州劉學諭乃劉龍洲遠孫，便道拜龍洲墓於崑山作詩送之〉，《文徵明集》，卷4，頁66-67。

81 （明）文徵明：〈留城道中有張良祠〉，《文徵明集》，卷11，頁288。

毋怪文徵明會自言：「懷賢弔古意無極」、「撫景懷賢託文字」，[82]以「考古尚賢」為人物立傳。

此外，他也在詩題中點出時事，如：

> 〈十月九日辱次明、九逵、道復及履約兄弟過飲。時淮北小警，吳中城禁稍嚴，客有居郭外者，索歸甚遽，故卒章云〉[83]

> 〈甲寅二月廿一日宿常熟城外有作。常熟故無城，城蓋新築，因海警也〉：琴川落日水粼粼，回首重來十二春。山色依稀烏目舊，風烟慘淡白頭新。倚空雉堞森城守，滿地戎衣感戍塵。獨有堰涇堤上柳，依依臨水似迎人。[84]

詩題指出「常熟故無城，城蓋新築，因海警也」，恰說明了常熟的史事。再如〈晚泊清河邑里蕭條類經兵燹同九逵登眺嘆息之〉：

> 野岸行行日欲晡，麗譙頹落帶荒墟。併無草木疑秋盡，僅有人煙類燹餘。邑小何堪當孔道，民貧如此尚供輸！北來雕敝誰曾問？採得風謠手自書。[85]

---

82 〈蕉池積雪次張伯雨韻〉：「懷賢弔古意無極，一笑醉倒雙玉瓶。」〈寄題瑞州清風亭，亭為夏太常仲昭守郡時作，黃應龍追記其事乞詩〉：「同鄉博士悵來遲，撫景懷賢託文字。」《文徵明集》，卷4，頁67、64。

83 （明）文徵明：〈十月九日辱次明、九逵、道復及履約兄弟過飲。時淮北小警，吳中城禁稍嚴，客有居郭外者，索歸甚遽，故卒章云〉，《文徵明集》，卷9，頁225。

84 （明）文徵明：〈甲寅二月廿一日宿常熟城外有作。常熟故無城，城蓋新築，因海警也〉，《文徵明集》，補輯卷9，頁1002。

85 （明）文徵明：〈晚泊清河邑里蕭條類經兵燹同九逵登眺嘆息之〉，《文徵明集》，補輯卷7，頁930。

詩中顯示對生民生活之關懷，頗有詩經風人之旨。

2 考察地點的故實

文徵明喜於詩題中點出鄉邦史實，如〈偶過甫里乘月至白蓮寺訪陸天隨故祠〉便指出白蓮寺有陸龜蒙之祠廟，詩末自注：「祠有唐時遺像，為狂人所仆，滿腹中皆翁手稿。後像雖設，而稿不可得矣。」[86] 適可知今白蓮寺僅有陸氏之遺像，而原存稿件皆已亡佚。

除此之外，文徵明以親往觀察的方式以印證鄉民口耳相傳之說，如：

> 〈虎丘劍池，相傳深不可測。舊志載秦皇發闔閭墓，鑿山求劍，其鑿處遂成深澗。王禹偁作劍池銘，嘗辨其非。正德辛未冬，水涸池空，得石闕，中空不知其際。余往觀之，賦詩貽同游者，和而傳焉。〉[87]

先由鄉民傳言劍池的深不可測作為詩題之首，而後再說明舊志所述，進而補述王禹偁的劍池銘之作，係考辨前者所述之非。末了再寫自己曾於正德辛未年（1511）前往觀看劍池因水涸池空所得的石闕。從傳聞——文章記錄——親身經歷，適可演示虎丘劍池歷時性的變遷。〈古甎硯銘〉亦有：

> 正德辛未冬，劍池涸，余往觀，得古甎歸。外剝而中堅，蓋闔

86 （明）文徵明：〈偶過甫里乘月至白蓮寺訪陸天隨故祠〉，《文徵明集》，卷10，頁254。

87 （明）文徵明：〈虎丘劍池，相傳深不可測。舊志載秦皇發闔閭墓，鑿山求劍，其鑿處遂成深澗。王禹偁作劍池銘，嘗辨其非。正德辛未冬，水涸池空，得石闕，中空不知其際。余往觀之，賦詩貽同游者，和而傳焉。〉，《文徵明集》，卷9，頁230。

> 閭幽宮物。爰斲為硯，銘之曰：金精相守，歷二千霜；升諸斐几，寶勝香姜。[88]

二事並陳，除可知正德辛未冬劍池涸並知文徵明獲闔閭宮之古磚，更增添傳說的真實性。

〈袁魯仲邀余登列岫樓余自胥臺沒數年不登矣〉[89]則在題目間提出了「胥臺沒」的史實。又如〈賀九嶺〉，詩題下云「相傳為吳王賀重九處」[90]為此地留下吳越史蹟的記憶。

對吳中今昔地點的說明，在〈跋吳中三大老石刻〉有云：「今吾家所居，相傳為公故址。旁有盧提刑橋尚存。」又有「樂圃在今雍熙寺之西，已廢為民居。」[91]

經由這些陳述，一則可發現他們對所處環境的「歷史」之重視，二則也可知他們對保存固有遺物的著意。

第二節　地景中的歷史感

一　今古興亡的時間感受

「小山開洞府，列榭壓迴塘。路入花溪誤，門通柳浪長。千年三品石，四海午橋莊。賓客今誰在？啼禽自夕陽。」[92]走入昔日名園，文徵明有了「賓客今誰在？」的今古興亡之感嘆。王寵有云：「帝子

---

88 （明）文徵明：〈古甎硯銘〉，《文徵明集》，補輯卷21，頁1305。

89 （明）文徵明：〈袁魯仲邀余登列岫樓余自胥臺沒數年不登矣〉，《文徵明集》，卷12，頁349。

90 （明）文徵明：〈賀九嶺〉，《文徵明集》，卷15，頁428。

91 （明）文徵明：〈跋吳中三大老詩石刻〉，《文徵明集》，卷22，頁549。

92 （明）文徵明：〈遊白司寇園二首之二〉，《文徵明集》，補輯卷5，頁863。

樓船天上來，渚宮巒殿海中迴。山河錦繡千年觀，歌舞風塵萬壑哀。澤國魚龍吟落日，荊蠻雲物悵登臺。茫茫金古渾無賴，直北長安首重回。」[93]在錦繡山河的氣勢中，興發的也是今古蒼茫的感懷：

> 天風異制木蛇空，雉堞差差夕照中。百里山川形勝舊，萬家烟火歲年豐。迤南茂苑迷陳跡，直北荒原識故宮。會取千年興廢理，與君極目送飛鴻。[94]

百里山川之間，穿梭的是千年興廢的事理。「尋常繞樹多詩客，階下莓苔留古跡」[95]——在吳中無所不在的古蹟裡，山水之間的短石殘垣，也有著歲月的刻痕，吳寬行於山間，也發現先人的遺址。有詩云：「旁有短石垣，制作良且堅。四垛砣不動，密累皆古磚。斷裂蒼蘚間，有碑昔人鐫。銘文已磨滅，篆書冠其顛。〔曰宋主簿陸公墓。〕」[96]在自然與人文交融的情境之間，便形成「興懷往哲悲陳跡」、「懷賢弔古意無極」的創作基調。[97]

這無所不在的古蹟，或為先秦言偃的故宅[98]、或為晉元帝遊憩的廢址[99]，或為陳士誠昔日自立為周的舊址[100]，荒野間的殘碑、舊壁，

93 （明）王寵：〈灣中覽古〉，《雅宜山人集》，卷6，頁267。

94 （明）文徵明：〈與邢麗文登葑門城樓〉，（明）文洪：《文氏五家集》，卷6，收入《文淵閣四庫全書》，第1382冊，頁469。

95 （明）吳寬：〈觀海雲院連理山茶〉，《匏翁家藏集》，卷5，頁59。

96 （明）吳寬：〈山行十五首・觀眠松〉，《匏翁家藏集》，卷5，頁58。

97 （明）文徵明〈游幻住庵〉：「興懷往哲悲陳跡，每到空門損世情。」；〈蕉池積雪次張伯雨韻〉：「賢弔古意無極，一笑醉倒雙銀瓶。」《文徵明集》，卷10，頁237；卷4，頁67。

98 （明）文徵明〈雨宿武城追和先溫州夜宿武城二首（癸未）〉：「經過言偃邑，非復昔時城。」《文徵明集》，卷6，頁117。

99 （明）文徵明：〈晉元帝遊息廢址在琅琊山〉，《文徵明集》，卷6，頁95。

100 （明）文徵明〈弔偽周故址（戊午）〉：「廢鼓樓前蔓草多，夕陽騎馬下坡陀。欲談

無時不在提醒文人今與昔的對比：

> 四百年來零落盡，草深無處認殘碑。[101]
>
> 翠壁未磨邪律字，石床曾臥呂公來。[102]
>
> 還應壞壁餘詩草，只恐荒碑蝕雨苔。[103]
>
> 芳蹤藐難屬，古字蝕苔斑。[104]

吳中的每一處地點都是歷史，文徵明清楚的感知這種面對實存古蹟的力量；但這些古蹟經過時間的淘洗，大多已成荒碑斷壁。一如「欲問司徒杲仁事，斷碑零落草芊芊」[105]、「參差蓮宇逐飛埃，斷礎荒基夕照開」[106]詩句所云，在「斷碑」與「荒基」的情境中，一方面「歷史」是被看見的，另一方面又清晰地理解到「歷史將被遺忘」，這種微妙的體驗一一地展現在詩句之間。

此種興亡之感既涵蓋時代變遷的身影（吳越歷史），同時也是人生變化的縮影。因此，在天池，他會喟然而嘆「俯仰成今古，臨風有

天祐誰堪問？自唱西風菜葉歌。十年烽火東南警，御酒龍袍事可嗟。江左書生空老去，至今人說相公衙。」《文徵明集》，卷14，頁385。

101 （明）文徵明：〈幽谷廢址〉，《文徵明集》，卷14，頁381。

102 （明）文徵明：〈遊西山詩十二首・呂公洞〉，《文徵明集》，卷11，頁307。三十五卷本、抄本註云「內有耶律楚材題字」。

103 （明）文徵明：〈竹堂寺寄無盡〉，《文徵明集》，卷11，頁309。

104 （明）文徵明：〈支硎山〉，《文徵明集》，卷15，頁427。

105 （明）文徵明：〈題瑞光寺〉，《文徵明集》，補輯卷10，頁1042。

106 （明）文徵明：〈遊靈巖登琴臺〉，《文徵明集》，卷11，頁277。

所思」[107]，就是在友人聚會之際，他仍有「勝事千年追往哲，清遊一笑屬吾曹」[108]之感。

這種悲感往往來自於自然物景的體驗。在弘治三年（時年二十一歲）時，文徵明有云：

> 琅琊古絕境，四月花木春。探玩有深趣，行遊及良辰。蕭蕭晉帝宅，渺渺江湖身。古人不可見，文章環翠岷。傷哉多亭榭，空復委荊榛。惟應千年氣，不改空嶙峋。亂流度回阪，薄照經疏筠。僧窗萬松頂，清風斷埃塵。自余吳山來，此山便為鄰，水石無異姓，相逢如故人。間多濟勝具，盛有山水賓。一載十回至，不受山靈嗔。[109]

這首山水紀游詩，呈現對吳中山水的自得之情，此外，亦流露一種今昔對比的興亡之感；這種興亡之感形成作品中的主調，吳中山水已從客體轉為主體心靈的契合。

考索詩文中今古興亡的時間感受，可知其一為興廢相替的時代感，如〈登鼓角樓〉：

> 荒譙漠漠帶郊坰，晚色浮空鼓角晴。西望青山明落日，北風吹雪滿江城。繁華欲問都無跡，興廢相尋每繫情。秋草不菲愁萬里，古原南畔看雲生。[110]

107　（明）文徵明：〈次韻崦西天池之作〉，《文徵明集》，補輯卷4，頁847。

108　（明）文徵明：〈秋日遊陳以可姚城別業〉，《文徵明集》，卷6，頁94。

109　（明）文徵明：〈冬日琅琊山燕集〉，《文徵明集》，卷1，頁1。

110　（明）文徵明：〈登鼓角樓〉，《文徵明集》，卷10，頁261。

眼前既是夕落的蒼茫，又從角樓的傾圮感受到欲問繁華而不知其所，不免有「繁華消歇高人逝」[111]、「閒論往事何能說」[112]之感，毋怪他在詩中屢屢有：

> 相看不盡興亡恨，落日長歌倒玉壺。（〈陪蒲澗諸公游石湖〉）
> 涼風嫋嫋青蘋末，往事悠悠白日西。（〈石湖〉）
> 清光萬頃無人占，領取年年照白頭。（〈中秋石湖玩月〉）
> 金銀宮闕變林丘，前度游人已白頭。（〈雨中登玄墓〉）[113]

夏鑄九以為：「空間、歷史與社會所交織成的研究領域中，空間必須包含在歷史之中，我不能想像沒有空間向度的歷史。事實上，歷史是經由人類行動所建構的空間與時間之間的聯續性互動，一個充滿了衝突的形成過程。」[114]無論是直抒式地寫出個人的興亡感，或是以隱喻的形式呈現古今相照後的悲涼；都呈顯了主體面對自我生活的空間一種真實的感受。所有的在／不在（時間）的感觸與在／不在（空間）的迷思都透過在山水中的沈思默想而形成當下的印象。如是，便使所經歷的時日擁有了專屬於一己的刻度與格局。

除此之外，另一層次的展現為面對遺址損壞、失落的蒼茫之感，如〈獅子庵〉：

> 古寺陰陰小徑迴，狻猊非復舊崔嵬。一時文雅看遺墨，滿眼悲涼上廢臺。

111 （明）文徵明：〈歸舟泛石湖再疊前韻〉，《文徵明集》，卷9，頁200。

112 （明）文徵明：〈靈巖山絕頂望太湖〉，《文徵明集》，卷7，頁133。

113 四詩依序見《文徵明集》，卷10，頁255；卷10，頁264；補輯卷10，頁1050；補輯卷10，頁1045。

114 夏鑄九：《空間，歷史與社會》（臺北：唐山出版社，2009年），頁47。

> 佳境曾無百年好，喬柯知閱幾人來？壁間更莫題名字，多少篇章蝕古苔。[115]

創作主體面對時間、空間交構的情境所衍生的思考正是如此。固然這是面對事物不再的悲涼，對陳跡的毀壞不免有著無奈的情緒，所謂「怪我紀游無一字，古人佳句蝕蒼苔」[116]，在看似悲哀心境（何必留下文字呢？你看古人遺留的文句再優美也不過化成石上的蒼苔。）的背後，其實是對現存事物深切的關注。表面上似是捨棄過往歷史的記錄，其實他更有意識地以記錄來抵擋時間的洪流。[117]

他瞭解所有的現在都會形成記錄，並由記錄成為記憶。所以他詳注時間地點人物心境，並特意寫著：「以記一時之事」，正是為未來的自己召喚記憶的方式。而他自己的創作與閱讀經驗中也有在同一地點、不同時間的對比：在旅途間看見自己昔日的創作：「塵句何年傳到此〔壁間有余詩。〕，篝燈試讀已茫然」[118]的茫然，不也是對於個人歷史今昔的領悟？〈臘月十三日飲伍君求雁村草堂，閱舊歲留題，適亦臘月十三，為之感嘆，因再次前韻〉[119]也是相對於昔日之題識而有

115 （明）文徵明：〈獅子庵〉，《文徵明集》，卷7，頁137。

116 見〈冬日虎丘寺〉，《文徵明集》，卷10，頁250。〈登香山〉也有：「去來不用留詩句，多少蒼苔沒舊題。」《文徵明集》，卷11，頁305。

117 文徵明有詩〈弘治甲子之春，偕林屋先生及子畏、昌穀輩放棹虎丘，登千頃雲，相集竟日、把酒臨風，不覺有故人之思。遂即景圖此，並系短句，以記一時之事云爾〉這首詩最大的特點不在內容，（原詩為「歷歷烟巒列翠屏，陰陰松檜擁空庭。登臨不盡懷人意，把酒憑闌看白雲。」）而在詩題裡透顯當下的創作心境。《文徵明集》，補輯卷12，頁1078。

118 （明）文徵明：〈宿靈源寺〉，《文徵明集》，卷7，頁154。

119 「去年殘臘醉君床，題字依然在草堂。竹下尋盟猶昨日，風前撫卷惜流光。情如秋水從教淡，坐戀梅花失卻忙。煑茗焚香聊足樂，何須濁酒過鄰牆。」（明）文徵明：〈臘月十三日飲伍君求雁村草堂，閱舊歲留題，適亦臘月十三，為之感嘆，因再次前韻〉，《文徵明集》，卷9，頁229。

的感嘆。[120]雖然這些都只是個人的體驗，卻能真切的體悟時間對於作品的意義。

就如〈柏子潭〉所言：「只應壞碣奎文在，秋草難埋永夜光。」[121]雖已是毀壞的碑石，但若不曾留下文字的痕跡，又有誰會為這種消逝徒增悲感？又怎能有「地脈何猶關至治，野人猶解說先皇」的現象？他隨時觸景而生發的歷史感，固然與吳中地域的地點特性相關；如正德年辛未冬文徵明往虎丘劍池有詩，即明確點出「地下誰曾求寶劍，眼前吾已見桑田」的時間感，是透過個人親身體驗，再對照史事的詠嘆；即使在搖櫓泛舟之際，他也有「繁華消歇高人逝，秋色離離暗古原」(〈歸舟泛石湖再疊前韻〉) 黯然的體悟。這種懷古的基調（內涵），感嘆的語調（形式）[122]是以自覺的形態出現的，藉此也召喚讀者走入吳中的歷史記憶。

詩人由自然恆常景象而生的情興，不只是個人內在情懷的顯現，它同時是一種「群類的永恆」。[123]萬物萬象所構顯的空間世界與時間推移的意識，相互依存下所衍生的歷史感受，不只是興亡盛衰之感，它同時也展示了記憶與文人群體、地點及鄉邦情感的關聯。

---

120 文徵明也有為人作畫而十六年後方題詩的經驗。〈余為黃應龍先生作小畫，久而未詩。黃既自題其端，復徵拙作，漫賦數語。畫作於弘治丙辰，距今正德辛未十有六年矣〉：「尺楮回看十六年，殘丹剩粉故依然。得君品裁知增重，顧我聰明不及前。小艇沿流吟落日，碧玉浮玉漲晴煙。詩中真境何容贅？聊續當年未了緣。」《文徵明集》，卷9，頁224。

121 （明）文徵明：〈柏子潭〉，《文徵明集》，卷10，頁257。

122 如〈百花庵〉：「野橋詰曲通幽徑，短策何時許重尋？」〈次韻答彭寅仲見寄〉：「見說京華塵似海，可應回首憶蒼崖。」二詩收於《文徵明集》，卷10，頁239。

123 蕭馳：〈中國抒情傳統中的原型當下：今與昔之同在〉，《中國抒情傳統》（臺北：允晨文化實業公司，1999年）。

二　吳越史蹟與歷史經驗

（一）歷史感的形成

吳中山水非僅是旅遊景點而已，在傳統的歷史發展過程中，「山水」對吳中文人已凝聚出一種特殊意義。這種歷史感的形成，源於對吳越歷史以及昔日文人遺跡的追憶，當然，也因為吳中是個文化資源豐富的場所，才使得文人在每一次的山水行旅之間，不時能感受今昔對照的歷史情懷。

王寵有詩〈登望湖亭〉：

> 寶塔孤撐日，華亭迥冠山。禹功饒震澤，吳服擀荊蠻。今古悲歌裏，乾坤落照間。雄風高處急，莫放酒杯閒。[124]

在「禹功饒震澤，吳服擀荊蠻。」的詩句中，將此地與泰伯斷髮文身之史事相綰合。「今古悲歌裏，乾坤落照間」又可見其今昔對照之悲感。再如：

> 白鳥青谿蘆葦林，日光雲氣晝陰陰。江湖已得儵魚樂，霄漢空懸鴻鵠心。結髮入山非慢世，放歌沿瀨有遺音。吳宮越館皆灰劫，漁子樵夫自古今。[125]

在寓目的物景中，給予吳越歷史的凝視，讓江湖之樂與當前的日光雲影有了歷史的向度。因此所有的物景都染上了吳越歷史的色彩。

---

124 （明）王寵：〈登望湖亭〉，《雅宜山人集》，卷5，頁214。

125 （明）王寵：〈溪上〉，《雅宜山人集》，卷6，頁282-2。

歷史經驗的憑藉，並非憑空想像便能有深刻的體驗；藉由現存的古蹟，文人往往能聯繫到昔日及其相關感受。在歷史文化資源豐富的吳中地域，文人觸目所及的視野，每個文化景點都蘊藏著時間的回憶與想像。唐寅〈登吳王郊臺〉：

> 昔人築此不論程，今日牛羊向上行；吳兒越女齊聲唱，菱葉荷花無數生。南山含雨眉俱潤，西湖映日掌同平；本由萬感銷非易，詎言哀樂過群情。[126]

王寵也有：

> 酒酣更上吳王臺，卻憶霓旌萬騎來。閱世浮雲千古盡，麗天春色五湖開。平原細草游麋鹿，落日陰風嘯虎豺。跋扈飛揚總黃土，當筵需罄掌中杯。[127]

每到一處，他們同時看見「現在」也意識到「過去」。現在的他們即使是酒酣之後登臨覽勝，所看見的卻是「吳兒越女」、「霓旌萬騎」，甚至連當年「跋扈飛揚」的神情也彷彿如在眼前。這兩首詩的背景都在「郊臺」，據同治《蘇州府志》卷三十五〈古蹟〉所述：

> 郊臺，吳郡志在橫山東麓，下臨石湖，壇壝之形儼然。相傳吳僭王時或曾祀帝也。[128]

---

126 （明）唐寅：〈登吳王郊臺〉，《唐伯虎全集》，頁39。

127 （明）王寵：〈郊臺〉，《雅宜山人集》，卷6，頁277-278。

128 《蘇州府志》，卷35，〈古蹟〉，頁1012。

郊臺的歷史意義來自於它象徵著吳越歷史的陳跡，即使只是「相傳」、「或曾」這種不確定的陳述方式，眼前實存的壇壝，卻不免讓人興發感嘆。當所處的情境無一不是昔日歷史的遺跡，登臨之際，「徙倚郊臺酒半醺，千年陳跡草紛紛」[129]的喟嘆，遂成為作品的基調。

即使面對山水，他們的感受也立即連接到遙遠的昔日：

> 上方啼鳥綠陰成，落日登臨宿雨晴。春事蹉跎三月盡，碧天浮動五湖明。山連越壘人何在？水繞長洲草自生。未遂扁舟從此去，眼中無限白鷗情。[130]

詩歌的節奏本來是和緩而明朗的，在暮春時節、雨後初晴的夕暮，碧天與湖水的清澈是一種色調，恰可與綠樹的濃蔭互成參差的對照，雖有春事蹉跎、三月將盡之感，但畢竟那只是個人的心懷，還未聯繫成時代的課題。視野一轉，目光朝向與山緊連的「越壘」，立即引發了「人何在」，關於歷史的探問。越壘即是越城，再據同治《蘇州府志》所載：

> 越城在吳縣西南胥門外、橫山下。一云越王城，又云勾踐城。越伐吳，吳王在姑蘇，越築此城以逼之，城堞彷彿俱在。高者猶丈餘，闊亦三丈，而幅員不甚廣。《史記正義》〈吳東門解〉引《吳俗傳》云：子胥亡後，越從松江北開渠至橫山東北，築城伐吳，即此地也。[131]

---

129 （明）文徵明：〈郊臺寓目〉，《文徵明集》，卷10，頁273。

130 （明）文徵明：〈三月晦日登上方〉，《文徵明集》，卷10，頁262-263。

131 《蘇州府志》，卷35，〈古蹟〉，頁1008。

方志同時並列二則史料，一為吳越相爭時所築的城壘，並描述了城堞的外貌；一則又以《史記正義》的資料來補充此地的方位。短短數語，卻隱藏著人世的興替與戰爭的場景。「山連越壘人何在？」的扣問有著多重的意義，或許是在問，「伍子胥今何在？」也可能是「吳王、越王今何在？」更可能是對歷史普遍性的詢問，而這些觸發，只因為看見眼前這個「活在昔日」的「越壘」。[132]在踏上廢墟之際，「面對短暫人生的大自然之恆常」，而有「吳臺越壘都陳跡，笑對湖山且盡觴」[133]的感懷。或如袁袠「龍爭虎鬭事千秋，越壘吳宮麋鹿遊」[134]之興感。[135]

（二）吳越歷史的典故意象

且將目光移往春秋時代，吳國繼壽夢、諸樊、余季、余昧以至闔廬，從蠻夷小國成為一代霸主。其中猶以吳王闔廬「西破強楚，北威齊、晉，南發於越」的霸業最令人稱道。他死後所葬之地，也形成了一則傳說。《吳越春秋》云：

---

132 關於「今何在」的扣問，文徵明並非此調的絕響，王鏊〈靈巖懷古〉：「夫差伯業今何在？香徑琴臺鹿自遊。天際青山還故國，夜深明月有荒邱，濤聲不盡英雄恨，草色猶含粉黛羞。莫為吳宮多悵望，今來古往總悠悠。」不也顯示面對今昔變遷的感懷？收於（明）錢穀編：《吳都文粹續集》，卷19，收入《文淵閣四庫全書》，第1385冊，頁488-489。

133 （明）文徵明：〈次韻陳郡推九日陪郡公吳山登高四首〉，《文徵明集》，補輯卷第10，頁1049。

134 （明）袁袠〈自靈嵒至西洞庭四首〉之二：「龍爭虎鬭事千秋，越壘吳宮麋鹿遊。更分震澤為彭蠡，亦有三江賽十洲。」（明）錢穀編：《吳都文粹續集》，卷21，收入《文淵閣四庫全書》，第1385冊，頁543。

135 王寵〈送陳太僕德英歸省閩中四首〉其四：「南歸應上越王臺，繡壁金城一面開。莫道浮雲能蔽日，燕關紫氣正東來。」〈越溪莊十絕句〉其七：「吳臺越壘屹相參，錦繡山河幾戰酣。千古霸圖狐兔穴，野人長弄百花潭。」均可看出「越王臺」、「吳臺越壘」都是開啟記憶的媒介，形成歷史感受的觸媒。二詩依序見於《雅宜山人集》，卷7，頁335；卷8，頁355。

> 闔廬死，葬於國西北，名虎丘。穿土為川，積壤為丘，發五都之士十萬人，共治千里。……傾水銀為池，池廣六十步，黃金珠玉為鳧鴈，扁諸之劍、魚腸三千在焉。[136]葬之已三日，金精上揚，為白虎據墳，故曰虎丘。[137]

再回到歷史的軌跡：吳王闔廬敗於越王勾踐，而後其子夫差又精勵圖治率伍子胥、伯嚭，以精兵迎戰，迎戰勾踐於今日的太湖洞庭山，逼其困守會稽山。直至勾踐以范蠡之計，自請為臣、妻為奴，由文種代管越國之事，自身前往吳國當了三年的奴隸。回到越國，勾踐臥薪嚐膽，禮賢下士，對內由文種管理政事，范蠡管理軍事；對吳國則以雕繪精美的木材作為姑蘇臺的建材，又選出西施、鄭旦，以美色相誘。終於在西元前四七三年一舉滅了吳國，將其土地、人民一併歸入越國。

文人在吳越興亡的現場，緬想當日之景，既有大興宮殿的盛事，又有戰爭的史實，[138]再加上歷史中的傳奇人物，如范蠡、西子等人，[139]

---

136 （明）高啟〈吳王闔閭墓〉：「水銀為海接黃泉，一穴曾勞萬卒穿。謾說深機藏盜賊，難令朽骨化神仙。空山虎去秋風後，廢榭烏啼夜月邊。地下應知無敵國，何須深葬劍三千。」也以傳說入詩，如「地下應知無敵國，何須深葬劍三千。」（明）錢穀編：《吳都文粹續集》，卷37，收入《文淵閣四庫全書》，第1386冊，頁212。

137 （唐）歐陽詢撰，汪紹楹校：《藝文類聚》（上海：上海古籍出版社，1965年），卷8，頁141。這傳說也形成文徵明詩中的典故，如（明）文徵明〈虎丘觀雨〉：「風迴陰壑奔泉黑，雲鎖蒼池劍氣寒。」、〈虎丘〉：「千年精氣池中劍，一壑風煙寺裏山。」二詩依序見《文徵明集》，卷12，頁350；卷13，頁366。

138 （明）高啟〈練瀆〉：「吳越水為國，行師利舟戰。夫差開此河，艅艎試親練。十萬凌潮兒，林比佽飛健。鼓棹急風濤，揚舲築雷電。當時意氣盛，謂已無勾踐。鷗避去沙洲，龍愁避淵殿。恃強非伯圖，倏忽市朝變。臺上失嬌姿，泉間掩慚面。至今西山月，恨浸秋一片。猶有網漁人，時時得沉箭。」為戰爭場景的描寫甚為細密。見（明）錢穀編：《吳都文粹續集》，卷21，收入《文淵閣四庫全書》，第1385冊，頁545。

139 胡應麟〈西施〉：「今詩家萬口相承，即蠡無此事，難乎免矣。」雖引多方之說，

感慨既深，吳、越史蹟便成為詩中的記憶主體，每一次的「遊」，幾乎都是吳越歷史的懷古之旅：

> 郭外南湖一境開，吳宮烟草暗荒臺。道人不與興亡事，只記溪名是越來。[140]

詩中特意指出「不與興亡事」，只強調這個地名：越來溪。這樣的說法，恰好可以點出文徵明對吳越歷史的著意與敏感，吳、越已成每處山水的主體意象，也形成文徵明創作歷程的焦點意識。[141]或為「春來芳草埋吳榭，煙際青山見越州」，或為「何處登臨汎菊華，越城東畔意偏佳」。[142]現處的每個地點，總會讓他回憶到過去，即使只是純寫寶帶橋的景色，也不免有「十里吳塘近，歸帆帶暝陰」[143]的語句。當然，這首詩不只是強調越來溪這個地點，他反而有更深入的思索：當大家只記得溪名為越來，有誰知道它背後的歷史與源流？再連接到詩的首二句：「吳宮煙草暗荒臺」，相對於他人只得地名，我卻同時看見歷史變遷中的興亡盛衰，由此可見吳越歷史已「內化」成其「默會」的知識。[144]不僅是文徵明，吳寬〈吳越弔古賦〉也有如是的體會：

以辨明范蠡與西施之傳奇，然則二人的角色就在詩家大量的創作軌跡中被定位了。見（明）胡應麟：《少室山房筆叢》（臺北：世界書局，1980年），卷25，續乙部，〈藝林學山七〉，頁327。

140 （明）文徵明：〈暮春遊石湖〉，《文徵明集》，卷14，頁405。

141 博藍尼：「一切思想都包含在我們思考的焦點內容裡，輔助性地知覺到的成分；而且一切思想都內斂於其輔助成分，彷彿這些成分是我們身體的一部分。」在知識論的架構中，他提出了「焦點意識」與「支援意識」，詳參（奧）Karl Polanyi著，彭淮棟譯：《博藍尼講演集》（臺北：聯經出版事業公司，1985年），頁166。

142 （明）文徵明：〈登吳山絕頂同魯南賦〉、〈次韻陳郡推九日陪郡公吳山登高四首之一〉，《文徵明集》，補輯卷10，頁899、1048。

143 （明）文徵明：〈寶帶橋〉，《文徵明集》，補輯卷5，頁865。

144 博藍尼也提到，內化（internalization）乃是把自身認同於教諭，使之成為一個實際

> 吳越僻在乎東南，尋故都之遺蹟兮，逝去此而披宿莽，江山依然其高深兮，聊登臨以上下，清暉娛人以忘歸兮，亦惟懷賢以弔古。[145]

這段文字提出「吳越弔古」的人與地之間的關係。以景的本質來看，「清暉娛人」本是地景之動人處，然則吳越又有「故都之遺蹟」，因此，「懷賢以弔古」則成為此地的主體氛圍。在吳中文人的眼中，每一處自然地景皆可聯繫及吳越歷史，而吳越歷史也成了作品中的典故意象。沈周有詩：

> 劍池百丈勞誰鑿？陵墓沈沈向此藏。千載自瞞誰不識？遊人箇箇說吳王。[146]

以吳越興亡為主的感懷，已成了寓目當下必有的觸動：

> 伯業不可久，闔閭行復墓。世換悲樹葉，人滅驚草露。吳越互興亡，無足笑百步。[147]

吳寬以「越國深謀當日得，吳宮遺曲後人哀」寫吳越興替的感受[148]，

應用的默會到達知識的近側項。並不是憑著注視事物，而是憑著內斂於事物，而了解事物的接合意義。（奧）Karl Polanyi著，彭淮棟譯：《博藍尼講演集》，頁182-185。

145 （明）吳寬：〈吳越弔古賦〉，《匏翁家藏集》，卷57，頁347。

146 （明）沈周：〈和周桐村虎丘四絕其二〉，《石田稿》，《沈周集》，頁485。

147 （明）沈周：〈和陳惟賚先生姑蘇錢塘懷古韻〉其三，《石田詩選》，《沈周集》，頁627。

148 「溪上扁舟隔月來，農家風景稻齊哉。石湖正接鮎魚口，芳草又生麋鹿臺。越國深謀當日得，吳宮遺曲後人哀。每當懷古傷幽抱，日落靈巖首更回。」見（明）吳寬：〈西溪舟行二首〉，《匏翁家藏集》，卷21，頁132。

當年夫差發兵擊勾踐於夫椒，圍於會稽，勾踐以范蠡之美人計，獻吳太宰嚭。之後「勾踐歸國，苦身嘗膽，欲雪會稽之恥，秣馬厲兵二十餘年，始興兵伐吳，遂棲夫差於姑蘇之山」[149]，與沈周詩「世換悲樹葉，人滅驚草露」[150]恰有相同的感觸。

這些感觸由於有了附著的地點——古蹟，因此詩歌中的吳越歷史，既有重返現場、今昔對照的感悟；也有面對地點（是「過去的」，也是「現在的」），悵然有感的情懷。

（三）「記憶性古蹟」中的歷史經驗

《姑蘇志》卷三十三〈古蹟〉云「吳自泰伯迄今，其間古蹟多矣」，又云：

> 古今之在天地間，猶旦暮也。而古人所遺，每為今人所重，雖故墟阤傀，往往過之，為躊躇而不忍去，豈非以其廢興存亡有足感耶？[151]

若由姑蘇志所列的古蹟來看，所存留之實體並不多。書中所列之古蹟共一百零四處，但僅有三十處是有實物依據的，而在這三十處之中，大部分還是如林屋洞、消夏灣或七星檜地自然地景，實際上留有古代建築痕跡的僅有金城、塢城、郊臺、吳小城白門等五處以及四、五口古井而已。其餘全是如姑蘇臺那種有「古」而無「蹟」的「歷史記

149　（明）丘霽：〈三高祠記〉，（明）錢穀編：《吳都文粹續集》，卷15，收入《文淵閣四庫全書》，第1385冊，頁389。

150　（明）沈周：〈和陳惟寅先生姑蘇錢塘懷古韻〉其三，《石田詩選》，《沈周集》，頁627。

151　（明）王鏊等：《姑蘇志》，卷33，〈古蹟〉，頁454。

憶」。[152]再參索其他方志資料，如同治《蘇州府志》卷三十五〈古蹟〉僅列出六十七處，僅能標示今日之地理方位，如「百花洲，在胥盤二門之間」，其重點在於加入吳越歷史的敘述，如：

> 走狗塘在城西吳王游獵處也。
> 香水溪在吳故宮中，俗云西施浴處，一云吳王宮人濯粧於此，又呼為脂粉塘。越來溪在越城東南與石湖通，相傳越侵吳自此入故名。溪上有越城橋。

又言：

> 吾吳春秋時為霸王之都，故闔廬夫差遺跡最夥。今雖湮沒不可見，存其名，使覽古者有考焉。[153]

何以「湮沒不可見」的古蹟還能有如此深刻的感染力，讓觀者可有「炯然雙目在，次第見桑田」[154]之感受？以姑蘇臺為例，當時的文獻已無法準確的提出它確切的位置，《史記正義》說它在吳縣西南三十里，《吳地記》說它在吳縣西南三十五里，《圖經》則在吳縣西三十里，既無法確切考證它的原址，後人又未能重現這座華美的精緻建築，據《古今圖書集成》〈職方典〉言，姑蘇臺「始於闔閭，成於夫差，後越伐吳，吳太子友戰敗，遂焚其臺。」[155]據方志記載，「姑蘇臺……

152 石守謙：〈古蹟・史料・記憶・危機〉，《當代》第92期「古蹟保存論述專輯」(1993年12月)，頁10-19。

153 《蘇州府志》，卷35，〈古蹟〉，頁1012-1013。

154 (明)文徵明：〈賦得望湖亭〉，《文徵明集》，補輯卷4，頁847。

155 (清)陳夢雷編，(清)蔣廷錫等奉敕撰：《古今圖書集成》(臺北：鼎文書局，1985年)，方輿彙編，職方典，卷682，頁6224。

《史記正義》云：『在吳縣西南三十里，橫山西北麓姑蘇山上。』《山水記》云：『闔閭作，春秋遊焉。』」[156]《吳越春秋》稱闔閭：「旦食鯉山，晝游蘇臺，射於鷗陂，馳於游臺，興樂石城，走犬長洲。」[157]《洞冥記》稱夫差：「築姑蘇之臺，三年乃成。周旋詰屈，橫亙五里，崇飾土木，殫耗人力。官妓千人，別立春宵宮為長夜之飲。造千石酒鍾，又作天池。池中造青龍舟，舟中勝致妓樂。日與西施為嬉，又於宮中作海靈館、館娃閣、銅溝、玉檻。宮之楹櫳皆珠玉飾之。」[158]宏偉的建築、無度的享樂，在戰爭之後即成廢墟。姑蘇臺的實景已不復見，但它所形成的歷史記憶卻是真切如斯，李白的〈蘇臺覽古〉：「舊苑荒臺楊柳新，菱歌高唱不勝春。只今唯有西江月，曾照吳王宮裡人」[159]，文徵明的〈姑蘇臺〉：

> 姑蘇臺高時拂雲，苧羅女子真天人。楚舞吳歌墮山月，寶楣玉棟藏青春。春風離離動禾黍，吳王一去春無主。誰見當時麋鹿遊？秋草年年自風雨。

思古幽情的興發，都不是憑藉實存的「舊苑荒臺」或虛擬的「寶楣玉棟」，而是此處隱含的傳說與軼事形成了屬於吳地的歷史記憶。[160]再

---

156 （宋）范成大：《吳郡志》卷8，收入《文淵閣四庫全書》，第485冊，頁52。

157 （漢）趙曄、張覺譯注：《吳越春秋》（貴陽：貴州人民出版社，2008年），頁110。

158 （宋）范成大：《吳郡志》，卷8，〈古蹟〉，收入《文淵閣四庫全書》，第485冊，頁52。

159 （唐）李白撰：《李太白集．五》，卷22，收入《萬有文庫簡編》（上海：商務印書館，1939年），頁93。

160 文徵明的詩句：「誰見當年麋鹿遊？」也暗示了對歷史的感受不必定要「見」方有感，透過想像與追憶，反而更能形成時間的張力。沈周〈陪呂府倅華節推九日登姑蘇臺次韻〉：「重陽吊古上蘇臺，伯業於今安在哉。」也透過了想像，進行對歷史人物（虛擬）的扣問。二詩依序見於《文徵明集》，補輯卷3，頁841；（明）沈周：《石田稿》，《沈周集》，頁426。

如胡纘宗「寶劍空餘吳苑草，荒臺猶是越姬樓」[161]，不也說明此處不因已成荒臺就失去記憶的憑藉，反而因為實存性古蹟的頹圮，更加深了對昔日歷史的悵惘之情。[162]

石守謙以為由於記憶而發生感懷，這種古蹟可以名之為「記憶性古蹟」，它的重點不在於保存原有形象的多少，而在於其所能勾起的記憶感懷之深淺。他說：

> 古蹟雖屬「無形」，但因為其中蘊含著過去歷史文化的回憶，特別易於觸發人們對世事變遷的感慨；因此，一旦「古蹟」完全湮滅無蹤，此種「廢興存亡」之感就更深切，其所勾起的歷史回憶亦更為感人。在此情境下，「無形」古蹟的價值遂可超越其原有形相而存在。[163]

我們可以理解，「記憶性古蹟」在吳中地域形成的感染力，遠遠超越古蹟本身建築所保存的史料意義（稱之為「史料性古蹟」）之故，在於吳中地域隱含的歷史文化[164]，而且藉由文人的傳寫，歷史記憶的積

161 （明）胡纘宗：〈與客登虎丘望姑蘇臺率然作〉，（明）錢穀編：《吳都文粹續集》，卷13，收入《文淵閣四庫全書》，第1385冊，頁504。

162 （唐）陸龜蒙〈問吳宮〉：「甫里之鄉曰吳宮，在長洲苑東南五十里，非夫差所幸之別館邪？披圖籍不見其說，詢故老不得其地：其名存，其跡滅，悵然興懷古之思，作問吳宮辭云。」正因為「其名存，其跡滅」，更有懷古之思的悵然。（明）錢穀編：《吳都文粹續集》，卷11，收入《文淵閣四庫全書》，第1385冊，頁294。

163 石守謙：〈古蹟．史料．記憶．危機〉，頁12。

164 在卷二十三〈題蘇滄浪詩帖〉亦有：「去今數百年，所謂滄浪亭者，雖故址僅存，亦惟荒煙野草而已。至於文章翰墨，不少概見。《宣和書譜》謂『雖斷章片簡，人皆傳播』，豈在當時已不易得耶？」文徵明也意識到滄浪亭的「故址」留下來的只是「荒煙野草」，但「文章翰墨」卻可以「重現」當時之勝景，這自也是「記憶性古蹟」，尤其是引用《宣和書譜》之語，更說明了這種記憶流傳，乃至於「人皆傳播」的現象。見《文徵明集》，卷23，頁559。

累不再只是個人情緒的抒發，而能成為吳中文人共同的記憶。高啟〈青邱詩集序〉有言：

> 吳為古名都，其山水人物之勝，見於劉白皮陸諸公之所賦者眾矣。余為郡人，暇日蒐奇，訪異於荒墟邃谷之中。……屏居松江之渚，書籍散落，賓客不至，閉門默坐之餘，無以自遣。偶得郡志閱之，觀其所載山川、臺榭、園池、祠墓之處，余向嘗得於煙雲草莽之間，為之躊躇而瞻眺者皆歷歷在目。因其地，想其人，求其盛衰廢興之故不能無感焉。[165]

高啟自言撰次〈姑蘇雜詠〉一百二十三篇之緣由，抒發「登高望遠之情，懷賢弔古之意」，一如吳寬面對館娃宮的遺址而有的感觸：

> 扣舷唱吳歌，有客中流過。千載懷古心，悠然欲相和。香徑既云沒，琴臺亦成空。山頭明月上，仍照館娃宮。[166]

誠如《蘇州府志》〈古蹟〉之序文所言：「吾吳春秋時為霸王之都，故闔廬夫差遺跡最夥。」[167]詩中的採香徑、胭脂井、響屧廊皆圍繞著吳王與西施的軼事。[168]試看唐寅〈姑蘇八詠〉，也可以讀出「記憶性古

165　（明）高啟撰，周立編：〈青邱詩集序〉，《高太史鳧藻集》，收入《四部叢刊正編》，第73冊，頁8。

166　（明）吳寬：〈為盛舜臣題山水長卷〉，《匏翁家藏集》，卷21，頁133。（明）王鏊〈夜過西虹橋〉也有：「館娃歌舞今何處，留得吳歌與客聽。」（明）錢穀編：《吳都文粹續集》，卷35，收入《文淵閣四庫全書》，第1386冊，頁160。

167　《蘇州府志》，卷35，〈古蹟〉，頁1008。

168　「館娃宮，在吳縣西三十里，硯石山，今靈巖寺即其地也，山有琴臺。石室，俗云西施洞、硯池、玩花池、玩月池、吳王井，又有響屧廊，以楩梓藉地而虛其下，令西施與宮人行則有聲因名。山半有石鼓即石射棚，大者二十圍，小者半

蹟」的感染力：

> 高臺築近姑蘇城，千年不改姑蘇名；畫棟雕楹結羅綺，面面青山如翠屏。吳姬窈窕稱絕色，誰知一笑傾人國？可憐遺址俱荒涼，空林落日寒煙織。(〈姑蘇臺〉)

> 昔傳洲上百花開，吳王遊樂乘春來；落紅亂點溪流碧，歌喉舞袖相徘徊。王孫一去春無主，望帝春心歸杜宇；啼向空山不忍聞，淒淒芳艸迷煙雨。(〈百花洲〉)

> 花開爛漫滿村塢，風煙酷似桃源古；千林映日鶯亂啼，萬樹圍春燕雙舞。青山寥絕無煙埃，劉郎一去不復來；此中應有避秦者，何須遠去尋天臺？(〈桃花塢〉)

> 繁花漫道當年甚，舉目荒涼秋色凜；寶琴已斷奉皇吟，碧井空留麋鹿飲。響屧長廓故幾間，于今惟見草班班；山頭只有舊時月，曾照吳王西子顏。(〈響屧廓〉)

> 具區浩蕩波無極，萬頃湖光淨凝碧；青山點點望中微，寒空倒浸連天白。鴟夷一去經千年，至今高韻人猶傳；吳越興亡付流水，空留月照洞庭船。(〈洞庭湖〉)

> 山鬼踉蹌佛殿荒，老僧指點說吳王。銀瓶物化餘石井，柿葉秋深滿屧廊。地下有魂悲藥劍，草間無處問梅梁。伯圖零落何須

之，相傳石鼓三將自襟帶鳴則有兵，山前有采香徑，皆吳宮遺蹟。」見《蘇州府志》，卷35，〈古蹟〉，頁1008。

問，越國如今也鹿場。(〈靈巖〉)[169]

吳越意象（吳王、西子）所聯結的仍是對此地之念想，舉目所見，盡是「繁華有憔悴」的當代感受。詩中瀰漫著「荒涼」的氛圍，無論是「可憐遺址俱荒涼」，對實存古蹟的悲感；或是「舉目荒涼秋色凜」，對季節流嬗的感懷。在過去（「昔傳洲上百花開」、「繁花漫道當年甚」）與現在（「于今惟見草班班」、「越國如今也鹿場」、「至今高韻人猶傳」）之間，留存的究竟是「千年不改姑蘇名」，還是「曾照吳王西子顏」的舊時月？唯一不變的或許是歷史的記憶。吳、越及其相關語彙的出現，除了是地景所呈顯的時間感受，更是吳中文人所共有的內在意識。

無論是文徵明抑或唐寅，「吳越歷史」恰是他們「選擇」的詩歌意象。選擇的本身就有其意義，他們藉由吳越歷史去形塑共同的情感，在詩中，既是實然的經歷（文徵明確切有西山之行），也是心靈的感受（「吳越興亡付流水」、「啼向空山不忍聞」），同時也是想像的歷程（透過想像，「吳王遊樂乘春來」、「吳姬窈窕稱絕色」如在目前）。在親身經歷與歷史想像之中，這處地域的文化形成他們創作的本源，同時，他們也藉由創作來肯定「我」與「吳中地域」之人地關聯。

吳、越意象幾乎是文人在面對吳中山水必有的喟嘆。一方面是歷史的遺跡所引發的感受，這裡確切曾有這些人物、確實發生這些事件；另一方面，身處吳越故地，無時無處不以「吳」、「越」作為記憶的焦點。王寵有〈月夜臥湖梁之上，詠蘇長公赤壁賦。諸子和而歌之樂甚，罾人適致白魚，乃遂觴于松下而賦是詩〉[170]之作。見諸詩題，

169 （明）唐寅：〈姑蘇八詠〉，《唐伯虎全集》，頁17-18；（明）唐寅：〈靈巖〉，（明）錢穀編：《吳都文粹續集》，卷32，收入《文淵閣四庫全書》，第1386冊，頁90。

170 （明）王寵：〈月夜臥湖梁之上，詠蘇長公赤壁賦。諸子和而歌之樂甚，罾人適致白魚，乃遂觴於松下而賦是詩〉，《雅宜山人集》，卷3，頁135-136。

他並非身臨吳越爭戰的故址，只是「月夜臥湖梁之上」，就有「君不見夫差宮勾踐壘，狐兔紛紛嘯山鬼」的歷史感，可見無論是遺址之頹圮或是君王之間政權的交替的史實，一切都只凝成幾個語彙：吳王、西子；他們已成為此地文人共有的語碼，而非僅代稱某個歷史人物。如王寵之詩：

> 石湖秀色那可奈，蛾眉掃鏡丹青開。飛浪九天蹴牛渚。落霞千里臨高臺。吳王醉臥不復曉，西施東去何時來。當杯未足轉愁夕，霜露沾衣鴻鵠哀。[171]

> 春山面面翠屏開，盡繞吳王百尺臺。一代霸圖憐燼滅，五湖流水恨東迴。[172]

文徵明也有相近的體驗：

> 江山如畫酒如澠，相看不飲空頭白。不見橋東千尺臺，吳王曾此夜啣杯。懽燕不堪芳漏促，西施舞罷越兵來。越兵已成功，越王安在哉？鴟夷竟去不復回，吳宮越壘空復生蒼苔。千古興亡總湮滅，只有湖山未消歇。吳王去來今幾時，幾人能醉湖中月！[173]

他們所關注的並不是闔廬的霸業，而是吳越相爭所呈顯的「千古興亡

---

171 （明）王寵：〈石湖〉，《雅宜山人集》，卷6，頁265。

172 （明）王寵：〈湖上八絕句其三〉，《雅宜山人集》，卷7，頁327。

173 （明）文徵明：〈五月十三夜與湯子重、王履約、履吉石湖行春橋看月〉，《文徵明集》，卷5，頁81。

總湮滅」之感懷。此種情懷凝定於「吳王越霸總荒煙」的歷史意識，而非偶發的情緒：

> 春來芳草埋吳樹，煙際春山見越州。[174]
>
> 吳越欄干外，乾坤酒盞前。[175]
>
> 尊酒吟分茶磨雨，疏簾橫卷越城秋。[176]
>
> 吳兒越女齊聲唱，菱葉荷花無數生。……平生走馬聽雞處，殘夢依依是越城。[177]
>
> 無窮勝是王郎事，吳越消亡幾戰爭。[178]
>
> 越來溪上柳千絲，畫鼓游船晚更移。一曲紫雲歌越女，雙鬟白雪舞吳兒。[179]

---

174 （明）文徵明：〈登吳山絕頂同魯南賦〉，《文徵明集》，補輯卷10，頁899。

175 （明）文徵明：〈賦得望湖亭〉，《文徵明集》，補輯卷4，頁847。

176 （明）文徵明：〈楞伽寺湖山樓〉，《文徵明集》，卷10，頁270。

177 （明）文徵明：〈懷石湖〉，《文徵明集》，卷11，頁312。

178 全詩為：「循麓都來幾屐蹤，異觀靈景正重重。入門始見山和水，汲澗愁驚虎與龍。四面更無林作伴，當頭又著塔為峰，塵裾阜納紛紛滿，二竺終無一個逢」又「一點紫泥封岱頂，武丘雄拔闔閭城。席前花雨天宮落，檻外雲霏腳底生，轂轆十尋抽玉液，於菟千百逝金精，無窮勝是王郎事，吳越消亡幾戰爭。」見（明）祝允明：〈虎丘〉，《祝氏集略》，卷7，《祝氏詩文集》，頁752。

179 王寵：〈湖上八絕句其四〉，《雅宜山人集》，卷7，頁327。並非所有提及吳王、越女、西子等即為典故意象，有些只是地名，如〈送陳太僕德英歸省閩南歸應上越王臺，繡壁金城一面開。莫道浮雲能蔽日，燕關紫氣正東來。中四首〉其四。

此處僅是以吳、越標示所見之景，或為實寫（越城），或為虛寫（吳兒越女），讀者確實可以從一再重複出現的語詞中，發覺吳越古蹟已成為吳地的人文景觀，並且成為吳中人物生活的一部分，無論是闔閭的霸圖、范蠡的灑然，西施、夫差的軼事，都在寓目的當下，成為詠歌的主體意象。而且，每一次「吳」、「越」語彙的出現，都可以喚起對吳越歷史的獨特記憶，並且自成一個完整的體系。

史志中所言，或為「相傳」、「俗云」，並沒有確切的根據，卻可以延伸追憶的軌跡。如〈賀九嶺〉一詩的小題：「相傳為吳王賀重九處」，其詩為「截然飛嶺帶晴嵐，路出餘杭更繞南。往跡漫傳人賀九，勝遊剛愛月當三。巖前鹿繞雲為路，木末僧依石為庵。一笑停輿風拂面，松花閒看落毿毿。」[180]此詩並非緬懷吳越歷史，也因為如此，更可以發現他們是浸潤在吳越歷史之間，而非有意的懷古、詠史之作。從詩的副題又可以理解，他以「地點」為投射焦點，只因此地曾是「吳王賀重九處」，即使只是「相傳」，也形成一則則記憶的來源。

（四）吳越史蹟中的人物

吳越興亡的歷史經驗，形成了個人面對世事的灑脫、達觀的應事態度。沈周有詩〈讀吳越春秋〉：

> 春日寥寥雨又風，小窗開卷几衰翁。斯文斧鉞興亡後，故國醯雞語話中。臺越還聞走麋鹿，墟吳真見有梧桐。更憐胥種皆從劍，敵破謀亡一禍同。[181]

文化取向的人類生活，無不伴有關於記憶與預期方面的錯綜關係。胡

180 （明）文徵明：〈賀九嶺〉，《文徵明集》，卷15，頁428。

181 （明）沈周：《石田詩選》，《沈周集》，頁624。

塞爾（E. Husserl）以為人類意識的兩種主要意向為：記取（retention）與延續（protention）。人類心靈素來是藉由考量變遷經驗，以反省二者，給予詮釋，並以此詮釋作為日後透視之淵藪與動力。[182]吳中文人對於吳越歷史的記憶，或為一種追憶的情懷，如祝允明〈又次登臺望虎丘諸山〉「鹿苑尚銜吳子豔，虎丘重對白公青」[183]，卻又有一種理解世事緣由的智慧，如沈周所云，「敵破謀亡一禍同」，或是祝允明〈次韻郡守胡公閲成登姑蘇臺〉[184]：

> 六門車馬簇飛埃，小壘依稀說舊臺。暇日暫迂羊傅駕，他年便是峴山隈。勾吳於越千秋夢，范蠡西施一種才。麋鹿綺羅都不見，紫煙終古鎖荒苔。

以「峴山」羊祜之典故，來面對「麋鹿綺羅都不見，紫煙終古鎖荒苔」的當下風景。現存在的遺址中，「都不見」的感悟，反而是他們思考人生定位的開端。因此，吳越史蹟中的人物，作為記憶焦點的既非闔閭或夫差[185]，反而是范蠡——三高祠之一的人物、伍子胥——三

---

182 （德）Jorn Rusen著，劉世安譯：〈為時立義：邁向歷史意識基礎觀念之普遍性類型學〉，《當代》第155期（2000年7月），頁36-43。

183 （明）祝允明：〈又次登臺望虎丘諸山〉，《祝氏集略》，卷7，《祝氏詩文集》，頁759。

184 （明）祝允明：〈次韻郡守胡公閲城登姑蘇臺〉，《祝氏集略》，卷7，《祝氏詩文集》，頁759。

185 固然沈周〈和陳成夫詠史十首韻〉有〈闔閭〉：「南國由來禮義虛，內家何足怖相欺。魚中匕首無人覺，指下戈頭不自知。廿載未聞彤飾器，九原空使汞為池。孤見昧保金湯業，轉燭山河不姓姬。」和〈夫差〉：「錦繡樓臺沸管絃，西施扶入醉中天。若教破越成深沼，未必平齊是石田。魯國有人歌旨酒，甬東無面入重泉。只今伯業知何處，禾黍秋風白鴈前。」二詩，但內容並非以塑造二人形象，而是陳述史實及個人感懷。見（明）沈周：《石田稿》，《沈周集》，頁308。

忠祠之一的人物，似乎更能顯示在吳越文化豐富的吳中地域，文人所要追尋的歷史意義。

所謂歷史意義是人類現世變遷的秩序，基本上出自於人世內在的事件環鍊。[186]能從既往的經驗中，導引出一種心靈運作模式，以面對現世的磨難。唐寅〈題子胥廟〉:「白馬曾騎踏海潮，由來吳地說前朝；眼前多少不平事，願與將軍借寶刀。」[187]便能透過伍子胥的意象，轉換今日的「不平」之情。而沈周則將一切的「愁」、「恨」轉為「陳跡」:「今日題書弔陳跡，胥臺高倚夕陽臺」，當一切都只是陳跡，那麼今日的種種情緒，不也是明日的陳跡？[188]有這樣的歷史觀照，不難理解范蠡何以成為懷想的主體對象，唐朝陸龜蒙〈松江懷古〉:「碧樹吳洲遠，青山震澤深。無人蹤范蠡，烟水暮沈沈。」[189]就已寫出對范蠡的追慕之情，到了明代「鴟夷一去經千年，至今高韻人猶傳」(唐寅〈洞庭湖〉)以他為主體意象的詩作或為對吳越交替的歷史現象進行總括性的詮釋：

> 山川閱今昔，代謝焉可窮。今茲歡樂趣，往者誰復同？吳越且黃土，安問陶朱公。不如林壑間，偃仰息微躬。[190]

---

186 文徵明以柳宗元為例，云:「或謂永、柳諸山，以柳子之文傳；而柳子之文之奇，非永、柳諸山，不足以發。」說明山水與文人創作相生相應之情態。見（明）文徵明:〈玄墓山探梅倡和詩敘〉,《文徵明集》，卷17，頁458。

187 （明）唐寅:〈題子胥廟〉,《唐伯虎全集》，頁86。

188 「平生忍詢讎家忌，直到匡君佞者猜。楚恨一朝鞭下雪，越兵三戰眼中來。梓材夜雨將愁老，馬革寒潮果恨回。今日題書弔陳跡，胥臺高倚夕陽臺。」見（明）沈周:〈和陳成夫詠史十首韻·子胥〉,《石田稿》,《沈周集》，頁308。

189 （唐）陸龜蒙:〈松江懷古〉,（明）錢穀編:《吳都文粹續集》，卷24，收入《文淵閣四庫全書》，第1385冊，頁612。

190 （明）顧璘:〈與王履約、履吉、文壽承、休承、袁補之、永之六賢上方山玩月〉,（明）錢穀編:《吳都文粹續集》，卷20，收入《文淵閣四庫全書》，第1385冊，頁517-518。

由上方山的地點特性[191]，連結了歷史現象，引發了「今茲歡樂趣，往者誰復同？」感受。或如王寵〈歸途覽勝追懷遊事八首〉其三：

雲作樓臺石作蓮，青天不動畫屏鮮。櫂歌一道滄浪去，指點虛無范蠡船。

范蠡乘舟而去本是史籍中的故實，於是王寵指之為「虛無」，然而在吳中人物的想像中，又建構成一則真實的世界。[192]

文徵明有系列的作品，恰可勾勒范蠡的人文形象[193]：

胥臺秋色帶平川，木葉隨流共渺然。巨浸浮空三萬頃，蔡祠落日幾千年。風雲猶恨夫差事，煙水難呼范蠡船。莫唱烏棲舊時曲，墮江新月正娟娟。（補輯卷十〈登胥臺山〉）

島嶼縱橫一鏡中，溼銀盤浸紫芙蓉。誰能胸貯三萬頃，我欲身遊七十峰。天遠洪濤翻日月，春寒澤國隱魚龍。中流彷彿聞雞

191 「楞伽山：一名上方山，在吳山東北，其頂有浮圖五通廟，其下東南麓有丁家山，唐人丁公著父喪，負土作冢，故名。北為寶積山，寶積寺在焉。其北為吳王郊臺，東北為茶磨嶼，以其三面臨水故云嶼。俗云：磨盤山東南麓為補陀巖，巖前石池深峻陡絕，石梁跨其上，兩厓壁立，蘿木交映，特為奇勝。」見（明）袁袠：〈觀音巖訪楚石和尚〉，（明）錢穀編：《吳都文粹續集》，卷20，收入《文淵閣四庫全書》，第1385冊，頁520。

192 「范蠡宅在太湖包山。任昉《述異記》：『洞庭湖上有釣州，蠡嘗乘舟至此，遇風止。釣于上，刻字記焉。』或又云在杜圻洲、馬跡山南方十里，多桑苧菜果。又前志云在東山翠峰寺。」即使不確定范蠡宅的真正位置，卻不妨礙文人對范蠡之感懷，這也是「記憶性古蹟」的力量。見（明）王鏊等：《姑蘇志》，卷31，〈第宅〉，頁431。

193 （明）文徵明：〈登胥臺山〉，《文徵明集》，補輯卷10，頁1045；〈太湖〉，補輯卷10，頁1051；〈少湖〉，補輯卷4，頁855。

犬，何處堪追范蠡蹤？（〈太湖〉）

勝概東南說澱湖，少公湖上有行窩。胸涵天漢襟懷遠，興寄禽魚樂事多。極浦春風楊柳渡，遠汀煙雨竹枝歌。微瀾浩蕩搖明月，短棹夷猶擊素波。范蠡扁舟應漫浪，知章一曲定如何？相君方繫蒼生望，未許磯頭理釣簑。（補輯卷四〈少湖〉）

在詩歌的脈絡裡，文徵明拈出「夫差事」、「范蠡船」來安頓對吳越歷史的想像，他們對吳越歷史的認知，並不停留在吳越春秋或其他典籍的記載，而是由每個地點一再的組合，在每一次的「出遊」或「想像」之中為這些歷史人物「招魂」。當這些想像形成作品中的主調，也可以看出「地景」本身不再只是自然的物色，它更蘊涵此地特殊的文化景觀。以范蠡而言，在同治《蘇州府志》，他被列在〈流寓〉，[194]曰：「范蠡，字少伯，事越王勾踐，滅吳成霸，功遂泛舟遊五湖，莫知所終，今吳之蠡口、越來溪等處，皆其遺跡」由「莫知所終」便形成詩歌中「浮尊自適東南興」[195]、「煙水難呼范蠡船」[196]、「何處堪追范蠡蹤」[197]、「范蠡當時計獨棹」[198]、「范蠡舟從海上來」[199]的人文形象。

---

194 前有小序：「吳中寓賢莫多於宋，范、盧二志不分。土著、流寓分之自姑蘇志始，乃姑蘇志以下人物內仍多錯列；乾隆志斷以來自先世，生長於此者為土著，入『人物』；及身來此者為流寓，道光志因之，今仍其舊而以道光後諸寓賢坿焉。」《蘇州府志》，卷110，〈流寓〉，頁2595。

195 （明）文徵明：〈漕湖一名蠡湖相傳范蠡所開或謂通漕運而設癸酉秋八月十有七日同錢元抑陳道復顧朝鎮朝楚夜汎有作〉，《甫田集》（清文淵四庫全書本），卷4，頁27。

196 （明）文徵明：〈登胥臺山〉，《文徵明集》，補輯卷10，頁1045。

197 （明）文徵明：〈太湖〉，《文徵明集》，補輯卷10，頁1051。

198 （明）吳寬：〈吳江晚眺〉，（明）錢穀編：《吳都文粹續集》，卷24，收入《文淵閣四庫全書》，第1385冊，頁620。

199 （明）袁袠：〈自靈嵒至西洞庭四首〉之一：「靈嵒高處是琴臺，舞榭歌梁已草

三　地景中的歷史記憶

「居住者」的體驗與文本記載相互補充、校正，便成為「文化現場」。[200]每處文化現場都會聯繫及每代留下的文人與文化，並融成地方特色。文人生活在「直接現場」的特殊體驗留下文字的記載，會形成一地的文化景觀，並成為後人記憶的主體。

（一）天平山與范仲淹

「天平泉石之清麗，甲於中吳。」[201]王寵也寫其山之壯闊與氣勢：

> 萬嶺遙蹲伏，天平勢自雄。翠屏藏洞穴，紫霧盪虛空。戈戟龍門拱，風雲鳥道通。蒼蒼殊不極，長此鎮吳中。[202]

但天平山之所以為文人所傳寫，實因此地有范仲淹留下的遺跡：范公祠。《吳都文粹續集》言：「文正墓雖不在吳，而孤忠大節為宋朝第一等人，且其義田祖墓在，是因錄之。」[203]雖然范仲淹以為吳中風俗澆

萊。西施洞指雲中出，范蠡舟從海上來。」（明）錢穀編：《吳都文粹續集》，卷21，收入《文淵閣四庫全書》，第1385冊，頁543。

200 這裡所指的文化現場的觀念，來自於余秋雨〈尋找文化現場〉的啟發，他以為，在這個世界上，各種還活著的文化一定能找到一二個與自己對應最密切的空間，在這些空間中，不管事情還在發生或已經生過，都會以大量的感性因素從整體上讓人體驗那些文化的韻味和奧義，與文本記載相互補充、互相校正，這便是文化現場。該文收錄在余秋雨：《余秋雨臺灣演講》（臺北：爾雅出版社，1998年），頁70-88。

201 （明）姚廣孝：〈天平山白雲禪寺重興碑〉，（明）錢穀編：《吳都文粹續集》，卷33，收入《文淵閣四庫全書》，第1386冊，頁104。

202 （明）王寵：〈天平山〉，（明）錢穀編：《吳都文粹續集》，卷19，收入《文淵閣四庫全書》，第1385冊，頁483。

203 （明）歐陽修：〈范文正公仲淹神道碑〉，（明）錢穀編：《吳都文粹續集》，卷38，收入《文淵閣四庫全書》，第1386冊，頁231。

薄，故其墓不在吳中；其人之人格風範，已成為吳中人物的典型。沈周有詩以「世澤綿綿天地近，義田聯絡子孫昌」[204]稱述其人文風範。吳中文人每至天平山，無不以范仲淹為其記憶中心，視為吳中的精神象徵。

> 天平之山何其高？巖巖突兀凌青霄；風回松壑煙濤綠，飛泉漱石穿平橋。千峰萬峰如秉笏，稜稜嶒嶒相壁立；范公祠前映夕暉；盤空翠黛寒雲濕。（唐寅〈天平山〉）[205]

> 春風撩我作山行，畫舫西來半日程。怪石插天敧欲墮，冷泉和月低無聲，登臨不盡吳中勝，憂樂誰關范老情。晚立龍門最高處，始知身世與天平。（王鏊〈遊天平〉）[206]

> 後樂誦名言，深懷慶曆年。勳猷關世運，人物動山川。古廟依先墓，諸生食義田。風流今未遠，閒詠白雲篇。（文徵明〈天平山謁范祠〉）[207]

204 （明）沈周〈和陳成夫詠史十首韻〉：「百年間氣斯人出，耿耿功名日月光。王佐有才時論許，鼎司無位主心傷。胸中虎豹藏兵甲，筆底風雷擊奏章。世澤綿綿天地近，義田聯絡子孫昌。」此詩為十首之終章，以太伯「桓桓吳始作」為首，而以范文正公收束，足見范仲淹在吳中的歷史地位。收於（明）沈周：《石田稿》，《沈周集》，頁308。

205 （明）唐寅：〈姑蘇八詠〉，《唐伯虎全集》，頁17。

206 徐有貞〈遊天平山〉有：「范公書屋已蕭然，春暮來遊倍可憐。」王鏊〈重遊〉：「此地頻來殊有意，肯教憂樂負前賢。」蔡羽〈天平山〉：「緬瞻范相祠，道迴風烈烈。斯人義千古，豈惟一世傑。」亦是以范仲淹為記憶之中心。（明）王鏊：〈遊天平〉，（明）錢穀編：《吳都文粹續集》，卷19，收入《文淵閣四庫全書》，第1385冊，頁482。

207 （明）文徵明：〈天平山謁范祠〉，《文徵明集》，卷15，頁429。

> 范公祠堂前，古木偉而秀。姿且異羣植，資始稟貞厚。凝然起恭敬，恬澹抱不垢。在幽豈不足，宮室亦其有。雄然此性氣，所抱在不朽。（祝允明〈范祠前古樹〉）[208]

唐寅寫天平山范公祠之景，著重在山水佳景之描繪。山勢之壯可「凌雲霄」，水色之婉則是「飛泉漱石」。祝允明則藉樹以懷人，雖寫樹，其實是在寫范仲淹之「偉秀」、「不朽」。文徵明也有：

> 蒼官培植自名臣，餘蔭青青庇本根。一代高標聲未剪，千年正氣節猶存。貞姿不受風霜蝕，偃蓋常承雨露恩。珍重歲寒遺德遠，講堂南畔翠絪緼。[209]

以「一代高標聲未剪，千年正氣節猶存。」作為范仲淹精神的象徵。王鏊則以「憂樂誰關范老情」，就范仲淹之名句典故作為懷想的憑藉。[210]如是，則天平山不再只是一處地景，它已成為吳中文人對於范仲淹記憶的憑藉。

（二）支硎山與支道林

在《蘇州府志》卷一百三十四云[211]：

208　（明）祝允明：〈范祠前古樹〉，《祝氏文集》，卷5，《祝氏詩文集》，頁168。

209　（明）文徵明：〈范文正公手植柏〉，《文徵明集》，補輯卷9，頁1021。

210　文徵明〈夏日陪盛中丞遊石湖〉：「平湖六月類清秋，桂楫蘭橈爛熳遊。新水欲浮茶磨嶼，涼風徐度藕花洲。清歌落日淹文鷁，疊鼓中川起白鷗。正是江湖行樂地，希文獨抱廟廊憂。」也以范仲淹〈岳陽樓記〉的典故入詩。見《文徵明集》，補輯卷10，頁1050。

211　《蘇州府志》，卷134，〈釋道〉，頁3171。

> 支遁字道林，本姓關氏，陳留人或曰林慮人。年二十五釋形入道，初居餘杭山，後來吳，住支硎山。嘗於吳縣土山墓下合道俗二十四人為八關齋。性好鶴，嘗鎩其羽畜之，視有懊喪意。遁曰：既有凌霄之姿，何肯為人作耳目近翫。養令翮成，使飛去。又好養馬，或曰，道人畜馬不韻。曰：貧道重其神駿耳。今有石室、放鶴澗、馬迹石皆其遺蹤也。

文徵明的詩作，便由支硎山形成專屬支道林的文化景觀：

> 支硎南下轉層岡，曾是支公大道場。故物只應餘水石，後人猶與護松篁。苔侵琬琰倉龍暗，花拂罘罳紺殿香。未得逢僧留片偈，一聲清梵隔雲長。[212]

> 支硎山下古泉清，裂石穿雲玉一泓。急雨每添新瀑布，紫苔都蝕舊題名。何年高士曾飛錫？此日幽人自濯纓。安得相從修茗事，一天明月萬松聲。[213]

> 平巒疊蒼翠，云是支硎山。支公今何許？白日空孱顏。灌莽翳深壑，有泉浮其間。委留界中道，足底聞孱湲。悠悠遺世人，曾此寄高閒。芳蹤藐難屬，古字蝕苔斑。[214]

---

212 （明）文徵明：〈支硎山南峯〉，《文徵明集》，補輯卷6，頁911。

213 （明）文徵明：〈寒泉在支硎山之麓，晉支道林之遺跡，石上二大字猶存。伍疇中自號寒泉，蓋取諸此〉，《文徵明集》，補輯卷8，頁956。

214 （明）文徵明：〈三月十九日同陳以嚴、鄭尚伯、伍君求及二子津、汸遊城西諸山。自閶門泛舟抵支硎登陸，歷賀九嶺、一雲庵、北峯寺、天池、天平次第得詩九首・支硎山〉，《文徵明集》，卷15，頁427。

詩歌中所呈顯的除了是一種今昔的對比，如「曾是支公大道場」、「支公今何許」，它所陳述的仍是今日的遊歷。只要身臨此地，自然會聯繫支道林昔日的遊蹤，在〈虎丘〉一詩中有「草荒支澗鶴空還」[215]，〈虎丘東溪漾舟與履仁同賦〉也有「放鶴無支遁」[216]，以支道林放鶴的典故形成對地點的記憶，這典故就不只是吳越歷史的典型，而有了地方特色。[217]

（三）石湖與范成大

范成大〈御書石湖二大字跋〉：「石湖者，具區東匯，自為一壑，號稱佳山水。」[218]據龔定之《中吳紀聞》之記載：「石湖一帶盡佳山水，作圃於其間頗眾，往往極侈麗之觀。春時，士大夫游賞者，獨以不到此為恨。」[219]莫旦〈石湖鄉賢祠〉也云：「石湖為吾蘇勝景，當吳縣、吳江二邑之交，山川清淑之氣，鍾而為人。」[220]祝允明以為「石湖，蘇之西湖也。」[221]可知石湖是吳中人士賞遊的主要地點，也有其地標意義。此處除了自然風景的秀麗，如文徵明詩句中所描繪的雪景「夜聞飛雪曉何濃，想見楞伽矗萬峰」[222]與情境「晚烟十里

215 （明）文徵明：〈虎丘〉，《文徵明集》，卷13，頁366。

216 （明）文徵明：〈虎丘東溪漾舟與履仁同賦〉，《文徵明集》，補輯卷4，頁846。

217 「欲凸顯地域特色，最重要的是能將該地的『土地』與『人民』的歷史記憶緊密結合，以呈現它之所以異於其他地區之處。」見施懿琳、楊翠：《彰化縣文學發展史》（彰化：彰化縣立文化中心，1997年），頁4。

218 （宋）范成大：〈御書石湖二大字跋〉，（明）錢穀編：《吳都文粹續集》，卷23，收入《文淵閣四庫全書》，第1385冊，頁592。

219 《蘇州府志》，卷45，〈第宅園林〉，頁1278。

220 （明）莫旦：〈石湖鄉賢祠〉，（明）錢穀編：《吳都文粹續集》，卷16，收入《文淵閣四庫全書》，第1385冊，頁410。

221 （明）祝允明〈惠州西湖〉：「西寺東城兩幅圖，長虹脊畔小浮屠。杭州惠郡都遊遍，醉眼時將作西湖。」《祝氏集略》，卷6，《祝氏詩文集》，頁717。

222 （明）文徵明：〈雪後泛舟游石湖〉，《文徵明集》，補輯卷6，頁909。

歸程路，不是桃源也自迷」[223]，更有范文穆祠[224]、范村[225]、石湖別墅[226]等昔日文人的遺跡。[227]可知石湖涵括了山水、人文歷史、史蹟等多重的地點感。龔定之又云：「石湖之名，前此未甚，著實自范文穆公始。」[228]可見石湖之所以成為勝景，與范成大有密切的關係。

石湖的自然景觀與人文景觀甚有特色，如位於茶磨山北，行春橋西的范文穆公祠，即為一處人文景觀，且有宋孝宗賜「石湖」之碑石[229]，文徵明〈暮春遊石湖〉詩曰：

> 過眼諸峰應接忙，新晴草樹繞湖香。不知參政移家後，若箇重來問海棠？[230]

---

223 （明）文徵明：〈暮春雨後陳以鈞邀游石湖遂登治平〉，《文徵明集》，卷9，頁206。

224 據同治《蘇州府志》，卷36，〈壇廟祠宇〉：「范文穆公祠在茶磨山北，行春橋西，祀宋參知政事齊國公范成大，明正德間郡人盧雍建。以宋孝宗賜公石湖二大字碑石置焉。萬曆四十年郡人參議范允臨重建。」《蘇州府志》，卷35，〈古蹟〉，頁1045。

225 《蘇州府志》，卷45，〈第宅園林〉，頁1278：「范參政府在西河上，有壽櫟堂，文穆公成大所居，其南有范村。」（明）文徵明有詩〈歸舟泛石湖再疊前韻〉：「風烟映帶兼茶磨，雞犬微茫識范村。」《文徵明集》，卷9，頁200。

226 「石湖別墅在縣西南十二里，參政范成大𠞰因越來溪。故城隨地勢高下而為亭榭，植以名花而梅獨勝，別築農圃堂對楞伽寺，下臨石湖，孝宗御賜石湖二大字。」見《蘇州府志》，卷45，〈第宅園林〉，頁1278。

227 （明）皇甫涍〈春日石湖〉有云：「石湖在白洋灣之北界，吳縣、吳江之間，有茶磨諸峯映帶，頗為勝絕。相傳范蠡從入五湖處，初不甚顯，得文穆公名始大著。」（明）錢穀編：《吳都文粹續集》，卷23，收入《文淵閣四庫全書》，第1385冊，頁602。

228 《蘇州府志》，卷45，〈第宅園林〉，頁1278。

229 據《蘇州府志》，卷35，〈古蹟〉，頁1045：「范文穆公祠在茶磨山北，行春橋西，祀宋參知政事齊國公范成大。明正德間郡人御史盧雍建，以宋孝宗賜公時湖二大字碑石置焉。萬曆四十年郡人參議范允臨重建。崇禎十二年巡撫都御史張國維修，國朝嘉慶元年知府任兆炯又修重建天鏡閣於湖上自為記。」

230 （明）文徵明：〈暮春遊石湖〉，《文徵明集》，卷14，頁405。

以人物的軼事作為石湖的記憶，那麼這個地點所連接的情感就不是空泛的山水物景，在地貌的背後是對此地人文歷史深刻的關懷。無論在具體的紀念場所（寺廟壇宇）或在山水行遊之中，不斷的出現這群人物的身影。除了顯示了對「自然的吳中」的情懷，也顯示了對「歷史的吳中」的留戀。[231]

（四）甫里與陸天隨

歷史記憶的生成必須有所憑藉，由於吳中無所不在的古蹟，使得這樣的歷史記憶愈發清晰而深刻。文徵明有詩〈偶過甫里乘月至白蓮寺訪陸天隨故祠〉[232]：

> 一龕香火白蓮宮，古社猶題甫里翁。坐挹高風千載上，依然舊宅五湖東。雨荒杞菊流螢渡，月滿陂塘鬥鴨空。故草已隨塵土化，空瞻遺像寂寥中。祠有唐時遺像，為狂人所仆，滿腹中皆翁手稿。後像雖設，而稿不可得矣。

甫里、白蓮寺、唐時遺像（強調「唐時遺像」一則可看出時間歷程之綿長，再者在時間的流程裡，事物的消逝本為必然，存留則更顯珍貴）都是形成「陸天隨記憶」的來源。在文徵明補述的鄉里故實中，可看

231 據（明）申時行〈明河南衛輝府同知致仕進階朝列大夫端靖文先生墓志銘〉所言：「雅宜先生故居在石湖之越來溪。『羣山黛圍，一湖如鏡。菰蒲欸乃，聲在枕簟，曲流到門，漁網四集，喬木百章，佐以松竹蒨蒨碧窈間。』有堂曰采芝，『文氏自待詔公以降皆於此琴樽詩酒，所謂一片雲林帶草堂，居人遙指石湖莊。』」所言，既是對石湖山水之描摹，也是對王雅宜、文徵明等文人活動的追憶。收於（清）褚亨奭：《姑蘇名賢後紀》，收入周駿富輯：《明代傳記叢刊》，第148冊，頁310。

232 （明）文徵明：〈偶過甫里乘月至白蓮寺訪陸天隨故祠〉，《文徵明集》，卷10，頁254。

出他對手稿被狂人所仆之遺憾，當然也可見陸龜蒙之「高風」始終是他記憶中的焦點。歸有光〈花史館記〉:「子問居長洲之甫里，余女弟婿也。余時過之。泛舟吳淞江，遊白蓮寺，憩安隱堂，想天隨先生之高風，相與慨然太息。」[233]也是藉由白蓮寺（地點）而產生對陸天隨之景慕。

（五）虎丘及其相關人物

地方特色植根於吳中地域豐富的人文歷史，以虎丘系列作品為例，便有王珣、陸羽、生公等人：

香林遍繞生公石，法境長寒陸羽泉。[234]

不見生公說法時，空餘臺下白蓮池。[235]

且拂生公講臺石，將詩同向醉時留。[236]

不見當時陸鴻漸，裹茶來試第三泉。[237]

逋客無由呼陸羽，社巫猶自賽王珣。[238]

---

233 （明）歸有光：〈花史館記〉，《歸有光全集》，第6冊，〈震川先生集〉，頁438。

234 （明）文徵明：〈虎丘春遊詞〉，《文徵明集》，補輯卷12，頁1093。

235 （明）文徵明：〈王槐雨邀汎新舟遂登虎丘紀游十二絕〉，《文徵明集》，補輯卷12，頁1096。

236 （明）沈周：〈與陳育庵遊虎丘次韻〉，《石田稿》，《沈周集》，頁396。

237 （明）文徵明：〈王槐雨邀汎新舟遂登虎丘紀游十二絕〉，《文徵明集》，補輯卷12，頁1096。

238 （明）文徵明：〈人日同諸友泛舟登虎丘分韻得人字〉，《文徵明集》，補輯卷4，頁851。

陸羽泉甘春試茗，王珣祠古暮維舟。[239]

海湧春嵐溼翠鬟，生公臺下雨漫漫。[240]

海湧峰頭宿霧開，王珣祠畔少風埃。[241]

東晉的王珣、王岷兄弟於咸和二年（327）捨宅建寺，虎丘山寺（後改名為靈巖禪寺、虎阜禪寺）發展成規模宏偉的寺院。於是有「王珣祠」之史蹟。[242]陳繼儒〈虎丘三泉亭記〉亦有「王家短主簿，但令展衣掃石，綆汲第三泉數斗作供。樂哉斯丘！」[243]之語。

關於陸羽，從同治《蘇州府志》〈流寓〉（引自文肇祉《虎邱志》）可知：「陸羽，字鴻漸，一名疾，字季疵，竟陵人。隱苕溪，自稱桑苧翁，閉門著書，詔拜太祝不就。貞元中寓虎邱，嗜茶，著經三篇。嘗品眾泉，鑿井於虎邱劍池西南，品為天下第三泉。」[244]所以，此處的「第三泉」、「陸羽泉」之典故恰可聯繫陸羽的生平，而文徵明除了點出陸羽在吳中的遺跡，更有「高人去後誰真賞，一漱寒流一慨然」[245]之嗟嘆。

《吳郡圖經續記》稱：「磵側有平石，可容千人，故謂之千人坐，俗傳因生公講法得名。」[246]相傳晉高僧竺道生曾在千人石講法，

---

239 （明）文徵明：〈奉陪呂太常沈石田遊虎丘次韻〉，《文徵明集》，卷8，頁160。

240 （明）文徵明：〈虎丘觀雨〉，《文徵明集》，卷12，頁350。

241 （明）文徵明：〈三月晦徐少宰同遊虎丘〉，《文徵明集》，卷13，頁374。

242 參看董壽琪：《虎丘》（蘇州：古吳軒出版社，1999年）。

243 （明）陳繼儒：〈虎丘三泉亭記〉，（明）賀復徵編：《文章辨體彙選》，卷571，收入《文淵閣四庫全書》，第1409冊，頁86。

244 《蘇州府志》，卷110，〈流寓〉，頁2597。

245 （明）文徵明：〈七寶泉〉，《文徵明集》，補輯卷10，頁1043。

246 （宋）朱長文：《吳郡圖經續記》，卷中，收入《文淵閣四庫全書》，第484冊，頁24。

他於宋元帝元嘉五年（428）輾轉來到虎丘，但只能在法堂之外講經。意外的是，竟有千人列坐聽講，以是有「千人坐」之稱。另一種說法是：「生公講經，人無信者，乃聚石為徒，與談至理，石皆點頭。」[247]「生公說法，頑石點頭」之典故即緣於此說。無論是千人列坐石上聽講，或是「石點頭」的傳奇色彩，均有「浮雲萬變僧常在，白石千年跡已陳。怪是物華偏戀惜，樽前聚散不堪論」[248]之感懷。

第三節　歷史記憶的重構

一　「舊觀」與「新識」

沈周有詩〈登妙高臺〉恰可為身處歷史記憶之中的吳中文人進行生命的安頓：

> 登臺見青草，默默感今昔。江山本舊觀，形勝我新識。江山不因臺，流峙天自闢。臺固為江山，亦當為遊客。往來相無窮，有得有不得。坡老莫可呼，舉酒酹江色。[249]

面對「舊觀」，文人何以不斷書寫？當每個「舊觀」都有昔日文人留下的作品，我今日的書寫，可能就是未來的「舊觀」（歷史環節中的一部分）。雖然我的感受不過只是人世間普遍的真理：「默默感今昔」，卻因「有我」，使得「舊觀」得以產生「新識」的內涵。在沈周

247 《桐橋倚棹錄》引《十道四蕃志》，見董壽琪：〈千人石・白蓮池〉，《虎丘》（蘇州：古吳軒出版社，1999年），頁38。

248 （明）文徵明：〈人日同諸友泛舟登虎丘分韻得人字〉，《文徵明集》，補輯卷4，頁851。

249 （明）沈周：〈登妙高臺〉，《石田詩選》，《沈周集》，頁622。

看來，妙高臺固然為江山的勝景，它本身卻也是遊客之一，縱觀往來的人物；當觀者能以「新」的角度，重新體察背後的人文感應，那麼「舊」的地景成為今人賴以理解歷史的媒介，就有它獨特的意義。相對於昔日文人所書寫的主題，今人重返現場，再以今日的角度書寫情境與感受，則這記憶不僅是向曾經宦遊吳中的文人致敬，他們也在創造屬於今日的歷史記憶。

藉由鄉先賢之作品，或訪其遺跡，或重訪詩中原址，或尋詩所述以遊如吳寬〈送濟之歸省〉:「安得從行仍作伴，勝遊當共了西山。〔范石湖游洞庭山詩云：西山才了又東山。予往年已游東山，獨欠西山之遊耳。〕」[250] 以范成大之遊為「典型」，直至自己也遊賞了西山，才能稱「勝遊當共了西山」，彷彿與范成大共遊一般。這也是對鄉先賢之景慕，同時也創造了吳中文人特殊的體驗。所有的「遊」，既是今日遊賞之經驗，也是重返文學現場的歷史感受。如是，范成大就不止於停留在書卷之中，而是活在現存的山水物景，以及自己的作品之中。也因為擇取之作品所描寫之場景為現存的場所（空間），所以作品中的世界並非無法重返的地點，而能擴大了作品的領域（從文字想像到親身踐履）。再者，今日生活之景觀，就不只是此時此地文人的生活，也加入了昔日文人的記憶，成為歷史的延續，更有對照與承繼的文化意義；不再只是「口述歷史」，而是歷史的重構（是范石湖的西山記憶，也是吳寬以及同代文人的西山記憶）。

吳中文人特殊的體驗在於每個自然物景都可以聯繫到昔日：不只是吳越歷史，而是曾在吳中留下「痕跡」的文人。文徵明在弘治癸亥冬十月有〈游洞庭東山詩序〉。此詩之作，本因徐昌國登洞庭西山，有紀遊八詩，文徵明因事遊賞東麓，雖僅五日，不能「周覽群勝」，

---

250 （明）吳寬：〈送濟之歸省〉，（明）錢穀編：《吳都文粹續集》，卷51，收入《文淵閣四庫全書》，第1386冊，頁606-607。

亦有詩七首作為徐昌國遊西山之「繼響」。文末則將兩人之和詩活動聯繫到皮日休與陸龜蒙的唱和之作：

> 昔皮襲美遊洞庭，作古詩二十篇，而陸魯望和之。其風流文雅至于今，千載猶使人讀而驚豔。然考之鹿門所題，多西山之跡；而東山之勝，故未聞天隨有倡也。得微陸公猶有負乎？予于陸公不能為役，而庶幾東山之行，無負于徐子。[251]

當年皮襲美有洞庭詩二十篇，陸魯望繼而和之。其作品使人「讀而驚豔」，文徵明卻以為仍有所憾。他以為皮日休之作「多西山之跡」，陸龜蒙卻未以東山之行倡和。故文徵明以「有負」稱陸龜蒙。(「得為陸公猶有負乎？」之語氣彷彿陸龜蒙與他為同代人物，這種異代而同地的經驗誠為吳中文人時有的感受。）文徵明既不能陸龜蒙回到今日以遊覽東山之勝，卻以個人的「東山之行」作為陸龜蒙旅程的延續，並自稱「無負」於徐昌國。在這裡，文徵明的東山之行似乎為皮陸二人進行未完成的旅程，而不僅僅是單純的「遊」。在覽勝之餘，他也在與皮陸二人對話，一則遺憾他們未曾領略東山之勝景，一則也為他們完成未竟之旅。在自然勝景中往往聯繫過去，召喚古人與之對話的心態，使得每次山水之旅不再只是自然物景的欣賞與悅納，而有了人文的傳承與歷史的感受，加深了吳中文人獨特的地域意識，一種歷史的情懷。

---

251 （明）文徵明〈遊洞庭東山詩序〉：「余友徐子昌國近登西山，示余紀遊八詩，余讀而和之。於是西山之勝，無俟手批足躡，固已隱然目睫間；而東麓方切傾企。屬以事過湖，遂獲升而遊焉。留僅五日，歷有名之蹟四。雖不能周覽群勝，而一山之勝，固在是矣。一時觸目攄懷，往往托之吟諷。歸而理詠，得詩七首。輒亦誇示徐子，俾之繼響。」《文徵明集》，補輯卷19，頁1256-1257。

二　人文化／文人化的風景

從地點而形成對文人的懷想，是地域化的產物，文徵明在〈東禪寺〉便自言在此處誦詩讓他想起宋朝曾住東禪寺的遇賢神僧：

> 古寺幽深帶碧川，作來清晝永於年。虛堂市遠人聲斷，小砌風微樹影圓。筆硯更償閒裡債，茗動聊結靜中緣。落花啼鳥春如許，卻誦新詩憶遇賢。〔遇賢，宋神僧，嘗住東禪，有詩云：門前綠樹無啼鳥，庭下蒼苔有落花。聊與東風論個事，十分春色屬誰家？〕[252]

這種聯想已不只是由地點——人物，而是：昔日地點——文人創作——今日地點——自我創作，除了地點讓人引發感懷，更重要的是這個景點是文學史化更重要的是這個景點所形成的記憶不再只是由眼前的物景所興發的情懷，而是代代文人的創作所積累的地域文化傳統，經過時間的延展，豐富了此地的人文景觀，形成此景點的特殊體驗。

適如前所謂的「記憶性古蹟」，它的特色在於蘊涵豐富的歷史記憶。歷史記憶原本即來自特定的時空與人物，且與該古蹟息息相關，因而也具有一種不可重複性。且此歷史記憶並不局限於歷史事件所發生之特定時空，當後世人開始回憶該古蹟所曾發生過的歷史事件，它本身也變成後代人回憶的一部分。且其所喚起的歷史記憶並非固定不變，而是隨著時間推移隨時添加。[253]這種添加的過程，使得記憶隨著時間有其延展、擴充的特色。文徵明也嘗言：「吾吳號山水郡，然知名當世，則虎丘、靈巖耳。蓋顧野王之文，清遠道士、李太白、韋、

252 （明）文徵明：〈東禪寺〉，《文徵明集》，卷9，頁205。

253 （宋）鄭元祐：〈重修平江路儒學記〉，（明）錢穀編：《吳都文粹續集》，卷3，收入《文淵閣四庫全書》，第1385冊，頁62。

白諸人之詩歌，有足重也。」[254]藉由前代文人創作所形成記憶的疊影，可以延伸對每個地點的歷史感。如唐張繼的〈楓橋夜泊〉，對他地文人是經典作品，對吳中文人則是重現文化現場的媒介，高啟的詩：「畫橋三百映江城，詩裏楓橋獨有名。幾度經過憶張繼，烏啼月落又鐘聲。」[255]直抒其追憶張繼，並以張繼之語入詩，以突顯在追憶之中的雙重感受。文徵明的詩則是[256]：

> 金閶西來帶寒渚，策策丹風墮煙雨。漁火青熒泊棹時，客星寂寞聞鐘處。水明人靜江城孤，依然落月啼雙烏。荒涼古寺煙迷蕪，張繼詩篇今有無？闔閭城西暮雨收，西虹橋下水爭流。蒼茫野色千山隱，突兀寒煙萬堞浮。燈火旗亭喧夜市，月明歌吹滿江樓。烏啼不復當時境，依稀鐘聲到客舟。

再如寒山寺，就有以下的創作：

> 楓橋西望碧山微，寺對寒江獨掩扉。船裏鐘聲催客起，塔中燈照遠僧歸。漁村寂寂孤烟近，官路蕭蕭眾葉稀。須記姑蘇城外酒，烏啼時節送君違。（高啟〈賦得寒山寺送別〉）[257]

> 寒山寺近闔閭城，老衲分燈向此行。地接楓橋江市遠，林開松殿野雲平。身經暮雨三衣重，影度秋湖一缽輕。後夜相思何處

254 （明）文徵明：〈玄墓山探梅倡和詩敘〉，《文徵明集》，卷17，頁458。

255 （明）高啟：〈楓橋〉，（明）錢穀編：《吳都文粹續集》，卷35，收入《文淵閣四庫全書》，第1386冊，頁161。

256 （明）文徵明：〈楓橋〉，《文徵明集》，補輯卷3，頁841。

257 （明）高啟：〈賦得寒山寺送別〉，（明）錢穀編：《吳都文粹續集》，卷32，收入《文淵閣四庫全書》，第1386冊，頁98。

是，滿天霜月更鐘聲。（劉溥〈送僧道性往寒山寺〉）[258]

金閶門外楓橋路，萬家月色迷煙霧；譙閣更殘角韻悲，客船夜半鐘聲度。樹色高低混有無，山光遠低成模糊；霜華滿天人怯冷，江城欲曙聞啼鳥。（唐寅〈寒山寺〉）[259]

這幾首詩中都重複出現幾則意象：楓橋、鐘聲（夜半）。當然，這是此地的地名，也是平常的音律。但是因為之前有了張繼的〈楓橋夜泊〉，使得這些平常的物象，就有了歷史感的深度。此處的烏啼、鐘聲既是現在所見的景物，也是對張繼乃至於高啟的記憶。他的「意識焦點」屬於「過去」（依稀鐘聲到客舟），敘事的「發聲點」則是「當前」。（烏啼不復當時境）關於這種雙重視角的敘述，高辛勇先生有如是的辨析：

在第一人稱回顧性的敘述中必須把「焦點」和「發聲點」分開，這個常為一般人所忽略。第一人稱回顧敘述中，雖然「發聲點」（敘述人）與「意識焦點」同在一人身上，但其中「意識焦點」屬於「過去」，敘事的「發聲點」則是「當前」的人物。兩者不僅「功能」不同，就「經驗」講亦前後有別，追述故事時的心境與實際經驗故事發生時的心理狀態亦必有相當出入，而敘述人在「現在」與「過去」對故事的看法也可能「不可同日而語」。[260]

---

258 （明）劉溥：〈送僧道性往寒山寺〉，（明）錢穀編：《吳都文粹續集》，卷32，收入《文淵閣四庫全書》，第1386冊，頁98。

259 （明）唐寅：〈姑蘇八詠〉，《唐伯虎全集》，頁18。

260 引自高辛勇：《形名學與敘事理論》（臺北：聯經出版事業公司，1987年），頁164。

面對昔日，不再只是單一的時間概念，而是重重記憶的化身。文人意識到現在的江城、古寺也是張繼曾經親身體驗的場景，所以文徵明感嘆「依然落月啼雙烏」；然則今日的他卻比昔日的張繼多了一層記憶的疊影，每個物景似乎都染上時間的倒影，由文人一再的歌詠傳寫，這個地點的記憶就有了歷史的縱深。每一次的記憶無不在提醒他：這是唐朝的楓橋、文學史裡的楓橋，因而張繼也走進他的詩篇，與他對話，而他的回應仍是歷史的喟嘆：「張繼詩篇今有無？」由是，楓橋成為歷代文人心靈的橋樑，而不只是一處位於姑蘇城外的陳跡而已。再如：

> 楊柳陰陰十畝塘，昔人曾此詠滄浪。春風依舊吹芳杜，陳跡無多半夕陽。積雨經時荒渚斷，跳魚一聚晚波涼。渺然詩思江湖近，便欲相攜上野航。[261]

所謂的「昔人曾此詠滄浪」，正是蘇舜欽於慶曆年間所設滄浪亭之典故，蘇舜欽有〈滄浪亭記〉，自言「予以罪廢無所歸，扁舟南游旅於吳中，始僦舍以處」，並言「一日，過郡學東，顧草樹鬱然，崇阜廣水，不類乎城中並水。得微徑於雜花修竹之間，東趨數百步有棄地，縱廣函五十六尋，三面皆水也。……予愛而徘徊，遂以錢四萬得之」[262]云云。為此事，歐陽文忠公有詩：「清風明月本無價，可惜只賣四萬錢。」此詩之作，亦可見關於滄浪亭記憶的擴展與延伸。這裡的「昔人」，是蘇舜欽[263]，以及他有關滄浪亭的詩作——〈滄浪詩〉、〈滄浪

261 （明）文徵明：〈滄浪池上〉，《文徵明集》，卷10，頁255。

262 （宋）蘇舜欽：〈滄浪亭記〉，《蘇州府志》，卷46，〈第宅園林〉，頁1301。

263 （明）文徵明〈題蘇滄浪詩帖〉有云：「子美慶曆四年丙戌十一月坐監進奏院會客室除名，徙蘇州。」「其後子美竟以慶曆八年卒于蘇。凡在蘇四年，宜其遺蹟流傳吳中為多。」《文徵明集》，卷23，頁558-559。

觀魚〉、〈滄浪靜吟〉、〈滄浪懷友〉等，歐陽修的回應也有「子美寄我滄浪吟，邀我共賦滄浪篇」，而文徵明走進這個文學的場景，自也湧起「渺然詩思」。其實，每一個人在透過憑據被回憶以前，早已是個回憶者；而每一個回憶者在憶往的同時也隱隱預期自己可以成就某些憑據而成為被追憶的對象。[264]這也是歐陽修所云「莫惜佳句人間傳」的創作意圖。

歸有光〈滄浪亭記〉有云：

> 昔吳越有國時，廣陵王鎮吳中，治南園於子城之西南，其外戚孫承佑亦治園於其偏。迨淮海納士，此園不廢，蘇子美始建滄浪亭，最後禪者居之，此滄浪亭為大雲庵也。有庵以來，二百年，文瑛尋古遺事，復子美之構於荒殘滅沒之餘，此大雲庵為滄浪亭也。夫古今之變，朝市改易，嘗登姑蘇之臺，望五湖之渺茫，群山之蒼翠，太伯虞仲之所建，闔閭夫差之所爭，子胥種蠡之所經營，今皆無有矣，庵與亭何為哉？[265]

相對於蘇舜欽以亭之勝景為主的書寫，歸有光則是追溯其歷史意義。自吳越廣陵王之南園、蘇舜欽之滄浪亭乃至於文瑛之大雲庵，滄浪亭彷彿是歷史興亡變革的縮影，而不只是蘇舜欽在吳中活動的記憶與記述。

當創作主體將記憶的焦點凝聚在對昔日居此地之文人所遺存的各式痕跡，並試圖以重現昔日場景作為追憶的方式，則地點與人物又有了相融的情感。

吳中文人，往往在遊中加入獨特的文學史意識。他們總要召喚異

264　（明）王寵：〈石湖作〉，《雅宜山人集》，卷6，頁261。

265　（明）歸有光：〈滄浪亭記〉，《歸有光全集》，第6冊，〈震川先生集〉，頁437。

時同地的文人，讓他們與每處自然物景同在。當然，這也意謂著此地文人獨特的情識，每個遊賞的地點絕非只是「今日的我」所看見的物景，這裡或許曾是陸龜蒙的故居[266]，那裡又是蘇舜欽的足跡，在這種文學史心態的觀照下，如文徵明〈王槐雨邀汎新舟遂登虎丘紀遊十二絕〉[267]即有：

> 法華山在太湖頭，紫翠千峰浸碧流。好景江南誰占得？天隨翁有木蘭舟。（之十一）
>
> 家居臨頓挹高風，更著扁舟引釣筒。自笑我非皮襲美，也來相伴陸龜蒙。（之十二）

隨著地點的推移，文人所關注的並不只是「紫翠千峰浸碧流」寓目之景，反而是景物背後的人物更叫人神思意想。陸龜蒙為晚唐詩人，他與皮日休合稱皮、陸，二人於吳中唱和之作甚多。陸龜蒙甚至被稱為吳中詩派的濫觴。張習以為：「吾吳之詩自唐皮陸倡和為一盛，再盛于元季。」[268]吳寬云：「吳之詩，自魯望首倡。」[269]王褘〈缶鳴集序〉亦有：「予嘗論中吳之士，唐有陸魯望，宋有范至能。」[270]可見陸龜蒙在吳中詩派中的典範意義。在文徵明的詩作中，不時可見陸天

---

266 （明）文徵明〈拙政園詩三十一首（辛卯、癸巳）〉：「若墅堂在拙政園之中，園為唐魯望故宅，雖在城市，而有山林深寂之趣。昔皮襲美嘗稱『魯望所居，不出郛郭，曠若郊墅』，故以為名。」《文徵明集》，補輯卷16，頁1205。

267 （明）文徵明：〈王槐雨邀汎新舟遂登虎丘紀遊十二絕之十一〉，《文徵明集》，補輯卷12，頁1096。

268 （明）張習：〈靜居集後志〉，（明）錢穀編：《吳都文粹續集》，卷55，收入《文淵閣四庫全書》，第1386冊，頁659。

269 （明）吳寬：〈石田稿序〉，（明）沈周：《石田稿》，《沈周集》，頁25。

270 （明）王褘：〈缶鳴集序〉，（明）錢穀編：《吳都文粹續集》，卷55，收入《文淵閣四庫全書》，第1386冊，頁654。

隨的影跡。除了前面二詩之外，又有：

> 青山隱隱水漪漪，映樹蘭舟晚更移。一縷茶煙銜宿鷺，無人知是陸天隨。[271]

或是在〈先友詩〉稱沈周為「悠悠天隨子，千載永相望」[272]，即使在飲茶之際，他也有「偶憶唐賢皮、陸輩茶具十詠，因追次焉。非敢竊附於二賢，聊以寄一時之興耳」[273]或寫其隱居之神韻，或追次皮、陸二人之作，這些文人都以另一種型態「活」在吳中，隨著文字的記錄與文學現場的存在（「昔日之在」存留在文本之中，「今日之在」則由文人身歷其境之體驗而留在文字之中），形成吳中文人共同的歷史記憶。

三　為今日創塑歷史記憶

文震孟（1574-1636）《姑蘇名賢小記》言：「姑蘇故多君子。無論郡諸屬邑，即闔閭城周四十五里，其中賢士大夫未易更僕數也。」[274]前面也提過，人是吳中地域最引以為傲的文化資產。關於吳中地誌書寫，無論是歷史的記憶，或是由地點與文人創作所結合的文化景觀，人，才能使地點充滿意義與文化感受。他們所著意的非僅是昔日的吳越歷史現場，對於當代文人，也能產生如斯感懷：

---

271 （明）文徵明：〈題畫〉，《文徵明集》，補輯卷12，頁1094-1095。

272 （明）文徵明：〈先友詩・處士沈公〉，《文徵明集》，卷2，頁35。

273 （明）文徵明：〈茶具十詠〔甲午〕・序〉，《文徵明集》，補輯卷16，頁1213。

274 （明）文震孟：《姑蘇名賢小記》，收入周駿富輯：《明代傳記叢刊》，第148冊，頁3。

相君不見歲頻更，落日平泉自愴情。徑草都迷新轍跡，園翁能識老門生。空餘列樹依流水，獨上寒原眺古城。匝地綠陰三十畝，遊人歸去亂禽鳴。

渺然城郭見江鄉，十里清陰護草堂。知樂漫追池上跡，振衣還上竹邊岡。〔中有知樂亭、振衣岡。〕東郊春色初啼鳥，前輩風流幾夕陽？有約明朝汎新水，菱濠堪著野人航。[275]

東莊位於葑門之內。據《姑蘇志》:「東莊，吳文定公父孟融所治也，中有十景。孟融之孫奕又增添看雲、臨渚二亭。」[276]李東陽曾描繪它亦莊亦園的景象：

蘇之地多水，葑門之內，吳翁之東莊在焉。菱濠匯其東西溪帶，其西兩港傍達，皆可舟而至也。由橙橋而入，則為稻畦，折而南，為桑園，又西為果園，又南為菜圃，又東為振衣臺，又南西為折桂橋。由艇子浜而入，則為麥邱，由荷花灣而入，則為竹田，區分絡貫，其廣六十畝，而作堂其中，曰「續古之堂」，菴曰「拙修之菴」，軒曰「耕息之軒」。又作亭於南池，曰「知樂之亭」，亭成而莊之事始備，總名之曰東莊。因自號曰東莊翁。[277]

東莊不僅是山水佳景的園林，它也是桑園、果園、竹園、稻麥、

275 （明）文徵明：〈過吳文定公東莊〉，《文徵明集》，卷10，頁255；〈遊吳氏東莊題贈嗣業〉，卷9，頁205。

276 （明）王鏊等：《姑蘇志》，卷32，〈園池〉，頁453。

277 （明）李東陽：〈東莊記〉，（明）錢穀編：《吳都文粹續集》，卷17，收入《文淵閣四庫全書》，第1385冊，頁440。

藕塘齊備的田莊。劉大夏有詩：「吳下園林賽洛陽，百年今獨見東莊。」[278]沈周〈東莊為吳瓠庵尊翁賦〉[279]：

> 東莊水木有清輝，地靜人閒與世違。瓜圃熟時供路渴，稻畦收後問鄰饑。城頭日出啼雅散，堂上春深乳燕飛。更羨賢郎令玉署，封恩早晚著朝衣。

李東陽在成化己未秋有記云：「莊之為吳氏居數世矣。由元季逮于國初，鄰之死、徙者十八九，而吳廬巋然獨存。翁（吳孟融）少喪其先君子，徙而西，既而重念先業不敢廢，歲拓時葺，謹其封濬，課其耕藝而時作息焉。」「翁之為東莊也，承往弊而修之；懇悃劬瘁，歷數十年然後備，亦既艱矣。而翁又遵道畏法，雖處富貴泊然，與韋布者類，則所謂保其業者，豈苟然哉。」並以為：

> 是莊也，寧直以自樂為燕游而已。今脩撰科甲重朝廷，文章望天下，愛民憂國恒存乎心而見乎眉睫；則推翁之心以達之天下，又豈直足保其私業，為茲莊山水之重而已邪？然君子論家業之艱，考世德之有歸，信文獻之不可無者，必自茲莊始。[280]

就李東陽的觀察，東莊不只是燕游的場所。它是吳氏家族史的匯聚場所，並因吳寬以狀元及第，入翰林為修撰，故朝士多作東莊之詩，使東莊之名益盛。文震孟也盛讚吳氏兩代：「公（案：吳寬人稱吳文定

278　（明）劉大夏：〈東莊詩〉，（明）錢穀編：《吳都文粹續集》，卷17，收入《文淵閣四庫全書》，第1385冊，頁440。

279　（明）沈周：《石田稿》，《沈周集》，頁400。

280　（明）李東陽：〈東莊記〉，（明）錢穀編：《吳都文粹續集》，卷17，收入《文淵閣四庫全書》，第1385冊，頁440。

公）之祖壽宗、父孟融皆善士。祖有疾，父日往西山汲澗煮藥往返，日三十餘里不倦，所稱東莊翁也。積久而昌生忠信宏厚如公者，宜哉！公寬然長者，恬於榮進，然至於昌言守正，引經定禮，使朝典無頗。」[281]

吳寬與東莊相關的詩作為〈竹田，東莊諸景中之一也。長姪奎取以為號，使來請一言。予喜其不忘舊業也，賦近體一章遺之。〉[282]從詩題中所見，可知吳寬對家族歷史之重視；「喜其不忘舊業」之語，對子孫重視先人遺業又有褒賞之意。詩中有「附郭久為先世業，築場宜共此君居」、「幸免輸租同歲晚，子孫常願把犁鉏」也可知，東莊為其家族傳承之場所。在〈題東莊記石刻後〉[283]又云：

> 先侍郎府君治東莊時，吾弟原輝實往助之。府君既不幸即世，而原輝既亡，亦幸有子奕，稍長，能守舊業。以今宮保長沙李公所作記，書屏間，歲久漫滅，請其友文徵明為隸古刻石，以傳永久，其於先志，可謂能繼矣。蓋府君之治茲莊，固思續古之人，然陶靖節不求自安之意，至老不衰。若原輝所以結屋種樹，勤力於此，又豈李衛公愛惜草木以供玩好者耶？凡為吳氏子孫，皆當知之。石刻成書其後以示。壬戌五月十六日。

東莊之設置本為吳氏子孫合力經營之成果，吳寬指出由其弟吳原輝協助東莊之治理，吳奕承其舊業之情狀。以是而論吳氏子孫皆當體會結屋種樹背後的人文意義。至於唐寅的〈題東莊圖〉、王寵的〈東莊

281 （明）文震孟：〈吳文定公〉，《姑蘇名賢小記》，收入周駿富輯：《明代傳記叢刊》，第148冊，頁51。

282 （明）吳寬：〈竹田，東莊諸景中之一也。長姪奎取以為號，使來請一言。予喜其不忘舊業也，賦近體一章遺之〉，《匏翁家藏集》，卷28，頁172。

283 （明）吳寬：〈題東莊記石刻後〉，《匏翁家藏集》，卷55，頁337。

詩〉雖以寫景為主，卻也看出「東莊」所聯結的情感與記憶。

就文徵明而言，一樣是東莊，記憶的焦點一則是「吳氏東莊」，一則是「吳文定公東莊」；一個是「前輩風流幾夕陽？」對整個吳氏東莊的歷史凝視，一個是「園翁能識老門生」，屬於他自己與吳寬的師生人際網絡。[284]於是，這個地點承載著除了是東莊的人文史跡，也是屬於「時人」的、「文徵明及其文學社群」的歷史記憶。

文人通過自身、此時所居、所遊的場域去理解吳中。記憶的主體其一為吳越興亡歷史，這些古蹟如姑蘇臺、闔閭城，不時的以「斷片」的形式提供回憶的內涵。「斷片」是過去同現在之間的媒介，是布滿裂紋的透鏡，既揭示所要觀察的東西，也掩蓋它們。這些斷片以多種形式出現：片斷的文章、零星的記憶、某些殘存於世的人工製品的碎片。[285]其二為曾宦遊此地的文人或者是曾書寫此地景觀的文人，包括歷史人物，如范蠡、支道林、乃至於當代文人。這些記憶主體形成文人對於吳中地域的情感、地點感以及獨特的吳中意識。在追憶的同時，他們也在塑創吳中人物的集體記憶。[286]

正因為吳中有如此大量的記憶符碼，當文人走進這個場域，無形中也在「接受」這個地點的文化意識、「場所精神」。[287]同時，也會意

284 文徵明從吳寬習古文。在（明）文嘉〈先君行略〉有言：「溫州（文徵明之父）於吳文定公寬為同年進士，時文定居憂於家，溫州使公往之游。文定得公甚喜，因悉以古文法授之，且為延譽於公卿間。」收於《文徵明集》，〈附錄〉，頁1619。

285 見（美）Stephen Owen（宇文所安）著，鄭學勤譯：《追憶——中國古典文學中的往事再現》（上海：上海古籍出版社，1990年），頁78。

286 Maurice Halbwachs以為，記憶是一種集體社會行為，現實的社會組織或群體都有其對應的集體記憶。人們往往追憶、重組過去以解釋現實的人群組合關係。參見王明珂：〈集體歷史記憶與族群認同〉，《當代》第91期「集體記憶專輯」（1993年11月），頁6-19。

287 「場所」一詞由諾伯．舒茲（Norberg Schalz）提出。它是行動和意向的中心，是「我們存在中經驗到有意義事情的焦點」。（加）Edward Relph：〈場所的本質〉，季鐵男編：《建築現象學導論》（臺北：桂冠圖書公司，1992年），頁99-171。

識到自己將成為這場域的一分子。於是，評賞鄉先賢，乃至於唱和鄉先賢之作品，也成為他們創作的一部分。如是，既為文化傳統的延伸，也對此「地」加入了新的文化感受，這也是「吳中意識」成型的原因。

第四章
吳中地域的文化現象

文化一詞有廣義與狹義的用法。廣義的用法將人類所創造的一切都視為文化，它涉及人類整個活動的方式及其成果的總合，包括物質的與精神的各方面內容；狹義的用法乃僅指精神領域，包括人類的精神生活、精神現象，以及精神過程等。[1]本章所關注的是吳中地域經過時間的軌跡所形成的文化現象。這些現象均非單一的事件，而是透過時間的積累，形成吳中人物特有的表現。文人對此地有著記述、記錄的自我意識，使得「文獻足徵」；另一方面，由於此地有大量的志書及鄉邦資料，更使文人有著「以地為重」的地域情感。再者，對前輩的推重，與對後輩的獎掖，使得文化風氣代代相承，形成吳中一地人才輩出的人文景觀。對前輩的推重與「文獻足徵」的傳統結合，則形成對鄉先賢的崇敬與仰慕，進而成為吳中人物所塑造的「古典偶像」。透過祠廟的設置，鄉先賢成為吳中人物不朽的典型。

第一節　「文獻足徵」的文化傳統

延傳三代以上的，被人賦予價值和意義的事物都可以看作是傳統。傳統，除了指從過去延傳至今或相傳至今的事物，它也指涉著世代相傳的事物之變體鏈。前者是傳統一詞最基本的義涵，包括了一個社會在特定時刻所繼承的建築、紀念碑、雕塑、繪畫、書籍、工具等

1　張廣智、張廣勇：《史學：文化中的文化——文化視野中的西方史學》（臺北：淑馨出版社，1992年），頁5。

物質實體，以及保存在人們記憶和語言中的所有象徵建構。後者則圍繞一個或幾個被接受和延續的主題而形成不同變體的一條時間鏈，如哲學思想、宗教信仰、藝術風格、社會制度等。[2]傳統的存留一方面需要具體可見的載體（文獻）[3]，另一方面則需要此地人物的自覺意識。

胡應麟指出：「古今稱文獻則首三吳矣，而吳之才至國朝而猶盛。」[4]王世貞之語：「吾吳中文獻彬彬，闤門貴詩書矣。」[5]也呈現文獻蔚然之盛景。何良俊之言更說明了文獻足徵的因素：

> 蘇州士風，大率前輩喜汲引後進，而後輩亦皆推重先達。有一善，則褒崇贊述無不備至，故其文獻足徵。[6]

對鄉里人物的言行，「有一善，則褒崇贊述無不備至」，因此，吳中一地有著豐富的文獻，足以傳之久遠。

一　欲其可傳的撰作意識

何孟春云：「前輩言：士大夫游藝必審輕重，且當先有跡者。學文勝學詩，學詩勝學書，學書勝學圖畫，圖畫又勝學琴弈之事。蓋有跡者勝耳。詩與文工者，傳寫刊布，一化百千萬億，垂之無窮。字與

---

2 參見（美）愛德華・希爾斯（Edward Shils）著，傅鏗、呂樂譯：《論傳統》（臺北：桂冠圖書公司，1992年），〈譯序〉，頁14-25。

3 「傳統」在用語上與tradition相應之外，有時還強烈保留師弟傳承，前後相望，承擔繼紹之類的價值意涵。能「傳」其「統」，合乎中國人繩繩奕奕的價值心態。參見黃繼持：〈中國文化傳統——現代文學行程中之審思〉，劉述先、梁元生編：《文化傳統的延續與轉化》（香港：香港中文大學出版社，1999年），頁59。

4 （明）胡應麟：《少室山房集》，卷86，收入《文淵閣四庫全書》，第1290冊，頁632。

5 （明）王世貞：〈潘潤夫家存稿序〉，《弇州山人四部稿》，卷68，頁3931-3932。

6 （明）何良俊：〈史一二〉，《四友齋叢說》，卷16，頁134。

圖畫工者，繫其楮素存亡，稍經摹搨不免失真，真者百年不免水火之患。琴弈之事，雖極精妙，身後何寄？」[7]陸容也有「淮雲寺僧惟寅，亦能講解儒書。嘗語人曰：『凡人之學藝需學有跡者，無跡者不能傳後。如琴弈皆為無跡，書畫詩文有跡可傳也。』此亦有見之言。」[8]以「有跡」為學藝先後之評準，其本質在於能否「傳後」。如陸容所言：「琴弈皆為無跡，書畫詩文有跡可傳」便說明了明代文人以「留跡」為主的文化意識。

吳地文人對文獻之著意是無所不在的。李東陽曾作〈東莊記〉，他以為「君子論家業之艱，考世德之有歸，信文獻不可無者，必自茲莊始，作東莊記。」[9]在纂作的同時，他是有意識地為此地留下「文獻」，這種以書寫存留當地之歷史幾乎是吳中文人的一貫態度。吳寬〈入玄墓寺〉的「磨崖紀勝遊，吾當一題字」[10]適可說明「留跡」之必要性，文徵明自言「與君他日粗償志，來覓題名敗壁間」[11]也隱含了以記錄為志業的觀念；[12]沈周「香茶美酒殊酬酢，似此登臨亦可傳」[13]，也有欲其可傳的撰作意識。再如高啟作〈綠水園雜詠序〉：

7 （明）何孟春撰，劉曉林等校點：《餘冬序錄》（長沙：岳麓書社，2012年），卷51，頁530。

8 （明）陸容：《菽園雜記》，卷2，收入《元明史料筆記叢刊》（北京：中華書局，1985年），頁17。

9 （明）李東陽：〈東莊記〉，（明）錢穀編：《吳都文粹續集》，卷17，收入《文淵閣四庫全書》，第1385冊，頁440。

10 （明）吳寬：〈入玄墓寺〉，《蘇州府志》，卷39，〈古蹟〉，頁1168。

11 （明）文徵明：〈結草庵雨中小集賦呈諸友一首〉，《文徵明集》，補輯卷10，頁1041。

12 文徵明之詩〈乙亥春避暄居觀音庵，庵在深巷中，頗為幽僻。時積雨連旬，闃無遊蹤，窗前梨花一株盛開，庵僧文庚焚香設茗，款接勤至，不覺淹留兩月，為賦此詩，以紀蹤跡〉詩題甚長，除了說明觀音庵的地點，寫出當時的情境，更重要的是「為賦此詩，以紀蹤跡」，自有「留跡」的意念。見《文徵明集》，補輯卷6，頁897。

13 （明）沈周：〈雪中登虎丘〉，《石田詩選》，《沈周集》，頁594。

余為之執筆亦可以無愧焉。因不復辭，且庶幾或傳，使父老知園之更名綠水者，自惟寅始也。[14]

高啟特別指出其撰作之用意，是欲使後來者了解綠水園更名之緣由，也是有意識地留下文獻資料，以成為吳中集體記憶的來源。

元代陸友仁《吳中舊事・序》有云：

吳中山水清嘉，衣冠所聚。今其子孫往往淪落無聞，其遺風餘俗，邈不可致。故因暇日參記舊聞，凡一百餘事，庶資郡乘之萬一云爾。[15]

有意識地記錄鄉里舊聞，以作為郡乘資料之參考，是吳中文人共有的傳統。

吳寬〈題宋吳中三大老詩石刻〉：

圃中有朋雲齋，齋中有數石刻，皆賢太守部使者鄉邦舊德宿望者英之詩，磨滌於牆壁間，尚可觀考。此石豈其一歟？今考三詩，刻於元祐戊辰，至今成化戊戌，適四百年。埋沒人家，忽復發露，人不敢以石易之，蓋非重石也，重其人也。然則人可以不自反而力於德乎？[16]

14 （明）高啟：〈綠水園雜咏序〉，（明）錢穀編：《吳都文粹續集》，卷17，收入《文淵閣四庫全書》，第1385冊，頁438。

15 （元）陸友仁：《吳中舊事・序》，收入王雲五主編：《叢書集成初編》（臺北：臺灣商務印書館，1939），頁1。

16 （明）吳寬：〈題宋吳中三大老詩石刻〉，《匏翁家藏集》，卷50，頁307。文徵明亦有〈跋吳中三大老詩石刻〉，末段為：「吾友朱性甫相傳為樂圃之後，故此石留其家。性甫沒，不知所在。邢君麗文得拓本，裝池成軸。顧其字畫多已刓缺，恐益遠

在樂圃中尋出的石刻，已歷四百年之久，其內容為「賢太守部使者鄉邦舊德宿望耆英之詩」，正是「有跡可傳」的例證。文人面對故物，不禁興發今昔對照之感受；於是，留下「有跡可傳」的文字，便成了他們念茲在茲的文化事業。

此外，對於寓遊吳中人物所遺留的資料，足以成為鄉郡史實者，他們也加以記載，並加以保存。文徵明在〈題蘇滄浪詩帖〉即言「子美慶曆四年丙戌十一月坐監進奏院會客事除名，徙蘇州……其後子美竟以慶曆八年卒于蘇。凡在蘇四年，宜其遺蹟流傳吳中為多。」[17]〈蘇滄浪詩帖〉便是蘇子美赴蘇州時所作。文徵明云：「少宰徐公子容以為郡中故實，因重價購得之，俾徵明疏其大略如此。」又如〈題東坡墨蹟〉：

> 帖故有二紙，元季為吳僧聲九皐所藏。九皐嘗住石湖治平寺。以此帖亦有「治平」字，遂留寺中，且刻石以傳，而實非吳中治平也。九皐既沒，此帖轉徙他所，而失其一。吾友張秉道，世家石湖之上。謂是山中故實，以厚直購而藏之，畀余疏其大略如此。[18]

其一為蘇子美赴蘇州所作詩，郡中人士以為屬「郡中故實」，以重價購之。其一則是東坡墨蹟，經文徵明之考辨，為「熙寧時書」帖中雖有治平二字，卻非石湖治平。當初為元末吳僧收藏，今日張秉道「謂

而遂失之，俾余重書一過，併書其大略如此。」這也是存留故物，「恐益遠而遂失之」的承傳意識，使得石刻以另一種形式在人間繼續流傳。見《文徵明集》，卷22，頁549。

17 （明）文徵明：〈題蘇滄浪詩帖〉，《文徵明集》，卷23，頁558-559。

18 （明）文徵明：〈題東坡墨蹟〉，《文徵明集》，卷22，頁551。

是山中故實，以厚直購而藏之」雖實非郡中故實，卻可發現他們對收藏鄉邦文獻的用心。

再如〈跋吳中三大老詩石刻〉：

> 吾友朱性甫相傳為樂圃之後，故此石留其家。性甫沒，不知所在。邢君麗文得拓本，裝池成軸。顧其字畫多已刓缺，恐益遠而遂失之，俾余重書一過，併疏其大略如此。[19]

宋吳中三大老為元絳（天聖進士）、程師孟（景禧進士）、盧革（慶曆進士），原有石刻留於朱性甫家。朱性甫沒，此石則不知所在。邢麗文惟恐「遠而失之」，請文徵明「重書一過」，也有留下吳中文獻的意圖。

文徵明〈勸農圖〉有云：

> 正德五年庚午，吳中大水，胥口潘半巖課僮奴極力車戽，不厭勞劇。是歲，瀕湖之田盡沒，而潘氏獨豐。余嘗為作〈大雨勸農圖〉，久而失之。及是其子和甫來京師，為余談舊事，不覺十有六年矣。半巖老，而余聰明已不逮前。漫補是圖，亦聊用存一時故事耳；其是與否，不暇計也。嘉靖四年乙酉。[20]

以圖為正德五年吳中大水之故實留下記錄，如其自言「漫補是圖，亦聊用存一時故事耳；其是與否，不暇計也。」又如〈吉祥庵圖〉[21]所

19 （明）文徵明：〈跋吳中三大老詩石刻〉，《文徵明集》，卷22，頁549。

20 （明）文徵明：〈勸農圖〉，《文徵明集》，補輯卷25，頁1390。

21 （明）文徵明：〈吉祥庵圖〉，《文徵明集》，補輯卷25，頁1388-1389。吉祥庵位於文徵明居處之西，文徵明曾與劉協中、僧權鶴峰一同造訪，且有和詩。弘治十四年辛酉，劉協中已逝，文徵明讀舊題追思其韻。正德庚辰，吉祥庵毀於火，權鶴峰化去數年。文氏「追感昔遊，不覺愴失。因再疊前韻：『當日空門對燕閒，傷心今送夕

言：「付稚孫藏為里中故實云。」都是有意識地記載鄉里故實。此種創作意圖又可見於〈虎丘圖〉：

> 夏日登虎丘，愛白蓮池幽勝，濯足盤石上，悠然有遺世絕俗之想。歸而不能忘，偶得佳紙，彷彿為小景，留為異時山中故實云。正德十有五年歲在庚辰。[22]

雖只是個人遊賞之感受，卻也有「留為異時山中故實」之語，可見將鄉邦之事留下記錄（或文或圖）已是文人內化的觀念。

二　保藏故物的文化觀念

「有跡可傳」之外，尚需後代子孫能保愛先人故物，並將其傳諸於世，方可言「文獻足徵」。[23]因此，相對於「今人家子孫往往斥賣舊物，以供衣食，甚者為博弈歌舞之費」[24]或是「今仕宦之孫，於先世遺墨，委棄塵埃中，往往用以裹物拭案」[25]，當子孫有「故物不可失

陽還。劫餘誰悟邗和璞？老去徒悲痍子山』，他日偶與協中之子稚孫談及，因寫此詩，并追圖其事，付稚孫藏為里中故實云。時十六年辛巳二月八日也。」

22 （明）文徵明：〈虎丘圖〉，《文徵明集》，補輯卷25，頁1389。

23 （明）吳寬：〈跋華栖碧手帖〉：「此帖百餘年流落人家，其七世孫蒙購得之，故家文獻，此其又足徵者乎。」收於《匏翁家藏集》，卷54，頁330。又〈題周氏崇本堂記後〉：「堂有記刻石，讀之，則故吏部尚書王文端公所作也。惟宋道學之盛，實自元公始。然自營道望吳中不啻數千里，何意大賢君子乃獨傳其一派於東南，豈非吳中之幸哉。自武功以來，子孫以儒宦相承，予嘗識其一二，頃以堂記錄本，寄示再為讀之，慨然有感。噫，此吳中文獻之可徵者也，其敢不書。」《匏翁家藏集》，卷55，頁336。

24 （明）吳寬：〈題樓氏全清堂詩卷〉，《匏翁家藏集》，卷49，頁305。

25 （明）吳寬：〈跋葉文莊公手簡〉，《匏翁家藏集》，卷54，頁333。

墜」[26]的觀念，凡能「保先世之手澤」者，輒加讚賞。文徵明言：

> 此數篇，特以諸公手筆，故其子孫尤加保惜如此。
> 伯祥有弟天佐，仕國朝為萬安主簿。萬安六傳為茂仁，名培。賢而有文，所謂保惜此卷者。夫此諸賢，皆以詞翰名家，其手澤傳世，夫人皆知寶之，況其子孫哉？又況賢而有文，能不隕其世如茂仁者哉？[27]

〈跋桃源雅集記〉[28]以顧玉山之軼事為開端：

> 元之季，吳中多富室，爭以奢侈相高，然好文而喜客者，皆莫若顧玉山，百餘年來，吳人尚能道其盛，而予又嘗閱玉山名勝集，則當時所與名士登臨宴賞之文辭皆在，信乎其盛也。

顧仲瑛為「玉山風」之開創者，顧阿瑛之盛名流傳百餘年，尤為吳人所稱述；吳寬除了藉由口耳相傳之軼事以了解顧玉山之「好文喜客」，更藉由閱讀《玉山名勝集》，以文辭懷想前人風度。但此盛況必然隨著時間的流轉有所變化：「一時富室或徙或死，聲銷景滅，蕩然無存。獨玉山之後，仕宦不絕。」文化家族之承傳，自有其社會環境之具體成因，但顧氏家族卻能在吳中一地綿延不絕，吳寬以為是其子孫能收藏故物，使得顧氏家族之文物得以流傳。這篇跋文之撰作，是因顧玉山玄孫之子顧鏞至京師，「謂予為鄉人也，攜示此卷。蓋桃源

---

26 〈跋元諸家墨跡〉：「惟以為故物不可失墜，此則子孫之為孝者一端而不可不加之意耳。」（明）吳寬：〈跋元諸家墨跡〉，《匏翁家藏集》，卷48，頁299。

27 （明）文徵明：〈跋金伯祥瞻雲詩卷〉，《文徵明集》，卷22，頁557。

28 （明）吳寬：〈跋桃源雅集記〉，《匏翁家藏集》，卷51，頁314。

為玉山隱居之冠，而此集楊鐵崖又所謂諸集之冠者也，風流文采，儼然有晉宋人遺意，豈其世已亂，託此而逃焉者耶？其事已不必論，惟此集至今已百三十五年，而顧氏之孫，不失衣冠之族，藏其故物，宛然如新，其亦可謂賢矣。」

這篇題跋所著重的並非「桃源雅集」之文采或其內蘊的意涵（他已言「其事已不必論」），而是此事至今已一百三十五年，後代子孫仍能悉心收藏，「宛然如新」，誠為可貴之處。

對於子孫收藏先輩遺物，吳寬總是不吝加以讚賞。吳寬對於都穆之能「保藏故物」，則加以稱述：

> 南園俞氏在蘇學之西，予少數過之，主人嗣之輒出齊家遺墨款客。時嗣之甚貧，已斥賣供衣食費，久之，吳下人家多得之。此冊則其先墓志銘傳並雜文及錄本，而進士都元敬所得者。元敬重儒家故物，裝飾保藏，可謂託得其人矣。[29]

〈跋盧彥昭遺墨〉有言：

> 彥昭在元季嘗從楊鐵崖游，故其詞翰皆清雅可愛。然生值兵亂，更其家後遭多難，遺墨散落，幸立中家藏，此因歸其曾孫用才，用才傳其子志。盧氏世業醫，至志業益精。志字宗尹，以醫士選入御藥房，供事讀書。好文，不獨以醫名，蓋其先世所從來者遠矣。余老多病，藉宗尹旦夕療治，既感之，他日宗尹攜此見示，裝持甚謹，又見其於舊物，知所保重，尤賢之。遂為題此以識。豈惟使盧氏子孫知有先世而已，且使邑人知有前輩。[30]

---

29 （明）吳寬：〈跋南園俞氏文冊〉，《匏翁家藏集》，卷55，頁335。

30 （明）吳寬：〈跋盧彥昭遺墨〉，《匏翁家藏集》，卷55，頁337-338。

這段題跋先說明盧彥昭遺墨散落乃至於收藏之過程。再將焦點置於盧志（宗尹），以其收藏前輩故物（「裝持甚謹，又見其於舊物，知所保重，尤賢之。」）而為其題識。一則為盧氏子孫見證家族歷史之承傳，一則也使「邑人知有前輩」。存留與收藏家族故物可以作為「邑人之前輩」。如是，則可知吳寬對子孫保愛前輩遺物之重視。再如〈跋館閣諸老與沈民則學士小簡〉[31]也有：

> 古今以書被寵眷者，莫有盛於沈氏者也。世隆去公四世，能保守舊物，嘗以諸老手帖數幅裝池見示。竊嘆區區片紙，不滿數字，而前人清風靄然猶存。然則世隆欲傳其家學，其亦謹於人品之間。益思繼其祖德也哉。

以保存前人墨跡，為「傳其家學」。〈跋倪雲林詩〉言倪瓚之裔孫「元饒以其家故物，保之尤謹」[32]，〈跋趙集賢書鄒將仕墓志銘〉也有：「裔孫永章重其家故物，以搨本見示。蓋鄒氏文獻有足徵者，其在於此。」[33]

---

31 （明）吳寬：〈跋館閣諸老與沈民則學士小簡〉，《匏翁家藏集》，卷55，頁338。

32 （明）吳寬：〈跋倪雲林詩〉，《匏翁家藏集》，卷54，頁330-331。原文為：「雲林徵君以雅潔為人所慕。片紙流落，亦多藏庋，況與其人之先世者乎？此中秋夜一詩及廁鼠古體，皆寫遺其鄉鄒為高者。其裔孫元饒以其家故物，保之尤謹。予嘗愛雲林詩，能脫去元人穠麗之氣，而得乎陶柳之法。然世之知之者尚少，特以其隱處山林之下耳。」

33 （明）吳寬：〈跋趙集賢書鄒將仕墓志銘〉，《匏翁家藏集》，卷54，頁331。全文為：「元故將仕鄒公墓志銘，實趙集賢子昂撰，又其親書于石者也。聞之此石嘗沉于水，後始出之，復樹于墓。故將仕之潛德當顯，亦集賢之書不可泯沒耳。將仕裔孫永章重其家故物，以搨本見示，蓋鄒氏文獻有足徵者，其在於此。集賢平日石刻甚多，然為人書碑碣亦甚少，非將仕為人之賢，何以得之。」既寫趙子昂碑碣之罕見，又點出此石之「傳奇」：「嘗沉于水，後始出之，復樹于墓」，並藉此稱道鄒氏為人之賢。

〈跋趙松雪乞藥手帖〉：

> 華亭陸悅道以醫名于前，元松雪趙公嘗有手帖乞藥。觀宋潛溪先生跋其後，以醫為不受官，蒙賜號處士而歸。蓋其高致如此，非特以醫名者。自其孫景深以來能世其業，至于今又得文質以醫學教授太醫院，成就後學，為多家藏。舊物雖斷爛數行，保守不墜，處士可謂有後矣。[34]

陸景深對其祖之舊物，雖「斷爛數行，保守不墜」，吳寬以為陸悅道「可謂有後」。稱錢汝礪「保守此卷，不敢失墜」[35]可見，對於先後輩之關聯，是以能否保存舊物來判讀子孫之賢肖與否。重視文物的承繼，以及文化傳統的延續性，是吳中文人屢屢標舉的文化意識。

關於保藏故物以彰顯前輩風範之看法，文徵明在〈相城沈氏保堂記〉[36]曾指出「若夫保其田廬，以拓其植業，則一耕豎勤朴者裕為之」，吳寬也以為「物之聚散，勢也。然不有以散，其何以聚？聚所以伏乎散者也。……惟以為故物不可失墜，此則子孫之為孝者一端而不可不加之意耳。」[37]對吳中文人而言，「保」藏古物不僅是對先人遺物的尊

34 （明）吳寬：〈跋趙松雪乞藥手帖〉，《匏翁家藏集》，卷55，頁338。

35 （明）吳寬：〈跋錢氏所藏群公手簡〉：「先生下世幾二十年，其子汝礪親傳術業益妙，保守此卷，不敢失墜。」收於《匏翁家藏集》，卷54，頁331。

36 （明）文徵明：〈相城沈氏保堂記〉，《文徵明集》，卷18，頁477。

37 （明）吳寬：〈跋元諸家墨蹟〉，《匏翁家藏集》，卷48，頁299。關於聚散得失之感觸，沈周也有類似的情懷。有詩「故園歸計似摶沙，萬事荒荒付一嗟。蟻國不須論幻夢，燕巢今已過鄰家。贈人墨老流離竹，借榻詩存感慨茶。百年此圖三展轉，後來得失尚無涯。」後云「洪武庚辰，王舍人孟端與孟敷陳先生同陟難北歸，閒寫此竹及詩以寄。孟敷於余家亦有世好；陶庵世父因轉得之。陶庵化後，又失去。余今復得，恍然如夢。念夫先輩情致翰墨，今不可得，又念得失相尋，而不偶於不相知者，亦不可得。遂和其韻，以識感慨。」見（明）文徵明：〈題王孟端寄陳孟竹卷附王孟端、沈石田原倡〉，《文徵明集》，補輯卷6，頁915。

重，更能在故跡中發現吳中過去的豐富的人文傳統；這也是文徵明在保堂記中所提出不以田廬家業為重，而以先人手澤為重的觀念：

> 詩書之澤，衣冠之望，非積之不可；而師資源委，時以興之。不幸而門第單弱，循習陋劣，庸庸惟其常。其或庶幾自拔而亢焉，則深培痛湔，銖銖寸寸，咸自吾一身出，厥亦艱哉！人惟其艱也，而又能是也，於是相與譽之；有弗良，亦置弗責，其素微無異也。使其有一線之承，則人得以比而疵之，以為而門戶若是，而父兄若是，聞見麗澤若是，而弗能是，是不肖者。從而曰：「是某氏之子也。」可不懼哉！夫門第之盛，可懼如此，乃不若彼無所恃者之易於為賢，豈此之所負固重哉！[38]

「保」之深刻意義在於後人能積其「詩書之澤，衣冠之望」，所謂「侈滿成習，易為驕誕，勢之所至，有不終之漸」。他人審度文化家族，對其後代當以前代之聲名相對照，因而，作為某氏之子孫，當有唯恐人問：「是某氏之子也？」之自覺意識；這種以承傳前代文化為重的自覺意識，擴而展之，即是對於故物之保藏、文化遺跡之承傳的態度。祝允明則強調沈氏家族之承傳：

> 自介軒保以詒同齋，同齋保之以詒石田，石田保之以逮惟時，惟時知此而存之心、署之堂、託之文章，可謂孝矣！然保之難，而保之終尤難，惟時其必知所以終其保者矣。[39]

祝允明以為「保者，盛之始也，興之由也」、「保之所以守其固有而永

38 （明）文徵明：〈相城沈氏保堂記〉，《文徵明集》，卷18，頁476-477。

39 （明）祝允明：〈保堂記〉，《祝氏集略》，卷26，《祝氏詩文集》，頁1697。

其方來也」。而沈氏家族數代相傳，可謂深知「保」之文化意義。祝允明為沈維時作〈保堂記〉隱然也有期勉之意。

另一方面，藉保存故物亦可追溯吳中前輩之遺事，〈吳冢遺文序〉云：

> 吳中人物之盛，在漢唐已前遠矣。自宋以來其人歷歷可數，若其冢墓所在，過者猶能指而道之，其銘誌埋沒土中者，固不可見，至顯刻于外者，多斷裂磨滅，不可覽誦，雖近世猶然，況百年之上，而益遠者乎？是以鄉邦後學，欲尚論前輩者，茫無所據，嘗竊病焉。[40]

對吳中文人而言，前輩存留遺蹟之「埋沒斷裂」，「不獨其子孫之恨而已」，每一個前輩的事蹟都是屬於吳中文化傳統的一部分，吳寬自云：「予每思得故老，談吳中舊事，而天下承平，百餘年來，無一存者……予幸此篇出於破篋故紙中，將假此請于儒林諸公題識其後。」[41]再如〈題袁養福所書郭有道碑文〉也云：「在乎先世手蹟耳，初不計其書之何如也。」[42]一以保藏前輩手蹟為主，而先不論其書法之工拙與否。有此種收藏、保愛前輩文物之態度，毋怪其文獻蔚然稱盛，而後輩對於前輩都有一份景仰之情懷。

再者，透過子孫之收藏，可彰顯前輩之才、學，〈跋尤牧庵遺墨〉有言：

> （尤牧庵）先生……妙於詞翰而文名在吳中尚晦。非其子孫之

---

40 （明）吳寬：〈吳冢遺文序〉，《匏翁家藏集》，卷42，頁260。

41 （明）吳寬：〈跋所錄楊參謀誄後〉，《匏翁家藏集》，卷48，頁298。

42 （明）吳寬：〈題袁養福所書郭有道碑文〉，《匏翁家藏集》，卷49，頁304。

> 賢，保護此冊，至今安能使人知其名哉？……吳中前輩文學如先生者亦幾失之，則無遺蹟可考者，失之多矣，此又可見鄉邦文士之盛也。[43]

吳中文士如尤牧庵者，詞翰雖妙而文名尚晦，其他未留存遺墨者，可想見一斑，由是可知鄉邦文士之盛；同時藉由保藏尤牧庵之詞翰，使其文名雖晦而至今尚存的事實，點出前輩遺蹟必須存留的文獻考量。[44]因此，他們重刻郡中名賢之文集：「缶鳴為里中故物，而公之手選也，慨然重刻，又以舊板缺公自序更補之。」[45]《缶鳴集》為高啟之詩集，由其夫人之兄子板刻於所居之甫里，以其為「里中故物」加以重刻，也有表彰前賢之意味。[46]

三　編修地方志乘

「文獻足徵」誠為吳中文化承傳不墜之主要因素。徐有貞自言「吾蘇也，郡甲天下之郡，學甲天下之學，人才甲天下之人才，偉哉，其有文獻之足徵也。」[47]以吳人紀吳事的源流，的確是吳地的一大特色。而文獻足徵的現象，可由地方文獻的編選得見。吳中有豐富的地方志乘資料，據不完全統計，蘇州地區範圍傳世的各種府志、縣

---

43 （明）吳寬：〈跋尤牧庵遺墨〉，《匏翁家藏集》，卷54，頁330。

44 （明）吳寬在〈題袁養福所書郭有道碑文〉云：「吳人固不知有袁養福也。使予不見此幅，亦幾失之，乃知前輩能書者尚多。」《匏翁家藏集》，卷49，頁304。

45 （明）吳寬：〈題重刻缶鳴集後〉，《匏翁家藏集》，卷49，頁304。

46 （明）吳寬〈跋東坡三刻〉云：「吏部左侍郎宜興徐公多藏古人墨蹟，此三帖以皆邑中故事，特刻之石。」他們對邑中故實之重視，由是可見。見《匏翁家藏集》，卷52，頁318。

47 （明）徐有貞：〈蘇郡儒學興修記〉，（明）徐有貞撰，孫寶點校：《徐有貞集》（杭州：浙江人民美術出版社，2019年），〈附錄〉，頁684-685。

志有一百八十餘種，共千餘卷，鄉鎮小志及山、水、園、亭、寺觀、祠廟等專志則為數更多。[48]地方文獻之編纂始於「表章鄉賢，齊整風俗」[49]，「紀載郡之封域、山川、戶口、物產、人才、風俗以至城池、廨宇、井邑、第宅、前賢遺跡下至佛老之廬皆類次族分，使四境之內可按籍而知，而一代文獻不至無徵。」[50]

歷代關於吳中地方志之記載如王鏊〈姑蘇志〉序云：「姑蘇為東南大郡，其風土亦已略見於禹貢、周職方、爾雅諸書，其後如子貢之越絕書、趙煜之春秋、張勃之錄、陸廣微之記、羅處約、朱長文之圖經、龔明之輩紀聞、紀事則備矣，彙而成書則有范成大、盧熊二志。」[51]極力保存鄉邦資料，以傳承吳中的文化傳統，是編選者的文化感受，這種文化感受隨著文獻遞傳承而傳遞到下一代；實存的是文獻資料，更重要的是文獻背後的文化傳承。

以《姑蘇志》成書之過程為例，即可知方志之編修與文化傳承之關聯。編修姑蘇志始於成化年間，由鄱陽侯邱霽約集劉昌、李應禎、陳頎（此三人為首）、杜瓊、陳寬、施文顯、陳玉汝等人，「法范文穆公成大所撰志，參以百家，裨以羣史」[52]，後因丘霽罷去，故未能完成。弘治年間「河南史侯簡、曹侯鳳又繼為之」[53]，以吳寬為首與張

48 薛正興主編：〈弁言〉，《江蘇地方文獻叢書》（南京：江蘇古籍出版社，1999年）。

49 （明）劉昌：〈姑蘇郡邑志序〉，《蘇州府志》，卷150，〈舊序〉，頁3536。

50 （明）王鏊：〈姑蘇志序〉，《蘇州府志》，卷150，〈舊序〉，頁3537。

51 宋濂〈蘇州府志序〉則云：「吳在周末為江南小國，秦屬會稽郡。及漢中世人物才賦為東南最盛，歷唐越宋已至於今，遂稱天下大郡。記載於簡冊者，自吳越春秋、越絕書以下，晉張勃、隋虞世基、唐陸廣微、元和郡縣志、寰宇記、宋羅處約圖經、朱長文續記、范成大吳郡志。」（明）王鏊：〈姑蘇志序〉，《蘇州府志》，卷150，〈舊序〉，頁3537。

52 （明）劉昌：〈姑蘇郡邑志序〉，《蘇州府志》，卷150，〈舊序〉，頁3536-3537。以下五處引文出處亦同。

53 （明）王鏊：〈姑蘇志序〉，《蘇州府志》，卷150，〈舊序〉，頁3537。

習、都穆等人共同編修，又因「二侯相繼去，文定公不祿，竟不就」；至正德年，廣東林侯世遠，先約請楊循吉，後以王鏊為首「得同志者七人，相與討論，合范盧二志，參以諸家，裨以近事……發凡舉例一依文定之舊」，可見是書雖成於王鏊等人之手，其實是前代文人累積的經驗與智慧（「歷三十餘年，更六七郡守」），也可以說是吳地文人的集體創作（「合范盧二志」、「發凡舉例一依文定之舊」）。[54]《姑蘇志》可說是吳中文人為建構一己文化傳統的纂作。

所謂的「文獻」，除了文集中鄉邦掌故的匯聚、文人間詩友相和之詩文[55]，更有以吳中人物故實為主的選集，如錢穀所纂《吳都文粹續集》五十六卷、補遺兩卷，《四庫全書總目提要》云：「倣虎臣（案：宋代鄭虎臣）《文粹》，輯成續編聞有三百卷，其子功父繼之，吳中文獻藉以不墜。」「自說部、類書、詩編、文稿以至遺碑斷碣，無不甄羅。其採輯之富，視鄭書幾增十倍，吳中文獻多藉是以有徵，亦未可以蕪雜棄也。」[56]又如文震孟《姑蘇名賢小記》二卷，「是書大意，以當世目吳人為輕柔浮靡，而不知清修苦節之士可為矜式者不少，故擇長洲、吳縣人物卓絕者，各為之傳而系以贊，首高啟終王敬臣，凡五十人。蓋既以表前賢，又以勵後進也。」[57]此種「表前賢、

54 錢穀也有詳盡的說明：「蘇郡志，洪武十二年郡人盧熊所撰，共五十卷，郡守高郵湯侯德嘗刻之，名蘇州志。正德元年廣東林侯世遠請守溪相國王公鏊修之，共六十卷，名姑蘇志，刻於府庫。嘉靖十八年被災板燬，二十年順慶王侯廷復刻之，一依舊本，特增歲貢一表，專為翰林待詔文徵明也。」見（明）錢穀編：《吳都文粹續集》，卷1，收入《文淵閣四庫全書》，第1385冊，頁29。

55 如文徵明〈題香山潘氏族譜後〉：「潘氏自宋雲卿下至崇禮，八世矣。崇禮又有子若孫，將十世而不已，其世數可謂不遠。而所與遊若倪元鎮，若周伯器，近時若吳文定公，若李太僕應禎，若沈石田先生，皆一時名碩。皆有詩文相贈遺，其文獻不可謂不著也。」《文徵明集》，卷22，頁544。

56 （清）永瑢、紀昀：《四庫全書總目提要》，卷189，集部42，〈總集類四〉，頁78。

57 （清）永瑢、紀昀：《四庫全書總目提要》，卷62，史部18，〈傳記類存目四〉，頁378。

勵後進」的撰作精神代有承傳，如徐晟《續名賢小記》一卷、文秉《姑蘇名賢續紀》一卷、劉鳳《續吳先賢讚》十五卷，以及張大復《吳郡人物志》不分卷、《崑山人物傳》十卷。[58]此外，張大復另有《梅花草堂筆談》十四卷、《二談》六卷，其所記「皆同社酬答之語，間及鄉里瑣事」[59]。重視記錄吳中見聞，類編吳中掌故之風氣，使得吳中文獻代有傳承，也可見此地文人對自我文化傳統的重視。

吳中文人記載吳地人物言行之書者甚多。如王賓《吳下名賢記錄》、朱存理《吳郡獻徵錄》、楊循吉《吳中往哲記》、不著撰人之《吳中往哲補遺》及祝允明《蘇材小纂》。[60]以及張景春《吳中人物志》、黃省曾《吳風錄》、閻秀卿《吳郡二科志》等。此外張勃《吳錄》、陸廣微《吳地記》、龔明之《中吳紀聞》、陸友仁《吳中舊事》、范成大《吳郡志》、王鏊《姑蘇志》、顧惟仲《姑蘇補遺》等著作亦是以吳人紀吳事，兼及山川風土。[61]而文徵明對吳中鄉邦人物與掌故甚為明瞭，深諳吳中故實，雖無專著，然《文徵明集》所撰寫之墓志銘、題跋等，適可作為吳中歷史之參考。[62]

---

58 「先是方鵬有《崑山人物志》六卷，此則斷自明代起洪武至萬曆，得三百餘人。其間父子祖孫，以類附傳，略如史體。」見（清）永瑢、紀昀：《四庫全書總目提要》，卷61，史部17，〈傳記類存目三〉，頁362。

59 （清）永瑢、紀昀：《四庫全書總目提要》，卷128，子部38，〈雜家類存目五〉，頁753。據吳智和查考，是書上海古籍出版社，於一九八六年第一版有景印本，末附謝國禎《梅花草談筆談》跋，可資參考。

60 劉兆祐：〈《吳中人物志》敘錄〉，（明）張昶：《吳中人物志》（臺北：臺灣學生書局，1969年），頁1-2。

61 參見（清）袁景瀾：《吳郡歲華紀麗．自序》（南京：江蘇古籍出版社，1998年），頁1-2。作於道光二十九年。

62 劉綱紀稱：「他的大量文章，對研究明代吳中歷史，卻也有不可忽視的價值。」見劉綱紀：《文徵明》（長春：吉林美術出版社，1997年），頁175。簡錦松則言其：「為正、嘉間蘇州文苑中影響最深遠之一人；彼自嘉靖二十三年以後，絕少作文，而蘇州觀念行事與掌故多賴之以傳；有《甫田集》三十六卷，堪為蘇州掌故之淵藪」，見簡錦松：《明代文學批評研究》（臺北：臺灣學生書局，1989年），頁94。

此外，文人對於文獻之重視，亦時時形於言表。如文徵明云：「文獻無徵，世次不遠，豈非其前人之失乎？即今弗葺，則後之人將益遠而無所傳承。」[63]對於重修族譜，抱持著肯定、讚賞之態度。吳寬〈重慶劉氏族譜序〉云：「族之有譜，非特觀其族之盛，亦繫乎世之盛。」[64]〈伊氏重修族譜序〉云：「伊氏自沐陽徙吳中，歲久遂為著姓……至於今日殆餘百年，族人益繁而散處益遠……幸而有若紹方父子之賢，復汲汲焉續之，於是其族，始合終分，源委不紊。」[65]在〈崑山葉氏族譜序〉他也強調：「蓋嘗論譜之作，固在乎世系之明，而尤待於子孫之賢。賢則不忘本，雖遠猶知重之。」又云：

> 族譜之作，謂不忍忘其祖耶。則推而至於百世之遠，可也。然或無所據，則茫昧不可信，其亦從其近者析而上之，至於不可信乃已。孔子曰：夏禮，吾能言之，杞不足徵也，殷禮，吾能言之，宋不足徵也；文獻不足故也。足，則無能徵之矣。此豈特故國為然，有家者，使文獻不足，其亦有所據乎？[66]

無論是一國之文獻或是一家之文獻，後代子孫之重視與保藏都是使文獻得以存留之因素。引用孔子之語，強調「文獻足徵」的傳統，不正說明吳中文人對於文獻的重視。

---

63 （明）文徵明：〈題香山潘氏族譜後〉，《文徵明集》，卷22，頁544。

64 （明）吳寬：〈重慶劉氏族譜序〉，《匏翁家藏集》，卷44，頁272。

65 （明）吳寬：〈伊氏重修族譜序〉，《匏翁家藏集》，卷42，頁257。

66 （明）吳寬：〈崑山葉氏族譜序〉，《匏翁家藏集》，卷41，頁252。

第二節　前後輩相推重的承傳意識

傳統的形成並非只靠一堆靜態的文本，還必須代有解人，也就是有所意會的讀者。而傳統之延傳，亦需現在的作者基於既成文本，繼而有作。至於前後輩作者實際的接觸傳授，也是形成傳統的重要途徑。[67]吳中文人有先輩獎掖後進，後輩推重前輩之傳統。前文已提及何良俊對於吳中「文獻足徵」文化現象的感嘆，他更有「吾松則絕無此風，前輩美事，皆湮沒不傳。余蓋傷之焉」[68]的表述。他以「前輩喜汲引後進，而後輩亦皆推重先達」來點出吳中文人群體的特質及吳中的地域特性。指出吳中前後輩之關係為「汲引」與「推重」，這也是文人群體前後代師友關係的內涵。王世貞亦云：

> 彭孔嘉稱文丈待詔云「石田先生，神仙中人也」此語吾亦聞之待詔「滿百文某安敢望此老」。前輩風流推挹乃爾，令人嘆慨深。[69]

在他們的論述中，時有「得見前輩」，則「為欣幸久之」[70]，或「前輩不屑流俗，如此自重」[71]等前輩、前輩云云，足見推重前輩、延譽後

---

67 參見黃繼持：〈中國文化傳統——現代文學行程中之審思〉，劉述先、梁元生編：《文化傳統的延續與轉化》，頁56。

68 （明）何良俊：〈史一二〉，《四友齋叢說》，卷16，頁134。

69 （明）王世貞：〈石田山水〉，《弇州山人四部稿》，卷138，頁6349。

70 （明）吳寬：〈題袁靜春寄鮮于太常詩後〉有云：「予少喜考論吳中前輩，嘗閱元黃文獻文集、袁靜春先生墓誌，知其為吳人，而尤以不得見其子孫為恨。」後得見袁靜春子孫，則又云「靜春之子孫既得見之，又得見其手蹟，而詩有懷吳中錢德鈞以下諸友之作，又因得見前輩數人於一日間，為欣幸久之。」《匏翁家藏集》，卷49，頁303。

71 沈周對王孟端之讚賞：「前輩不屑流俗，如此自重。」見（明）文徵明：〈題王孟端寄陳孟竹卷　附王孟端、沈石田原倡〉，《文徵明集》，補輯卷6，頁915。

進已成吳中的人文特色。顧璘有言：

> 自余所覩，未嘗失色於人。及其遇一善，覩一才，若饑渴之於飲食，不厭不止，故年逮強仕，而海內勝流，什五齒交矣。[72]

對於人才之揄揚，以「若饑渴之於飲食，不厭不止」來形容，可見此地域所構築的人文網絡，彼此的關聯是緊密而深刻的。前後輩之間的推重與延譽，儼然形成文壇蔚然興盛的人文景觀。

一　對先輩的推重

吳中文人甚為推崇前世代的文人，行文間屢屢傳述對前輩景慕之情懷。如文徵明〈題沈石田臨王叔明小景〉所云：

> 完庵諸公題在辛卯歲，距今廿又七年矣。用筆全法王叔明，尤其初年擅場者，秀潤可愛。而一時題識，亦皆名人，今皆不可得矣。[73]

歎惋「前輩風流」不可再得，這份歎惋，只有曾經親炙前人風采，才能有如斯深刻的體驗。祝允明也有相同的體會：

> 外祖公武功公為此遊此詞時，允明以垂髫在側，於斯僅五十年矣。當時縉紳之盛，合并之契，談論之雅，游衍之適，五十年

72 （明）顧璘：〈王履吉集序〉，（明）錢穀編：《吳都文粹續集》，卷56，收入《文淵閣四庫全書》，第1386冊，頁689。

73 （明）文徵明：〈題沈石田臨王叔明小景〉，《文徵明集》，卷21，頁528。

> 中予所接遇，皆不復見有相似者，真可浩歎。[74]

昔日先輩交遊之情態，或為談論，或為游衍，都是文壇之勝景，而「皆不復見有相似者」，既是對前輩風采的讚賞與嚮往，也有不可再得之歎惋。一再強調「前輩典刑」，鄉邦前輩之風範，正具有文人的「典型意義」。

> 某先君溫州與公居同里，既仕同朝，相好甚密。某以契家子，蚤辱公教愛。及公歸里，遂得以晚進側跡賓階。竊念先君既沒，老成凋謝殆盡，而公歸然獨為鄉邦之重，每一瞻對，未嘗不興前輩典刑之嘆。[75]

文徵明在〈跋李少卿書大石聯句〉亦有相應之感慨：

> 右〈大石聯句〉，五百餘言，而一時東南名勝咸在，可謂盛矣。且此詩自壁間大書外，僅僅見此耳。有好事者捐一石，橅而刻之，豈非吳中勝事哉。自成化戊戌抵今，二十有五年，而公之去世，亦已數年。緬想風範，儼然筆畫間。吳中前輩如公者，漸不復得。予所為至慨於此者，豈獨翰墨而已耶！弘治壬戌十一月七日。[76]

面對故物，文徵明所衍生的感懷，除了對昔日「勝事」的感慨，

74 （明）祝允明：〈跋為葛汝敬書武功遊靈巖山詞後〉，《祝氏集略》，卷26，《祝氏詩文集》，頁1634。

75 （明）文徵明：〈資德大夫正治上卿南京刑部尚書劉公行狀〉，《文徵明集》，卷26，頁620。

76 （明）文徵明：〈跋李少卿書大石聯句〉，《文徵明集》，補輯卷第22，頁1312-1313。

還有對前輩凋零的失落。然則，他所失落的並非只是前輩的消逝，或是作品的殘落，更重要的是前輩「風範」只能成為緬想與記憶了。可見吳中文人對於前輩之懷想，不僅在於作品，而是文人所形成的人格特質。可貴的是，藉由存留下的文獻，雖不及親炙前人，皆能有「前輩典刑」之體悟。在〈跋倪元鎮二帖〉有云：

> 倪先生人品高軼，風神玄朗。故其翰札，語言奕奕，有晉、宋人風氣。雅慎交遊，有所投贈，莫非名流勝士。右二帖，一與慎獨有道，一與寓齋先生。慎獨為陳植叔方，寓齋為袁泰仲長，皆吳人。陳之父曰寧極先生，名深，字子微。袁之父曰靜春先生，名易，字通甫。二父皆先宋遺老，抱淵宏之才，高不仕之節。故二公淵源之學，皆巋然為吳中師表。特與倪公相善。倪游吳中，多於二陳氏及周正道家。二陳，其一為陳惟寅汝秩，其一即慎獨也。慎獨之孫紹先，嘗仕為王府教授。袁之孫某，嘗仕為都察院檢校，三十年前猶存。余雖不及識，然聞其人，皆有前輩典刑。[77]

對不相及之先輩均能有深刻之懷想，更遑論曾親身相接之吳中前輩。祝允明有〈懷知詩〉[78]，分寫「同老十人」、「往者八人」；文徵明有〈先友詩〉，分別陳述對李應禎、陸容、莊昶、吳寬、謝鐸、沈周、王徽、呂常諸人的懷想與追憶。[79]或為「聖賢不復生，斯人重吾憶」

77 （明）文徵明：〈跋倪元鎮二帖〉，《文徵明集》，卷21，頁536-537。

78 （明）祝允明：〈懷知詩〉，《祝氏集略》，卷4，《祝氏詩文集》，頁624-626。

79 前有序：「壁生也賤，弗獲承事海內先達，然以先君之故，竊嘗接識一二。比來相次淪謝，追思興慨，各賦一詩。命曰先友，不敢自托於諸公也。」見（明）文徵明：〈先友詩〉，《文徵明集》，卷2，頁32。

(〈文定吳公寬〉)，或云「終然絕俗姿，逸去疇能馴？」(〈太僕李公應禎〉) 都是對先輩的景慕與推重[80]，其中他對於沈周之景慕猶為深刻，在〈題沈石田牧牛圖卷〉[81]云：

> 右牧牛圖，憶是昔年侍其門時而作，及今四十餘秋矣；不意得見于麗文家藏，不勝感慨。先生去世，余亦老朽，信乎年不可待，而寄意者猶存；然會偶豈非前定歟！

所懷想的不只是作品，而是創作者的風範。風範所指的自是前輩之德行與品格，文徵明在畫題中不掩對沈周懷想之情，如：「不見石翁今幾時，傷心斷楮墨淋漓。分明記得林堂上，落日閒窗自賦詩。」[82]〈沈先生行狀〉有云「某辱再世之遊，耳受目矚，知先生為詳。」就其生平、交遊、性情多所描述：

> 先生為人，修謹謙下，雖內蘊精明，而不少外暴。與人處，曾無乖忤，而中實介辨不可犯。然喜獎掖後進，寸才片善，苟有當其意，必為延譽於人，不藏也，尤不忍人疾苦，緩急有求，無不應者。里黨戚屬，咸仰成焉。平居事其父同齋，無所不至。同齋高朗喜客，飲酒必醉。先生不能飲，每為強醉以樂客。[83]

---

80 （明）文徵明：〈先友詩．文定吳公寬〉、〈先友詩．太僕李公應禎〉，《文徵明集》，卷2，頁34、33。

81 （明）文徵明：〈題沈石田牧牛圖卷〉，《文徵明集》，補輯卷24，頁1374。

82 （明）文徵明：〈嘉靖乙未四月七日從袁邦正齋頭得見石田先生畫冊不勝悵惘展閱之餘為題短句〉，《文徵明集》，補輯卷13，頁1107。文徵明與沈周之情誼可從共同創作得見，如〈石田先生寫山梔配余畫菊題詩云：徵明小筆弄秋黃，老欲追蹤腳板忙。聊寫山梔共一笑，不同顏色但同香。愧悚之餘輒次其韻〉，收於《文徵明集》，卷14，頁394。

83 （明）文徵明：〈沈先生行狀〉，《文徵明集》，卷25，頁596-597。

在人倫關係中，徵明稱其為「孝友」。事其父無所不至，以飲酒一事為例，雖不能飲，但因其父「高朗喜客」，遂「強醉以樂客」。與人相處，「曾無乖忤」，喜「獎掖」、「延譽」後輩，以致「里黨戚屬，咸仰成焉」。說明了沈周在群我關係中所展示的文人風度。

就繪畫藝術而言，文徵明對沈周的崇敬亦在在可見。〈跋沈石田畫棧道卷〉云：

> 石田先生筆底化工，妙絕今古。而棧道一卷，尤屬神功。其崪顯處令人有臨淵履冰之想，展玩不忍釋手。後學者無論拙筆如余，再有作者，亦拱手縮舌而已。[84]

稱自己為「拙筆」，並佐以「拱手縮舌」之形容來稱許沈周之畫藝。〈補石田翁溪山長卷〉也有：

> 憶自弘治乙酉，謁公雙蛾僧舍，觀公作長江萬里圖，意頗欣會。公笑曰：「此余從來業障，君何用為之？」蓋不欲其以藝事得名也。然相從之久，未嘗不為余畫。大意謂：「畫法以藝匠經營為主，然必氣運生動為妙。意匠易及，而氣運別有三昧，非可言傳。」他日題徵明所作荊關小幅云：「莫把荊關論畫法，文章胸次有江山。」褒許雖過，實寓不滿之意。及是五十年，公歿既久，時人乃稱余善畫，謂庶幾可以繼公，正昔人所謂無佛處稱尊也。[85]

就藝術方面的承傳而言，人多以為文徵明繼沈周而為吳中畫壇之首，

---

84 （明）文徵明：〈跋沈石田畫棧道卷〉，《文徵明集》，補輯卷22，頁1322。

85 （明）文徵明：〈補石田翁溪山長卷〉，《文徵明集》，補輯卷25，頁1407-1408。

但文徵明自稱「無佛處稱尊」，這種自謙的態度也是吳中前輩風範得以長存的原因。

二　對後進的獎掖

前輩獎掖後進者有許多具體的事例。諸如王鏊、楊君謙之於黃省曾，《列朝詩集小傳》云：「先達王濟之、楊君謙，皆為延譽。」[86]徐有貞之於吳寬：

> 吳文定未遇時，受知於徐武功。有人來乞墓志……公曰，若是則吳寬秀才，其文足傳世者，盍往求之。[87]

再者，如文徵明之於周天球、錢穀：

> 文待詔好獎掖後進。晚年有乞書者，輒云，吾老且倦，即書亦不佳，和往周公瑕。公瑕書不減吾，而神情正旺，於君何如。有乞畫者，輒又云，當吾世而有錢叔寶，安用我為。人為二公之名，起於待詔。[88]

再如王穉登之於錢希言：

> （錢希言）少遇家難，辟地之吳門。博覽好學。刻意為聲詩。

---

86 〈黃舉人省曾〉，《列朝詩集》，丙集，頁3531-3532。

87 （明）焦竑：《玉堂叢語》（北京：中華書局，1981年），卷7，頁230。

88 （明）張大復：〈智量〉，《梅花草堂筆談》（杭州：浙江人民美術出版社，2016年），卷1，頁14。

> 王百穀（穉登）見其詩曰：「後來第一流也。」力為延譽，遂有聲諸公間。[89]

這些事例都說明了由於前輩的延譽與汲引，使得文人得以聲名遠播，成為一時人物。

吳寬對於祝允明之賞讚，自其幼年時能識文中難字，便有「料其他日必能事此」之見，而後則是：

> 生嘗具書以雜詩文一卷投予，余既嘆賞，今日其婦翁職方李公復示此冊，於是閱之，則生之進於文，其勢殆不可禦，而余將避之矣。[90]

再者，如文林之於唐寅「先太僕（文林）愛寅之俊雅，謂必有成，每每良燕必呼共之。」[91]文徵明稱沈周「喜獎掖後進，寸才片善，苟有當其意，必為延譽於人。」[92]文震孟稱祝允明「好獎掖後進。」[93]祝允明之父祝顯「所長在知人，獎掖後進，素志亦以此自負。」[94]王鏊則是「公之歸田也，闔門自重，不妄交與。惟進一時名士與談文史。

---

89 〈錢山人希言〉，《列朝詩集》，丁集，頁5895。

90 先言其童年軼事：「七八歲時，其大父參政公，一日適為文，成，請客書之，予時亦在坐，見生侍案旁，嘿然竟日，竊異之。因指文中難字以問，無弗識者，益奇之，料其他日必能事此。」見（明）吳寬：〈跋祝生文稿〉，《匏翁家藏集》，卷52，頁318。

91 （明）唐寅：〈又與文徵仲書〉，《唐伯虎全集》，頁164。

92 （明）文徵明：〈沈先生行狀〉，《文徵明集》，卷25，頁569。

93 （明）文震孟：〈祝京兆先生〉，《姑蘇名賢小記》，收入周駿富輯：《明代傳記叢刊》，第148冊，頁65。王寵亦言祝允明「延獎後進，不憚折行。」見（明）王寵：〈明故承直郎應天府通判祝公行狀〉，《雅宜山人集》，卷10，頁414。

94 （明）吳寬：〈明故太中大夫資治少尹山西等處承宣布政使司右參政致仕祝公神道碑銘〉，《匏翁家藏集》，卷77，頁500。

給事貞山陸公粲，方為諸生，折行與交，至讀書相質，難處輒注，聞之子餘文學云。故於時人彬彬，多所興起」[95]等等事例，都顯示文人前輩均有「鄉邦爭惜後生賢」、「鄉里後賢真不乏」之賞讚。[96]

吳中前輩對後輩之延譽，並非一味讚賞，而是有其「規度」。如李應禎：

> 上交必嚴辨其人，而下交卑賤，不求備才與行。未顯為廷譽，獎掖不少後，然接見甚嚴。嘗曰：「前輩自有規度。若自降以崇虛讓，豈所謂教後學耶？」[97]

又如文林之於唐寅：

> 一聞寅縱失，輒痛切督訓，不為少假；寅故戒栗強恕，日請益隅坐，幸得遠不齒之流。然後先生復贊拔譽揚，略不置口，先後于邦閭耇老，于有司無不極；至若引跛驚，策駑腧然；是先生於後進也，盡心焉耳矣。[98]

---

95 詳見（明）文震孟：〈王文恪公〉，《姑蘇名賢小記》，收入周駿富輯：《明代傳記叢刊》，第148冊，頁57-58。

96 （明）吳寬：〈讀濟之撰貢士顧伯謙墓銘〉，《匏翁家藏集》，卷24，頁147。吳寬有詩「鄉邦爭惜後生賢」意旨亦相近。文徵明在詩文中雖有「後進逼人真可畏，衰慵如我欲安歸」或「自覺衰遲畏後生」的感嘆之意，但觀其與後輩之相處，仍是殷勤懇切，以提攜後進為主。見（明）文徵明：〈次韻答湯子重病中見懷〉，《文徵明集》，卷9，頁271；〈王履約履吉負余詩叩之九逵云已得兩句矣憶東坡督歐陽叔弼兄弟倡和有昨夜條侯壁已驚之句與此頗類因次韻奉挑〉，卷10，頁241。

97 （明）文林：〈南京太僕少卿李公墓誌銘〉，（明）錢穀編：《吳都文粹續集》，卷42，收入《文淵閣四庫全書》，第1386冊，頁344。

98 （明）唐寅：〈送文溫州序〉，《唐伯虎全集》，頁167。

文林對唐寅「痛切督訓」，李應禎則是「接見甚嚴」；另一方面，卻是「贊拔譽揚，略不置口」。而先輩文人的氣度，更是使人景慕不已的因素。唐寅曾提及：

> 傳言曰：「朋友不信，不獲乎上矣。」此後輩之所以必仰賴也。而為前輩者，道有所論援，相與優息，而無獨知無從之嘆；而後輩則高山在瞻，有所標的，是上下相成也。[99]

這種「上下相成」的士風在吳中一地生生不已。正如歸有光所言：

> 太史尊宿，幼于年輩遠不相及，而往往復勤懇如素交。吳中自來先後相接引如此，故文學淵源有承傳，非他郡之所能及也。[100]

前後輩相交之現象如弘治十年，文林赴任溫州，由楊君謙出餞虎丘，沈周作〈虎丘送別圖卷〉，參加餞別的人有：「啟南、韓克贊複巾杖藜，昌穀、子畏舉子巾服，朱性甫、韓壽椿青袍方巾，君謙、宗儒紗帽相對。」[101]即可看出少老同聚的融洽場景。再如文徵明自言「余視性甫，丈人行也。性甫不余少，而以為友」[102]，談的是與人稱「博雅君子」的朱性甫相交之情態；至於文徵明與王寵之相交，則如文氏自言「余年視君二紀而長。君自丱角，即與余遊，無時日不見。」[103]年齡雖不相及，卻能視之如平輩，這也是吳中文壇文學淵源代有承傳之

---

99 （明）唐寅：〈送文溫州序〉，《唐伯虎全集》，頁167-168。

100 （明）歸有光：〈題張幼於裒文太史卷〉，《震川文集》，卷5，《四部備要》（臺北：中華書局，1965年），集部，頁7。

101 〈文溫州林〉，《列朝詩集》，丙集，頁3130。

102 （明）文徵明：〈朱性甫先生墓志銘〉，《文徵明集》，卷29，頁679。

103 （明）文徵明：〈王履吉墓志銘〉，《文徵明集》，卷31，頁714。

原因。李日華便提到：

> 嘗聞石田有賢父叔為開先，衡山多佳子弟坐嗣武。而一時勝流如唐子畏、陳道復、陸包山、朱清溪、錢磬室諸人，雲湧泉興、爭奇競爽。往往合寫煙林、對圖松石，遇會心之製，相與色飛發，應手之歸，無難面授。是以洪濤湊壑，微瀾濺人，千古一時，遂令莫繼。[104]

他所稱道的是在繪畫藝術上前後代相承之現象。這也是文人群體在同一地域活動，互相激盪的成果。

前後輩相推重的鄉郡美風，使得吳中一地文獻蔚然興盛，人文勃發，形塑了此地的文化傳統。

第三節　崇慕鄉先賢：「古典偶像」的重塑

一　崇慕鄉先賢的文化意義

一個地域要保持向心力，需要塑造「古典偶像」以形成文化的優勢。[105]將地域中著名的人物作為「文化偶像」，可以增強地域文人的自豪感和凝聚力。從文人時時以景慕之情描述前世代文人之風采，可以發現他們對吳中先輩之敬重。他們推重的先輩，不僅是在世的當代

104 （明）李日華：〈書徐潤卿別有社卷後〉，《恬致堂集》（上海：上海古籍出版社，2012年），卷36，頁1321。

105 張宏生在《清代詞學的建構》提到，考察清代的詞派，可以發現詞壇領袖的開宗立派，往往受到特定的地域文化氛圍的影響，因而自覺地選擇宗奉對象。如陽羨詞派的風格悲慨激揚，出自蘇、辛；但他們同時對鄉先輩蔣捷大加推崇。張宏生：《清代詞學的建構》（南京：江蘇古籍出版社，1998年），頁144。

文人，舉凡對吳中有具體的貢獻的鄉邦先賢，或曾宦居此地的人物等，皆是他們追慕的對象。他們對於鄉先賢的推重，不只是對於當代人物的推崇，而是透過歷史的軌跡，使吳中文人以身處文化淵源流長的吳地自豪。

對鄉邦先賢的景仰落實在某個象徵物，如書院的祭祀傳統中，可以構成強大的區域時空氛圍。吳中文人在古典經籍中追溯逝去的時空概念，以塑造一個獨特的「吳中話語圈」。從文化層面上觀察，群體儀軌規範的形成大致需依賴一個區域性時空觀念的制約。無論在實際生活中，還是在思想中，人們都以一些時空觀念範疇為指南來構建自己的世界圖景。[106]有了這樣的觀念，不難理解徐禎卿〈謝氏世睦記〉之語：

> 昔仲尼論次聖賢之德，稱泰伯之德至矣。余生吳中，去泰伯二千餘年，登仲雍之邱，望泰伯之鄉，慷然猶見其人降觀於俗。[107]

以昔日的歷史經驗作為今日的空間感應，「泰伯」便轉移成吳中文化的象徵。沈周〈和陳成夫詠史〉首寫〈泰伯〉：「萬古同推固遜賢，揭如星漢廣如川。一身去國三千里，此意成周八百年。端委桓桓吳始作，春秋肅肅祀相傳。青山有藥今誰採？草木無名滿地煙。」[108]泰伯之於吳中，正如詩中之語，是為「桓桓吳始作」的開創意義。

再如楊循吉〈吳邑志序〉：「若夫吾吳則以泰伯舊壤創邑於秦。」[109]

---

106 參見楊念群：〈權力凝聚的象徵：湖湘書院與區域文化霸權〉，《儒學地域化的近代型態——三大知識群體互動的比較研究》（北京：生活．讀書．新知三聯書店，1997年），頁348。

107 （明）徐禎卿：〈謝氏世睦記〉，（明）錢穀編：《吳都文粹續集》，卷2，收入《文淵閣四庫全書》，第1385冊，頁50。

108 （明）沈周：《石田稿》，《沈周集》，頁308。

109 （明）楊循吉：〈吳邑志序〉，（明）錢穀編：《吳都文粹續集》，卷1，收入《文淵閣四庫全書》，第1385冊，頁25。

或如〈學道書院學孔堂記〉:「子游，吳人也。吳之先，啟於泰伯。泰伯以讓風，子游以禮樂風。吳之文，實彬彬矣。」「吳之文稱盛者，聖曰泰伯，賢曰子游。」[110]視吳中之學風有一傳統，至今未墜。

鄉邦先賢以泰伯、子游為首[111]，標舉子游乃學之正統，適可形成「身分崇拜」，徐有貞〈常熟縣學興修記〉有「夫言游氏天下儒學之先哲，而常熟之鄉先生也」:

> 子游之學之道，仲尼之學之道也；仲尼之學之道，堯舜禹湯文武周公之學之道也。……由子游以求乎仲尼，由仲尼以求乎堯舜禹湯文武周公，其于道也，若泝流而求源也。[112]

當子游之學為天下道統之正宗，而又標舉其為常熟人，隱然以吳中之學為天下之冠冕，並可以形成群體意識，自詡為吳中人。楊一清〈吳公子游祠記〉也有:「吳公邁迹勾吳，北學於中國，篤信不懈，遂能

110 (明)胡纘宗:〈學道書院學孔堂記〉,(明)錢穀編:《吳都文粹續集》，卷13，收入《文淵閣四庫全書》，第1385冊，頁328。(元)鄧文原〈東陽義塾記〉亦云:「吳自泰伯以禮讓為國，迄季札而遺風未泯。」(明)錢穀編:《吳都文粹續集》，卷7，收入《文淵閣四庫全書》，第1385冊，頁185。

111 筆者案:關於泰伯的研究，可參考何維剛:〈隱匿的太伯:六朝吳地太伯廟考察〉,《東亞漢學研究》(長崎大學多文化社會學部)第9期(2019年11月)，頁276-284。此外，亦可參照何維剛:〈從詠史到懷古:論南朝祠廟詩的書寫發展與南方經驗〉,《政大中文學報》第38期(2022年12月)。李卓穎指出蘇州在地士人建立起跟子游傳統的關係，進而伸延了在地認同。他更進一步分析士人社群的分眾觀察，值得細思。見李卓穎:〈地方性與跨地方性:從「子游傳統」之論述與實踐看蘇州在地文化與理學之競合〉,《中央研究院歷史語言研究所集刊》第82本第2分(2011年6月)。此外，李卓穎:〈易代歷史書寫與明中葉蘇州張士誠記憶之復歸〉,《明代研究》33期(2019年12月)亦值得參考。

112 (明)徐有貞:〈常熟縣學興修記〉,(明)錢穀編:《吳都文粹續集》，卷6，收入《文淵閣四庫全書》，第1385冊，頁138。

以文學上齒顏冉為高第弟子，率開東南文獻之源，其有功於鄉邑甚大……公道德之在天下者，朝廷通祀，萬世無議，其在鄉邑，則澤潤後人，不但所謂鄉先生而已。」[113]

從文人的記述中皆可發現他們對於鄉先賢的推重，一則求其學統之確立，雖在南方，仍可容受北方厚實的文化土壤；一則對自身地域的肯定，標舉先賢為吳中人，確立了吳中自身的文化淵源。

二　鄉先賢：吳中文人的典範

劉昌〈姑蘇郡邑志序〉有言：

> 吳有泰伯以禮讓立國，至言游北學於孔子，而仁義道德之說益推達而充。周其後，若嚴助、朱買臣之詞，華陸澄、陸元朗之博浹，范仲淹父子之忠良，尹焞、魏了翁之道學，他如高人逸士則有張翰、陸龜蒙皆出於斯郡而望於天下者，文獻之實，有徵不誣。[114]

列舉歷代吳中名人，作為吳中人物的典範。從道德、文藝、政事、道學乃至於高人逸士，以「出於斯郡而望於天下」而自豪。這種「地靈人傑」之心態自能形成地域意識，類似「吾吳中」等自詡之用語之出現，也是地域意識之透顯。

標舉鄉先賢的地域意識必須借助於實存的文獻，或修建祠廟、或傳寫碑記。如石湖鄉賢祠便有莫旦之文：「故老自文穆以來，士之出

113　（明）楊一清：〈吳公子游祠記〉，（明）錢穀編：《吳都文粹續集》，卷15，收入《文淵閣四庫全書》，第1385冊，頁377-378。

114　（明）劉昌：〈姑蘇郡邑志序〉，《蘇州府志》，卷150，〈舊序〉，頁3536。

於石湖者得二十三人。或以科第發身，或以材諝見舉，或以高潔見重，而其道德功言皆足以師表百世而無間然者也。」[115]透過史蹟人物的聯想、詮釋與對比，進而形塑鄉先賢的典型意義，並藉此強化地域情感。

（一）文化之淵源

劉鳳有言：

> 夫吳在昔為奧區，賢人產焉者眾。泰伯潛焉，子游、澹臺各標其閭。然不附青雲之士，則湮滅無聞者，可勝數哉。[116]

劉鳳以記載吳中先賢的言行作為歷史的記錄。從文中所言，推原吳中的歷史淵源，以泰伯、子游等人作為先賢之首似乎也是吳中文人共同的觀念。

泰伯之讓、季札觀樂、子游北學屢為其標舉先賢之內容。一則可以說明吳中歷史之綿長與深遠，一則對吳中雖地居僻遠，然仍有禮樂文化而自勉。言偃宅在常熟縣西，明代稱為言公巷。吳訥〈子游遺址〉完整的陳述時人對子游對吳地之意義：

> 勾吳昔要荒，俗鄙人不文。叔氏豪傑士，北學遊聖門。身通列四科，文學冠同倫。井堙宅已荒，橋巷名猶存。至今里中子，千載沾遺芬。[117]

115　（明）莫旦：〈石湖鄉賢祠記〉，（明）錢穀編：《吳都文粹續集》，卷16，收入《文淵閣四庫全書》，第1385冊，頁410。

116　（明）劉鳳：〈續吳先賢讚序〉，收入周駿富輯：《明代傳記叢刊》，第148冊，頁319。

117　（明）吳訥：〈子游遺址〉，（明）錢穀編：《吳都文粹續集》，卷17，收入《文淵閣四庫全書》，第1385冊，頁443。

昔日俗鄙文荒的吳地，今日卻是文風鼎盛之勝地，吳訥將文風的轉化歸於子游的北學，這並非他個人之見，而是吳中人的共識。鄭元祐有言：「中吳自泰伯端委以臨其民，其後子游生於海虞，乃能北學於聖人之門。」[118]高啟有〈言公井〉：「寥寥武城宰，遺井虞山陰。千載汲未竭，九仞功應深。藝圃自可灌，道源誰復尋。絃歌聽已歇，瓶綆看還沈，無為渫弗食，惻惻起歎音。一瓢樂未改，庶幾回也心。」[119]表述的是對子游「道」、「政」之懷想。

（二）蘇學之創建

推重泰伯、子游等人自有與道統聯繫的意義，吳中地區之所以學風鼎盛，實肇始於宋，其中又以范仲淹對吳中學風之貢獻為最。鄭元祐指出「若夫庠序之教則尚未大備。至范文正雖生長北方及歸典鄉郡，深惟桑梓之故，莫先學校之教。」[120]點出范仲淹在吳中一地的特殊性在於發揚學校之教，雖然吳中並非范仲淹的生長地點，他卻能「歸典鄉郡」，立教淑人。

宋濂〈蘇州府重修孔子廟學碑〉云：「惟蘇之有學實始於范文正公。蓋公景祐初出守鄉郡，遴擇南園[121]，請于廟而建焉。為其師者，則安定胡文昭公也。計當時人物固嘗盛矣，數百載之下，仰其聲光，慕其風烈，每使人發不可企及之嘆。自時厥後，雖有賢愚，學之興廢

---

118 （明）鄭元祐：〈重修平江路儒學記〉，（明）錢穀編：《吳都文粹續集》，卷3，收入《文淵閣四庫全書》，第1385冊，頁62。

119 （明）高啟：〈言公井〉，（明）錢穀編：《吳都文粹續集》，卷11，收入《文淵閣四庫全書》，第1385冊，頁298。

120 （明）鄭元祐：〈重修平江路儒學記〉，（明）錢穀編：《吳都文粹續集》，卷3，收入《文淵閣四庫全書》，第1385冊，頁62。

121 （明）陸釴〈修蘇州府儒學記〉：「蘇州郡學自范文正公割南園地為之，而規模始著。自後好義之士，尋源索本，往往歸重於茲。」（明）錢穀編：《吳都文粹續集》，卷3，收入《文淵閣四庫全書》，第1385冊，頁74。

靡常，二公過化之地，流風遺俗，終未泯也。」[122]吳寬〈蘇州府重修文廟記〉云「蘇有學于城南，實創于魏國范文正公」，又有「蘇自宋有學。景祐初范文正公來典鄉郡，延安定胡先生為師，繼之者為樂圃朱先生。公既名臣，二先生又皆良師，一時人才造就，遂盛于天下」[123]。除了盛言范文正公對吳中教化之貢獻，也以二人為吳中文化之象徵，即使范仲淹歿後不葬於吳中而葬於河南萬安山，並不掩吳人對其之尊重與崇敬。

對范仲淹之崇敬可見於後人對其居地之讚詠。朱長文有〈蘇學十題敘〉，胡槩有〈蘇州府儒學八詠詩引〉，王汝玉有〈蘇學八詠〉就范仲淹割城南之園改建之學舍稱為「南園」，加以抒寫。其中王汝玉之詩〈南園〉前有序云：「文正公有園宅，在城南相地者，云：『當踵生公卿。』公曰：『與其私于一家，孰若公于一郡。』遂舍以建今學云。」詩為「南園夷且曠，水木凝華清。天開景明淑，仰見昔人情」[124]。藉此，可理解范仲淹不以個人之利為先，而著重群體的成就，以是吳人對他的景慕綿延數代，到明代吳寬時，有〈和樂圃朱先生蘇學十題〉，後有序為：

122 （明）宋濂：〈蘇州府重修孔子廟學碑〉，（明）錢穀編：《吳都文粹續集》，卷3，收入《文淵閣四庫全書》，第1385冊，頁68。（明）盧熊〈吳縣學新門銘序〉亦有：「天下郡縣學莫盛於宋，然其始則亦由於中吳。蓋范文正公以宅興學，延安定胡先生為之師，文教之事，自此興焉。」（明）錢穀編：《吳都文粹續集》，卷4，收入《文淵閣四庫全書》，第1385冊，頁103-104。

123 （明）吳寬：〈蘇州府重修文廟記〉，（明）錢穀編：《吳都文粹續集》，卷3，收入《文淵閣四庫全書》，第1385冊，頁75；（明）吳寬：〈和樂圃朱先生蘇學十題〉，（明）錢穀編：《吳都文粹續集》，卷4，收入《文淵閣四庫全書》，第1385冊，頁95。

124 （明）王汝玉：〈南園〉，（明）錢穀編：《吳都文粹續集》，卷4，收入《文淵閣四庫全書》，第1385冊，頁90。陳孟浩〈新建蘇州府儒學石橋記〉也有：「蘇州府儒學，宋范文正公割南園錢氏地之所創也。」（明）錢穀編：《吳都文粹續集》，卷4，收入《文淵閣四庫全書》，第1385冊，頁96。

> 蘇自宋有學，景祐初，范文正來典鄉郡，延安定胡先生為師，繼之者為樂圃朱先生，公既名臣，二先生又皆良師，一時人才造就，遂盛于天下學。[125]

說明由范仲淹興教，延聘胡瑗為師，繼之者為朱長文，將吳中學風之盛歸於三人。此外，從吳寬在〈題范文正書伯夷頌後〉之序，「借觀焚香再拜」之語，以及「歲寒堂裡千年物，敢作尋常翰墨臨」之句，顯示了敬重之情[126]。從標舉范仲淹到為其處所賦詩，在在顯示了范仲淹在吳中的歷史地位。

鄉里先輩往往成為吳中人物景仰的對象。如吳一鵬之行事，一以范仲淹為典則：

> 嘗言：「范文正公自其少時，即慨然有志於天下。吾為鄉人，愧公多矣。」於鄉里先輩，獨喜吳文定公，事輒師之。晚歲家居，修復陸宣公墓，及建三賢祠，以祀范公及胡安定、尹和靖，凡以顯揚先烈，表率後來也。[127]

一如祝顥所云：「文正公之高風大節彌兩間而冠百世者，登諸國史，載諸郡乘，而雜出於譜傳，紛播於品題者，不可勝書。至今庸人孺子一聞公名，皆知敬仰。」[128]這也顯示范仲淹在吳中的文化意義。[129]

---

125 （明）吳寬：〈和樂圃朱先生蘇學十題〉，（明）錢穀編：《吳都文粹續集》，卷4，收入《文淵閣四庫全書》，第1385冊，頁95。

126 （明）吳寬：〈題范文正書伯夷頌後〉，《匏翁家藏集》，卷22，頁136。

127 （明）文徵明：〈太子少保南京吏部尚書贈太子太保諡文端吳公墓志銘〉，《文徵明集》，卷32，頁741。

128 （明）祝顥：〈重修文正書院記〉，（宋）范仲淹：《范文正集》，補編卷4，收入《文淵閣四庫全書》，第1089冊，頁853。

129 關於范仲淹的文化地位可參黃明理：《范氏義莊與范仲淹——關於范仲淹的儒學史

（三）隱逸傳統之追溯

再者為「知幾」之季札。唐朝蕭定〈改修吳延陵季子廟記〉論季子之讓，云：

> 季子之見，可謂知幾矣，季子之明，可謂知進退存亡而不失其正矣。至於聽樂辨列國之興亡，審賢知世數之存沒，掛劍示不言之信，避國保無欲之貞，故有吳之祀寂寥而延陵之享如在。[130]

以「知幾」為尚之士人風度成為吳中的文化傳統。宋元符三年立有三高祠，立有三高祠，供奉范蠡、晉張翰、唐陸龜蒙三人，以為「范蠡去越適齊，自謂鴟夷子，張翰縱任不拘，時號江東部兵，陸龜蒙隱居松江，稱甫里先生」，以其「異代同趣」，[131]「取其功成身退，扁舟五湖，駕秋風而思蓴鱸，逸江湖而召不起，皆不溺於功名富貴，脫然高隱，清風峻節，可以風厲士習，貪饕而不知止者，是有益於風教也」[132]，均有曠達不拘之本色。[133]藉由對鄉先賢之祭祀，可以凝聚一

地位的討論》（臺北：臺灣師範大學國文研究所博士論文，1998年）。2008年由花木蘭文化出版社出版。

130 （唐）蕭定：〈改修吳延陵季子廟記〉，（明）錢穀編：《吳都文粹續集》，卷17，收入《文淵閣四庫全書》，第1385冊，頁425。

131 （明）石處道：〈三高祠贊並序〉，（明）錢穀編：《吳都文粹續集》，卷15，收入《文淵閣四庫全書》，第1385冊，頁390。

132 （明）丘霽：〈三高祠記〉，（明）錢穀編：《吳都文粹續集》，卷15，收入《文淵閣四庫全書》，第1385冊，頁389。

133 有趣的是，丘霽任郡史時，以為「今吳江之民得非吳之遺民乎？安有遺民忘恥祀讎而可以風勵士習乎？雖有不仕之節，扁舟五湖之高，於吳民何向慕焉？昔夫差欲歸勾踐，子胥因諫不行，被謟讒之而賜死，今吳民世祀子胥，以其忠吳而有功於民，則於義裁之。蠡亦胥之讎，豈可同祀於吳地邪？」洪武年間，設有三忠祠，祀伍子胥、張巡、岳飛等三人，由是丘霽有裁范蠡而成之二高祠之說。然反觀明人文集，對范蠡仍表景慕之意。如高啟〈題三高祠〉：「功成不戀上將軍，一

地之文化傳統；由祭祀之人物，亦可了解文人對此地域所掌握的人文特性。唐寅作有〈三高祠歌〉：

> 君不見洛陽記室雙鬢皤，不忍荊棘埋銅駝；西風忽憶鱸魚多，歸來江上眠秋波。又不見甫里先生心更苦，河朔生靈半黃土；夕陽簑笠二頃田，口誦羲皇思太古。二生隱淪豈得已，一生不及鴟夷子；吳宮鹿走越山高，脫纓竟濯滄浪水。丈夫此身繫乾坤，豈甘便老菰蒲根？古今得失一卮酒，我亦起酹沙鷗魂。[134]

唐寅雖是分言三人「隱」之事蹟，卻以范蠡為三人之最。他以為二人之隱，「一生不及鴟夷子」，能夠在最繁華之際引退，嘯歌湖上，才是隱之境界。吳地的史蹟成為詩文創作的泉源，透過地景（三高祠）以聯結歷史感懷，使得「三高」的隱逸情境成為吳人追慕的典範。

（四）忠義性格之萌發

相對於三高祠，另有三忠祠：「在長橋，洪武元年知州孔克中立，以奉吳伍子胥、唐張巡、宋岳飛。」[135]以為「吳太宰伍員赤心事

舸歸遊笠澤雲。載去西施豈無意，恐留傾國更迷君。」沈周：「古祠南望聳鴟頭，祠下平湖日夜流。越相豈宜來附食，吳人應是不知讐。斫鱸刀滑松江晚，養鴨闌空甫里秋。千古是非何處問，芙蓉花下有閑鷗。」足見對鄉先賢之認同與詮釋容或有政治與民間的差異。當然，由祠廟的設置，也可理解政治力量如何透過民間信仰來統合社會觀念的過程。依序見（明）丘霽：〈三高祠記〉，（明）錢穀編：《吳都文粹續集》，卷15，收入《文淵閣四庫全書》，第1385冊，頁389-390；（明）高啟：〈題三高祠〉，（明）錢穀編：《吳都文粹續集》，卷15，收入《文淵閣四庫全書》，第1385冊，頁392；（明）沈周：〈和陳成夫詠史十首韻．三高〉，《石田稿》，《沈周集》，頁308。

134 （明）唐寅：〈三高祠歌〉，《唐伯虎全集》，頁29。

135 （明）趙鈞：〈三忠祠記〉，（明）錢穀編：《吳都文粹續集》，卷16，收入《文淵閣四庫全書》，第1385冊，頁394-395。

主，犯顏極諫，致遭讒毀，竟死無辜，於吳甚忠；唐忠臣張巡獨守孤城，糧援俱絕，殺愛妾以食將士，罵賊就死，於唐甚忠；宋鄂王岳飛奮身為國，志在恢復中原，大功垂成，權臣為厄，於宋尤忠。」[136]設置三忠祠之背景，是與三高祠相關。當時之郡守以為「三高泥塗軒冕，全身遠害，故士君子之所當尚，故聞其風而貪夫可廉；三忠持厄扶顛，以身殉國，尤人臣之所當為，故聞其風而懦夫可立；然使人人之三高之見幾，孰與共理其國哉？」肯定「三高」為士君子所當學習之人文典範，卻也質疑若人人皆如張翰等人之「見幾」，那麼又是誰治理國事？並以為建此亭可以「勵臣節、重名教，敦薄俗、正風化」此祠建於洪武元年，吳中一地被張士誠所據，為朱元璋最後攻下之處，此祠之設置也可看出他們想導正此地民風之用心。

追慕鄉先賢的文化意義不只是存留歷史，而是藉此表彰人文精神，形成此地人文典範；並藉由祠廟的設置，以及文人的詠歌褒揚，銘刻鄉先賢而成為地域的文化偶像。

三　追和鄉先賢作品的意義

吳中文人有對一切「在地」細節著意的敏感與好奇，亦有方志學式的博學強記的能力。他們活在吳中，卻無時無刻不以存在於昔日歷史或想像中的年代與人物作為激發自己生命能量的形象。他們心繫於另一個時代，一個存在於歷史或想像中的時代，因此追和鄉先賢作品便成為吳中文人推重先賢的方式。

文人走進先賢所吟詠之地點，文字中所呈顯的是昔日的「此

136 值得注意的是《匏翁家藏集》，卷二十五〈題三忠廟，廟在城東，祀諸葛武侯、宋武穆王、文信公，郡人周珍買地以建者〉所言之三忠則為：諸葛亮、岳飛、文天祥。見（明）吳寬：《匏翁家藏集》，卷25，頁153。

地」；今時的你，透過昔人的書寫，再次走進了歷史；同樣的地點，經過時間的淘洗，異質的心靈，自有不同的記憶。書寫（追和）的當下也強化了地域感受：我們都為自己生活的地點（吳中）留下了記錄，同時凝塑了此地的人文風景。

吳寬有云：

> （樂圃）故吳越錢氏南園也，規制宏壯，遠去市井山水之勝，嘉樹奇石錯植其間，宛然林壑也。舊有十題曰泮池、玲瓏石、百幹黃楊、公堂槐、辛夷、石楠、龍頭檜、蘸水檜、鼎足松、雙桐，至樂圃掌教時已亡其四，先生乃益以多榦柏、並秀檜、新杉、泮山而十題復完。今去當時已數百年，獨泮池、泮山尚在，而講堂前二檜疑即並秀，若奇石固有不知其孰為玲瓏也。寬為弟子入學，固不知十題之名，獨見國朝士大夫詠學中諸景詩石刻，然皆非十題之舊矣。比寬自在都再入翰林，專掌誥敕，暇日得閱祕書而樂圃集在焉。見十題之作，而先生自敘其前尤詳，乃悉次其韻一過，夫今之學遭賢郡守屢加興修，規制益勝，然所謂諸景又亡其三四矣，況數百年以前者乎？既和其詩，復序其事，庶其物雖亡，而其名猶存，後世亦有考焉爾。辛酉五月既望序。[137]

樂圃所居之地，已有歷史上之變遷與意義。先是錢氏南園，後為蘇學，而後又為朱性甫所居。而這段序文也傳達了吳寬對於保留吳中故實之著意與用心。他有見於今人（國朝士大夫）之題詠已非昔日之景，對照於樂圃集之作，只能「存疑」或「不知」（「講堂前二檜疑即並秀，若奇石固有不知其孰為玲瓏也。」），為恐後代不知其源由，吳

---

137 （明）吳寬：〈泮山〉，《匏翁家藏集》，卷27，頁164。

寬「既和其詩，復序其事」，以文字之記錄傳寫一代人文風景。他也明瞭，雖然郡守也重視這地點的人文意義，「屢加興修」，但是「規制益勝」的結果，反使原景又「亡其三四」，可見他所著重的並非實存的古蹟，而是存留記憶中的古蹟，他以為：「庶其物雖亡，而其名猶存，後世亦有考焉爾。」對後代子孫而言，物品、事物必有散失，然則文字記錄（詩之題詠、和詩之作）皆能使後人重返昔日場景，感受昔日文人之遺澤，塑造人文典範。以是，他在和詩中或感懷先賢：「登高跨壯麗，興學念文翁」(〈泮山〉)、「曾沾時雨化，多幸遇朱公」(〈公堂槐〉)，或強調十景之時間歷程：「奇特非常品，來從建學前。久為錢氏物，中有洞庭天」(〈玲瓏石〉)、「此樹今猶在、常年不改青」(〈並秀檜〉)。當然，他也不忘強調此地文風之盛，以傳達地點（蘇學）與人文（「人才造就盛於天下」）之關係：「半形循學舍，一水轉松林。盛矣來多士，依然廣德心」(〈泮池〉)、「雨來添秀色、風動散微馨。科第能相繼，題名下有亭」(〈並秀檜〉)、「桃李紛如許，終看立下風」(〈百榦黃楊〉)。[138]

文章之傳寫可以形成人文景觀。皮日休有詩，前有小序：

> 臨頓里為吳中名勝之地，陸魯望居之不出。郛郭曠若郊墅，予每相訪，欸然惜去，因成五言十首奉題屋壁。[139]

詩中除了點出陸龜蒙的人文形象，亦以昔日吳中人物為經緯，寫其生活之面貌。如「支遁今無骨，誰為世外交」(其二)、「更葺園中景，應為顧辟疆」(其三)、「生公石上月、何夕約譚微」(其五)等。周南

---

138 （明）吳寬：〈追和朱樂圃先生蘇學十題〉，《匏翁家藏集》，卷27，頁164。

139 （唐）皮日休：〈臨頓里為吳中名勝之地，陸魯望居之不出。郛郭曠若郊墅，予每相訪，欸然惜去，因成五言十首奉題屋壁〉，（明）錢穀編：《吳都文粹續集》，卷18，收入《文淵閣四庫全書》，第1385冊，頁447。

老〈題辟疆園〉:「晉顧辟疆園中吳稱第一。」「辟疆園自西晉以來傳之，地館林泉之勝，號吳中第一。辟疆園姓顧氏，晉唐人題詠甚多。」[140]高啟有詩:「江左風流遠，園中池館平。賓客久寂寞，狐兔自縱橫。秋草猶故綠，春花非昔榮。市朝亦屢改，高臺能不傾。」[141]當你從前人的題識中瞭解曾有的繁華景貌，愈發有所感懷。

皮日休稱陸龜蒙「一方瀟灑地，之子獨深居」，又有「綏頰稱無利，低眉號不能。世情都太薄，俗意就中憎。雲態不知驟，鶴情非會徵。畫臣誰奉詔，來此寫姜肱。」

陸龜蒙也有〈襲美題郊居十首次韻酬之〉[142]。皮、陸兩人之唱和，隱然成為吳中文人懷想、讚頌進而效法的對象。高啟之詩〈臨頓里在城東，為吳中勝地，陸魯望所居也。皮、陸俱有詩十首詠之，予悉次其韻，蓋彷彿昔賢之高致云〉[143]，吳寬〈石田稿序〉:「予少居鄉，亦善為詩，辱相倡和，方自媿於松陵之襲美。」[144]文徵明亦有:「自笑我非皮襲美，也來相伴陸龜蒙。」[145]皮陸二人的唱和，儼然成為吳中文人的典故，並成為鄉邦美談。

---

140 (明)周南老:〈題辟疆園〉,(明)錢穀編:《吳都文粹續集》，卷17，收入《文淵閣四庫全書》，第1385冊，頁426。

141 (明)高啟:〈辟疆園〉,(明)錢穀編:《吳都文粹續集》，卷17，收入《文淵閣四庫全書》，第1385冊，頁426。

142 (唐)皮日休:〈臨頓里為吳中名勝之地，陸魯望居之不出。郛郭曠若郊墅，予每相訪，欵然惜去，因成五言十首奉題屋壁〉,(明)錢穀編:《吳都文粹續集》，卷18，收入《文淵閣四庫全書》，第1385冊，頁447-448;(唐)陸龜蒙:〈襲美題郊居十首次韻酬之〉,(明)錢穀編:《吳都文粹續集》，卷18，收入《文淵閣四庫全書》，第1385冊，頁448。

143 (明)高啟:〈臨頓里在城東，為吳中勝地，陸魯望所居也。皮、陸俱有詩十首詠之，予悉次其韻，蓋彷彿昔賢之高致云〉,(明)錢穀編:《吳都文粹續集》，卷18，收入《文淵閣四庫全書》，第1385冊，頁449。

144 (明)吳寬:〈石田稿序〉,(明)沈周:《石田稿》,《沈周集》，頁25。

145 (明)文徵明:〈王槐雨邀汎新舟遂登虎丘紀遊十二絕之十二〉,《文徵明集》，補輯卷12，頁1096。

吳中的人文歷史，就在文人的記憶、書寫之中代代承傳。尤其是他們對曾在吳中活動文人生活情境的追慕，更顯示他們所關注的並非「大歷史」，而是地域的風土人情、鄉邦的人文史跡，這也是吳中地域意識成形的主要因素。

面對前賢之文集，吳寬藉此書懷。或為文名之重新省察，或為今昔對照之感慨。對白居易有「俗」之稱，他以為「蘇州刺史十編成，句近人情得俗名。垂老讀來尤有味，文人從此莫相輕。」〈校白集雜書六首〉：

> 齊雲樓子化煙埃，往日園池安在哉。故府荒蕪經世變，前賢遺蹟重堪哀。
>
> 山路新開到武丘，仍栽花柳近河頭。吳人只愛行游便，還憶當年刺史否？[146]

對今昔地點之變化深有感慨，而且此種感慨並非只是「往日園池安在哉」的懷古之思，還加入了對「前賢遺蹟」化為煙埃的悵然。[147]前賢遺蹟形成一則記憶的符碼，吳寬對於今日吳人是否還存有白居易的記憶是存疑的，是以他會詢問「吳人只愛行游便，還憶當年刺史否？」這個問句一方面點出了今日吳人早已忘卻昔日文人的遺跡，一方面也自言自己對於蘇州刺史仍存有深刻的追憶之情。

吳寬偏好白居易，或有〈有感效白體〉，或有〈偶閱白集有東園玩菊之作，今歲小園菊開頗盛，輒復次韻〉，既重現白居易昔日生活的場景，也寫出個人生活的品味：「我欲學此翁，無菊非所難。翁如

146 （明）吳寬：〈校白集雜書六首〉，《匏翁家藏集》，卷24，頁144。

147 吳寬〈園中行讀白集〉也有：「吳中故郡荒煙積」之語。見《匏翁家藏集》，卷24，頁144。

欲學我，無酒卻鮮歡。」[148]

藉由鄉先賢的作品，不斷回溯古典，連接文化情境，既是串連典故的文化想像，也藉由鄉先賢作品，形成一個共同的話題，並產生對話的可能。追和鄉先賢作品其實是另一種歷史記憶的形成。以文字的組織和修辭將過去的事實轉化成現在文人的活動（和詩、次韻之作）。他們書寫的目的，不在重新詮釋鄉先賢的歷史文化意義，而只是藉由「複述」來強化個人身處吳中的人文感受。要之，活在此地，則為文化連續歷程中的一環，產生的地域情感，則視此地是文化之淵藪，有引以為傲的自然景觀，更有與之相應的人文風采。再者，在這個地域中的「我」當承傳此地的文化傳統，是故保存舊物、理解鄉邦典故，或是傳述故舊史實，皆是我輩不容遺忘的文化志業。

綜上所述，崇慕鄉先賢的文化意義：其一，對先輩風範之懷想。此風範也形成此地的人文特色。其二：凝聚地方意識。對一地的文學源流、鄉邦典故有深刻的認知和體會，推原並追溯此地的人文傳統，其用意也在於形塑此地之特色。其三：形成地域化的文學風景。先賢寫吳中事，今人又加以追和，藉以對照點今昔之變易。而吳越史蹟及其相關人物是他們共同的文化符碼，他們透過編修地方志乘來重建集體記憶及文化傳統，更可確立其地域之認同。

---

148 （明）吳寬：〈有感效白體〉、〈偶閱白集有東園玩菊之作，今歲小園菊開頗盛，輒復次韻〉，《匏翁家藏集》，卷28，頁167。

第五章
吳中商業活動對文壇的影響

明代吳中地區由於地理環境的優勢，經濟生活的富庶，商業活動開始興盛。

從地域文人的文化景觀到地域意識的內化，以及文化傳統的承繼，我們所關注的偏向「地域」層面的考察。誠然，地域文學不僅僅是地域的文學，除了觀察其地理特性、地域特徵與地域意識，自不能脫離文人及其作品的論述。以下便從兩方面探索吳中文壇的獨特風貌。其一，以政治、經濟為主軸的社會環境，文人有怎樣的自覺意識？其二，在商業活動頻繁的吳中社會，面對商賈既有認同，亦有困惑，相對於昔日商為四民之末的觀念，他們有怎樣的詮釋？此地的文學風氣在商業活動盛行之下有怎樣的對應？本章首論吳中地區的社會環境，再由吳中文人與商賈的關聯為切入角度，說明他們如何在風雅與世俗之間尋得對話的空間，進而解析文學商品化的現象與文學創作的表現。

第一節　繁華奢靡的社會習尚

一　明初的抑商政策

明代初期，朱元璋曾言：

> 近世風俗相承，流於僭侈，閭里之民，服舍居處，與公卿無異，

而奴僕賤隸，往往肆侈於鄉曲。貴賤無等，僭禮敗度，此元之失政也。[1]

視繁華為「僭侈」，可見明初有「重本抑末」[2]的觀念。洪武十四年（1381）下令：

農衣紬紗絹布，商賈止衣絹、布；農家有一人為商賈者，亦不得衣紬紗。[3]

朱元璋嚴格規定商賈與農民的服飾，本身自律亦嚴。明初，江西地區進獻陳友諒的鏤金床，燕京進獻元順帝的水晶宮漏，朱元璋以為淫巧，全都毀掉。[4]他以為「上能崇節儉，則下無奢靡。」[5]並制定律法加以制裁：

---

1 （明）余繼登輯：《典故紀聞》（上海：商務印書館，1936年），卷2，頁33。

2 （明）汪道昆：〈虞部陳使君榷政碑〉：「竊聞先王重本抑末，故薄農稅而重征商。」《太函集》，卷65，收入《明史叢刊》，文集卷，第5輯，頁3040。又，（明）黃宗羲《明夷待訪錄・財計三》：「世儒不察，以工商為末，妄議抑之。夫公固聖王知所欲來，商又使其願出於途者，蓋皆本也。」見黃宗羲：《明夷待訪錄》（北京：中華書局，1981年），〈財計三〉，頁41。

3 （清）張廷玉等：《明史》，卷67，〈志第四十三・輿服三〉，頁1649。

4 《明太祖實錄》卷十四，「甲辰三月庚午」條：「江西行省以陳有諒鏤金床進，上觀之，謂侍臣曰，此與孟昶七寶溺器何異。以一床工巧若此，其餘可知。陳氏父子窮奢極靡，焉得不亡，即命毀之。侍臣曰，未富而驕，未貴而侈，此所以取敗。上曰，既富豈可驕乎，既貴豈可侈乎。有驕侈之心，雖富貴豈能保乎。處富貴者正當抑奢侈，弘儉約，戒嗜欲，以厭眾心，猶恐不足以慰民望，況窮天下之技巧以為一己之奉乎，其致亡也宜矣。然此亦足以示戒覆車之轍不可蹈也。」見（明）夏元吉等：《明太祖實錄》，卷14，收入黃彰健等校勘：《明實錄》（臺北：中央研究院歷史語言研究所，1984年），頁186-187。

5 （明）夏元吉等：《明太祖實錄》，卷21，「丙午年十二月己巳」條，收入黃彰健等校勘：《明實錄》，頁312。

> 凡官民房舍、車服、器物之類，各有等第。若違式僭用，有官者杖一百，罷職不敘；無官者，笞五十，罪坐家長。工匠並笞五十。[6]

以律法連坐之規定，限制人民的服飾等級，藉此以調整社會之習尚。吳寬有言：「皇明受命，政令一新，豪民巨族，剗削殆盡，蓋所以鑒往弊而矯之也。」[7]以莫家為例，國初「以貲產甲邑中，所與通婚姻者，皆極一時富家」，後相繼死於法。說明了吳中富家在朱元璋的「重典」之下，所遭遇的處境。在〈先世事略〉也云：「歷洪武之世，鄉人都被謫徙，或死於刑，鄰里殆空。」[8]在當時，莫轅因「嘗附尺籍」方倖免於難。[9]據《菽園雜記》載：

> 蘇州自漢歷唐，其賦皆輕。宋元豐間，為斛者止三十四萬九千有奇。元雖互有增損，亦不相遠。至我朝止增崇明一縣耳，其賦加至二百六十二萬五千九百三十五石。地非加闢於前，穀非倍收於昔，特以國初籍入偽吳張士誠義兵頭目之田，及撥賜功臣之田，與夫豪強兼並沒入者，悉依租科稅，故官田每畝有九斗八斗七斗之額，吳民世受其患。洪武間，運糧不遠，故耗輕易舉。永樂中，建都北平，漕運轉輸，始倍其耗，由是民不堪命，逋賦死亡者多矣。[10]

---

6 （明）申時行等：《明會典》（北京：中華書局，1989年），卷129，〈刑部四〉，頁2308。

7 （明）吳寬：〈莫處士傳〉，《匏翁家藏集》，卷58，頁363。

8 （明）吳寬：〈先世事略〉，《匏翁家藏集》，卷57，頁352。

9 （明）吳寬：〈莫處士傳〉，《匏翁家藏集》，卷58，頁362。

10 （明）陸容：《菽園雜記》，卷5，收入《元明史料筆記叢刊》（北京：中華書局，1985年），頁59。

朱元璋軍隊包圍吳中時，吳人為張士誠固守十月。朱元璋對此頗為惱怒，攻破平江後，籍錄張氏陪臣、蘇州富民、流寓之人共二十萬徙居於濠州。《太祖實錄》載洪武三年（1370）六月上諭曰：「蘇、松、嘉、湖、杭五郡，地狹民眾，細民無田以耕，往往逐末利而食不給。臨濠，朕故鄉也，田多未闢，土有遺利，宜令五郡民無田產者往臨濠開種，就以種田為己業。」[11]如貝瓊所稱：「三吳巨姓享農之利而不親其勞，數年之中，既盈而覆，或死或徙，無一存者。」[12]可見一斑。明初，蘇州府之賦稅最重，[13]「浙西官民田視他方倍蓰，畝稅有二、三石者。大抵蘇最重，松、嘉、湖次之，常、杭又次之。」[14]並抄沒田地一萬六千六百三十八頃，[15]故稱「吳民世受其患」[16]。

從另一角度來看，賦稅的加重，似乎也逼使吳民不得不在本業的經營之外，尋求其他途徑以求生存。研究者指出，吳中商業發生很早的現象與這種企圖緩解沈重賦稅的壓力有關。[17]本文不擬細部處理吳中商業發生的起因，卻可以進行一則對比。在遷徙富賈的政策下，不到百年，吳中卻成了經濟最為富庶的地區。歸有光曾有感：

聞之長老言：「洪武間，民不粱肉，閭閻無文采，女至笄而不

11 （明）朱睦㮮輯：《聖典》，卷20，收入《續修四庫全書》，第432冊，頁471。

12 （元）貝瓊：〈橫塘農詩序〉，《清江貝先生文集》，卷19，收入《明史叢刊》，文集卷，第1輯，第21冊，頁312-313。

13 〈田賦〉云：「今天下財賦多仰於東南，而蘇為甲。」（明）王鏊等：《姑蘇志》，卷15，〈田賦〉，收入吳相湘主編：《中國史學叢書》，頁212。

14 （清）張廷玉等：《明史》，卷78，〈志第五十四．食貨二〉，頁1896。

15 「國朝洪武初，七縣官民田地共六萬七千四百九十頃」，可見其籍沒之官田約占全數的六分之一。見（明）王鏊等：《姑蘇志》，卷15，〈田賦〉，頁213。

16 謝肇淛〈地部二〉有云：「吳越之田，苦於賦役之困累。」見（明）謝肇淛：《五雜組》（臺北：偉文圖書公司，1976年），卷4，頁95。

17 牛建強：《明代中後期社會變遷研究》（臺北：文津出版社，1997年），頁25。

> 飾；市不居異貨，客者不兼味。室無高垣，茅舍鄰比，強不暴弱。」不及二百年，其存者有幾也。余少之時，所聞所見，今又不知其幾變也。[18]

早在成化、弘治之際，王錡對吳中的社會環境就有這樣的記載：

> 吳中素號繁華。自張氏之據，大兵所臨，雖不被屠戮，人民遷徙實三，都戍遠方者相繼至營，籍亦隸教坊，道里蕭然，生計鮮薄，過者增感。正統、天順間稍復其舊，逮成化間則迥若異境，以至於今，觀美日增。
> 閭閻輻輳，綽楔林叢，城隅濠股，亭館布列，略無隙地。輿馬叢蓋，斛觴纍盒，交馳於通衢。水巷中，光彩耀目，遊山之舫，載妓之舟，魚貫於綠波米閣之間，絲竹謳舞與市聲相雜。凡上供錦衣、玉貝、花果、珍饈奇異之物，歲有所增益，若刻絲纍漆之屬，其藝久廢，今皆精妙。人性愈巧，而物產愈多。[19]

王錡即王葦庵，與吳寬往來甚密。[20]據他的觀察，明初因張士誠據吳中，後經朱元璋的遷徙政策，故「道里蕭然，生計鮮薄」，「正統、天順間」方復舊觀，而成化、弘治間尤稱繁華。從居處的密集、屋宇亭館的密布，即可知人口之稠密。生活的豪奢，也創造多元而豐富的消

---

18 （明）歸有光：〈莊氏二子字說〉，《歸有光全集》，第6冊，〈震川先生集〉，卷3，頁90。

19 （明）王錡：《寓圃雜記》，卷5，收入《元明史料筆記叢刊》（北京：中華書局，1984年），頁42。

20 《列朝詩集小傳》〈祝允明京兆附見　夢蘇道人王錡〉：「王錡字元禹，別號夢蘇道人。少讀書於婦劉草窗，得其議論為多。隱居荻溪，以著述自娛。吳文定表其墓。」《列朝詩集》，丙集，頁3347。

費文化：或為遊賞行樂、或為市井謳歌之娛；隨之而創造的精緻物品也與日而增，不論是文具、錦綺、珍饈、刻絲纍漆等物品，皆屬精妙。「絲竹謳歌，與市聲相雜」，也顯示了源自民間市井文化的喧騰。由於商業活動的興盛，使得此地創造了獨特的城市文化，對其習尚、文風都有深刻的影響。[21]

二　吳中的社會習尚

吳中地區，由於經濟的發展，社會的富庶，「蓋其山海之利，所入不貲；而人之射利，無微不析」。[22]商品經濟的高度發展，使得此地呈現了城市文化的氛圍。據《(正德)姑蘇志》卷十三〈風俗〉記載：

> 勤稼檣。故女亦從事蒔刈、桔槔，不只餉榼而已。工纂組，故男藉專業，家傳戶倩，不只自給而已。[23]

經濟活動高度的發展，男女皆從事勞動。他們經營的目的超過了「自給」的基本生活需求。在這樣的社會環境下，社會生活之習尚也趨向於豪奢。[24]

《(正德)姑蘇志》載當時社會的圖像：

---

21 《蘇州府志》，卷3，〈風俗〉，頁142。

22 (明)謝肇淛撰，傅成校點：《五雜組》(上海：上海古籍出版社，2012年)，頁47。

23 (明)王鏊等：《姑蘇志》，卷13，〈風俗〉，頁197。

24 《吳郡圖經續記》云：「誇豪好侈，自昔有之，吳都賦云：『競其區宇則並疆兼巷；矜其宴居則珠服玉饌』，亦非虛語也。」《吳縣志》〈風俗〉：「地處要衝，俗尚奢靡。」《(正德)姑蘇志》：「唯夫奢侈之習，未能盡革。」見(宋)朱長文：《吳郡圖經續記》，收入《文淵閣四庫全書》，第484冊，頁7；(清)曹允源：《吳縣志》，卷52，〈風俗〉，頁865；(明)王鏊等：《姑蘇志》，卷13，〈風俗〉，頁193。

> 吳下號為繁盛，四郊無曠土，其俗多奢少儉。有海陸之饒，商賈並湊，精飲饌、鮮衣服、麗棟宇，婚喪嫁娶，下至燕集，務以華縟相高。[25]

城市豪靡的生活如《吳風錄》所記：

> 吳中士夫畫船遊泛，攜妓登山。而虎邱則以太守胡纘宗創造臺閣數重，增益勝眺。自是四時遊客無寥寂之日，寺如喧市，妓女如雲。而他所則春初西山踏青，夏則泛觀荷蕩，秋則桂嶺九月登高，鼓吹沸川以往。[26]

以虎丘的遊觀活動為例，自胡纘宗於虎丘建臺閣[27]，虎丘覽勝成為士夫遊賞的景點。由於生活的富饒，四時節令均成吳人活動的中心；而「寺如喧市，妓女如雲」正描繪出吳人藉遊觀以行樂的「盛況」，原本清靜的寺廟佛堂也如鬧市的喧囂。城市生活的繁華造成各階層人士豪奢的風習。歸有光云：

> 江南諸郡縣，土田肥美，多粳稻，有江海陴湖之饒……俗好媮靡，美衣鮮食，嫁娶葬埋，時節餽遺，飲酒燕會，竭力以飾觀美。富家豪民，兼百室之產，溢財驕溢，婦女、玉帛、甲第、田園、音樂擬於王侯，故世以江南為富。[28]

---

25 （明）王鏊等：《姑蘇志》，卷13，〈風俗〉，頁193。

26 （明）黃省曾：《吳風錄》，收入張智主編：《中國風土志叢刊》（揚州：廣陵書社，2003），頁1。

27 「虎邱則以太守胡纘宗創造臺閣數重，增益勝眺，自是四時遊客無寥寂之日。」見（明）黃省曾：《吳風錄》，收入張智主編：《中國風土志叢刊》，頁1。

28 （明）歸有光：〈送崑山縣令朱侯序〉，《歸有光全集》，第6冊，〈震川先生集〉，頁

歸有光所指有兩方面，一則是市井之民對日常生活，無論是時令活動、應酬往來，或是喪葬嫁娶，皆「竭力以飾觀美」；另一方面是富家豪民，其生活之享樂皆如王侯；以奢靡為尚，似乎已成為吳人生活消費的價值觀，如《姑蘇志》之語：「大抵吳人好費樂，便多無宿儲，悉資於市。」他們以「費樂」為時尚，身無「宿儲」亦無妨，是以「市井多機巧，繁華而趨時，應求隨人意指。」[29]經濟的富饒創造了活絡的經濟活動；市人「好費樂」的價值觀又使得商業活動更加多元。各種應時物品不斷出現，「其行賣於市者，或扣金，或擊竹裝檐，皆分色目，見其裝，則知其所藏」，滿足大眾的消費慾望，製作的過程相當考究，「女工織作，雕、鏤、塗、漆，必殫精巧」[30]。並注重色彩的搭配，「縟采銀黃，相射於市」，價格差距亦甚遠，「最下者視最上者價相什百」[31]，甚至也出現「夜市」[32]：「每漏下十餘刻猶有市」[33]。故《吳縣志》〈風俗〉云：「吳城五方雜處，人烟稠密，貿易之盛，甲於東南。」[34]

「好費樂」不只形成市集中的消費能力，在生活方面，也形成奢靡的風習。何良俊有言：

余小時見人家請客，只是果五色、餚五品而已；惟大賓或新親

275。（明）張瀚〈百工紀〉也有：「至於民間風俗，大都江南侈於江北，而江南之侈尤莫過於三吳。」《松窗夢語》（北京：中華書局，1985年），卷4，頁79。

29 （明）王鏊等：《姑蘇志》，卷13，〈風俗〉，頁197。

30 （明）王鏊等：《姑蘇志》，卷13，〈風俗〉，頁197、193。

31 （明）王鏊等：《姑蘇志》，卷13，〈風俗〉，頁197。

32 杜荀鶴〈送人遊吳〉：「君到姑蘇見，人家盡枕河。古宮閒地少，水巷小橋多。夜市賣藕菱，春船載綺羅。遙知未眠月，思鄉在漁歌。」（唐）杜荀鶴：《唐風集》，卷1，收入《文淵閣四庫全書》，第1083冊，頁585。

33 《蘇州府志》，卷3，〈風俗〉，頁141。

34 （清）曹允源：《吳縣志》，卷52，〈風俗〉，頁872。

> 過門，則添蝦蟹蜆蛤三四物，亦歲中不一二次也。今尋常燕會，動輒必用十餚，且水陸畢陳。或覓遠方珍品，求以相勝。[35]

再如歸有光所云：

> 人之有欲，何所底止。相誇相勝，莫知其已。負販之徒，道而遇華衣者，則目睨視，嘖嘖嘆不已，東鄰之子食美食，西鄰之子從其母而啼。婚姻聘好，酒食宴召，送往迎來，不問家之有無，曰：「吾懼為人笑也。」[36]

奢靡風氣傳播的途徑「大抵始於城市，而後及於郊外；始於衣冠之家，而後及於城市。」[37]其中又有相較之心態，見他人食美食、著華裳則驚嘆不置，嘖嘖稱美，不問自身實際的需要，只有「相誇相勝」的心態，「吾懼為人笑也」的說法，正說明了當時的人情世態以奢靡為尚，如弘治年間吳江人趙寬所記：

> 吳俗尚侈，古則然也，而今為尤甚。凡居室、服御、器用之物，婚姻喪葬之禮，交接、餉饋、問遺，饔飧、燕享之事，競為繁麗。以容冶淫佚相高，而不恤其費，騖於虛文而實用之索然。飛甍連雲，穹窿巍峨，而土木藻繪之飾無紀極也。輿航、觴豆、巾舄、几簟之類，錦貝玉石、雕鏤刻畫之不遺餘巧也。[38]

---

35 （明）何良俊：《四友齋叢說》，卷34，頁196

36 （明）歸有光：〈莊氏二子字說〉，《歸有光全集》，第6冊，〈震川先生集〉，卷3，頁90。

37 （明）歸有光：〈莊氏二子字說〉，《歸有光全集》，第6冊，〈震川先生集〉，卷3，頁90。

38 （明）趙寬：〈素軒記〉，莫旦：《吳江志》，卷15，頁619。

文中所述，從屋宇之構建、家具之藻飾；用品之富侈，如徐有貞所云：「吳門繁華地，奢競日紛如。」[39]這種奢靡的風氣已成了社會現象的常態[40]，正德間的蘇州，則如袁袠〈江南春詞序〉所描繪的生活圖像：

> 閭閻櫛比，構宇綺錯，既庶既富，頗涉豪奢。服食技藝，奇巧焜耀。遨遊舞雩，駢闐充溢。歲無虛月，時無間日。令節嘉辰，往來相屬。春陽百戲，驩賞九旬。履端獻壽，秉簡迎祥。剪彩鏤金，互遺夸勝。燃燈張樂，競賽紫姑。是以水涘山隅，聯輿並鷁。陽園花墅，累榭駢筵。閶闔天門，麈罽衢市。虎丘靈界，踵接巖阿。童冠成行，娼姬侍列。娛心騁目，惑情蕩意。雖乖雅化，亦徵繁會矣。[41]

屋舍的密集呈現了城市富庶的景象，居民的飲食、遊藝生活可用「豪奢」之詞來概括，追求物質化的城市生活，在衣飾上也有所變異。皇甫汸為張獻翼之父張沖為傳，寫到「富埒吳中」的張沖「其衣裳戉削之製，輒為增損。俗尚褒衣高幘曲矜侈袂，故為狹小以矯之，所簪帢帽服襜袷佩鞶囊，人皆效之。」[42]明初官方規定「士女服飾，皆有定制」[43]，張沖卻「故為狹小」有「人皆效之」的效應。當文人感嘆「民

---

39 （明）徐有貞：〈竹莊為王思裕賦〉，《武功集》（臺北：臺灣商務印書館，1973年），卷5，頁66。

40 在當時的北京「地一畝率居什伯家，往往床案相依，庖廁相接，其室宇隘至不能伸首出氣；王侯第宅則又窮極壯麗，朱門洞開，畫戟森列，所藏者，唯狗馬玉帛而已。」（作於成化五年。）（明）吳寬：〈陋清閣記〉，《匏翁家藏集》，卷31，頁185。

41 （明）袁袠：《衡藩重刻胥臺先生集》，卷14，收入《明史叢刊》，文集卷，第4輯，第71冊，頁680。

42 （明）皇甫汸：〈張季翁傳〉，《皇甫司勳集》（臺北：臺灣商務印書館，1972年），卷51，頁2。

43 （明）張瀚：〈風俗紀〉，《松窗夢語》，卷7，頁140。

日滋繁，俗日滋降，雖平日號士大夫者，矜誇矯詐，相習以非，相尚以利」[44]，或是「吳俗侈靡」[45]，也意謂著此風俗已成為普遍的價值觀，王世貞《觚不觚錄》：「余舉進士，不能攻苦食儉，初歲費將三百金，同年中有費不能百金者，今遂過六七百金，無不取貸於人。蓋贄見大小座主，會同年及鄉里官長，酬酢公私宴醵，賞勞座主僕從與內閣、吏部之輿人，以舊往往數倍，而裘馬之飾，又不知節儉。」[46]無論是一般市民的日常生活，或是文士酬酢的燕享生活，多以豪侈為上。張瀚云：「自金陵而下，控故吳之墟，東引松、常，中為姑蘇，其民利魚稻之饒，極人工之巧，服飾器具，足以眩人心目，而志于富侈者爭趨效之。」[47]流風所及，「習俗移人，賢人不免」[48]，對於文風也產生了一定的影響。

第二節　士商關係的重塑

一　士商觀念的歷史軌跡

《漢書》〈食貨志〉有言「通財鬻貨曰商」[49]。傳統的社會結構

---

44 （明）吳寬：〈吳府君墓誌銘〉，《匏翁家藏集》，卷26，頁385。

45 （明）吳寬：〈徐南溪傳〉，《匏翁家藏集》，卷58，頁364。

46 （明）王世貞：《觚不觚錄》，收入《叢書集成簡編》（臺北：臺灣商務印書館，1966年），第137冊，頁15。

47 （明）張瀚：〈商賈紀〉，《松窗夢語》，卷4，頁83。

48 （明）范濂：〈記風俗〉，《雲間據目抄》，卷2，收入王德毅主編：《叢書集成三編》（臺北：新文豐出版公司，1997年），第83冊，頁393。

49 《漢書》，卷24上，〈食貨志〉，頁1118。在《管子》〈小筐〉也有「今夫商，群萃而州處。觀凶飢、審國變。察其四時而監其鄉之貨。以知其市之賈。負任擔荷，服牛輅馬，以周四方。料多少，計貴賤。以其所有，易其所無，買賤鬻貴。是以羽旄不求而至，竹箭有餘於國，奇怪時來，珍異物聚……商之子常為商。」見（先秦）管仲：《管子》（臺北：臺灣商務印書館，1975年），頁103。

中，商人的地位不顯，可謂四民之末。陸游曾云：

> 子孫才分有限，無如之何，然不可不使讀書。貧則教訓童稚以給衣食，但書種不絕足矣。若能布衣草履，從事農圃，足跡不至城市，彌是佳事……仕宦不可常，不仕則農，無可憾也。但切不可迫於時，為市井小人之事耳，戒之戒之。[50]

在陸游的眼中，子孫即使才分有限，仍需以讀書為要務。即便不能為士，「不仕則農」，便可無憾；萬萬不可「為市井小人之事」，可見他對從商有著極低的評價，即使是迫於時勢，仍不可為之。這是他誡訓子孫時所言，語句中所展現的價值觀，的確以商為「四民之末」。這種觀念到了明代中期，顯然有所改變。由於經濟的富庶，商業活動的興盛，商人的社會地位有所改易，儒商關係產生微妙的變化。

儒業已不再是唯一的價值取向，士子往往有轉儒為商的趨勢。如吳中處士袁鼒「家素儒」、「棄去即賈」[51]，長洲處士金儀，「自宋元以來，世以儒術承傳……遂不克畢其業，去治貨殖」[52]，又如陶凱，「少習儒業，頗通書藝，……，凡通都大賈，商于蘇者，多主于君，以重貲託」[53]。黃省曾《吳風錄》提到：「至今吳中縉紳大夫，多以貨殖為急。」[54]自是有跡可循。

吳中地區，在晚唐時，對商人之觀念依舊秉持著四民之末的看

---

50 （明）葉盛：〈陸放翁家訓〉，《水東日記》（臺北：新興書局，1984年），卷15，頁74。

51 （明）王寵：〈方齋袁君室韓孺人行狀〉，《雅宜山人集》，卷10，頁415。

52 （明）祝允明：〈處士金君墓碣〉，《祝氏集略》，卷17，《祝氏詩文集》，頁1235-1236。

53 （明）袁袠：〈陶舜舉墓誌銘〉，《衡藩重刻胥臺先生集》，卷16，收入《明史叢刊》，文集卷，第4輯，第71冊，頁775。

54 （明）黃省曾：《吳風錄》，收入張智主編：《中國風土志叢刊》，頁11。

法。陸龜蒙曾云：「利者，商也。今既士矣，奈何亂四人之業乎？且仲尼、孟軻氏所不許。」[55]以商人言利，為士者不可從商，四民之分際甚為明顯。從元代開始，對商人的觀念即有改異。被宋濂譽為「足不登鉅公勢人之門」的黃溍，以為商人「彼其役庸工，費舟本，惶惶顒顒，心計目察。筲者閒者，在筐筥者，匱而藏者，辨之患弗良，聚之患弗豐，嘔盡心血，豈其易哉？」[56]從其工作層次去理解，認為他們必須「心計目察」，經常處於惶惶不安的情境：「辨之患弗良，聚之患弗豐」，對商品的品質、販售情形戰戰兢兢，故稱之「嘔盡心血，豈其易哉？」對商人有著同情的理解。

這只是就其工作內容加以辨析，理解他們在「謀利」的背後其實也付出了資本與氣力，尤其是所擔負的成本與風險，往往是常人所難以體會的。對於商人角色的確認，到了楊維楨則有新的詮釋：

> 世以不耕為耕者多矣，漁以釣耕，賈以籌耕，工以斧耕，醫以鍼砭耕，卜以蓍蔡耕……高至於公卿大吏以禮樂文法耕，耕雖不一，其為不耕之耕則一也。[57]

四民生活的內容雖有異，在他看來無不是「不耕之耕」。據此，漁、賈、工、醫、卜等行業遂為齊等，無貴賤之分。如貝瓊所言「今公卿大夫以至於齊民，貴賤雖不倫，其道一也。」[58]

王陽明〈節菴方公墓表〉則提出了「四民異業而同道」之見：

---

55 （明）賀復徵編：《文章辨體彙選》，卷542，《文淵閣四庫全書》，第1408冊，頁606。

56 （元）黃溍：〈賈諭〉，《金華黃先生文集》，卷3，《四部叢刊正編》，第69冊，頁23。

57 （元）楊維楨：〈贈櫛工王輔序〉，《東維子文集》（臺北：臺灣商務印書館，1965年），卷9，頁64。

58 （元）貝瓊：〈誤漁樵對〉，《清江貝先生文集》，卷2，收入《明史叢刊》，文集卷，第1輯，第21冊，頁57。

> 蘇之崑山有節菴方翁麟者，始為士，業舉子。已而棄去，從其妻家朱氏居。朱故業商，其友曰：「子乃去士而從商乎？」翁笑曰：「子烏知士之不為商，而商不為士乎？」……顧太史九和云：「吾嘗見翁與其二子書，亹亹皆忠孝節義之言，出於流俗，類古之知道者。」陽明子曰：「古者四民異業而同道，其盡心焉，一也。士以修治，農以具養，工以利器，商以通貨，各就其資之所近，力之所及者而業焉，以求盡齊心。其歸要在於有意益於生人之道，則一而已。士農以其盡心於修治具養者，而利器通貨猶其士與農也。工商以其盡心於利器通貨者，而修治具養猶其工與商也。故曰四民異業而同道。[59]

余英時以為這是新儒家社會思想史上一篇劃時代的文獻。[60]他指出方麟是「棄儒從賈」的一個典型，其次方麟將儒家的價值觀帶到「商」的階層，他寫給兒子的書信便提供了例證，「皆忠孝節義之言，出於流俗，類古之知道者」，其三則是王陽明對儒家四民論的新觀點，他明白的指出，當時的士好利尤過於商賈，不過是異其「名」而已，因此他要打破世俗的觀念「榮宦遊而恥工賈」，肯定商人的身分地位。

方麟是蘇州崑山人，屬於吳中地區。王陽明的說法的確是當時文人共同的觀念。吳寬也有相近的看法，他在〈裕菴湯府君墓誌銘〉有云：

> 夫為市交易見於易，牽車服賈著於書。至司馬遷作史記，特為

59 （明）王守仁：〈節菴方公墓表〉，（明）王守仁撰，施邦耀輯評，王曉昕、趙平略點校：《陽明先生集要》（北京：中華書局，2008年），文章編，卷3，頁927-928。

60 余英時：〈中國商人的精神〉，《中國近世宗教倫理與商人精神》（臺北：聯經出版事業公司，1987年），頁104-105。

> 白圭猗頓作傳。蓋貨殖，人生日用所不能已者，推而言其大者，不可以為國；使國之財賦，得其人而理之，不惟可以足用，而其效至於使民知禮節而俗厚矣。[61]

吳寬推原商人在史籍中的記載：「上古日中為市，交易而退」、「貿遷有物化居」、「肇牽車牛，遠服賈」[62]，並以《史記》〈貨殖列傳〉將陶朱（范蠡）、子貢（端木賜）白圭三人起首作為範例。吳寬以為，貨殖是人生日用之所需[63]，推而大之，則是治國之本；一國之財賦，若能得人而理之，不僅「可以足用」，而能「知禮節而俗厚」。這種說法，不啻提高了商人的地位，且以史籍印證商人存在的久遠歷史，更使商人的地位有其歷史意義。在〈心耕記〉，他也從理解的角度看待商人之辛勞[64]：

> 夫三吳之野，終歲勤勤為上農者，不知其幾千萬人也。晏然處之於家庭之間，而矻矻經營乎方寸之地，其勞尤甚焉者。

他提到陸宗博「雖未能躬耕以食力，亦必往來相視，衝風日、履泥塗而與傭奴同其勞苦。」為農者固然有其艱苦，他卻也提出商人經營、規劃事務之「勞心」，遠勝於農夫於阡陌「衝風日、履泥塗」之

61 （明）吳寬：〈裕菴湯府君墓誌銘〉，《匏翁家藏集》，卷61，頁383。

62 楊聯陞：〈原商賈〉，余英時：《中國近世宗教倫理與商人精神》（臺北：聯經出版事業公司，1987年），頁1-23。

63 貨殖二字，見《論語》：「子曰：『賜不受命，而貨殖焉，億則屢中。』」余英時以為古代工商食官，子貢不代表官府而私自營業，是謂不受命。此解係依俞樾之說，劉寶楠正義引之，錢賓四先生贊成此說。楊聯陞：〈原商賈〉，余英時：《中國近世宗教倫理與商人精神》，頁5。

64 （明）吳寬：〈心耕記〉，《匏翁家藏集》，卷36，頁221。

「勞力」。[65]徐禎卿的〈賈客詞〉:「萬里長艫轉販頻,愁風愁水亦苦辛。」[66]也是體認到商人治生之不易,不再視之為「市井小人之事」,李夢陽〈明故王文顯墓志銘〉也提到:

> 夫商與士,異術而同心。故善商者處財貨之場而修高明之行,是故雖利而不汙。善士者引先王之經,而絕貨利之徑,是故必名而有成。故利以義制,名以清修,各守其業。[67]

文人看待商人的角色已不只是對工作性質與內涵的同情與了解,而是從「各守其業」的角度理解二者之異,一為「處財貨之場」,一為「引先王之經」;就人格而言,二者是同一的。

二　吳中文人與商賈的關係

(一)姻族的血緣關聯

文人對商人角色及觀念之改變,除了社會環境的變遷,如歸有光所云:「古者四民而異業,至於後世,而士與農商常相混……雖士大夫之家,皆以畜賈遊於四方。」[68]仕宦者亦有轉而為商之例,吳寬提

---

65 到了晚明,李贄對經營商業的艱辛,也有所論:「且商賈亦何可鄙之有?挾數萬之貲,受辱於官吏,忍詬於市易,辛勤萬狀,所挾者重,所得者末。然必交結於卿大夫之門,然後可以收其利而遠其害,安能傲然而坐於公卿之上乎?」(明)李贄:〈又與焦弱侯〉,《焚書》(北京:中華書局,2018年),卷2,頁138。

66 (明)徐禎卿:《徐禎卿詩集四卷外集三卷附錄一卷》,《迪功外集》(臺中:大立出版社,1981年),卷1。

67 (明)李夢陽:〈明故王文顯墓志銘〉,《空同集》,卷46,〈志銘〉,收入《文淵閣四庫全書》,第1262冊,頁420。

68 (明)歸有光:〈白菴程翁八十壽序〉,《歸有光全集》,第6冊,〈震川先生集〉,頁351。

到湯氏家族「世勤生殖」，兄弟八人中就有七人行商。[69]另一方面文人與商賈之間亦有著緊密的關聯。有的為親屬關係：如徐有貞之弟徐有賢，「以天全起甲科為儒臣，曰：『吾可不求仕也』遂以家業自任，方還鄉，盡力築室以居……當是時，翁衣食尚未足，始往來湖湘間服賈」[70]，吳寬之父「善治生」，其從母之夫顧執中「以貲雄里中」；唐寅之父唐廣德「賈服而士行」，唐寅自言：「計僕少年，居身屠酤，鼓刀滌血」[71]、「昔僕穿土擊革，纏雞握雉，恭雜輿隸屠販之中」[72]；王寵之父王清夫為商人，王寵也自稱：「家本酤徒，生長廛市，入則楣柱塞目，出則躋足攝履，呼籌握算之聲徹晝夜。」[73]文人出於商賈之家者比比皆是。

以模仿文徵明手跡成名的朱朗，其父朱榮「家事業賈」與文徵明「往來日稔」、「數年猶一日」[74]；人稱「婁東三張」的張鳳翼、張獻翼一家「世服賈，以貨殖聞」[75]，父張沖為富商「善置產積」、「富埒吳中」[76]，他的生活如皇甫汸所敘：「橐中裝，去之京師，與長安少年為鬥雞、走馬、蹴踘、樗蒲、博塞之戲，間與高陽之徒酣飲壚肆，擁姬促坐，哀箏順耳，食揮萬錢，即貴人過之，睥睨不為動色也。」[77]五岳山人黃省曾之父「善操其息，立致萬金產，析子各千餘」[78]，何良俊之父亦善經營「多買僮僕，歲時督課耕種……任使僮僕，各有方

69 （明）吳寬〈裕菴湯府君墓誌銘〉：「府君有兄弟八人，其仕者曰渭，他皆行貨於外，府君亦嘗一至京師，竟歸而治生。」見《匏翁家藏集》，卷61，頁383。

70 （明）吳寬：〈耕隱翁墓表〉，《匏翁家藏集》，卷72，頁455。

71 （明）唐寅：〈與文徵明書〉，《唐伯虎全集》，頁161。

72 （明）唐寅：〈答文徵明書〉，《唐伯虎全集》，頁163。

73 （明）王寵：〈山中答湯子重書〉，《雅宜山人集》，卷10，頁446。

74 （明）文徵明：〈朱效蓮墓志銘〉，《文徵明集》，補輯卷31，頁1548-1549。

75 （明）皇甫汸：〈明文林郎浙江台州府推官張公墓誌銘〉，《皇甫司勳集》，卷53，頁5。

76 （明）皇甫汸：〈張季翁傳〉，《皇甫司勳集》，卷51，頁1。

77 （明）皇甫汸：〈張季翁傳〉，《皇甫司勳集》，卷51，頁2。

78 （明）皇甫汸：〈黃先生墓誌銘〉，《皇甫司勳集》，卷54，頁6。

略」，故「收息漸廣，十倍於前」[79]。

再言姻親關係。與沈周有姻親之誼的金儀，「幼嘗業進士，及長，贅同里李氏。無何，婦翁死，家向微，遂不克畢其業，去治貨殖而不廢學焉。」[80]祝允明的姑母與吳中巨商子弟聯姻[81]，祝允明與湯氏子弟往來密切，「居第門相對」、「旦暮過從」[82]，皇甫汸的岳丈談祥「家業紵縞，居積廢著，通四方賓賈」[83]，都是明顯的例證。

（二）友朋之人際網絡

文人與商賈之交遊可以醞釀深刻的情誼。顧璘與陳蒙往來「幾三十年矣」，陳蒙「握重貲為魚鹽大賈，日執牙籌坐中堂，僮僕累蹟，頤指目令」[84]，儼然為一富商。袁袠與王寵為同學，袁袠之父「頗事廢舉，操奇累贏，乘時變化，有計然之畫，以故貲用鼎盛。」[85]與文徵明相交甚篤的陳以可即是商人[86]，「啟拓門戶，廣事生殖。田園邸

79 （明）何良俊：〈先府君訥軒先生行狀〉，《何翰林集》，卷24，收入《存目叢書》，集部，第142冊，頁193。

80 （明）祝允明：〈處士金君墓碣〉，《祝氏集略》，卷17，《祝氏詩文集》，頁1236。

81 （明）祝允明〈守齋處士湯君文守生壙誌〉：「姑氏為君從嫂，長亦同業率親，故契密無過君。」見《祝氏集略》，卷17，《祝氏詩文集》，頁1245。

82 （明）祝允明：〈守齋處士湯君文守生壙誌〉，《祝氏集略》，卷17，《祝氏詩文集》，頁1245。

83 （明）文徵明〈談惟善甫墓志銘〉：「女二人，長適工部員外郎皇甫汸，次適太學生周普。」見《文徵明集》，補輯卷29，頁1522。

84 （明）顧璘：《顧華玉集》，收入《文淵閣四庫全書》，第1263冊，頁492。

85 （明）王寵：〈方齋袁君六十壽頌〉，《雅宜山人集》，卷9，頁388-389。

86 茲將文徵明與陳以可有關的詩作臚列於下：〈秋日遊陳以可姚城別業〉，《文徵明集》，卷5，頁94；〈次韻陳以可觀蒔秧〉，《文徵明集》，卷6，頁100；〈次韻陳以可元日射瀆莊家集〉，《文徵明集》，卷8，頁168；文徵明：〈上巳前一日與陳以可汎舟遊伏龍山與次明宿崑山舟中次明誦其近作〉，《文徵明集》，卷8，頁175；文徵明：〈以可餉蟹書至而蟹不達戲謝此詩〉，《文徵明集》，卷8，頁178；文徵明：〈寒夜以可餉蟹燈下小酌有感〉，《文徵明集》，卷8，頁179；文徵明：〈余每至陳氏輒終日淹留以可為

店，縱橫郡中。」[87]藉由血緣的親屬關係、交遊的友朋關聯，文人與商人的互動愈多，使得文人對商人的角色有了新的理解角度，商人自也感染了文人風習。商人與士族結姻，「雖在廛井，而所與通婚姻，接讌遊，皆一時達官偉人」[88]、「雅遊附離，接一時名碩」[89]，也使得商人的社會地位提高，如皇甫汸的岳丈談祥「隱然為里中右族」，居於閶門的黃仲廣「雖事乾沒，而務本世業，世稱善富。至仲廣君益植德好修……又依於禮義，勗其子以文顯，而黃氏隱然為士族。」[90]周暉《二續金陵瑣事》記載：「鳳洲公同詹東圖在瓦官寺中，鳳洲公偶云：『新安賈人見蘇州文人如蠅擄羶。東圖曰：蘇州文人見新安賈人，亦如蠅擄一羶。』鳳洲公笑而不答。」[91]鳳洲公是王世貞，詹東圖是詹景鳳，兩人談話的內容說明了蘇州文人與徽商往來密切頻繁的情形[92]，這也是士商互動密切的一個實例。

治小室於為題曰假息庵〉，《文徵明集》，卷8，頁183；文徵明：〈以可病起歸自湖上偶往見之〉，《文徵明集》，卷9，頁196；文徵明：〈簡陳以可〉，《文徵明集》，卷9，頁198；文徵明：〈寄陳以可乞米〉，《文徵明集》，卷9，頁210；文徵明：〈麻姑一尊餉以可〉，《文徵明集》，卷10，頁242；文徵明：〈雪中至陳湖訪以可夜坐有作〉，《文徵明集》，卷10，頁252；〈簡陳以可〔二首〕〉，《文徵明集》，卷14，頁399。

87 （明）文徵明：〈陳以可墓志銘〉，《文徵明集》，卷29，頁686。

88 （明）文徵明：〈談惟善甫墓誌銘〉，《文徵明集》，補輯卷29，頁1522。

89 （明）文徵明：〈石沖菴墓志銘〉，《文徵明集》，補輯卷29，頁1508。

90 （明）文徵明：〈明故黃君仲廣墓志銘〉，《文徵明集》，補輯卷29，頁1502。

91 （明）周暉：《二續金陵瑣事》，上卷，〈蠅聚一羶〉，收入《南京稀見文獻叢刊》（南京：南京出版社，2007年），頁312。

92 關於吳中文人與新安商人互動頻繁的現象，的確是值得注意的問題。歸有光在〈白庵程翁八十壽序〉就提到程白庵「在吳既久，吳人益信愛之。」又云：「倚頓之鹽、烏倮之畜，竹木之饒、珠璣、犀象、玳瑁、果布之珍，下至賣漿販脂之業，天下都會所在，連屋列肆，乘堅策肥、被綺縠、擁趙女、鳴琴跕屣，多新安之人也。」見《歸有光全集》，第6冊，〈震川先生集〉，卷13，頁349。

三　吳中文人對於商賈的理解與評價

另一方面，值得我們注意的是，固然他們對「乘時射利習成俗」的商人予以正面的評價，但不代表他們皆能全然接受商人。慎元慶自嘆：「行賈，丈夫賤行也。吾聞末業貧者之資，吾其力本乎？」[93]朱榮（朱朗之父）言：「吾本齊民，今得齒於方幅，吾願足矣！」[94]至於朱本儒更有「賈豎」與「文儒」之對比：

> 吾少有志於學，遭家不造，遂以失業，拮据庠廜，僅能起廢肇家。雖復羨贏，直一賈豎耳，視文儒不啻倍蓰。[95]

足見他們對身為商賈矛盾的情緒。沈周之師陳孟賢嘗勵後進：「士而貧多於工商而富，當以廉恥自重，不可干富者之門、升斗之粟。」[96]李夢陽的《賈論》認為商人「不務仁義之行，而徒以機利相高」[97]，王陽明以為「自王道熄而學術乖，人失其心，交鶩於利，以相驅軼，於是始有歆士而卑農，榮宦遊而恥工賈。夷考其實，射時罔利有甚焉，特異其名耳。」世之所以「歆士而卑農，榮宦遊而恥工賈」，根本的問題在於眾人「交鶩於利」，而他讚許方麟之處，也在於他「出於流俗，類古之知道者。」[98]

93　（明）文徵明：〈南槐慎君墓誌銘〉，《文徵明集》，補輯卷30，頁1529。

94　（明）文徵明：〈朱效蓮墓誌銘〉，《文徵明集》，補輯卷32，頁1572。

95　（明）文徵明：〈古沙朱君墓碣銘〉，《文徵明集》，補輯卷31，頁1572。

96　（明）陳完：〈仲兄醒菴先生墓志銘〉，（明）錢穀編：《吳都文粹續集》，卷41，收入《文淵閣四庫全書》，第1386冊，頁311。

97　（明）李夢陽：《空同集》，卷59，〈雜文〉，收入《文淵閣四庫全書》，第1262冊，頁538。

98　（明）王守仁：〈節菴方公墓表〉，（明）王守仁撰，施邦耀輯評，王曉昕、趙平略點校：《陽明先生集要》，文章編，卷3，頁928。

文徵明為商人所作的墓誌銘，莫不強調其人「賈服而士行」：

> 以余觀於文貞……賈服而士行，履道而守貞，推誠嚮義，不諐於儀，孝友周於家庭，仁義浹於里黨，古所謂悃愊愿謹之士，詳雅而好脩者。[99]

或稱其人「雖居廛井，而榷頓直致，不類市人」[100]，以不似習知的商賈形象為佳，或稱「喜接賢士大夫，從容晏語，虛徐謙約，類儒生逸人」，商者而能有文人逸士之風采，則加以標榜。如稱許王寵之父王清夫：

> 居金閶南濠之上。地中𨵻會，人習華詡，利賄惟其常。王君恬性文雅，雖塵瑳鞅掌，而能收蓄古器物書畫以自適。喜親賢人士夫，與相過從為樂；視他市人獨異也。[101]

「視他市人獨異也」、「不類市人」的話語本身即帶有對商賈的質疑。文士化的商人似乎有別於以往熟知的商賈形象，就前文所引或為情性的謙和文雅，或為生活的風雅，都使文人與商人有了交會的可能。

此外，文人標舉商人之風範「以儒行飾賈業」[102]適可突顯商人如何融合儒家的傳統。如朱榮「家世業賈……甫冠，代父理家，服賈事惟勤。然性坦夷，不習儈語，不事狙詐」，言行不似一般賈者之狡詐，「與人貿易，任真直致，所射往往不當所直」，雖為商卻不尚利，所

99　（明）文徵明：〈撫桐葉君五十壽頌〉，《文徵明集》，補輯卷21，頁1294。

100　（明）文徵明：〈石沖菴墓誌銘〉，《文徵明集》，補輯卷29，頁1507。

101　（明）文徵明：〈王氏二子字辭〉，《文徵明集》，卷20，頁511。

102　（明）王寵：〈方齋袁君六十壽頌〉，《雅宜山人集》，卷9，頁388。

賣之物往往不及成本，稱許他「賈服而心仁」。[103]吳縣黃仲廣則是「推誠待物，質而無忤」、「居聲色麗靡中，布衣糲食，泊如也」，著重其生活儀軌符合常道。再如談氏「世以善富稱」，「折閱訾省，惟信義自資。誠意所孚，有不言而格者……獨喜敬禮賢士，與教督諸子」[104]，「吳城石君宗大，以高貲推於里黨。而樸茂愿謹，有古孝弟力田之風」[105]，都是強調商賈能習儒者之道的事例。

他們也強調商人以義為先，對鄰里公務能急人之先。如「推心施貸」的朱習之在「海溢民流」的壬午歲、「兵興俶擾」的甲寅年「振之以粟，凡一再捐廩，所活以千計，費皆不貲」[106]，談惟善「輸粟賑饑」、慎元慶「彊執孝義之聲，傳於近遠」[107]，吳中大鎮滸墅重造普思橋，也是由商人沈浩等「出財以助」，吳寬以是讚云：「視義所在，慨然施予，亦不之吝，此所以易成也。」[108]可知商人對吳中的社會有一定的貢獻。

再次，陳以可「少嘗學舉子，以不能受程格謝去」，文徵明對他的評價卻不因其「日從賓客少年出入讌遊，漿酒霍肉、歌呼淋漓」而有貶意，反而能理解商賈在人際與社會關係中的特性：[109]

> 獨能審晝世務，有所規創，往往出人意表。菑播畜牧，必盡地利，而貲算乾沒，尤其所長。然能緩急赴人，數致千金，亦緣

103 （明）文徵明：〈朱效蓮墓誌銘〉，《文徵明集》，補輯卷31，頁1549-1550。

104 （明）文徵明：〈明故黃君仲廣墓志銘〉，《文徵明集》，補輯卷29，頁1502-1503；（明）文徵明：〈談惟善甫墓志銘〉，《文徵明集》，補輯卷29，頁1521。

105 （明）文徵明：〈石氏三子字解〉，《文徵明集》，卷20，頁514。

106 （明）文徵明：〈古沙朱君墓碣銘〉，《文徵明集》，補輯卷32，頁1572。

107 （明）文徵明：〈談惟善甫墓志銘〉，《文徵明集》，補輯卷29，頁1522。（明）文徵明：〈南槐慎君墓志銘〉，《文徵明集》，補輯卷30，頁1530。

108 （明）吳寬：〈滸墅重造普思橋記〉，《匏翁家藏集》，卷37，頁225。

109 （明）文徵明：〈陳以可墓志銘〉，《文徵明集》，卷29，頁686-687。

> 手散去，翕張揮霍，殆不可以銜橛局束，亦一時之雄俊矣乎？

對商賈之規劃能力、任事之氣魄甚為讚賞，甚至稱為「一時之雄俊」。

雖然文人能欣賞商人有別於文士之處，但他們所欣賞的仍是與文人生命情調相應之處，從《列朝詩集小傳》乙集提及王芾的軼事，可看出文人與商人的「異」與「同」：

> 孟端（王芾）襟度蕭爽，工於繪事，遊覽之頃，遇長廊素壁，索酒引滿，淋漓揮灑，有投金帛購片楮者，拂袖而起，至詬詈弗顧。嘗在京邸，與一商人鄰居，月下聞吹簫聲，甚喜，明日往訪其人，寫竹以贈，曰：「我為簫聲而來，以簫才報之。」其人甚不解事，以紅氍毹為饋，乞再寫一枝為配，孟端大笑，取前畫裂之，而還其餽。[110]

王芾，人稱為「一時高士」[111]。飲酒之餘，胸中積鬱之情懷揮灑自若，淋漓盡致，出以情性，但絕不為金帛而繪：「有投金帛購片楮者，拂袖而起，至詬詈弗顧」。聞簫聲有感，則自繪墨竹相贈。孰料吹簫者竟為「商人」，不懂得文人風雅的情味，「以紅氍毹為餽」，又再求一畫，王芾遂毀圖而去。這個事例，除可看出文人以風雅為主的生活情調，只因月下聞簫聲，不論識其人與否，則往訪其人，寫竹以贈，曰「我為簫聲而來，以簫才報之」，卻又因其人在現實生活中的表現：「以紅氍毹為餽，乞再寫一枝為配」，是以裂其畫，大笑而去。

---

110 〈王舍人紱〉，《列朝詩集》，乙集，頁2249。

111 錢謙益〈王讀學達〉：「達善（王達，字達善）未仕時，與吳門韓奕先生、王芾（孟端）、詩僧真性海，偕游慧山，汲泉瀹茗，孟端作《四士圖》，公望為十六韻題其上。公望、孟端一時高士，不輕許可，而達善得與四士之列，其風流儒雅，必有大過人者。」云云。見《列朝詩集》，乙集，頁2265。

對商人「現實感」的鄙夷形於言表。此事發生在永樂年間。至於成化年間，由文徵明對於商人而有文士風雅生活則加以稱許的現象可以看出[112]，基本上，文人所認同的仍是文士化的商人。

文徵明〈陳以可墓志銘〉提到陳以可晚年「築室姚城江以上……劭農振業，疆理阡陌，陂魚養花，以文酒自適，不復與城市關聞」。[113]文酒自適，樹藝以自娛，呈顯了文士的生活情態。顧璘〈壽梅南君序〉言陳蒙「築園種樹，作虛閣眺望湖山，日談范蠡、陸魯望之幽事，曰：『古今人貴同趣耳，何拘形跡哉？』嘉客時至，傾壺敘歡，官政市聲，一切掩耳。鄉閭愛而依之，四方賢士，望其廬歡然如歸也。」園林生活的雅趣，以幽居退隱之事為言談之主題，「官政市聲，一切掩耳」、「嘉客時至，傾壺敘歡」儼然脫離「握重貲為魚鹽大賈，日執牙籌坐中堂，僮僕累蹟，頤指目令，奔走從意，州郡有大舉動，必召君計畫，動適幾宜，人尊之丈行」的商賈生活，而有文士生活的情趣，毋怪顧璘會讚之為「梅南君其善居斯世也哉！」[114]

由上所述，可見吳中文人推崇的守古道、講儒道的商人，對於能品味文人風雅生活的商人亦大加讚賞。[115]士商之間關係的重塑，對於明代中期文人的價值觀產生了衝擊；雖然商人的社會地位沒有實質的改變，然則社會的價值取向改變，堅持「本」、「末」觀念的文人不免也調整自己的思考模式；存在感受與固有觀念的衝突，反而形成了矛

---

112 （明）文徵明：〈撫桐葉君五十壽頌〉，《文徵明集》，補輯卷21，頁1294。

113 （明）文徵明：〈陳以可墓志銘〉，《文徵明集》，卷29，頁686。

114 （明）顧璘：《顧華玉集》，收入《文淵閣四庫全書》，第1263冊，頁492。

115 此處所說的風雅，是指一種美感的範疇，風雅同時涵蓋人格與藝術的風貌與情趣。「風」是一種生動的情趣，一種精神的活力與感染力。從《詩經》的淵源來說，「風」更是指對風土人情有一種普遍的關懷與興趣。而「雅」可以說是一種超俗的精神與心境。「雅」也有「正」的意思，所以「雅」也意味著一種文化理想的典型與修養。參張淑香：〈鱗爪見風雅——談臺靜農先生的《龍坡雜文》〉，《抒情傳統的省思與探索》（臺北：大安出版社，1992年），頁274。

盾與困惑[116]，同時也使得文學觀念有了異於前代的特色。

第三節　文學商品化的趨向

一　作品即商品的現象

城市型態的改變，追求高雅的文化消費，成了當時富室商賈的普遍現象。為購得名人墨跡，不惜出以高價，造成文藝作品商品化，但卻只是追求時尚，如歸有光所言「凡橫目二足之徒，皆可為也」[117]，楊循吉也指出凡人競購沈周之畫，實不能欣賞，「不過以為堂壁之障而已」[118]。

「以文墨糊口四方」[119]的謀生現象確實是存在的，研究者指出，這是以詩文書畫治生的結果。[120]唐寅在詩中不諱言自己以鬻畫營生的情況，有詩曰：

> 不煉金丹不坐禪，不為商賈不耕田。

---

116 李玫在《明清之際蘇州作家群研究》第五章〈面對商賈的困惑〉從傳統本末觀的桎梏到對商人的理解與正視，乃至於思想觀念與實際處境上的矛盾皆有所詮釋。見李玫：《明清之際蘇州作家群研究》（北京：中國社會出版社，2000年），頁84-104。

117 （明）歸有光〈陸思軒壽序〉：「東吳之俗，號為淫侈……獨隆於為壽。人自五十以上，每旬而加，必於其誕之辰，召其鄉里親戚為盛會，又有壽之文，多至數十首，張之壁間。而來會者飲酒而已，亦少睇其壁間之文。故文不必其佳，凡橫目二足之徒，皆可為也。」見《歸有光全集》，第6冊，〈震川先生集〉，卷13，頁365。

118 （明）沈周：〈跋楊君謙所提拙畫——附錄君謙題辭〉，《石田先生詩鈔》，《沈周集》，頁230。

119 （明）沈德符：〈山人．山人愚妄〉，《萬曆野獲編》（臺北：新興書局，1976年），卷23，頁587。

120 陳萬益：《晚明小品與明季文人生活》（臺北：大安出版社，1987年），頁60。

閒來寫幅青丹賣，不使人間造孽錢。[121]

自己不為佛道，亦不為商賈、耕農，而是「閒來寫幅青丹賣」既有瀟灑不羈的曠意，也自言為生活治生的情境。鬻畫之生涯並非如此寫意，另一組詩，則寫出無人買畫的窘境[122]：

十朝風雨苦昏迷，八口妻孥並告饑。信是老天真戲我，無人來買扇頭詩。
書畫詩文總不工，偶然生計寓其中。肯嫌斗粟囊錢少，也濟先生一日勞。
抱膝騰騰一卷書，衣無重褚食無魚。旁人笑我謀生拙，拙在謀生樂有餘。
白板門扉紅槿籬，比鄰鵝鴨對妻兒。天然興趣難摹寫，三日無煙不覺饑。
荒村風雨雜鳴雞，轑釜朝廚愧我妻。謀寫一枝新竹賣，市中筍價賤如泥。
青山白髮老痴頑，筆硯生涯苦食艱。湖上水田人不要，誰來買我畫中山。

詩中坦言自己為生活鬻畫營生的情境，既是「筆硯生涯苦食艱」，卻又不得不以此營生，自言「偶然生計寓其中」，也能苦中作樂「三日無煙不覺饑」，實際的生活窘狀則使他不得不以呼告的口吻，嘆道：

121 轉引自（明）蔣一葵：《堯山堂外紀》，見（明）唐寅：《唐伯虎全集》，〈遺事〉，頁235。

122 作於正德戊寅四月中旬（時年四十九歲）。（明）唐寅：〈風雨浹旬廚煙不繼滌硯筆蕭條若僧因題絕句八首奉記孫思和〉，《唐伯虎全集》，〈補遺〉，頁220。

「無人來買扇頭詩」、「誰來買我畫中山」。[123]他在〈贈徐昌國〉也自嘆：「書籍不如錢一囊，少年何苦擅文章。」為錢所迫的情境甚至使他向徐禎卿借錢以築桃花塢。[124]

唐寅直言鬻畫營生，李栩《戒庵老人漫筆》曰：「唐子畏曾在孫思和家有一巨本，錄記所作，簿面題二字曰『利市』。」[125]作品已是另一種形式的商品。雖然，潤筆之風不始於明代[126]，但在明代中期的吳中，卻是普遍的現象。如桑悅、祝允明以潤筆為文士創作當然之回饋：

---

123 《新唐書》〈韋貫之傳〉言：「裴均子持萬縑請撰先銘，答曰：『吾寧餓死，豈能為是哉！』」文人以鬻文為生，在前代並不受好評，直到明代才形成普遍的商業行為。見（宋）歐陽修、宋祁：《新唐書》（北京：中華書局，1975年），卷169，〈列傳第九十四〉，頁5155。

124 徐禎卿〈自嘲詩〉：「唐生將卜築桃花之塢，謀家無貲，貽書見讓，寄此解嘲。」見（明）徐禎卿：《迪功集》，收入《文淵閣四庫全書》，第1268冊，頁753。

125 （明）李詡：〈文士潤筆〉，《戒庵老人漫筆》（北京：中華書局，1982年），頁16。唐寅率言「利市」，成為文人以文營生的代表。《古今圖書集成・文學典》卷136云：「杜甫作八哀詩，李邕一篇曰：『干謁滿其門，碑版照四裔。豐屋珊瑚鉤，麒麟織成毯。紫騮隨劍几，義取無虛歲。』劉禹錫〈祭韓愈文〉曰：『公鼎侯碑志隧表阡，一字之價，輦金如山，可謂發露真贓者矣。』昔揚子雲猶不受賈人之錢，載之法言。而杜乃謂之義取，則又不若唐寅之直以為利也。」（清）陳夢雷編，（清）蔣廷錫等奉敕撰：《古今圖書集成》（臺北：鼎文書局，1985年），理學彙編，文學典，卷136，頁1443。《錫山孫寄生談》也有：「伯虎一日與諸友人浪游大醉，時酒興未闌，遍索杖頭無有也，乃悉典諸友人衣以佐酒資。與客豪飲，竟夕忘歸，乘醉塗抹山水數幅，明晨得酒若干，盡贖諸典衣而返，其曠達如此。」轉引自《錫山孫寄生談》，見（明）唐寅：《唐伯虎全集》，頁241。

126 王楙《野客叢書》曰：「作文受謝，非起於晉宋。觀陳皇后詩寵於漢武帝，別在長門宮。聞司馬相如天下工為文，奉黃金百斤，為文君取酒，相如因為文以悟王上，皇后復得幸，此風西漢已然。」見（宋）王楙：〈作文受謝〉，《野客叢書》（北京：中華書局，1987年），卷17，頁195。《古今圖書集成・文學典》：「蔡伯喈集中為時貴碑誄之作甚多，如湖廣陳寔各三碑，橋元楊賜、胡碩各二碑，至於袁滿來年十五，胡根年七歲，皆為之作碑，自非利其潤筆，不至為此。」見（清）陳夢雷編，（清）蔣廷錫等奉敕撰：《古今圖書集成》，理學彙編，文學典，卷136，頁1443。

> 嘉定沈綀塘齡閒論文士無不重財者。常熟桑思玄曾有人求文，託以親昵，無潤筆，思玄謂曰：「平生未嘗白作文字，最敗興，你可暫將銀一錠四五兩置吾前，發興後待作完，仍還汝可也。」……馬懷德言，曾為人求文字於祝枝山，問曰：「是見精神否？」（原註：俗以取人錢為精神。）曰：「然。」又曰：「吾不與他計較，清物也好。」問何清物，則曰：「青羊絨罷。」[127]

桑思玄即是桑悅，他的才思竟是藉由金錢方能汩汩不絕，可見作品已從創作的思維轉為營生的方式。《見聞雜記》說都穆「工文章，凡潤筆之資與異母弟共用，次及二兒，或推及門人弟子」[128]，潤筆的收費成為都穆生活的來源，甚至藉此照料家人乃至於門人弟子。以至於有「都南濠至不苟取。嘗有疾，以帕裹頭強起，人請其休息者，答曰：若不如此，則無人來求文字矣」[129]的軼事。再如彭年（孔嘉）有以文易金的事例，據王世貞云：「彭先生不為家藏，橐中無羸金，即以文請得少羸金，趣送酒家。」[130]祝允明也有相近的情況，《列朝詩集小傳》言其入酒家飲酒，無金，當眾揮灑，以文易金。吳寬〈僅齋居士傳〉提及自己與吳瑄的一段對話：

> 老居士曰：「君知我者，能為我傳其平生乎？」予曰：「若能以古銅卣潤筆當如命。」曰：「吾寧無身後名，卣不可無。」蓋居士素惜此物，予故調之耳。[131]

127 （明）李詡：〈文士潤筆〉，《戒庵老人漫筆》，頁16。

128 （明）李樂：《見聞雜紀》，卷11，收入《續修四庫全書》，第1171冊，頁765。

129 （明）李詡：〈文士潤筆〉，《戒庵老人漫筆》，頁16。

130 （明）王世貞：〈明故徵士彭先生及配朱碩人合葬墓志銘〉，《弇州山人四部稿》，卷91，頁4286。

131 （明）吳寬：〈僅齋居士傳〉，《匏翁家藏集》，卷58，頁365。

吳瑄是長洲人，任通判三年即歸隱。「飄然東歸，買宅閶門西市中，極其後築別業，日為溪園之樂」，喜蓄古器物，古銅卣尤為其寶愛之物。吳寬故意以此物作為潤筆之資，自言「予故調之耳」，可知對於文人而言，「潤筆」已是習見之慣例。至若文徵明也曾嘆「自憐多好還成累，為人揮汗寫扇頭」[132]，為詩〈題畫寄道復戲需潤筆〉[133]，詩云：「幽窗弄筆入蒼茫，為寫雲煙寄遐想。硯燥毫枯興索然，潤之非酒仍非錢。老饕有嗜嗜所偏，有約不到空垂涎。新鵝破掌豚蹄白，打破慳囊莫羞澀。」陳道復曾從文徵明習畫，兩人關係在師友之間，詩題中的潤筆或為戲語，卻可見文徵明並不拒絕以書畫收取潤筆，作為生活的來源。

二　文化商品的流行現象

這樣的情況多了之後，文藝創作就不再只是個人閉守一室，發抒自我情懷的心靈之歌，它將形成一套在消費社會之下獨有的文化結構：作者—中介者—讀者；這個中介者可能就是讀者，它同時也是另一種角度的消費者。如是，文士創作作品，必須考慮到讀者的品味，長期以往，必有趨向於市民風格的作品；另一方面，具有獨特風格的作者，其作品若為大眾所好，眾人趨之若鶩，形成一時的風潮，也能調整讀者原有的品味。在作者與讀者相互影響的情境下，自會形成當時的「流行文化」。原創作品產量有其限制，則又有贋品的出現，以符合大眾的需求。其間蘊含了在商品經濟發達的社會環境中，文化商品生產、收藏與製作的文化現象。以下分條說明：

132　（明）文徵明：〈崇義院雜題〉，《文徵明集》，卷14，頁385。

133　（明）文徵明：〈題畫寄道復戲需潤筆〉，《文徵明集》，卷4，頁69-70。

(一)收藏名家書畫蔚為雅事

明代中期的吳中收藏家不斷湧現，據《清祕藏》記載從古到明的鑒賞家，明人舉三十個，在蘇州就有二十三人，分別為：吳縣徐有貞、都穆、王鏊、王延喆、王寵、王延陵、黃姬水；長洲李應禎、沈周、吳寬、祝允明、陸完、陳鑑、朱存理、文徵明、文彭、文嘉、陳淳；吳江的史鑑；嘉定的馬愈；太倉的王世貞、王世懋；及原籍常熟，後遷吳縣的徐禎卿。陸容《菽園雜記》[134]言：

> 京師人家能蓄書畫及諸玩器盆景花木之類，輒謂之愛清。蓋其治此，大率欲招朝紳之好事者往來，壯觀門戶；甚至投人所好，而浸潤以行其私，溺於所好者不悟。

文藝商品化之後，「好事者」以「愛清」賞玩為文人雅事，以收藏名品為主要的嗜好。《無聲詩史》提到王復元「每獨行闤肆，遇奇物佳玩與縑素之蹟，即潛購之，值空乏，褫衣典質不惜也」[135]。沈周之子沈維時「好古遺器物書畫，遇名品，摩拊諦玩，往往傾橐購之」[136]。收藏不獨是文人的文化活動，他也成為吳中社會的「集體運動」，蔚為一時流行之風潮。沈德符《萬曆野獲編》云：

> 嘉靖末年，海內晏安，士大夫富厚者，以治園亭、教歌舞之隙，間及古玩。如吳中王文恪之孫，溧陽史尚寶之子，皆世藏珍秘，不假外索。延陵則嵇太史應科，雲間則朱太史大韶、吾郡項太

---

134 (明)陸容:《菽園雜記》,卷5,收入《元明史料筆記叢刊》,頁56。

135 (清)姜紹書:《無聲詩史》,收入《存目叢書》,子部,第72冊,頁775。

136 (明)文徵明:〈沈維時墓誌銘〉,《文徵明集》,卷29,頁673。

學、錫山安太學、華戶部輩，不吝重貲收購，名播江南。[137]

為收藏古玩可以不惜重貲大肆收購，也有人為求真蹟，「假中官之勢取之」。文徵明曾作〈題沈氏所藏石田臨小米大姚江圖〉即言「憶昔檢人賄為囮，黷財更假狂閹手。千里珍奇歸檢括，故家舊物哪容守？」[138]然而最常見的情形即是彷作真蹟，這也造成贗品充斥市面的現象。

(二) 贗品之創作與流行

《世說新語》〈巧藝〉載：「鍾會是荀濟北（勗）從舅，二人情好不協。荀有寶劍，可值百萬，常在母鍾夫人許。會善書，學荀手跡，作書與母取劍，乃竊去不還。」[139]這故事或許只是寫鍾會慧黠之貌，卻可看出三國時就有仿造他人手跡的行為。當書畫作品進入市場，在審美價值之外，同時又具有財富價值之際，就會產生書畫作偽的情形。由於士大夫風雅的趣尚，好事者的推波助瀾，市場需求的殷切，吳中顯然成為製造假骨董書畫的中心。《萬曆野獲編》言：「骨董自來多贗，而吳中尤甚，文士借以糊口。近日前輩，修潔莫如張伯起，然亦不免向此中生活。至王伯穀則全以此作計然策矣。」又云：「晉唐墨跡，近世已不多見，至於小楷，尤為寥寥。予幸生江南，幼時即從好事大家遍觀古跡。如嘉興項氏所收最夥，而摹本居其大半。」[140]王

137 （明）沈德符：〈玩具・好事家〉，《萬曆野獲編》，卷26，頁654。

138 前有小序：「長洲沈氏，舊藏小米真蹟。成化間，有假中官之勢取之；石田為追摹此圖。」（明）文徵明：〈題沈氏所藏石田臨小米大姚江圖〉，《文徵明集》，卷5，頁80。

139 （南朝宋）劉義慶撰，余嘉錫箋疏，周祖謨、余淑宜整理：《世說新語箋疏》，頁718。

140 （明）沈德符：〈玩具・假古董〉，《萬曆野獲編》，卷26，頁655。

士性《廣志繹》也提到：

> 姑蘇人聰慧好古，亦善仿古法為之。書畫之臨摹，鼎彝之冶淬，能令真贋不辨之。[141]

以沈周為例：「乞畫者堂寢常充牣，賢愚雜處，妄求褻請，或一乞累數紙」、「贋幅益多，片縑朝出，午已見副本；有不十日，到處有之」。[142]當時沈周之畫作為消費市場之主流，因而偽作盛行，而沈周又為之「推波助瀾」。辨識畫作可憑藉畫者之用印，但「作偽之家」有數枚沈周之印，又無可辨識；只好由畫作上之詩來指認，但也有人模仿得惟妙惟肖，尤有甚者，沈周竟為這些仿作題字，於是所有的作品皆出自沈周之筆，不識者或以此自得，而懂得賞鑑之輩，卻只能歎笑一旁。人問沈周，沈周卻以為他們只是「為知者賞，為子孫之藏邪，不過賣錢用」，「微助之」又何妨？這樣的態度自然造成贋品的流行。

沈周的弟子文徵明之字畫「毋論真鼎，極其廝養贋為者，人爭重值購之。」[143]他也不以贋作為忤，馮時可《文待詔小傳》云：

> 有偽公書畫以博利者，或告知公，公曰：「彼其才藝，本出吾上，惜乎世不能知，而老夫徒以先飯占虛名也。其後偽者不復憚公，厚操以求公題款，公即隨手與之，略無難色。」[144]

---

141 此段文字亦為顧炎武《肇域志》所引用。（明）王士性：《廣志繹》（北京：中華書局，1981年），卷2，〈兩都〉，頁33。

142 （明）祝允明：〈沈石田先生雜言〉，《祝氏文集》，卷7，《祝氏詩文集》，頁228-229。

143 （明）江盈科：〈文翰林甫田詩引〉，《文徵明集》，〈附錄〉，頁1611。

144 （明）馮時可：〈文待詔徵明小傳〉，《馮元成選集》，收入《域外漢籍珍本文庫》（重慶：西南師範大學出版社；北京：北京人民出版社，2012年），第3輯，集部，第14冊，頁329。

由於文徵明對於贋品之仿作甚或流傳抱持著默許的態度，甚至為偽作題款，使得他的「書畫遍海內，往往真不能當贋十二」。[145]他自己若有應酬之作，則假朱朗之手。甚至有人送禮至朱朗處，「求作徵仲贋本」卻發生「童子誤送徵仲宅中，致主人求畫之意」。文徵明則以幽默的方式對應「我畫真衡山，聊當假子朗，可乎？」他的態度也造就贋品流通的現象，同時也養活了一群以贋作為生的吳人。[146]《四友齋叢說》記道：「先生雖不假位勢，而吳人賴以全活者甚眾。」[147]王世貞也云：「吳人得文待詔一點染法，輒贋作款識覓生活。」[148]

（三）形成地域品味

潤筆是創作者生活的來源，商人、縉紳、士子等創造收藏的風氣，收藏的風潮又引發贋品的製作與流行，形成「吳中奇景」；這些風氣都會創造出獨特的地域品味，進而影響到其他地域。王世貞《觚不觚錄》有云：

> 畫當重宋，而三十年來忽重元人，乃至倪元鎮以逮明沈周，價驟增十倍。窯器當重哥、汝，而十五年來忽重宣德，以至永樂、成化價亦驟增十倍。大抵吳人濫觴，而徽人導之。[149]

書畫收藏的品味由吳人而改變，從重宋到重元、明，使得書畫市場的價格大為變動，且影響到徽州地區。地域品味的形成固然是吳地人文薈萃之故，胡應麟云：「古今稱文獻則首三吳矣，而吳之才至國朝而

145 （明）王世貞：〈文先生傳〉，《弇州山人四部稿》，卷83，頁3929。
146 （明）朱謀垔：《畫史會要》，卷4，收入《文淵閣四庫全書》，第816冊，頁538-539。
147 （明）何良俊：《四友齋叢說》，卷15，頁131
148 （明）王世貞：〈凌氏藏文待詔畫冊後〉，《弇州山人四部稿》，卷138，頁6362。
149 （明）王世貞：《觚不觚錄》，收入《叢書集成簡編》，第137冊，頁17。

猶盛。」[150]文化的累積與商品經濟的繁盛也是原因之一。章潢謂：

> 且夫吳者，四方之所觀赴也。吳有服而華，四方慕而服之，非是，則以為弗文也。吳有器而美，四方慕而御之，非是，則以為弗珍也。服之用彌廣，而吳益工於服。器之用彌廣，而吳益精於器。是天下之物皆以吳侈，而天下之財皆以吳嗇也。[151]

吳地的社會風尚透過商品的流通輻射到各地，范濂云：「學詩、學書、學畫，三者稱蘇州為盛，近年此風沿入松江。」[152]王士性云：「蘇人以為雅者，則四方隨而雅之。俗者，則隨而俗之。」[153]生活品味的主導，也使得吳中有獨特的地域色彩。

此外，由於吳中成為時尚文化的中心，也創造出屬於地域獨有的語彙，如「蘇意」、「蘇樣」。「蘇樣」指的是一種抽象的外觀概念，它沒有固定的款式可以遵循，而是對一種品味的要求。基本上，吳中是兩種流行並存之地，一是富商大賈所營造的奢侈生活享受，一是文人群體所追求的雅趣生活，悠遊於園林山水之間，「功名富貴與隱逸退讓」兩種心態既衝突又和諧地並存在同一場域。[154]無論是吳中人文震孟所言「姑蘇故多君子，無論郡諸屬邑，即闔閭城周四十五里，其中

---

150 （明）胡應麟：《少室山房集》，卷86，收入《文淵閣四庫全書》，第1290冊，頁632。

151 （明）章潢：〈三吳風俗〉，《圖書編》，卷36，頁4565-4566。

152 （明）范濂：〈記風俗〉，《雲間據目抄》，卷2，收入王德毅主編：《叢書集成三編》，第83冊，頁396。

153 此段文字亦為顧炎武《肇域志》所引用。（明）王士性：《廣志繹》，卷2，〈兩都〉，頁33。

154 關於蘇樣的解析參看吳美琪：《流行與世變：明代江南士人的服飾風尚與社會心態》（臺北：臺灣師範大學歷史研究所碩士論文，2000年），頁84。指出吳人有這兩種心態者，參見唐力行：〈從碑刻看明清以來蘇州社會的變遷——兼與徽州社會比較〉，《歷史研究》2000年第1期（2000年2月），頁61-72。

賢士大夫未易更僕數也。而當世語蘇人則薄之，至用相排調，一切輕薄浮靡之習，咸笑指為蘇意」[155]，慨然陳述他人對吳中的誤解；或是非吳中人所述：「東西南北總相宜，乾坤剩有三春意，花鳥那容一老私，瀟灑東吳學新樣，殷勤多士見心知，塵埃催得人頭白，點也何居不浴沂」[156]，以「瀟灑東吳學新樣」來稱述吳中為流行風尚的主體，都可以發現吳中的確是被注目的焦點，也是眾人凝視的中心。

第四節　城市文化對文學作品的影響

抒發心聲、表現自我的文藝思潮成為城市文化下文學創作的思想主體。元代楊維楨即提到「詩者，人之情性也。人各有情性，則人有各詩也。」[157]是以在他所輯的《西湖竹枝詞》便收錄未經師授的賈販之歌。明代中期，隨著商業意識的興起、商品經濟的繁盛，文學觀念與文學表現也有其特點。

一　文學觀念的內涵

（一）文道關係的考辨

歷代以來，將儒林與文苑分門別類，原是史家著史的慣例，名稱雖有別[158]，「以經義顓門者為儒林，以文章名家者為文苑」的觀念則

155 （明）文震孟：〈序〉，《姑蘇名賢小記》，收入周駿富輯：《明代傳記叢刊》，第148冊，頁3。

156 （明）過庭訓等：〈學校〉，《平湖縣志》，卷7，收入《天一閣藏明代方志選刊續編》（上海：上海書店出版社，1990年），第27冊，頁409。

157 （元）楊維楨：〈李仲虞詩序〉，《東維子文集》，卷7，頁47。

158 如《隋書》〈文學傳〉、《北史》〈文苑傳〉、《唐書》〈文藝列傳〉、《金史》〈文藝傳〉等。

相同。但元史的編撰者不以為然，以為「儒之學為一也，六經者，斯道之所在。故經無文，則無以發明其旨趣，而文不本於六藝，又烏足為之文哉。」明確指出「經義文章不可分而為二」。[159]在「以道為文」的觀念下，「視文詩為末技」，為朱應登作〈凌谿先生墓志銘〉裡，李夢陽也提到吳中文士受排擠的待遇：

> 時顧華玉璘、劉元瑞麟、徐昌穀禎卿，號江東三才，凌谿乃與並備竟聘。吳、楚之間，欻為俊國。一時篤古之士爭慕響臻，樂與之交。而執政者顧不之喜，惡抑之。北人樸，恥乏黼黻，以經學自文，曰後生不務實，即詩到李、杜，亦酒徒耳。……於是凡號稱文學士，率不獲列于清銜。[160]

這裡的道與文的問題，除了文學觀念的差異，隱然也有地域的分判。北人「務實」以為「南人」學詩終究只是「酒徒」罷了。這樣的情境，對於吳中文人而言，自有一番辨析與評論。文徵明在〈鳳峰子詩序〉指出：

> 近時適道之士，遊心高遠，標示玄樸，謂文章小技，足為道病，絕口不復言詩。高視誕言，持其所謂性命之說號諸人人，謂道有至要，守是足矣，而奚以詩為？[161]

---

159 （明）宋濂等：《元史》（北京：中華書局，1976年），卷189，〈列傳第七十六・儒學一〉，頁4313。

160 （明）李夢陽：《空同集》，卷47，〈志銘〉，收入《文淵閣四庫全書》，第1262冊，頁429。

161 （清）黃宗羲編：《明文海》，卷260，序51，收入《文淵閣四庫全書》，第1456冊，頁55。

奉道學為圭臬之士，視詞章之學與道學為相互對立的型態。以「文章小技」來消解文學的本質意義，以至於「不復言詩」，文徵明甚有所感，於〈晦庵詩話序〉：

> 夫自朱氏之學行世，學者動以根本之論劫持士習，謂六經之外非復有益，一涉詞章，便為道病。言之者自以為是，而聽之者不敢以為非。雖當時名世之士，亦自疑其所學非出於正，而有「悔卻從前業小詩」之語，沿訛踵敝，至於今，漸不可革。[162]

在〈東潭集敘〉亦有：

> 近時學者日益高明，方以明道為事，以體用知行為要，切謂攄詞發藻，足為道病，苟事乎此，凡持身出政，悉皆錯冗猥俚，而吾道日以不競。此豈獨不暇言，蓋有不足言者。[163]

視詞章與「體用知行」之道為二事，學者若「攄詞發藻」，以追章琢句為務，則為「道病」，「繁詞害道，支言離德，有不足言矣」。士之不言詩其來有自：「惟我國家以經學取士，士苟有志用世，方追章琢句，歸然圖合有司之尺度，而一不敢言詩。」因而甚有所感：「語言文字，固道之所在，有不可偏廢者。是故文章之華，足以潤身；政事之良，可以及物。古之文人學士，以吏最稱者不少；而名世大儒，亦未嘗不留意於聲音風雅之間也。」文徵明並非「反理」，一味地指責道學者之愚昧；他只是一再地強調，所有的道也必須透過語言文字，方能透顯其內蘊。另一方面，他還有「至理攸寓」之說，在〈何氏語

162 （明）文徵明：〈晦庵詩話序〉，《文徵明集》，卷17，頁469。

163 （明）文徵明：〈東潭集敘〉，《文徵明集》，補輯卷19，頁1269-1270。

林敘〉他指出：

> 原情執要，實維語言為宗。單詞隻句，往往令人意消。思致簡遠，足深唱嘆。誠亦至理攸寓，文學行義之淵也。而或者以為摭裂委瑣，無所取裁，獨能發藻飾詞，於道德性命，無所發明。嗚呼！事理無窮，學奚底極？理或不明，故不足以窮性命之蘊；而辭有不達，道從何見？[164]

從文學的本質來看，語言是基本的要素；文章內在的義涵往往扣動人心，若非有精煉的文字藝術，亦不能傳達內在深刻的思致。一般人「有工於吟諷，而不得其故者；或終日論議，而諧諸音聲，輒不合作」[165]。於理，須有深刻的內涵；於詩，又需音聲字句的錘鍊。文徵明總結其說：「博學詳說，聖訓攸先，修辭立誠，畜德之源也。」[166]道不可背離，文不可偏廢；他舉朱子為例，「雖以明理為事，詩非其所好，而其所為論詩，則固詩人之言也……朱氏未始不言詩也。」[167]雖然在二者之間，文徵明仍透顯其對宋儒的不滿：「學者習於性命之說，深中厚貌，端居無為，謂足以涵養性真，變化氣質，而就厥所存，多可議者……亦惟簡便日趨，偷薄自畫……而不自知其墮於庸劣焉爾。」[168]這也是吳中文士共有的文學趨向。其中祝允明的態度尤為嚴厲，他自稱「允明異夫近代學士」[169]，在〈答張天賦秀才書〉有謂：

164 （明）文徵明：〈何氏語林敘〉，《文徵明集》，卷17，頁473。

165 （明）文徵明：〈晦庵詩話序〉，《文徵明集》，卷17，頁469。

166 （明）文徵明：〈何氏語林敘〉，《文徵明集》，卷17，頁473。

167 （明）文徵明：〈晦庵詩話序〉，《文徵明集》，卷17，頁469。

168 （明）文徵明：〈何氏語林敘〉，《文徵明集》，卷17，頁473-474。

169 （明）祝允明：〈祝子罪知錄自序〉，《祝子罪知錄》，收入《續修四庫全書》，第1122冊，頁518。

> 今人幼小輒依閭閻童兒師，教以書市所賣號為古文者，一踏舉業門，即遙置度外矣。又欲自進，亦錮蔽於宋後陋談，問文，曰祖韓，又曰韓、柳、歐、蘇耳。……噫，闇矣哉！[170]

他針對理學道統的不滿，正是吳中「雅不喜宋人議論，而於考亭多所掊擊」[171]的學風。在《祝子罪知錄》，祝允明以為「言學則指程、朱為道統」，「可勝笑哉，可勝嘆哉」。他一再強調「自得」的功夫：[172]

> 大都欲務為文者，先勿以耳目奴心。守人餲語，偎人腳汗，不能自得，得而不佳者，心奴於耳目者也……審能爾，是心奴耳目，非耳目奴心，為文弗高者，未之有也。

透過文、道的思辨，吳中文人的展現了他們對於文學的自覺意識，對於當時的文壇風氣，有一定的意義。

（二）主情論的內涵

另一方面，人稱「吳中詩人之冠」[173]的徐禎卿（1479-1511）所撰之《談藝錄》，則建構出以情為中心的文學思想[174]：

---

170 （明）祝允明：〈答張天賦秀才書〉，《祝氏集略》，卷12，《祝氏詩文集》，頁995。

171 （清）黃宗羲編：《明文海》，卷252，序43，收入《文淵閣四庫全書》，第1455冊，頁792。

172 （明）祝允明：〈答張天賦秀才書〉，《祝氏集略》，卷12，《祝氏詩文集》，頁995。

173 又云：「禎卿與祝允明、唐寅、文徵明齊名，號『吳中四才子』。」見（清）張廷玉等撰：《明史》，卷286，〈列傳第一百七十四．文苑二〉，頁7351。

174 （明）徐禎卿：《談藝錄》，收入（清）何文煥輯：《歷代詩話》（北京：中華書局，2004年），頁767。

> 詩家名號，區別種種。原其大義，固自同歸。歌聲雜而無方，行體疏而不滯。吟以呻其郁，曲以異其微，引以抽其臆，詩以言其情，故名曰象昭，合是而觀，則情之體備矣。夫情既異其形，故辭當因其勢。譬如寫物繪色，倩盼各以其狀；隨規逐矩，圓方巧獲其則。此乃因情立格，持守圜環之大略也。

徐禎卿提出了「詩以立其情」、「因情立格」之見。他的詩初學六朝，有「文章江左家家玉，煙月揚州樹樹花」的名句，並且成為吳中文學與「北地文學」的對照。如王漁洋〈戲仿元遺山論詩絕句〉所云：「文章煙月語原卑，一見空同迴自奇，天馬行空脫羈靮，更憐《談藝》是吾詩。」[175]他並非全然接受陸機「詩緣情而綺靡」之說，甚至以為「陳采以炫目，裁虛以蕩心，抑又末矣」，他以為：「由質開文，古詩所以擅巧。由文求質，晉格所以為衰。若乃文質雜興，本末並用，此魏之失也。」[176]可見在追求文辭的綺靡之餘，他也能發現「由質開文」的創作藝術。他認為「知詩者，乃精神之浮英，造化之秘思」，《談藝錄》裡著墨最多的仍屬「情」之探討：

> 情者，心之精也。情無定位，觸感而興。既動於中，必形於聲。故喜則為笑啞，憂則為吁戲，怒則為叱咤……因情以發

175　（清）王士禎：《漁洋山人精華錄》，卷5，收入《四部叢刊正編》，頁26。從此詩可見《談藝錄》之作，是在徐禎卿到了京師遇見李夢陽之後的作品。雖然此書是在吳期間所作，《徐昌穀全集》卷十三〈月下攜兒子小閏教育新句〉：「待與他年傳句法，好看《談藝錄》分明。」自注云：「時余初成此書。」陳書錄指出徐禎卿在正德三年（1508）親自編訂《迪功集》和《談藝錄》時，很有可能對《談藝錄》的「初成」之稿有所修訂。見陳書錄：《明代詩文的演變》（南京：江蘇教育出版社，1996年），頁248。

176　（明）徐禎卿：《談藝錄》，收入（清）何文煥輯：《歷代詩話》，頁766。

> 氣，因氣以成聲，音聲而繪詞，因詞而定韻，此詩之源也。[177]

他以為「情若重淵，奧不可測」，情感的萌發是「觸感而興」，「若此心之伏機，不可強能也。」藉此便有了文學的自覺意識，強調「心之精」的生發有其流動性[178]：「朦朧萌折，情之來也；汪洋曼衍，情之沛也，連翩絡屬，情之一也。」[179]所有的喜、怒、憂、怒，「任用無方，故情文異尚」[180]，對於情感的呈顯，他一再以「情無定位」、「任用無方」來說明個人驅策情感的自由與活潑。對詩的表現，他定了極高的標準：「觀於大者，神越而心游，中無植幹，鮮不眩移，此宏詞之極軌也。」[181]「神越而心游」也是情感流動的表現。[182]他也以為詩之所以能感人，完全是因為情的驅動，《談藝錄》云：

> 夫情能動物，故詩足以感人。荊軻變徵，壯士瞋目；延年婉歌，漢武慕歎。凡厥含生，情本一貫，所以同憂相瘁，同樂相傾者也。[183]

「凡厥含生，情本一貫」，凡有生命的軀體，莫不蘊含情感的質素。主體的情感能引發他者的共鳴，便是詩能扣動人心之處。由是可知，

---

177 （明）徐禎卿：《談藝錄》，收入（清）何文煥輯：《歷代詩話》，頁765。

178 鄭利華：《明代中期文學演進與城市型態》（上海：復旦大學出版社，1995年），頁39。

179 （明）徐禎卿：《談藝錄》，收入（清）何文煥輯：《歷代詩話》，頁767。

180 （明）徐禎卿：《談藝錄》，收入（清）何文煥輯：《歷代詩話》，頁764。

181 （明）徐禎卿：《談藝錄》，收入（清）何文煥輯：《歷代詩話》，頁765。

182 徐禎卿雖以為情之流動是自由而活潑的，卻也一再強調「軌度」之必要：「詩貴先合度而後工拙，縱橫格軌，各具風雅。」「諸詩固自有工醜，然而並驅者，託之軌度也。」見（明）徐禎卿：《談藝錄》，收入（清）何文煥輯：《歷代詩話》，頁769。

183 （明）徐禎卿：《談藝錄》，收入（清）何文煥輯：《歷代詩話》，頁766。

他強調性情之抒發，並且要出以真情：「獻欷無涕，行路必不為之興哀；愬難不膚，聞者必不為之變色。」[184]所謂性情，無非是作者內在情感的顯露，他雖強調性情的重要，卻同時重視詩人內在的學養：

> 古詩三百可以博其源，遺篇十九可以約其趣，樂府雄高可以厲其氣，離騷深永可以裨其思，然後法經而植旨，繩古以崇辭，雖或未盡臻其奧，吾亦罕見其失也。[185]

在詩人的領域，「哲匠鴻才」有內在的靈思，對創作有其天賦的體會；「中人」者，「必自跡求」，透過古籍的閱讀，可以「博其源」、「約其趣」、「厲其氣」、「裨其思」；以「法經」、「繩古」作為文辭、意旨的典範，足見他在「主情論」的意識下，也加入了當時的文學復古思想。但詩重性情，不啻為日後公安派「獨抒性靈」之說的先聲。[186]

二　文學作品的呈現

（一）文學主題的通俗化

吳中文學傳統和當時尚趣、尚俗、尚利、重商的時代精神相融合[187]，展現在作品中的，便是多元的文學題材。各種生活的事物皆可以成詩文傳寫的主題，並有著自由舒放的特點。唐寅〈貧士吟〉之作，以現實生活為關懷主題，突顯貧士無以營生的窘態，十首詩的開

---

184 （明）徐禎卿：《談藝錄》，收入（清）何文煥輯：《歷代詩話》，頁766。

185 （明）徐禎卿：《談藝錄》，（清）何文煥輯：《歷代詩話》，頁767。

186 追溯「性靈」一語的源頭，可以始於劉勰《文心雕龍》〈序志〉：「歲月飄忽，性靈不居。」（南朝梁）劉勰撰，莊適選註：《文心雕龍》，頁149。

187 陳書錄：《明代詩文的演變》，頁247。

端都是相同的句法：「貧士囊無使鬼錢」、「貧士家無負郭田」、「貧士居無半畝廛」、「貧士輿無一束薪」、「貧士痍無陳蔡糧」、「貧士衣無柳絮綿」、「貧士園無一食蔬」、「貧士瓶無一斗醪」、「貧士燈無繼晷油」、「貧士門無車馬交」，[188]在嘲弄與戲謔之間，反映了市民階層的生活。如唐寅〈言懷〉二首之二：

> 笑舞狂歌五十年，花中行樂月中眠。漫勞海內傳名字，誰論腰間缺酒錢？詩賦自慚稱作者，眾人多道我神仙。些需做得工夫處，不損心頭一寸天。[189]

詩中自言「花中行樂月中眠」，以「狂」、「笑」為生活的本色，在〈桃花庵歌〉也淋漓盡致地傳寫生活的情味：

> 桃花塢裡桃花庵，桃花庵裡桃花仙；桃花仙人種桃樹，又摘桃花換酒錢。酒醒只在花下坐，酒醉還來花下眠；半醒半醉日復日，花落花開年復年。但願老死花酒間，不願鞠躬車馬前；車塵馬足貴者趣，酒盞花枝貧者緣。若將富貴比貧者，一在平地一在天；若將花酒比車馬，他得驅馳我得閒。別人笑我忒風騷，我笑他人看不穿；不見五陵豪傑墓，無花無酒鋤作田。[190]

全文巧妙地運用排比、層遞、複沓等修辭手法，營造出詩意灑然的意境；在「醉境」與「醒境」之間，以通俗的語言傳遞山林與塵世中的個人抉擇，全詩音調流利，頗有市井民歌的趣味。

---

188 （明）唐寅：〈貧士吟十首〉，《唐伯虎全集》，頁101。

189 （明）唐寅：〈言懷〉，《唐伯虎全集》，頁50。

190 （明）唐寅：〈桃花庵歌〉，《唐伯虎全集》，頁106-107。

花、酒成為書寫的主題，更有以日常生活所食之菜為題之詩作：

> 我愛菜！我愛菜！傲珍饈，欺頂鼎，多吃也無妙，少吃也無奈。商山芝也在，西山芝也在；四皓與夷齊，有菜不肯賣。顏子居陋巷，孔子阨陳蔡；飲水與絕糧，無菜也自耐。菜之味兮不可輕，從吾此味將何行？士知此味事業成，農知此味倉廩盈，技知此味藝業精，商知此味貨利增。但願人知此味，此味安能別蒼生？我愛菜，人愛肉；肉多不入賢人腹，廚中有碗黃虀粥，三生自有清閒福。〈戲題愛菜詞〉[191]

寫作題材為「吃菜」，這也是市民風格的表現。且文句淺近，一開頭即是兩句重複的「我愛菜！我愛菜！」以俚語入詩，確實有「戲」之況味。戲題者，其一為諧擬之戲，其二則有遊戲人間的況味。詩中漸次寫出四民之業對菜的反映，一則以同等的角度描寫四種職業之特色，一則則誇耀菜對四民的益處，既呼應題目，也深化了詩的內容。所以顧元慶《夷白齋詩話》有云：「解元唐子畏，晚年作詩，專用俚語，而意愈新。」[192]

沈周也有類似的題材，以〈詠錢〉為詩[193]：

> 區區團團銅作胎，能貧能富亦神哉。有堪使鬼原非謬，無任呼兄亦不來。總爾苞苴莫漫臭，終然撲滿要遭槌，寒儒也辨生涯地，四壁春苔綠萬枚。
>
> 存亡未了復亡存，慾火難燒此利根。生化有涯真子母，圓方為

191 （明）王世貞：〈戲題愛菜詞〉，（明）唐寅：《唐伯虎全集》，〈詩話〉，頁245-246。

192 （明）顧元慶：《夷白齋詩話》（北京：中華書局，1985年），頁15。

193 （明）沈周：《石田先生詩鈔》，《沈周集》，頁191。

> 象小乾坤。指揮悉聽何須耳，患難能排豈藉言。自嘯白頭窮措大，不妨明月夜開門。

寫錢之外形，或方或正，實際型態為「匾匾團團銅作胎」，出以文人的哲思則為「圓方為象小乾坤」。這樣的形容，寫其掌控全局，盱衡世事的特質。誠然，它可以指揮全局，排解疑難；可稱「能貧能富亦神哉」。祝允明亦有：「頑石污泥隱此身，無才無德信無倫。無端舉向人間用，從此人間無好人。」[194]以嘲謔的方式寫出人與錢的關聯。文學作品主題的抉擇本身就有其意義，當現實生活的事物（而且是最凡俗的「錢」）成為詩的主題，也意味著以「雅趣」為主的文人能關注市民的生活，在作品中加入市民意識，使得「雅趣」與「世俗」了新的融通角度。以沈周的這二首詩為例，他寫出一般人對錢的膜拜心理，在「詠」（讚嘆與感歎的雙重心理並陳）的背後，也有一種無奈的感觸。[195]

（二）城市生活的描繪

唐寅以其個人生活的經驗，加上當時商品經濟的潮流，有許多以市井生活為主題的作品，展示了他對世俗生活的體會。如〈閶門即

194　（明）祝允明：〈戲詠金銀〉，《祝氏文集》，卷5，《祝氏詩文集》，頁169。

195　嘉靖年間鄭王後裔朱載堉《醒世詞》也以錢為主題，藉以摹寫世人的價值觀念為錢擺弄的情況。〈錢是好漢〉：「世間人睜眼觀見，論英雄錢是好漢。有了他諸般趁意，沒了他寸步也難。拐子有錢，走歪步合款；啞巴有錢，打手勢好看。如今人敬的是有錢，蒯文通無錢也說不過潼關。」〈罵錢〉：「朝廷王法被你弄，綱常倫理被你壞，殺人仗你不償命。有理事兒你反覆，無理詞訟贏上風。俱是你錢財當軍令，吾門弟子受你壓伏，忠良賢才沒你不用。財帛神當道任你們胡行，公道事兒你滅淨。」見（明）朱載堉：《醒世詞》，收入謝伯陽編：《全明散曲》（濟南：齊魯書社，2016年），頁3421-3422、3412。

事〉以敏銳的角度，觀察了吳中的社會環境，顯示了當時的城市文化與人文環境的特色。

> 世間樂土是吳中，中有閶門更擅雄；翠袖三千樓上下，黃金百萬水西東。五更市買何曾絕，四遠方言總不同；若使畫師描作畫，畫師應道畫難工。[196]

對吳中社會環境之觀察，可分為幾部分來說明。其一，就城市文化特徵而言，唐寅觀察到人之多元，所謂「四遠方言總不同」，則知閶門為各地人往來必經之地，故「五更市買何曾絕」，陳述了商業行為之興盛；文徵明也有如是的觀察：「出吳閶門，迤月城而南，當商貨孔道，五民薄城而居。列榭櫛比，人習市儈，操奇贏以為常。」[197]此處，則明顯指出閶門為「商貨孔道」，人多為賈，「居聲色麗靡中」。距離閶門不遠的皋橋，亦是「闤闠中百貨駢集，列肆櫛比」[198]，文徵明稱唐寅之居為：「君家在皋橋，諠闐井市區」[199]，可見唐寅所指「繁華自古說金閶，略說繁華話便長」[200]確為吳中城市環境之「實錄」。[201]

另有〈姑蘇雜詠〉四首，也可作為吳中人文環境的「風土誌」：

> 門稱閶闔與天通，臺號姑蘇舊帝宮；銀燭金釵樓上下，燕橋蜀

196 （明）唐寅：〈閶門即事〉，《唐伯虎全集》，頁442。

197 （明）文徵明：〈明故黃君仲廣墓誌銘〉，《文徵明集》，補輯卷29，頁1502。

198 （明）文徵明：〈朱效蓮墓誌銘〉，《文徵明集》，補輯卷31，頁1549。

199 （明）文徵明：〈飲子畏小樓〉，《文徵明集》，卷1，頁4。

200 （明）唐寅〈姑蘇雜詠〉之四：「繁華自古說金閶，略說繁華話便長；百雉高城分亞字，千年名劍殉吳王。龍蟠左右山無盡，蛇委西東水更長；北去虎邱南馬澗，笙歌日日載舟航。」見《唐伯虎全集》，頁450。

201 袁中郎評〈閶門即事〉：「實錄」。見（明）唐寅：〈閶門即事〉，《唐伯虎全集》，頁442。

柁水西東。萬方珍貨街充集，四牡皇華日會同；獨悵要離一坯土，年年青艸沒城墉。

長洲茂苑佔通津，風土清嘉百姓馴；小巷十家三酒店，豪門五日一嘗新。市河到處堪搖櫓，街巷通宵不絕人；四百萬糧充歲辦，供輸何處似吳民？

江南人近似神仙，四季看花過一年；趕早市都清早起，游山船直到山邊。貧逢節令皆沽酒，富買時鮮不論錢；吏部門前石碑上，蘇州兩字指摩穿。

繁華自古說金閶，略說繁華話便長；百雉高城分亞字，千年名劍殉吳王。龍蟠左右山無盡，蛇委西東水更長；北去虎邱南馬澗，笙歌日日載舟航。[202]

這四首則以微觀的角度，寫出江南的繁華：如寫蘇州之繁富「萬方珍貨街充集」、又細寫長洲的街景：「小巷十家三酒店，豪門五日一嘗新。市河到處堪搖櫓，街巷通宵不絕人。」並且也呈顯了江南的生活形態，有風雅如「四季看花過一年」，有閒適如「游山船直到山邊」，貧者、富者皆有其自適之道；毋怪以「神仙」譬之。而人潮之洶湧，將碑前「蘇州」二字撫摩穿透，適可點出「繁華」二字絕非虛言。

〈江南四季歌〉則書寫了吳中四季的市民生活：[203]

江南人住神仙地，雪有風花分四季；滿城旗對看迎春，又見鰲山燒火樹。千門挂綵六街紅，鳳笙鼈鼓喧春風。歌童遊女路南北，王孫公子河西東。看燈未了人未絕，等閒又話清明節；呼船載酒競迎春，蛤蠣上巳爭嘗新。吳山穿繞橫塘過，虎丘靈巖

202 （明）唐寅：〈姑蘇雜詠〉，《唐伯虎全集》，頁449-450。

203 （明）唐寅：〈江南四季歌〉，《唐伯虎全集》，頁27-28。

復元墓；提壺挈榼歸去來，南湖又報荷花開。錦雲鄉中漾舟去，美人鬢壓琵琶釵；銀箏皓齒聲繼續，翠紗汗紗紅映肉。金刀剖破水晶瓜，冰山影裡人如玉；一天火雲猶未已，梧桐忽報秋風起。鵲橋牛女渡銀河。乞巧人排明月裡，南樓雁過又中秋，悚然毛骨寒颼颼。登高須向天池嶺，桂花千樹天香浮；左持蟹螯右持酒，不覺今朝又重九。一年好景最斯時，橘綠橙黃洞庭有；滿園還勝菊花枝，雪片如飛大如手。[204]安排暖閣開紅爐，敲冰洗盞烘牛酥；銷金帳掩梅稍月，流酥潤滑鉤珊瑚。湯作蟬鳴生蟹眼，罐中茶熟春泉鋪，寸韭餅，千金果，鰲群鵝掌山羊脯。侍兒烘酒暖銀壺，小婢歌蘭欲罷舞；黑貂裘，紅氍毹，不知簑笠漁翁苦？

唐寅以讚頌的語調稱道「江南人住神仙地」，此地的城市生活既多元又豐富，「千門挂綵六街紅，鳳笙鼉鼓喧春風。歌童遊女路南北，王孫公子河西東。」點染了城市喧鬧而富麗的景象，民俗活動的輪替，使得城市隨著季節的變化，而有了獨特的季節的色彩。依時序分別為「滿城旗隊看迎春」（立春）、「看燈未了人未絕，等閒又話清明節」（元宵、清明）、「乞巧人排明月裡，南樓雁過又中秋」（立秋、中秋）、「登高須向天池嶺，桂花千樹天香浮」（重九、下元）、「安排暖閣開紅爐」（除夕）。據《吳縣志》〈風俗〉記載：

正月立春先一日，太守率附郭三縣令行迎春禮。鳴騶清路，盛設羽儀，出婁門至柳仙堂迎芒神、春牛以歸。士女縱觀，闐塞街市，爭睹其所頒之式，以為水旱疾疫之兆。翌日太守集僚屬

204 《吳縣志》〈風俗〉卷五十二：「諺云：頭九雪花飛，九九鵓鴣啼。」見（清）曹允源：《吳縣志》，卷52，〈風俗〉，頁873。

> 暨三縣令候，至立春時刻祭芒神春牛訖，各執綵仗，行鞭春禮，觀者競以五穀擲春牛身以為利市。官府於大堂飲春酒，樂歌競奏，以示與民同樂之意。里胥以春毬相饋遺，百姓買芒神、春牛亭子置堂中云：「宜田事。」士庶交相慶賀，謂之拜春。[205]

所言「滿城旗隊看迎春」，便是指太守行迎春禮候，迎芒神春牛而歸，「士女縱觀，闐塞街市」的景況。至於元宵節看燈的景象，《吳縣志》也有「比戶懸蓮燈於竈前，十八日始落。市肆鬻燈，競為工巧。好事者立竿橋上，懸燈如塔，曰塔燈，十五日為元宵，亦曰燈節。」[206]看燈之餘，尚有「燈宴」[207]、「鬧元宵」[208]等具有市井趣味的夜間活動。

民俗活動為市民生活的重心：高人韻士邀遊虎山橋，稱之「鄧尉探梅」；重九「借登高之名，遨游虎阜，簫鼓畫船，更深乃返」[209]；游俠少年於花朝節馳騁於天平、靈巖諸山；里豪市俠則搭臺曠野醵錢演劇；婦女亦有乞巧之習俗，「牽牛織女相會之辰，婦女夜陳瓜果，乞巧穿鍼，取鴛鴦水露中庭，明日日中浮鍼而視其影，以別巧拙」[210]；中秋時「婦女勝妝出游」稱之「走月亮」[211]。各階層的人士，每個節令均有活動，五月「龍舟競渡，以朔日始，士女出游，燈船奇麗，甲

---

205 （清）曹允源：《吳縣志》，卷52，〈風俗〉，頁870。

206 （清）曹允源：《吳縣志》，卷52，〈風俗〉，頁870。

207 「安排筵席、飲宴，神祠會館，鼓樂獻酬，華燈萬盞，謂之燈宴。」見（清）曹允源：《吳縣志》，卷52，〈風俗〉，頁870。

208 「里巷游手為龍燈馬燈之戲，所經之處，士女出觀，犒以酒燭。文人及市井有小慧者，縣燈黏謎，以角巧思。是夕，鑼鼓鐃鈸聲不絕，謂之鬧元宵。」見（清）曹允源：《吳縣志》，卷52，〈風俗〉，頁871。

209 （清）顧祿：〈登高〉，《清嘉錄》（北京：中國商業出版社，1989年），頁200。

210 《蘇州府志》，卷3，〈風俗〉，頁139。

211 （清）顧祿：〈走月亮〉，《清嘉錄》，頁187。

於天下」[212]；中秋「士女聚於石湖，舟楫如蟻；昏時登楞伽遙望為串月之遊」[213]更是壯觀。

吳中的物產富饒，隨著季節的推移，各有特產。這些時令的花果與物產也成為吳中風俗的一部分。唐寅所提到的「南湖又報荷花開」、「桂花千樹天香浮」、「滿園還剩菊花枝」，[214]正寫出六月「相傳為荷花生日，羣游於荷花蕩，或遇雨而歸，相率科頭跣足（俗有赤足荷花蕩之諺）」[215]，八月「虎邱看桂，傾城皆出，如競渡時。婦女取其花，和糖釀漿，浸酒蒸露；或結為球，簪於髻」[216]，九月「畦菊盛開，虎阜花農擔向城市以供玩賞」[217]的地方風情；尤其在十月「游人赴天平山看楓葉，湖蟹上斷焠而食之，味尤腴美；鄉人釀酒名十月白，清冽勝常」，[218]毋怪唐寅會有「左持蟹螯右持酒」之讚。

在這些市井生活、民俗活動的描寫之餘，我們也可發現，由於吳中社會環境之富庶，才能創造出每個時令的遊賞活動。唐寅稱「不知蓑笠漁翁苦」，或為詩人誇飾的語調，卻也實際書寫了明代中期吳中的城市圖像。

(三) 俗文學之倡導

在市民意識的滲透之下，通俗的文學藝術形式為普遍的創作傾向。唐寅曾自言：「痛飲百萬觴，大唱三千套，無常到來猶恨少。」[219]他

---

212 《蘇州府志》，卷3，〈風俗〉，頁139。

213 《蘇州府志》，卷3，〈風俗〉，頁140。

214 （明）唐寅：〈江南四季歌〉，《唐伯虎全集》，頁27-28。

215 （清）曹允源：《吳縣志》，卷52，〈風俗〉，頁872。

216 （清）曹允源：《吳縣志》卷52，〈風俗〉，頁873。

217 （清）曹允源：《吳縣志》，卷52，〈風俗〉，頁873。

218 （清）曹允源：《吳縣志》，卷52，〈風俗〉，頁873。

219 （明）唐寅：〈對玉環帶清江引〔嘆世詞〕〉，《唐伯虎全集》，頁157。

極喜《西廂記》，自號「普救寺婚姻案主」。祝允明不僅創作詞曲，自己也粉墨登場。《列朝詩集小傳》丙集謂之：「好酒色六博，善度新聲，少年習歌之。間傅粉墨登場，梨園子弟相顧弗如也。」[220]蔣一葵《堯山堂外紀》也有相近的記載：「嘗傅粉黛，從優伶，酒間度新聲。」[221]祝允明有即席創作的才華，在酒酣耳熱之際，能創作新曲；也能上臺表演，雖是客串演出，連正式的演員都望之莫及。閻秀卿《吳郡二科志》云：「允明……屢為雜劇，少年習歌之。」[222]王世貞《明詩評》亦言：「允明……作小解雜劇，頗累風人面目。」[223]王世貞《曲藻》有云：「吾吳中以南曲名者，祝京兆希哲、唐解元伯虎、鄭山人若庸。希哲能為大套，富才情，而多駁雜；伯虎小詞翩翩有致；鄭所作《玉玦記》最佳，他未稱是。」[224]可見祝允明、唐寅在詞曲創作的表現。至於文徵明，據何良俊記述：「先生不甚飲，初上坐即連啜二杯，若坐久，客飲數酌之後，復連飲二杯，若更久亦復如是，最喜童子唱曲，有曲則竟日亦不厭倦。」[225]文徵明雖不諳創作，對曲藝也有高度的興味。

《見聞雜記》云：「吳俗坐定，輒問新聞。」[226]《五雜組》云：「其人亦生而辯析，即窮巷下佣，無不能言語進退者。」[227]有此特

220 〈祝京兆允明〉，《列朝詩集》，丙集，頁3314。

221 （明）蔣一葵：《堯山堂外紀》，卷91，〈國朝〉，收入《續修四庫全書》，子部，雜家類，第1195冊，頁119-120。

222 （明）閻秀卿：《吳郡二科志》，〈文苑・祝允明〉，收入周駿富輯：《明代傳記叢刊》，第148冊，頁778。

223 （明）王世貞：《明詩評》（臺北：明文書局，1991年），卷2，頁21。

224 （明）王世貞：《曲藻》，卷5，收入《廣百川學海》（臺北：新興書局，1970），頁3041。

225 （明）何良俊：《四友齋叢說》，卷18，頁157。

226 （明）李樂：《見聞雜紀》，卷7，收入《續修四庫全書》，第1171冊，頁661。

227 （明）謝肇淛撰，傅成校點：《五雜組》，頁47。

性，吳中文人出版筆記雜文類的作品甚夥，如祝允明即有《野記》四卷（包括《野記》一卷、《九朝野記》一卷）、《祝子志怪錄》五卷（包括《志怪錄》一卷）、《前聞記》一卷（包括《枝山前聞》一卷、《義虎傳》一卷）、《語怪》一卷、《猥談》一卷等。[228]沈周有《石田雜記》、《客座新聞》等書。相傳沈周甚愛聽鬼怪趣聞，有人輒以此向沈周索畫。此外，王鏊《震澤紀聞》、楊循吉《蘇談》、閻秀卿《吳郡二科志》、黃省曾《吳風錄》等，一則是以吳人紀吳事，二則出以街談巷語鄉土軼事，兼有文獻與文學雙重的閱讀功能。又如何良俊編類的《何氏語林》，模仿劉義慶《世說新語》，由文徵明為序：「劉義慶氏採擷漢、晉以來理言遺事，論次為書，標表揚搉，奕奕玄勝。自茲以還，稗官小說，無慮百數。而此書特為雋永，精深奇麗，莫或繼之。元朗雅好其書，研尋演繹，積有歲年，搜覽篇籍，思企芳躅。昉自兩漢訖於胡元，上下千餘年，正史所列，傳記所存，奇蹤勝跡，漁獵靡遺。」文徵明讀之，嘆道：「單詞隻句，往往令人意消。思致簡遠，足深唱嘆。」[229]

無論是筆記雜文或詞曲之市民文學，都顯示當時豐富而多元的創作傾向。與當時繁富的城市風尚呼應，適可突顯商業活動對於文藝社會的影響；從創作題材的選取到作品的風格，從作品的價值觀到生活的習尚，都顯示了獨特的城市氛圍。

我們無法重現每個時代的文學場景，但藉由社會環境與文人關係的追索，以及城市風尚對於文學創作的滲透，或許能為文學的探討開闢另一個對話的空間。

228 有關祝允明野史、筆記方面之著作可參考楊永安：《祝允明之思想與史學》（香港：先鋒出版社，1987年），頁23-25。

229 （明）文徵明：〈何氏語林敘〉，《文徵明集》，卷17，頁472-473。

第六章
吳中文人生活與生命型態

在地域文學的考察中，文人為其主體；透過文人的創作，才得以發現地域特性如何成為文人作品中的投影。文學觀念的倡議、文學派別的流衍並非吳中文壇的主要特色（固然，吳中文壇的確有其獨特風格），依違在商業意識與傳統價值觀念之間，吳中文人所展現的生活趣尚與生命型態，形成了地域的文化景觀。

第一節　文人狂怪與文士風流

一　文人對自我的思索

閻秀卿〈吳郡二科志序〉將吳中文人分為「狂簡」、「文苑」二類：

> 思郡之為文苑者，頡頏相高，流美天下，是生有榮而沒有傳，不可幾矣。郡之為狂簡者，磊落不羈，怨愁悉屏，是任其真而全其神，不可幾矣。[1]

在他的解讀中，吳中文人的特質表現在文學之才情及磊落不羈的性情。在文人的作品中也可看出吳人在思索「自我」的生命型態。的確，從文人對自我的描述如祝允明：

1　（明）閻秀卿：〈吳郡二科志序〉，《吳郡二科志》，收入周駿富輯：《明代傳記叢刊》，第148冊，頁771-772。

> 不裳不袂不梳頭，百遍迴廊獨步遊，步到中庭仰天臥，便如魚子轉瀛洲。
>
> 蓬頭赤腳勘書忙，項不籠巾腿不裳，日日飲醇聊弄婦，登床步入大槐鄉。[2]

由衣著的率性甚或放浪摹寫個人疏懶的形象；至於王寵，雖然文徵明稱之「一切時世聲利之事，有所不屑。俚俗之言，未嘗出口。」「含醺賦詩，倚席而歌，邈然有千載之思。迹其所為，豈碌碌尋常之士哉！」[3]他卻自言「放浪無似」、「江海一畸人」，以「余性佚宕，不耐齷齪」，「惟喜曠蕩，不耐齷齪」作為自我形象的描繪。[4]人稱「峻傑自表，待人溫然」[5]的文徵明，也有「一時曹耦莫不非笑之，以為狂」[6]的描摹。再如文徵明寫唐子畏：

> 落魄迂疏不事家，郎君性氣屬豪華。高樓大叫秋觴月，深幄微酣夜擁花。坐令端人疑阮籍，未宜文士目劉叉。只應郡郭聲名

2 （明）祝允明：〈口號三首〉其二、三，《祝氏集略》，卷6，《祝氏詩文集》，頁701-702。

3 （明）文徵明：〈王履吉墓志銘〉，《文徵明集》，卷31，頁714。《列朝詩集小傳》對他的摹寫為：「履吉資性穎異，行書疏秀出塵，妙得晉法，於書無所不窺，而尤詳於經，手寫經書，皆一再過，風儀玉立，舉止軒揭，俚俗之言未嘗出口，蘊藉自將，對人未始言學，溫醇恬曠，與物無競，人擬之黃叔度。」〈王雅宜先生〉之描寫亦是「已築草堂石湖之陰，岡迴徑轉，藤竹交蔭。每入其室，筆硯靜好，酒美茶香。主人出而揖客，則長身玉立，姿態秀朗；又能為雅言，竟日揮塵，都無猥俗，恍如門艮風玄圃間也。」均以其姿態風儀、生活儀態，概括其文人形象。見〈王貢士寵〉，《列朝詩集》，丙集，頁3444。

4 （明）王寵：〈方齋袁君室韓孺人行狀〉，《雅宜山人集》，卷10，頁415。

5 （明）王世貞：〈文先生傳〉，《弇州山人四部稿》，頁3922-3932。

6 （明）文徵明：〈上守谿先生書〉，《文徵明集》，卷25，頁852。

> 在，門外時停長者車。[7]

文人的疏狂與放達就在生活的細節（高樓大叫秋觴月）與生活細膩的體驗（深幄微酣夜擁花）一一呈現眼前。唐寅也自言：「此生甘分老吳閶，寵辱都無勝有狂。」[8]有意識地強調自己的狂放形象。除此之外，他們以「癡」自比。如祝允明所言：

> 老子真痴子，算人間誰个有痴如此。……另自是一般滋味，不是要和人廝拗也，非關不愛名和利，大概是一癡耳。[9]

真誠地面對自我的生命，對自己「萬事把來拋掉了，喫酒看花而已」的放誕行為，以一語概括之，謂之「癡」。沈周〈贈史癡翁〉[10]亦有「吳人多癡呆，翁豈吳人傳。翁云我吳產，此病知莫痊。」彷若「癡」為吳人特產，如沈周自言「我顛與翁癡，癡顛相比肩。」[11]至於癡的型態，沈周曰：「我謂癡所發，必恃酒為權。無酒癡不成，癡酒不可偏。云癡豈假酒，假酒癡不成。我癡抱混沌，七竅莫我穿。」[12]在癡與酒循環流動的語句中，一則言酒是癡的觸媒，一則又言酒只是表相，再者以「混沌」總括，仍是「癡酒不可偏」。此外，又有以雅為癡的說明，如「種竹欲借地，買書常賣田」，又言「此翁所以癡，以故囊無錢」，癡之性情與現實功利是相背離的，但沈周卻以自在的角度相應，「約為老兄弟，逍遙覓彭籛」[13]。正是「癡」的生命情性，才

---

7 （明）文徵明：〈簡子畏〉，《文徵明集》，卷7，頁129-130。

8 （明）唐寅：〈漫興十首之二〉，《唐伯虎全集》，頁53。

9 （明）祝允明：〈賀新郎〉，《祝氏文集》，卷10，《祝氏詩文集》，頁318。

10 （明）沈周：《石田先生詩鈔》，《沈周集》，頁114。

11 （明）沈周：《石田先生詩鈔》，《沈周集》，頁114。

12 （明）沈周：《石田先生詩鈔》，《沈周集》，頁114。

13 （明）沈周：《石田先生詩鈔》，《沈周集》，頁114。

能有這般「逍遙」[14]的態度。無論是閒散、「曠蕩」、「迂疏」或是「逍遙」無不在詮解一己之人格特質。透過外顯的形象[15]，文人展示其「個性」[16]，研究者藉此更可探討文人內在的生命意蘊。

二　「狂」與「癖」：任情自放的行事風格

吉川幸次郎在《元明詩概說》提到對於文人的看法：

> 「文人」一詞早已有之。不過用「文人」二字來稱呼這一類型的人物，恐怕始於元朝末年。他們既然與政治無緣，便只好致力於文學或藝術的創作。他們甚至要求自己不進官場，以便保持平民的身分。而且為了做「文人」藝術家，他們在日常生活裡，往往故意矯情任性，顯示與眾不同，所以在言行上，難免有不合常理常情的荒誕作風。

他以為，真正可以被稱為「文人」者，應始於元末。他並指出江南產生了一群「新型文人」，以「楊維楨、倪瓚等人為代表，到處呼朋喚

14 （明）王寵〈曉起飲蕉露作三首〉其三：「管城知非食肉相，王烈嘗逢食乳流。山林鍾鼎亦何意，玩世總作逍遙遊。」見《雅宜山人集》，卷8，頁362。

15 形象一詞在中國文獻典籍中取義較偏向「人物外在的形體貌象」，參《中文大辭典》「形象」條；張春興對形象（figure）一詞的定義則兼「狀貌形容」與「人格特質」二面而言之。參中文大辭典編纂委員會輯：《中文大辭典》（臺北：中國文化大學出版社，1973年），第3冊，頁1534；張春興：《張氏心理學辭典》（臺北：東華書局，1989年），頁255。

16 「個性最突出的方面之一就是他的個別性。所謂個別性就是人的心理特點的獨特的結合。其中包括性格、氣質、心理過程進行的特點、主導的情感和活動動機的總和以及形成的能力。」金開誠：《文藝心理學概論》（北京：北京大學出版社，1999年），第一章〈客觀與主觀——反映的個性化〉，頁25。

友，成群結社，互相切磋，從事於文學藝術的創作活動。」[17]

楊維楨（1296-1370）被置於《明史》〈文苑傳〉之首，趙翼以為：「元末明初，楊鐵崖最為巨擘。」[18]錢謙益對他的描述如下：

> 築玄圃蓬臺于松江之上。海內薦紳大夫，與東南才俊之士，造門納屨，殆無虛日。酒酣以往，筆墨橫飛，鉛粉狼藉。或戴華陽巾，披鶴氅，坐船屋上，吹鐵笛作梅花弄。或呼侍兒歌白雪之辭，自倚鳳琶和之，賓客皆蹁躚起舞，以為神仙中人也。[19]

築園林以供賓客宴遊，營造了屬於文人的「形象」：賓客附麗在他的生活之間，隨著他「蹁躚起舞」，他成為「東南才俊」之首，如果沒有這群「海內薦紳大夫，與東南才俊之士」也就不能顯出他衣飾的特出（「戴華陽巾，披鶴氅」）與出眾的才藝（「吹鐵笛作梅花弄」、「自倚鳳琶和之」）。他率意於遊樂，自言「優遊光景，過於樂天……桃葉、柳枝、瓊花、翠羽為歌歈伎……風月好時，駕春水宅赴吳、越間。好事者招致，效昔人水仙舫故事，蕩漾湖光鳥翠，望之者噱為『鐵龍仙伯』，故未知香山老人有此無也。」[20]

如果楊維楨展示了文人的灑然與放達，那麼倪瓚顯示的則是文人的「癖」：

> 所居有閣，名「清閟」，藏書數千卷，手自勘定。鼎彝名琴，陳列左右；松篁蘭菊，敷紆繚繞。性好潔，盥頮易水，冠服振

17　（日）吉川幸次郎著，鄭清茂譯：〈文人的產生〉，《元明詩概說》（臺北：幼獅文化事業公司，1986年），頁113-120。

18　（清）趙翼：〈高青丘詩〉，《甌北詩話》（南京：鳳凰出版社，2009年），卷8，頁106。

19　〈鐵厓先生楊維楨〉，《列朝詩集》，甲集，頁369。

20　（元）楊維楨：〈風月福人序〉，《東維子文集》，卷9，頁63。

> 拂，日以數十計。齋居前後樹石，頻煩洗拭，見俗士，避去如恐浼。[21]

居處的命名，本有居住者的用意；或為自勵之詞，或能顯示居住者的特性。所居之處，名為「清閟」，即有幽雅明潔的況味。倪瓚的潔癖不只是「避俗」而已，他一日清洗「數十計」，甚至連居處的草木樹石也頻頻加以洗拭，其好潔之程度幾已成癖。

相對於前世代吳中文人群的尚古之形象，以吳中四子為中心的文人群展現的則以狂誕的生命情調，形成文壇鮮明而獨特的一束光譜。趙翼有言：「吳中自祝允明、唐寅輩，才情輕艷，傾動流輩，放誕不羈，每出名教外。」[22]就文藝的表現是「才情輕艷」，呈現於外則是「放誕不羈」：或出以狂語，或以放達自居，或以疏慢為常。如朱性甫：「性閒慢，待人無鉤距。晚歲嗜酒婆娑，益事閒曠。或時乘醉忤人，人亦不以為異。尤為郡邑大夫所禮。」[23]又如錢孔周「其所友必皆勝己者，苟不當其意，雖貴富有勢力者，恒白眼視之，或取怪怒不恤也。」[24]袁飛卿「平生名義自信，口未嘗言利。與人處，不為岸古，然矯亢任情，不能與物俯仰。一有所觸，輒狂叫奮詈，是是非非，必達其志乃已。」[25]文徵明稱之為「一時奇譎之士」。如王寵自言

21 〈雲林先生倪瓚〉，《列朝詩集》，甲集，頁480。

22 （清）趙翼：《廿二史劄記校證》（北京：中華書局，2013年），卷34，〈明中葉才士傲誕之習〉，頁4313。

23 （明）文徵明：〈朱性甫先生墓志銘〉，《文徵明集》，卷29，頁680。

24 又云：「吾友錢君孔周，以高明踔絕之才，富淩轢奮迅之氣，感慨激昂，以豪俊自命。雅性闊達，不任檢押。」（明）文徵明〈錢孔周墓志銘〉，《文徵明集》，卷33，頁756。

25 〈袁飛卿墓志銘〉又云：「其性跅弛，而意復逋蕩，初未嘗以功名為意。或勸之，則曰：『吾性不耐事，慵惰成習。今仕途以禮法羈人，視吾狂易，果堪為世用耶？』」其才名重於吳，「每一篇出，爭相傳錄，不終日已遍於邑中」，科舉之途卻不利，故其狂易之背後，也有不為世用之悲哀。見《文徵明集》，卷32，頁737-738。

「竹懶宜高臥，花狂欲醉迷」，[26]祝允明自稱「枝山老子鬢蒼浪，萬事遺來剩得狂」[27]，而此群文人也各自展現其「狂」、「怪」與「癖」，[28]茲列舉如下：

> 桑悅，字民懌，常熟人。讀書一過，輒焚棄之。……御史聞悅名，召令說詩，請坐講，講未竟，即跣足爬垢，御史不能耐，乃罷講，遷長沙通判，調柳州，意不欲行。人問之。曰：「宗元久擅此州名，不忍遽往奪之耳。」會外艱，歸遂不出，居家益任誕，褐衣楚製，往來郡邑間。[29]

其狂誕在於：

一、不拘儀軌：御史因桑悅之文名而詔其說詩，竟以「跣足爬垢」對應，或許他想表現不籠絡官府之本心，但說詩之際故作此態，不免有矯情之嫌。

二、放言自負：人欲調桑悅往柳州赴職，他卻以為「宗元久擅此州名，不忍遽往奪之耳。」大有「昔有柳柳州，今有桑柳州，桑柳州竟勝柳柳州」自負之情。再對照於他「讀書一過，輒焚棄之」的表現，更可知此言絕非一時噱語。

被桑悅稱為天下文章第二的祝允明[30]，人稱「玩世自放，憚近禮法之儒」：

---

26 （明）王寵：〈同諸公泛石湖遂登草堂燕集二首〉其二，《雅宜山人集》，卷5，頁205。

27 （明）祝允明：〈口號〉，《祝氏集略》，卷6，《祝氏詩文集》，頁701。

28 （明）王寵〈送楊子任序〉：「或以為狂、為僻、為迂，余與子任輩樂也。」見《雅宜山人集》，卷9，頁404。

29 〈桑柳州悅〉，《列朝詩集》，丙集，頁3171、3172。

30 桑悅有語：「舉天下亦惟悅，其次祝允明。」見〈桑柳州悅〉，《列朝詩集》，丙集，頁3171。

> 希哲生右手枝指，自號枝指生。好酒色六博，善度新聲，少年習歌之間，傅粉墨登場，梨園子弟相顧弗如也。海內索其文及書，贄幣踵門，輒辭弗見，伺其狎游，使女伎掩之，皆捆載以去。為家未嘗問有無，得俸錢及四方餉遺，輒召所善客噱飲歌呼，費盡乃已。或分與持去，不留一錢。每出，則追呼索逋者相隨於道路，更用為忭笑資。其歿也，幾無以斂云。[31]

這兩段敘述或有重疊之處，然則卻也點出祝允明之人文形象，一則是粉墨登場的才子形象，一則是他人登門索畫，卻辭不顧的灑然；另一方面，他人又可輕易地從妓院取其名鎮海內的書畫，顯示了文人對於世俗的摒棄；同時他也因世俗之壓力，死時幾無可殮之資。事例中提到，「為家未嘗問有無，得俸錢及四方餉遺，輒召所善客噱飲歌呼，費盡乃已。或分與持去，不留一錢。」這當然是文士的瀟灑放達，不也是狂放行為的表現？

「挑達自恣」的張靈為祝允明之弟子，[32]他與唐寅共同「創造」了「狂士」的軼事：

> 寅嘗邀遊虎丘，會數賈飲於可中亭，且賦詩。靈更衣為丐者，賈與之食，啖之；且與談詩，詞辯雲湧，賈始駭，令賡詩，揮毫不已，凡百絕。抵舟易維蘿陰下，賈使人跡之不得，以為神仙，賈去，復上亭，朱衣金目，作胡人舞，形狀殊絕。[33]

---

31 〈祝京兆允明〉,《列朝詩集》，丙集，頁3314。

32 〈唐解元寅　附見　張秀才靈〉:「靈，字夢晉，吳縣人。性聰慧，善圖畫，關涉篇籍，潛識強誦，文思便敏，驕曼可采。家本貧窶，挑達自恣，不為鄉黨所禮。祝允明嘉其才，受業門下，與吳趨唐寅最善。」《列朝詩集》，丙集，頁3313。

33 同樣故事在《吳郡二科志》、《吳縣志》、《蘇州府志》、尤侗《明史擬稿》等籍中均有傳鈔載錄。見〈附見　張秀才靈〉,《列朝詩集》，丙集，頁3313。

當然，這是文人以其才氣加上諧謔的扮裝所創造出來的「神仙」想像，透過文／丐二種角色的對比，在「詞辯雲湧」的詩歌創造中，回復文人的面目[34]；再由「朱衣金目，作胡人舞，形狀殊絕」的變裝，再次扭轉人們對於文人的本然概念。[35]

吳梅村有言：

> 古來詩人自負其才，往往縱情於倡樂，放意於山水，淋漓潦倒，汗漫而不收，此其中必有大不得已，憤懣勃鬱，決焉自放，以至於此也。[36]

所謂狂者，正是各盡本色而自我馳騁以求快意[37]，也是高自期許的人生態度。[38]流傳在吳中文士間的軼事[39]，在在都顯示了他們疏狂的面貌。

---

34 吳中以才氣「迫人」之例，比比皆是。如吳縣張淮（字豫源），「嘗燕一富人家，牡丹盛開，主人謂曰：『子能用中峰梅花詩韻，賦百篇乎？』豫源信筆成五十首，笑曰：『詩腸枯矣。』亟呼酒沃之，日未昃，竟成百篇，又回文一首，人以為神。」見〈張秀才淮〉，《列朝詩集》，乙集，頁2568-2569。

35 錢謙益《列朝詩集小傳》云：「時有老儒陳體方者，亦嗜酒，有索詩者，醉之以酒，輒有佳句，將死，頭戴野花，肩輿遍遊田間，狂醉三日而逝。」對文人的形象除了既有的才情之外，還加上「狂怪」的外表，這也是明代文人給予人的觀感。尤侗有詩寫其二人之事蹟：「桃花塢中有狂生唐伯虎；狂生自謂我非狂，直是牢騷不堪吐。漸離筑，禰衡鼓，世上英雄本無主。梧枝旅霜真可憐，雨袖黃金淚如雨。江南才子足風流，留取圖書照千古。且痛飲，毋自苦！君不見可中亭下張秀才，朱衣金目天魔舞。」以「江南才子足風流」概括二人狂放的行為，大有讚賞之意。見〈張秀才淮〉，《列朝詩集》，乙集，頁2569。

36 （明）吳偉業：《梅村家藏藁》，卷29，收入《四部叢刊正編》，第80冊，頁136。

37 韓經太：〈靈性與靈明：明代心學發展中的文學意識〉，《理學文化與文學思潮》（北京：中華書局，1997年），頁235。

38 參見汪淵之：〈高啟詩與「吳中四才子」詩之比較——兼論明初至明中葉吳中詩風的演變〉，《蘇州大學學報（哲學社會科學版）》1999年第3期（1999年7月），頁68。

39 如文徵明遭祝允明、唐寅等人戲弄，乃至於乘舟而走等：「文徵仲素號端方，生平未嘗一遊俠邪，伯虎與諸狎客，縱飲石湖上，先攜妓藏舟中，乃邀。徵仲同遊，徵

三　「狂怪」行為蘊藏的生命意識

前述的幾件軼事裡，他們都以個人放達的行為重新詮釋文人的角色。如果只看這些事件的表相，誤以為他們所表現的只是狂誕與放達的行徑，那麼就無法觸及外顯放誕行為背後的文人的真性情。茲以一事為例：

> 唐子畏居桃花庵，軒前亭半畝，多種牡丹花，開時邀文徵仲、祝枝山賦詩浮白其下，彌朝夾夕。有時大叫慟哭至花落，遣小伴一一細拾，盛以錦囊，葬於藥欄東畔，作「落花詩」送之，寅和沈石田韻三十首。[40]

在粗豪的性格背後，唐寅有細膩的心懷。當然，「大叫慟哭至花落」在外人看來不免有放誕之感，而書寫「落花詩」以追悼季節的流逝，自是文人才情的展現。所謂「自是多情能記憶」[41]正是唐寅的生命本質。

唐寅曾自言：「姑蘇城外一茅屋，萬樹桃花開滿天。」[42]有詩〈桃花庵歌〉[43]則為自身的寫照。在這首詩裡，有風流瀟灑之形象，卻也

仲初不覺也。酒半酣，伯虎岸幘高歌，呼妓進酒，徵仲大詫辭別。伯虎命諸妓固留之，徵仲益大叫，幾赴水，遂于湖上，買蚱艋逸去。」見（明）唐寅：《唐伯虎全集》，〈遺事〉，頁239。

40 （明）唐寅：《唐伯虎全集》，〈詩話〉，頁254。

41 （明）文徵明：〈答唐子畏夢余見寄之作〉，《文徵明集》，卷14，頁381。

42 （明）唐寅：〈把酒對月歌〉，《唐伯虎全集》，頁21。

43 （明）唐寅〈桃花庵歌〉：「桃花塢裡桃花庵，桃花庵裡桃花仙；桃花仙人種桃樹，又摘桃花換酒錢。酒醒只在花前坐，酒醉還來花下眠。半醒半醉日復日，花落花開年復年。但願老死花酒間，不願鞠躬車馬前；車塵馬足貴者趣，酒盞花枝貧者緣。若將富貴比貧者，一在平地一在天；若將貧賤比車馬，他得驅馳我得閒。別人笑我忒風顛，我笑他人看不穿；不見五陵豪傑墓，無花無酒鋤作田。」《唐伯虎先生全集》（臺北：臺灣學生書局，1980年），頁106-107。

暗寓著對世事的感慨。一則是對富貴的揚棄，二者在現世生命的擁抱中又隱藏著即將消逝的悲感。文徵明言其「物外高人思不群，悠然懶性謝塵氛」[44]，王寵則將唐寅比之為六朝名士阮籍、嵇康[45]：「夫子嵇阮輩，簸弄天地浮」，[46]唐寅的生命情調確實與六朝名士[47]可為呼應。

「葬花賦詩」的軼事中，又看見他多情的一面。花開時邀友共賞美景，飲一壺醇美的春光；花落則為之神傷，撿拾落花、葬花，寫詩相贈作為記憶。對他而言花是生命的代號，不只是普通的「物」。當然，這也與唐寅自身的遭遇相關。不只是唐寅，文徵明科舉屢試不成，詩文中屢見其抑鬱之感，祝允明雖任廣東興寧縣令，卻也自嗟自怨，終究辭官歸里。[48]所以唐寅、祝允明的狂放形象，則有「放誕不羈，每出名教外」的評價。

吳中文人共有的人生境遇，也使得他們有著相契的文人性情。他們的詩文中皆可看見因科舉之未達而抑鬱的心境。譬如唐寅，藉物以自寓：

> 縣庭有梅株焉，吾不知植于何時。蔭一畝其疏疏，香數里其披披；侵小雪而更繁，得朧月而益奇。然生不得其地，俗物混其

44 （明）文徵明：〈題唐子畏桃花庵圖〉，《文徵明集》，補輯卷10，頁1057。

45 吳中文人喜將文人比附於六朝文人，如王寵〈贈邢山人麗文〉：「讀書洞元化，耽酒冥風騷。劉伶豈必醉，與世餔其糟。」以及〈鄭博士自昆陵來酌酒贈言〉：「子猷自何來，矯矯雪山鶴。」依序見於《雅宜山人集》，卷1，頁32、21-22。

46 （明）王寵：〈唐丈伯虎桃花庵作〉，《雅宜山人集》，卷1，頁40-41。

47 關於六朝名士之特質可參考李清筠：《魏晉名士人格研究》（臺北：臺灣師範大學國文研究所碩士論文，1991年）；尤雅姿：《魏晉士人思想與文化研究》（臺北：文史哲出版社，1998年）。

48 祝允明有詩自言不為所用之感，〈庚辰二月官歸舟中〉云：「世棋年矢兩相催，孤領春深與雁回。無限胸中未酬事，蓬窗燈枕酒醒來。」見《祝氏文集》，卷5，《祝氏詩文集》，頁159。

> 幽姿；前胥吏之粉拏，後囚縶之嚶听；雖物性之自適，揆人意而非宜。[49]

先寫梅枝之芬香，再寫「生不得其地」，使得梅之幽姿與俗物相混，再加上人為的作弄，梅株只得「野性於水涯」，而不得自適其性。題為惜梅賦，自與梅有惺惺相惜之感，文中的「恐飄零之易及，雖清絕而安施」也寫出自身之窘迫。唐寅因科舉案，終身不得應試，其心中之苦悲是矛盾的，一則是「徬徨」，〈伏承履吉王君以長句見贈作此以答〉即言「仲尼悲執鞭，富貴不可求；楊朱泣路歧，徬徨何所投？」[50]心境上的無所適從也反映在題畫詩中，「棧道連雲勢欲傾，征人其奈旅魂驚；莫言此地崎嶇甚？世上風波更不平。」[51]一則對科舉功名仍有寄掛：

> 二十年餘別帝鄉，夜來忽夢下科場；雞蟲得失心尤悸，筆硯飄零業已荒。自分已無三品料，若為空惹一番忙；鐘聲敲破邯鄲景，依舊殘燈照半床。[52]

雖然對自身的際遇已有徹底的理解，也能有自遣之道，[53]卻在夢中反映真實的內在意念，「夜來忽夢下科場」，得失之心卻也如此真切；雖然他也自知「已無三品料」，但「殘燈照半床」的半、殘意象，也照應了書寫者心中不完滿之感懷。

---

49 （明）唐寅：〈惜梅賦〉，《唐伯虎全集》，頁5。

50 （明）唐寅：〈伏承履吉王君以長句見贈作此以答〉，《唐伯虎全集》，頁11。

51 （明）唐寅：〈題棧道圖〉，《唐伯虎全集》，頁85。

52 （明）唐寅：〈夢〉，《唐伯虎全集》，頁61。

53 （明）唐寅〈自笑〉：「兀兀騰騰自笑癡，科名如鬢髮如絲；百年障眼書千卷，四海資身筆一枝。陌上花開尋舊跡，被中酒醒鍊新詞；無邊意思悠長處，欲老光陰未老時。」有個人排遣之道，也能面對科舉不遇的挫折。見《唐伯虎全集》，頁61。

科舉不達之感，對文徵明而言，或許不似唐寅之矛盾；卻也充斥著自憐、自傷之情緒：

> 七試無成只自憐，東歸還逐下江船。向來罪業無人識，虛占時名二十年。[54]

徐禎卿在未舉進士之前，也多有「悲憂感激之語」，文徵明言：

> 昌穀操其所長，宜被當世賞識；而尚羈束於校官，悽悽褐素，退就諸生之列，使不得一伸吐所有。[55]

八試瑣院不利[56]的王寵則自言「寵也江湖隱淪客，窮途骯髒俗眼白」，對於仕途困阻，有憤然之感：

> 總髮以來，連不得志于有司，樊維檻束，動觸四隅，似可憤然。[57]

他也知道科舉未達是吳中文士共有的景況，雖然科舉未達雖不代表一個人的才情多寡，卻不免為之有感，曾有詩〈得顧憲長華玉書高譽吳中文士然皆轗軻未達感賦此〉[58]題目藉顧璘之語以言科舉未達之憾，

---

54 （明）文徵明：〈失解東歸口占〔丙子〕〉，《文徵明集》，卷15，頁414。

55 （明）文徵明：〈焦桐集序〉，《文徵明集》，補輯卷19，頁1258。

56 錢謙益〈王貢士寵〉：「為諸生，受知於郡守胡孝思，八試瑣院不利。以年資貢入太學。」見《列朝詩集》，丙集，頁3444。

57 （明）王寵：〈山中答湯子重書〉，《雅宜山人集》，卷10，頁446。

58 （明）王寵：〈得顧憲長華玉書高譽吳中文士然皆轗軻未達感賦此〉，《雅宜山人集》，卷5，頁207-208。

尤其這並非個人寥落之姿，而是一個地域共同的身影，只是以他的才華，隱淪石湖二十年，仍有「江左英雄還蹭蹬」之低鬱，僅能以「萬事無端渾得醉，側身天地更茫茫」自遣。[59]甚至以「為狂、為僻、為迂」[60]自詡。

唐寅與王履吉情感深刻，〈席上答王履吉〉云：

> 我觀古昔之英雄，慷慨然諾盃酒中；義重生輕死知己，所以與人大成功。我觀今日之才彥，交不以心惟以面；面前斟酒酒未寒，面未變時心已變。區區已作老村莊，英雄才彥不敢當。但恨今人不如古，高歌伐木矢滄浪。感君稱我為奇士，又言天下無相似；庸庸碌碌我何奇？有酒與君斟酌之！[61]

二人有惺惺相惜之感。唐寅感於王寵稱己為「奇士」，自身雖也有昔日英雄慷慨然諾之特質，卻也因個人之境遇而不得展懷。自稱「庸庸碌碌」的背後，卻是對自己困頓生命的自嘲。[62]

細加追索，吳中文士狂放的生命型態背後，確有著高度對生活事物細膩的觀察與經營，同時也意味著個人生命的矛盾與困惑。惟其「求真」，個人的生命不得不依違於現世與自我構築的理想之間；惟其「有我」，才能將生活的多重感受轉化成性情的跌宕與頓挫。狂放只是其「形」，其內蘊是個人的自覺意識：對真的掌握，對趣的追

---

59 王寵〈夜飲袁二尚之〉:「撿書燒燭成高宴，奪雉呼盧縱酒狂。江左英雄還蹭蹬，天南星斗鬱低昂。彈歌易下清秋淚，燕寢初凝午夜香。萬事無端渾得醉，側身天地更茫茫。」見《雅宜山人集》，卷6，頁263-264。

60 （明）王寵：〈送楊子任序〉，《雅宜山人集》，卷9，頁404。

61 （明）唐寅：〈席上答王履吉〉，《唐伯虎全集》，頁16。

62 吳中文人多能讚賞唐寅之才情。如文徵明〈題唐子畏桃花庵圖〉稱之「物外高人思不群。」〈月下獨坐有懷伯虎〉:「友道如斯誰汝念，才名自古得人憎。」依序見於《文徵明集》，補輯卷10，頁1057、1032。

求。如祝允明雖以「湛浮不羈」的型態見稱當世，王寵對他則有如是的理解：「為人簡易佚蕩，不耐齷齪守繩法，或任性自便，目無旁人，然默而好深湛之思。」[63]而王寵在抑鬱的心志中，有著與人世疏離的落寞：

> 磊落衣冠報主身，酒壚風竹漫藏真。古來麟閣崢嶸客，多是江湖骯髒人。[64]

> 秋水何人愛，清狂我輩來。山光浮掌動，湖色盪胸開。黃鵠輕千里，蒼鷹下九垓。平生濟川志，擊楫使人哀。[65]

既有「蒼鷹下九垓」清狂的盛氣藉物以自擬的狂狷，卻又有「擊楫使人哀」的寂寞；在狂放的生命背後，的確存有極深的人生困惑。[66]

文震孟曾論及文人狂放的面貌：「任情肆志之士，固禮法之所大繩也。然其人則皆跅弛磊落，非世途齷齪者。」[67]他以為「是時國法嚴峻，故吳士有挾持者，皆貞遯不出，骯髒以死」[68]，雖是「任情肆

---

63 （明）王寵：〈明故承直郎應天府通判祝公行狀〉，《雅宜山人集》，卷10，頁413。

64 （明）王寵：〈丙戌歲家兄履約釋褐南宮歡喜口號八絕句〉其八，《雅宜山人集》，卷7，頁334。

65 （明）王寵：〈同諸公泛石湖遂登草堂燕集二首〉其一，《雅宜山人集》，卷5，頁205。

66 文震孟評王寵為「余每至石湖，登先生采芝堂、御風亭、小隱岡，未嘗不低迴留之。想見其人，讀其所遺詩，沉鬱孤憤，每多幽憂失意之感，又未始不為三嘆也。」以「沉鬱孤憤」形容王寵之詩作，可見其「幽憂失意之感」的確為詩中的主調。見（明）文震孟：〈王雅宜先生〉，《姑蘇名賢小記》，收入周駿富輯：《明代傳記叢刊》，第148冊，頁88。

67 （明）文震孟：〈張夢晉先生〉，《姑蘇名賢小記》，收入周駿富輯：《明代傳記叢刊》，第148冊，頁78。

68 （明）文震孟：〈錢繼忠先生〉，《姑蘇名賢小記》，收入周駿富輯：《明代傳記叢刊》，第148冊，頁18。

志」之士，非「世途齷齪者」，其生命內涵乃是「應諧似優，穢德似隱」。[69]並以張獻翼為例：

> 張敉幼於者，亦狂士。……老不得意，益以務誕，至於冠紅紗巾生自祭而歌挽歌，行乞於市，斯幾狂而蕩矣。然所著書皆翼經史佐禮樂，非漫然者。余嘗謁先生於白公石下，先生遽易葛巾，屏侍妓而後與余揖，余乃知先生之誕固與世牢騷抹擻而託焉者也。[70]

王世懋〈贈汪仲淹序〉云：「大都豪傑之士，其始意有所激於中，而氣常溢乎其外，則往往有托而類狂。」[71]「異端」的背後，隱藏著執著「正統」的心意；「癲狂」的實質，往往是憤嫉時俗的詭譎之志。[72]這也是文震孟為張幼于詮釋怪放行徑的用意，同時，也能解讀吳中文士狂怪的生命意識。

四　文人「風流」的意蘊

錢謙益曾轉述「風流有致」的「吳中舊事」：

> 朱野航與主人晚酌罷，主人入內，適月上，野航得句云「萬事

---

69 （明）文震孟：〈張夢晉先生〉，《姑蘇名賢小記》，收入周駿富輯：《明代傳記叢刊》，第148冊，頁78。

70 （明）文震孟：〈張夢晉先生〉，《姑蘇名賢小記》，收入周駿富輯：《明代傳記叢刊》，頁78-79。

71 （明）王世懋：《王奉常集》，卷之二，文部，收入《存目叢書》，集部，第133冊，頁223。

72 失常則癲，超常則狂。癲狂是非常之情態、異常之心理。見韓經太：《理學文化與文學思潮》，頁259。

> 不如杯在手，一年幾見月當頭。」喜極發狂，大叫扣扉，呼主人起，詠此二句。主人亦大擊節，取酒更酌，興盡而罷。明日遍請吳中善詩者賞之，大為張具，徵戲樂留連數日。吳中舊事，其風流有致，良足樂也。[73]

此處的風流在於文人性情的真率放達。朱性甫與人夜飲，忽見月色而詩興大發，偶得詩句則「喜極發狂，大叫扣扉」，其面部表情、聲音與動作如在目前。二人飲酒賞詩之餘，次日又遍請詩人賞讀，在狂放的態度中自也展示了生命本質的真實。再由文人盛讚此事，也可反映他們的人生基調：「萬事不如杯在手」──及時行樂的生活態度，「一年幾見月當頭」──對美好事物的眷戀及景慕之情。從「風流」語彙的大量使用，可以發現吳中文人形塑自我的軌跡。

吳門前輩的確是「風流儒雅，彬彬可觀」，吳寬嘗言：「風流前輩杳難攀」，[74]唐寅自圖其石曰「江南第一風流才子」，練川三老婁堅、唐叔達、程孟陽「暇日整巾，拂撰杖屨，連袂笑談」亦為「風流弘長」，[75]至於何良俊的「風流」，更是領袖吳中：

> 元朗風神朗徹，所至賓客填門。妙解音律，晚蓄聲伎，躬自度曲，分刌合度。秣陵金閶，都會佳麗，文酒過從，絲竹競奮，人謂江左風流復見於今日也。吳中以明經起家官詞林者，文徵仲、蔡九逵之後二十餘年而元朗繼之。元朗清詞麗句未逮二公，然文以修謹自勵，蔡以溪刻見譏，而元朗風流豪爽，為時人所歎羨，二公殆弗如也。[76]

---

73 〈朱處士存理〉，《列朝詩集》，丙集，頁3383-3384。

74 （明）吳寬：〈謝孔昭臨黃大癡畫〉，《匏翁家藏集》，卷8，頁69。

75 〈婁貢士堅〉，《列朝詩集》，丁集，頁5453。

76 〈何孔目良俊〉，《列朝詩集》，丁集，頁4556。

與文徵明、蔡羽相較，何良俊以其「風流豪爽」為人稱道，這不也顯示了文人任達的性情？「文酒過從，絲竹競奮」是生活情趣的展現，「妙解音律、躬自度曲」則是斐然文采。

追溯吳中文人風流之源頭，應始於顧仲瑛之「玉山風」，以迄沈周，乃至於文徵明。[77]顧仲瑛由玉山草堂而摶成的文人雅集，成為風雅的表徵。沈氏家族的開創者沈澄：

> 好自標置，恆著道衣，消遙池館，海內名士，莫不造門。居相城之西莊，日治具待賓客，飲酒賦詩，或令人於悉上望客舟，唯恐不至，人以顧玉山擬之。[78]

以顧玉山之好客、文會為生活的典型。其子沈恆人稱：「綽有父風」，至沈周則如文震孟之語：「今吳中雖市夫豎子，無不知有白石翁者。」王世貞也云，「無論田畯婦孺裔夷，至文先生嘖嘖不離口。」綿延數代，何良俊又承繼文徵明所創造之「江左風流」。[79]

綜而言之，「風流」的文人特質在於：一、性情的本真：可以振奇側古，亦可放達任誕，要之皆有個人的精神面貌。二、生活的趣味：與友群飲酒賞詩或「棲喬樹之巔，霞思天想」[80]之奇趣。三、以藝自娛：吳中文人多資性穎異，各有其藝才，文藝的審美能力與感受本是文人自有的文化修養，此處著重在無所為而為的態度，是文人精神性格、生活情調、生命方式的自我展現。

---

77 參見范宜如：〈《列朝詩集小傳》中的吳中文壇圖像〉，《國文學報》第28期（1999年6月），頁233。

78 〈沈徵士澄〉，《列朝詩集》，乙集，頁2581。

79 筆者〈文徵明與吳中文壇——試論文人角色的定位與意義〉有更詳盡的詮釋。收入《春風煦學集——黃慶萱教授七秩華誕受業論集》（臺北：里仁書局，2001年），頁339-367。

80 〈羅侍郎玘〉，《列朝詩集》，丙集，頁2959-2960。

第二節　好古心態與博雅學風

一　尚古之風

錢謙益指出「自元季迨國初，博雅好古之儒，總萃於中吳。」[81] 吳中文人有著對「古」的眷戀，所謂的「古」，既是文化傳統，是過去的歲月，也是相對於「現在」的時間感受。

這種心理反映在生活上則是「好著古衣冠」。作為「身體的延伸」，服飾成為「在特定社會情景中的一種身體或文化展示」。[82]服飾本身就是一種文化的記號、一個符號代碼，指涉了一個文化體系；[83] 它也是解讀明代士人與社會關係的符碼（code），透過服飾訊息的傳達，了解服飾背後傳達的社會文化意義。[84]當你選擇了某一種衣飾，也意味著你認同這衣飾所隱喻的文化意義，它包含了時代、文化以及相對於群體的「同」（認同）所呈顯的「異」（區分）。[85]

以沈周為主的吳中文人群，在他們的形象描繪裡，多有「好著古衣冠」的摹寫：

---

81 〈朱處士存理〉，《列朝詩集》，丙集，頁3383。

82 王明珂：〈羌族婦女服飾：一個民族化過程的例子〉，《中央研究院史語所集刊》，第69本第4分（1998年12月），頁843。

83 羅蘭．巴特以符號學的方法，透過服飾符碼與修辭系統，詮釋時裝體系背後的流行神話。參（法）Roland Barthes著，敖軍譯：《流行體系》（臺北：桂冠圖書公司，1998年）。

84 參吳美琪：《流行與世變：明代江南士人的服飾風尚與社會心態》（臺北：臺灣師範大學歷史研究所碩士論文，2000年）。

85 社會學家席摩爾（Simmel, 1904）指出，認同和區辨是促成流行變遷的兩大動力。藉著服裝，我們可以聯合同一團體內的成員，也可以將他們與其他團體的成員區隔開來。見（美）Susan B. Kaiserm著，李宏偉譯：〈文化動力與身分建構〉，《服裝社會心理學》（臺北：商鼎文化出版社，1997年），頁736。

> 所居窗几明潔，器物古雅，奇石嘉樹，儼如畫中。風日晴美，兄弟被古冠服，登樓眺望，或時扁舟入城，留止僧舍，焚香瀹茗，累夕忘反。[86]

> 被服甚古，儀觀儼然，鄉閭敬之。[87]

> 陳孟賢……好蓄古今書畫、古器服、古名賢巾服，人望之皆曰：此東吳大老也。[88]

> 家居水竹幽茂，亭館相通，客至，陳三代、秦、漢器物，及唐、宋以來書畫名品，相與鑒賞。好著古衣冠，曳履揮麈，望之者以為列仙之儒也。[89]

沈恆吉與沈貞吉為沈澄之子，他們兄弟二人以「古冠服」的形象創造出隱士的形象。這種形象的塑造，來自於「古」有著獨樹一幟的心理地位：「古衣冠」影射一個先前的「世界」，有著時間的基本向度。它在時間外顯的界限內，將人帶回他所創塑的「文化時間」裡，成為自

86 〈沈氏二先生〉，《列朝詩集》，乙集，頁2582。

87 〈陳公子寬〉，《列朝詩集》，乙集，頁2595。

88 （明）陳完：〈仲兄醒菴先生墓志銘〉，（明）錢穀編：《吳都文粹續集》，卷40，收入《文淵閣四庫全書》，第1386冊，頁311。

89 此段文字雖出於《列朝詩集小傳》〈史隱士鑑〉，實引自吳寬為史鑑所作之〈隱士史明古墓表〉：「家居甚勝，水竹幽茂，亭館相通，如入顧辟疆之園。客至，陳三代秦漢器物及唐宋以來書畫名品，相與鑒賞。好著古衣冠，曳履揮麈，望之者，以為列僊之儒也。」吳寬雖為縉紳，與之為友四十年，讚其「安得更有博洽好學、執古信禮如斯人者。」此外，文徵明〈登小雅堂哭西邨夫子〉亦有「鄉里總識衣冠古，流俗空驚論議高。」亦以「衣冠古」為史鑑之特色。依序見《匏翁家藏集》，卷74，頁469；《文徵明集》，補輯卷6，頁889。

己的論述。[90]古衣冠形成「具有偶像和護符效果的物品，它不只是配件，而是象徵一種內在的超越，所有的神話意識和個人意識都在其中存活。針對一個細節的幻想投射，使得「它」成為「我」的對等物。[91]因此史鑑「好著古衣冠」，鄉人則視為「列仙之儒」；陳寬「被服甚古」則「鄉閭敬之」。沈氏二先生，則以古衣冠創造了一個文士雍雅的生活情態。[92]

衣冠絕非僅是日常生活的物件，它是「寓意式的存在」，所謂「無用之用，是為大用」。如宋代方鳳《野服考》自序所云：「野服之制，始於逸民者流，大都脫去利名枷鏁，開清高門戶之所為……後世學士大夫，亦往往釋戀簪纓，娛情布素，若而人者蟬蛻淤泥之中，浮游塵壒之表，其可易之忽之耶？」[93]衣飾的象徵可以意謂著個人生活的取向，以及審美的態度。藉由「布素」，意謂著「脫去利名枷鎖」、「蟬蛻淤泥之中」。再如王寵之詩題〈丙戌歲家兄履約釋褐南宮歡喜口號八絕句〉，透過「釋褐」，表達了身分的轉換。詩云（其五）：「玉柳春風想玉珂，宮袍新剪內家羅。他日戲彩高堂上，不數山人著芰荷。」衣飾作為文人形象的展現，吳中文人群透過古衣冠展示了個人

---

90 尚・布希亞在《物體系》中，將生活中的物件分為功能性系統與非功能性系統，其中的非功能性系統是對古物（他稱之為邊緣物）及收藏（他稱之為邊緣體系）的探討。本文對於古衣冠的詮釋，來自於是書的啟發。見（法）Jean Baudrillard著，林志明譯：《物體系》（臺北：時報文化出版企業公司，1997年），頁81-93。

91 （法）Jean Baudrillard著，林志明譯：《物體系》，頁87。

92 在服裝心理學中，有外觀管理（appearance management）一詞，用以指一個人如何表現外觀。它包括對外觀的注意，到思考如何展現外觀，最後實際執行的過程。另有一詞外觀知覺（appearance perception），是指如何從自己或別人展示的外觀中衍生出意義。它包括觀察評估或推論他人外觀的歷程，兩者的互動決定一個人的穿著動向，形成一種模式。（美）Susan B. Kaiserm著，李宏偉譯《服裝社會心理學》，頁6-9。

93 （宋）方鳳：《野服考》，《筆記小說大觀》（臺北：新興書局，1975年），六編，四冊，頁2350。

的獨特性（與他人之異），有趣的是，當這種獨特性形成一種群體的象徵（與文友之同），它卻也形成了一種風格。[94]

所謂「好古」，可分幾方面說明。

其一為「有古逸人之風」，崇尚古風，甚至連家中的床榻、杯盤，以及冠履，都依古制，如華珵「凡冠屨盤盂几榻，悉擬制古人」。[95]又如史鑑，除了庋藏好古之外，「凡吉凶之事，悉違世俗而行，必倣於古，知禮者取之。」[96]

其二為「尤好古法書、名畫、鼎彝之屬」並能「推別真贗美惡」，[97]當時之沈周「號能鑒古」：「成化、弘治間，東南好古博雅之士，稱沈先生，而尚古（華珵）其次焉。」[98]華珵屢往沈周處「互出所藏，相與評騭，或累旬不返」[99]，其後沈周之子沈雲鴻（字維時）亦好古器物書畫，「遇名品，摩拊諦玩，喜見顏色，往往傾橐購之」。文徵明以其「尋核歲月，甄品精駁，又歷歷咸有據依」推之為「鑒賞家」。[100]可見由尚古之風所形成的是鑒賞的風氣，以及由鑒賞能力之高下而有的「家」與「匠」之別。同時，這種尚古之風，也會形成一地或一家族之特色。如沈周之為「好古博雅之士」，其子沈雲鴻為

---

94 如（明）文震孟〈王逸人光庵先生〉：「其貌故已寢，益以藥黥其面及肘股間，髽兩角，短衣策杖，遊行廛市，故舊有遇之者，輒箕踞相對，爬搔其瘡，使人不堪去乃已。」就其「短衣策杖」以言其異。王寵〈首夏同吳丈次明湯君子重家兄履約看竹石湖草堂作四首〉也自言其衣冠之形象來書寫生活的適意，如「角巾全不整，長日臥藤蘿」（其一）、「紫蘀漫裁冠，曝髮雲門嘯」（其三）。依序見於《姑蘇名賢小記》，收入周駿富輯：《明代傳記叢刊》，第148冊，頁15-16；《雅宜山人集》，卷5，頁199-200。

95 （明）文徵明：〈華尚古小傳〉，《文徵明集》，卷27，頁643。

96 （明）吳寬：〈隱士史明古墓表〉，《匏翁家藏集》，卷74，頁469。

97 （明）文徵明：〈華尚古小傳〉，《文徵明集》，卷27，頁643。

98 （明）文徵明：〈華尚古小傳〉，《文徵明集》，卷27，頁643。

99 （明）文徵明：〈華尚古小傳〉，《文徵明集》，卷27，頁643。

100 （明）文徵明：〈沈維時墓誌銘〉，《文徵明集》，卷29，頁673。

「鑒賞家」；又如以尚古自稱的華珵，文徵明即云「性好古……稱尚古生」、「家有尚古樓，凡冠屨盤盂几榻，悉擬制古人，猶猶好古法書、名畫、鼎彝之屬。每併金懸購，不厭而益勤」。[101]「余家吳門，與錫比壤，頗聞諸華之勝。」[102]由「諸華之勝」可知華氏一家篤意古人之現象。

其三則為古文詞之創作。《(正德）姑蘇志》卷十三〈風俗〉云：

> 今後生晚學，文詞動師古昔而不梏於專經之陋，矜名節，重清議，下至布衣韋帶之士皆能摛章染翰，而閭閻畎畝之民，山歌野唱亦成音節，其俗可謂美矣。[103]

由庋藏好古，到衣著仿古，乃至於詩之刻意學古，文章之嗜古在在都顯示了「古」作為一種心態的流動與延續。林慶彰以為：

> 復古之先決條件，為讀古人之書。唐以前之書，流傳至明代者已不多。時人又不知復古之真義為何，遂由復古轉而為好古，然所謂古者必較罕見，罕見則奇，由好古而好奇，其間僅為一念之延伸也。[104]

他以為明人不了解「復古」的內涵，因而將「復古」轉換為「好古」;「古」變成了一種特殊的形式，因其「罕見則奇」，由復古一好

---

101 （明）文徵明：〈華尚古小傳〉，《文徵明集》，卷27，頁642-643。

102 （明）文徵明：〈華尚古小傳〉，《文徵明集》，卷27，頁644。

103 （明）王鏊等：《姑蘇志》，卷13，〈風俗〉，收入吳相湘主編：《中國史學叢書》，頁193。

104 林慶彰：《明代考據學研究》（臺北：臺灣學生書局，1983年），頁24。

古一好奇，都只是觀念的延伸。因此，崇古心態投射至生活之中，就形成收藏的癖好。

二　收藏之風

物品的功能有二，其一是為人所實際運用，其二是為人所「擁有」。所謂的擁有，不再由「功能」去賦予事物的屬性，而是由「主體」賦予其意義。[105]透過這種「確定性的執迷」，在「擁有」這些物件的同時，也意謂著個人在創塑物品的文化意義。文人對古物的嚮往與愛好，除了展現在衣著上，還顯現在「收藏」：文人的文化活動。對於收藏，他們展示了一種「執著」的信念。他們以對事物的執守、專情，非如此不可的狂熱，來展現自我。如朱性甫「居常無他過從，惟聞人有奇書，輒從以求，以必得為志。或手自繕錄，動盈筐篋。」[106]閻秀卿「喜積書，見書必力購求。家惟一僮，日走從友人家借所未讀書，手抄口吟，窮日夜不休。所獲學俸，盡費為書資。家甚貧，或時不能炊，至質衣以食，而玩其書不忍棄。」[107]袁飛卿「聞有異書，輒奔走求之，餅金懸購至解衣為質，弗惜也。」[108]他們收藏的對象是書籍異本；對他們來說，閱讀並非只是風雅之韻事，而是生命的志業。

以閻秀卿為例，家貧至「質衣以食」，仍「玩其書不忍棄」，除以庋藏為樂，也展現個人的風格。楊循吉「居家好畜書，聞某有異本，

105 （法）Jean Baudrillard著，林志明譯：〈邊緣體系：收藏〉，《物體系》，頁96。

106 （明）文徵明：〈朱性甫先生墓志銘〉，《文徵明集》，卷29，頁679。錢謙益也云朱存理「聞人有異書，必從訪求，以必得為志。」見〈朱處士存理〉，《列朝詩集》，丙集，頁3383。

107 （明）文徵明：〈亡友閻起山墓志銘〉，《文徵明集》，卷29，頁675。

108 （明）文震孟：〈袁飛卿先生〉，《姑蘇名賢小記》，收入周駿富輯：《明代傳記叢刊》，第148冊，頁70。

必購求繕寫。」[109]劉鳳《續吳先賢讚》也言楊循吉「購書甚富，既性所嗜，聞某所有異本，即夙夜求之。」[110]錢孔周也是「性喜畜書，每併金懸購，故所積甚富。」[111]蒐求書籍之狂熱與癡迷，是吳中文人共同的表現。[112]「書籍異本」成為吳中文人風雅生活的主要媒介。

祝允明也篤好藏書，他為陸容的藏書目錄作序，提出他對「積書」之見：

> 夫自高論者，以皐夔稷卨無假讀書，而視藏書為羨餘事，不知書以道出，道原於天，發於聖人……人飢寒則需食與衣，病則需藥，富則需珠玉異玩。食衣與藥以活身，寶玩以娛耳目，智於活身者，猶能棄珠寶以易食衣與藥，故稻菽裘布參苓豨勃兼收焉，而況智於脩身以期配玄黃均為才者，當舍書乎哉？故人不皆聖，而聖人不能無書。我不聖而不能舍書……故善積者，與積寶玩，寧積食衣藥；積食衣藥，毋寧積書也。[113]

祝允明以為書籍是生活之必須物，就收藏的對象來說，與其將氣力置於珠玉寶玩，不如以「積書」為志。

對於著述與閱讀，也有相同的執著。邢用理「居陋巷中，敝屋三

---

109 〈楊儀部循吉〉，《列朝詩集》，丙集，頁3144。

110 （明）劉鳳：〈楊循吉〉，《續吳先賢讚》，收入周駿富輯：《明代傳記叢刊》，第148冊，頁468。

111 （明）文徵明：〈錢孔周墓志銘〉，《文徵明集》，卷33，頁757。

112 其實前期的文人就展示了對收藏的執意，如虞堪：「家藏書甚富，手自編輯，尤重雍公遺文，雖千里外必購之乃矣」。虞堪與南園俞氏（俞貞木）被稱為「吳中故世儒家」，錢謙益云：「兩家入本朝，至永樂中而微，至弘治初而絕。徵文獻者為三嘆焉。」見〈虞廣文堪〉，《列朝詩集》，甲集，頁500。

113 （明）祝允明：〈甘泉陸氏藏書目錄序〉，《祝氏集略》，卷27，《祝氏詩文集》，頁1664-1666。

四間，青苔滿壁而折鐺敗席，蕭然貧家，長日或不舉火，客至，相與清坐而已。」[114]其孫邢參（字麗文）「嘉遯城市，教授鄉里，以著述自娛」，《列朝詩集小傳》描繪他專注於閱讀的情態：「嘗遇雪，累日囊無粟，兀坐如枯株，諸人往視之，見其無慘懍色，方苦吟誦所得句自喜。」[115]又如都穆：

> 歸老之日齋居蕭然，日事讎討，或至乏食，輒笑曰：「天壤間當不令都生餓死。」日晏如也。吳門有娶婦者，夜大雨滅燭，遍乞火無應者，雜然曰：「南濠都少卿家有讀書燈在。」扣其門，果得火，其老而好學如此。[116]

以收藏圖書，閱讀書籍為己志，毋怪吳中地域會形成博學之傳統。

三　博學之風

吳中文人以「博學」作為一種主要的性格特徵。如沈周：「凡經傳、子史、百家、山經、地志、醫方、卜筮、稗官、傳奇，下至浮屠老子亦皆涉其要。」[117]劉鳳評楊循吉「其學蓋肆於不仕。嗜之自其性，乃亦不以為名務，攻之不已。故其遂微宏邈，博通多載，稱達學。」[118]文徵明言朱性甫「群經諸史，下逮稗官小說，山經地志，無

114　（明）吳寬：〈書隱者邢用理遺文後〉，《匏翁家藏集》，卷48，頁300。

115　〈邢處士參〉，《列朝詩集》，丙集，頁380。

116　〈都少卿穆〉，《列朝詩集》，丙集，頁3379。

117　（明）王鏊：《震澤集》，收入《文淵閣四庫全書》，第1256冊，頁440。

118　（明）劉鳳：〈楊循吉〉，《續吳先賢讚》，收入周駿富輯：《明代傳記叢刊》，第148冊，頁468-469。《明史》也有：「楊循吉……結廬支硎山下，課讀經史，旁通內典、稗官。……性狷隘，好持人短長，又好以學問窮人，至頰赤不顧。」見卷286，〈列傳第一百七十四．文苑二〉，頁7351。

所不有，亦無所不窺。」[119]錢孔周「諸經子史之外，山經地志，稗官小說，無所不有，而亦無所不窺。」[120]邢量「自經史、釋老、方技，無不兼通。」[121]被推為吳中「風流儒雅」之領袖的徐有貞，《列朝詩集小傳》稱他「公器資魁傑，文武兼資，於天官、地理、河渠、兵法、風角之書，無不通曉」，[122]再如人稱吳中四子之一的唐寅，「其學務窮研造化，玄蘊象數，尋究律歷，求揚馬玄虛、邵氏聲音之理而贊訂之，旁及風鳥壬遁太乙，出入天人之間」[123]，博通之學風造就吳中一地的文采風流，至正德嘉靖以後，仍延續此風，如黃省曾：

> 日夜考載籍，徵耆碩，以究極乎古今興衰倚伏之變。國典、廟彝、禮樂、比詳、兵車、水土、平準之筴，下至於星曆、醫卜、農賈、覆逆、支離、人竭、五官之職，而恨其畧者，先生饒辨之矣。[124]

廣博的閱讀並非單一的現象，而是群體共同的趨向。文徵明云：「吾蘇有博雅之士，曰朱性甫存理、朱堯民凱。」[125]何謂「博雅之士」？

---

119 （明）文徵明：〈朱性甫先生墓志銘〉，《文徵明集》，卷29，頁679。祝肇《金石契》亦有：「爰自弱齡，夙勤文學；閱三餘以靡空，覽五車而尤富。書窺晉戶，吟升宋堂，接先曹之典刑，倡遺民之風格，願紬多識庸稗寡聞焉耳。」收入周駿富輯：《明代傳記叢刊》，第21冊，頁435。

120 以收藏——閱讀——劄記形成其博學之內涵。（明）文徵明〈錢孔周墓志銘〉云：「尤喜左氏及司馬、班、揚之書，讀之殆遍。遇有所得，隨手劄記，積數百帙。」見《文徵明集》，卷33，頁757。

121 （明）文震孟：〈邢布衣先生〉，《姑蘇名賢小記》，收入周駿富輯：《明代傳記叢刊》，第148冊，頁29。

122 〈徐武功有貞〉，《列朝詩集》，乙集，頁2481。

123 （明）祝允明：〈唐子畏墓志并銘〉，（明）錢穀編：《吳都文粹續集》，卷43，收入《文淵閣四庫全書》，第1386冊，頁364。

124 （明）王世貞：〈五嶽黃山人集序〉，《弇州山人四部稿》，卷66，頁3220。

125 （明）文徵明：〈朱性甫先生墓志銘〉，《文徵明集》，卷29，頁678。

除了不仕進、不隨俗，亦能「求昔人理言遺事而識之」，「聞他人有奇書，輒從以求，以必得為志。或手自繕錄，動盈筐篋。群經諸史，下逮稗官小說，山經地志，無所不有，亦無所不窺。」再如杜允勝「群經子史，靡不講習；下至稗官小說，若唐、宋諸名賢文集，亦皆雋永而啜奇腴」，[126]又如與文徵明相與甚善之錢孔周，「諸經子史之外，山經地志，稗官小說，無所不有，而亦無所不窺。」戴章甫「其學自經、史外，若諸子百家，山經地志，陰陽歷律，與夫稗官小說，莫不貫總。」[127]此外，尚有王錡之子王淶，人稱荻溪王氏，亦是「自經傳百氏，務為遍覽。尤熟於史，凡先代得失興衰，融貫於心。」[128]

這種閱讀之風成為吳中文風興盛之來源。文徵明在為他人作之墓誌銘裡，屢屢點出文人喜閱讀之形貌。如稱李宗淵「惟喜讀書，揚榷究竟，必求抵止，非若他人涉獵而已。」[129]或如閻起山「喜積書，見書必力購求。家唯一僮，日走從友人家借所未讀書，手抄口吟，窮日夜不休。所獲學俸，盡費惟書資。家甚貧，或時不能炊，至質衣以食，而玩其書不忍棄。」[130]一則強調李宗淵對於閱讀之態度極為慎重，非僅是涉獵而已；一則稱道閻秀卿視讀書為生活之根柢，雖家

126 （明）文徵明：〈杜允勝墓志銘〉，《文徵明集》，卷30，頁709。

127 （明）文徵明：〈戴先生傳〉，《文徵明集》，卷27，頁640。

128 （明）吳寬：〈王葦菴處士墓表〉，《匏翁家藏集》，卷74，頁474。（明）文徵明〈太學孫君墓誌銘〉：「其學自經傳之外，百家子史，以若諸名賢文集，下逮稗官小史，莫不貫綜。」在這些描述的背後，可以發現博學者與科舉不仕者之間微妙之關聯。如孫軾，文徵明稱他「自辛卯至丁酉，凡三斥，每斥而其學亦益進。其學自經傳之外，百家子史，以若諸名賢文集，下逮稗官小史，莫不貫綜。」又如陸子微「棄舉子業，不復以仕進為意。然雅性喜學，既罷試家居，益務博綜。群經子史，搜獵靡遺，有所得，輒手自劄記。」孫軾是未中舉而「學益進」，而陸子微則是不以仕進為意而更能廣博之閱讀。見《文徵明集》，補輯卷30，頁1541。

129 （明）文徵明：〈李宗淵先生墓志銘〉，《文徵明集》，卷30，頁692。

130 （明）文徵明：〈亡友閻起山墓志銘〉，《文徵明集》，卷29，頁675。閻起山即閻秀卿，著有《吳郡二科志》。

貧，而時時以讀書為念。此種重視閱讀之風氣也能薰染而成家習，如沈雲鴻「喜積書，讎堪勤劇。曰：『後人視非貨財，必不易散。萬一能讀，則吾所遺厚矣。』」[131]認為書是所留存最珍貴之家產；再如祝允明，在〈示續〉一文中，教導兒子應以讀書為重，而不必拘執為官：「作好官，建勳名，固是門戶大佳事，要是次義；只是不斷文書種子，至要至重。苟此業不墜，則名行自立，勢必然也。」[132]從積書、閱讀到博通之學風，毋怪人稱吳中「讀書種子不墜」，即使有甚多文人科舉不第，卻也在此地存有「博雅」、「博綜」的人文形象。

第三節　市隱心態與隱逸圖像

傳統文人與朝廷政治的關係向來是密不可分。因為中國文人大部分具有朝廷官吏的身分，其作品自然會顯示仕宦生涯的頓挫，同時也會展示個人退隱的志節。「仕」與「隱」之間的追尋與轉折自能顯示文人的生命型態。《明史》〈文苑傳〉指出：

> 吳中自吳寬、王鏊以文章領袖館閣，一時名士沈周、祝允明輩與並馳騁，文風極盛。徵明及蔡羽、黃省曾、袁袠、皇甫沖兄弟稍後出。而徵明主風雅數十年，與之遊者王寵、陸師道、陳道復、王穀祥、彭年、周天球、錢穀之屬，亦皆以詞翰名於世。[133]

據此，可將吳中文壇的文人身分區隔成：館閣領袖、名士以及詞翰之士。而這些文人之間往來甚密，並無仕宦與山林之區別。此處，我們

131　（明）文徵明：〈沈維時墓志銘〉，《文徵明集》，卷29，頁673。

132　（明）祝允明：〈示續〉，《祝氏集略》，卷12，《祝氏詩文集》，頁979。

133　（清）張廷玉等：《明史》，卷287，〈列傳第一百七十五．文苑三〉，頁7363。

所要提出的是，吳中文人對於出處的思考，他們如何安頓「隱」的心態；再者，他們又以怎樣的形貌來呈現隱逸的人文圖像。

一　文人對「隱」的思考

「隱」是吳中文人共同之心態，可從文人字號之命名見窺一二：

> 完庵者，公歸田時號也。自以保其身名，幸而無虧，如玉返璞，以全其真。[134]

> 山中有白石，廣衍得數畝。堅瘠不可耕，無用實類某。朋從從加稱，遂為石田叟。[135]

> 公別號匏菴，言匏不食不材，以自況也。[136]

吳寬在〈匏庵記〉中解釋，匏者，可繫而不能食，因此他引以自況。石田，則典出《左傳》中伍子胥的譬喻：「得志於齊，猶獲石田也，無所用之。」[137]但石田也並非全無所用，晉末的董景道有言：「余在萬山中，草木可以庇風雨，石田可以具饘粥。」[138]祝允明所作〈石田記〉則別有見解：

---

134 （明）吳寬：〈完庵詩集序〉，《匏翁家藏集》，卷44，頁273。

135 （明）沈周：〈逮楊君謙石田記〉，《石田先生詩鈔》，《沈周集》，頁73。

136 （明）文震孟：〈吳文定公〉，《姑蘇名賢小記》，收入周駿富輯：《明代傳記叢刊》，第148冊，頁51。文震孟又言：「而八音克諧，神人以和，瓠且適宗廟朝廷。無用者，未必不有大用矣。」

137 （清）孔穎達疏：《左傳注疏》（臺北：藝文印書館，2001年，阮元校勘十三經注疏本），頁1018。

138 （北魏）崔鴻：《十六國春秋》，卷9，收入《文淵閣四庫全書》，第463冊，頁379。

> 先生者，巢許其居服，而禹稷其腎腸，既自退曰：「吾不敢豐望於世，為是名己。」乃去以道自治，削蕭莠，抉沮洳，揭其堅白以對日月，爽然風塵之表。[139]

隱是動處的選擇，而不只是仕後挫折的避世而已。如《莊子》〈繕性〉篇云：

> 古之所謂隱士者，非伏身而弗見也，非閉其言而不出也，非藏其知而不發也，時命大謬也。當時命而大行乎天下，則反一無跡，不當時命而大窮乎天下，則深根寧極而待，此存身知道也。[140]

《論語》〈泰伯〉也有：「危邦不入，亂邦不居，天下有道則現，無道則隱。」[141]都說明了傳統的觀念，絕非隱居不仕，而是人生出處的抉擇。

文徵明在嘉靖十二年為王敬止作〈王氏拙政園記〉[142]，並有〈拙政園詩三十一首〉，以為王敬止之「築室種樹，灌園鬻蔬，逍遙自得，閒居之樂者」為古之高賢勝士所不及，且以己「無一畝之宮，以寄其棲逸之志」而羨。此園之定名，王敬止自言：「昔潘岳氏仕宦不達，築室種樹，灌園鬻蔬，曰此亦拙者之為政也。余自筮仕抵今，餘四十年。同時之人，或起家至八坐，登三事，而吾僅以一郡倅老退林下。其為政有拙於岳者，園所以識也。」文徵明則加以辨析，以為王

139 （明）祝允明：〈石田記〉，《祝氏集略》，卷28，《祝氏詩文集》，頁1724。

140 （先秦）莊子撰，陳鼓應註譯：《莊子今註今譯》（臺北：臺灣商務印書館，2011年），頁390。

141 （宋）朱熹：〈論語集注卷四・泰伯第八〉，《四書章句集注》（臺北：大安出版社，1996年），頁142。

142 （明）文徵明：〈王氏拙政園記〉，《文徵明集》，補輯卷20，頁1276-1278。

敬止「以進士高科仕，為明法從，直躬殉道，非久被斥。其後旋起旋廢，迄擯不復，其為人豈齷齪自守，視時浮沈者哉？」並以為他之以潘岳自比「聊以宣其不達之志焉耳」，理解其心志，再從客觀的角度談所謂「得志」與「閒居之樂」的對照：

> 高官膴士，人所慕樂，而禍患攸伏，造物者每消息其中。使君得志一時，而或忮罹災變，其視未殺斯世而優游餘年，果孰多少哉？君子於此必有所擇矣。

至於潘岳「終其身未嘗暫去官守，以即其閒居之樂」，且古之名賢勝士，於功名中浮沈，既不能如得志如潘岳，又不能享閒居之樂，終身在「升沉遷徙」的困頓裡旋繞，令人慨嘆。文氏再言自己的境遇「徵明漫仕而歸，雖蹤跡不同於君，而潦倒末殺，略相曹耦。」甚有惺惺相惜之意。

文徵明藉拙政園之設置，以詮說「得志」（仕宦）以及「閒居之樂」（隱居）。如〈夢隱樓〉之設置，前有小序：

> 夢隱樓在滄浪池之上，南直若墅堂，其高可望郭外諸山。君嘗乞靈於九鯉湖，夢隱隱字，及得此地，為戴顒、陸魯望故宅，因築樓以識。[143]

詩中所述：「枕中已悟功名幻，壺裡誰知日月長。」與序文鄉對照，適為王敬止（也是文徵明）之心靈圖景。此外，在〈顧春潛先生傳〉則再辨析「隱」之意涵：[144]

---

143 （明）文徵明：〈拙政園詩三十一首〉，《文徵明集》，補輯卷16，頁1205。

144 （明）文徵明：〈顧春潛先生傳〉，《文徵明集》，卷27，頁654。

> 或謂昔之隱者，必林棲野處，滅跡城市。而春潛既仕有官，且嘗宣力於時，而隨緣里井，未始異於人，而以為潛，得微有盭乎？雖然，此其跡也。苟以其跡，則淵明固常為建始參軍，為彭澤令矣。而千載之下，不廢為處士，其志有在也。

他並描述顧春潛歸隱後的生活情貌：

> 及是歸，家徒四壁，先所業田，已屬他人。獨小圃僅存，有水竹之勝。故喜樹藝，識物土之宜，花竹果蔬，各適其性。淺深有法，播植以時，而時其灌漑，久皆成林。花時爛然。顧視喜溢，循畦履晦，日數十匝不厭。客至，燒筍為具，觴詠其間，意欣然樂也。……而於世俗酬應，仕路升沈，與凡是非徵逐，一切紛華之事，悉置不問。居常夷易，不為岸谷，亦不肯脂韋取容。而受性堅決，能激卭任事。既多更練，益用閑習，蓋嘗有志用世也。屬時方重進士，而庸視他途。自顧晚暮，不欲與時流相取下，遂以肆志為高，以隱約自勝，斯其所謂潛也已。

文徵明透過顧春潛的經歷，安頓了「仕」與「隱」的困惑。「仕」或許只是外在之「跡」，如陶淵明也曾為彭澤令，卻不妨其為「處士」的身分。因隱者重其內在的心志：「以肆志為高，以隱約自勝，斯其所謂潛也已。」

　　唐寅在〈菊隱記〉也有相近的觀念：

> 君子之處世，不顯則隱，隱顯則異，而其存心濟物，則未有不同者；苟無濟物之心，而汎然於雜處隱顯之間，其不足為世之輕重也必然矣。[145]

145 （明）唐寅：〈菊隱記〉，《唐伯虎全集》，頁180-181。

〈�隱記〉又有：

> 筠之為物也，其圓應規、其直應矩；虛中足以容，貞外足以守，故稱為材。捨筠而他求，取以為材者，則未能備眾意之若是也，豈惟筠哉？夫人亦然。故君子之以材稱者亦備焉。[146]

文徵明藉顧春潛之出處論「隱」之內涵：「不欲與時流相取下，遂以肆志為高，以隱約自勝。」而唐寅則以他人之名號為例[147]，自稱「君隱於菊，余隱於酒」，然而二人並非自棄於仕途，唐寅「舉弘治十一年鄉試第一」，終因科場案終身不得應試，文徵明則是屢試不售，這種人生際遇使他們在儒家入世，為世所用的價值觀與生命型態的堅持間產生了融合的效應。一方面要保全自我，一方面又要為世所用。因此，吳中文人都以「市隱」作為生活的本貌。[148]如沈周有詩，即以〈市隱〉為題：

> 莫言嘉遯獨終南，即此城中住亦甘。浩蕩開門心自靜，滑稽玩世沽亦堪。壺公溷跡無人識，周令移文好自慚。酷愛林泉圖上見，生憎官府酒邊談。經車過馬常無數，掃地焚香日再三。市脯不教供座客，戶庸還喜走丁男。簷頭沐髮風初到，樓角攤書月半含。蝸壁雨深留篆看，燕巢春暖忌僮探。時來卜肆聽論易，偶過農家問養蠶。為報山公休薦遠，只今雙鬢已毵毵。[149]

146 （明）唐寅：〈筠隱記〉，《唐伯虎全集》，頁180。

147 菊隱為唐寅之友朱大涇之自號，筠隱為秦仁之，此二人生卒年不詳。

148 文徵明〈可竹陳翁今年壽躋六十，二月廿二日是其壽辰其倩譚維時請詩為壽漫賦如此〉有云「白頭稱市隱」。見《文徵明集》，補輯卷5，頁859。

149 （明）沈周：《石田先生詩鈔》，《沈周集》，頁131。

有謂「嗟彼城市人，而有江湖想。」[150]沈周以為居於城市，只要「心自靜」便是「嘉遯」。一如祝允明〈九淵扇上諸子各咏隱趣余作尾題〉[151]所書：

> 白雲不會作公侯，出世居山不自由。若得松窠千年坐，此時方敢大開喉。

「不自由」正點出為仕者的羈絆。所謂「人生貴適志，何必身巖廊」[152]，祝允明也嘗作〈畫鷺鷥白頭鳥。俗有一路功名到白頭之讖，鄙惡無狀，會有以乞題，浪詠一章，以當蛤蜊爽氣。〉[153]以「一路功名到白頭」為俗，對他而言，仕與隱之間是「將仕憂違世，思閒病未耕」[154]，他所追尋的是一種純然的自由之感。有詩云：「不分朝列與山栖，辛苦隨人作咲啼。」[155]無論是在朝為官，或是居山耕隱，若只是隨人安排，沒有自我的閒趣，那也只是隨人笑啼，一樣是「出世居山不自由。」

王寵所追求的是「心與跡俱隱」，曾有「冥心久入空門侶，不記人間有市朝」之語，[156]在悠然清雅的詩句間，譜寫著隱逸型態的多重面向。

---

150 （明）吳寬：〈遠遊〉，《匏翁家藏集》，卷6，頁60。

151 （明）祝允明：〈九淵扇上諸子各咏隱趣余作尾題〉，《祝氏文集》，卷8，《祝氏詩文集》頁249。

152 （明）祝允明：〈嘉賓亭〉，《祝氏詩文集》，卷9，頁1212。

153 （明）祝允明：〈畫鷺鷥白頭鳥。俗有一路功名到白頭之讖，鄙惡無狀，會有以乞題，浪詠一章，以當蛤蜊爽氣。〉，《祝氏文集》，卷9，《祝氏詩文集》，頁285。

154 （明）祝允明：〈偶感〉，《祝氏文集》，卷8，《祝氏詩文集》，頁249。

155 先是沈周作〈尋閒〉，後祝允明再作〈沈先生作尋閒四韻俯契愚衷輒逐高押一首〉，見《祝氏文集》，卷8，《祝氏詩文集》，頁250。

156 （明）王寵〈隱〉有云：「心與跡俱隱，目隨雲恣行。江湖元自闊。籠檻任須爭。山意猶含雪，林歌稍變鶯。天涯望春色，醉倚越王城。」見《雅宜山人集》，卷4，頁153。

二　吳中文人的「隱逸」圖像

錢謙益以為「國初吳中高士，以賓與公望為稱首」[157]，此二人成為吳中傳統隱逸之風的代表。細看其對王賓、韓奕兩人的描寫：

> 賓，字仲光，長洲人。七、八歲，入鄉校。幾冠，自唐虞三代以降漢、唐、宋、元，上下數千百年中間聖經賢傳、諸子百氏、陰陽曆數、山海圖誌、兵政刑律與稗官小說之書，該覽貫穿，問無不知。於醫學尤精，不肯與富貴人醫。里巷貧窶及方外士求醫者，趣往診視，施與藥餌。貌甚寢，又以藥黥其面及肘股，皆成瘡。髽兩角，短布衣，芒屩竹杖，行市井間，或箕踞道旁，露兩肘股爬癢，時人見而惡之。搢紳知其賢，亦莫敢引薦，仲光殊自得也。[158]

> 奕字公望，吳人。生於元文宗時。少目眚，筮得蒙卦，知目眚不可療，遂扁其室曰「蒙齋」。絕意仕進，與王賓友善，偕隱於醫。建文初，姚善守吳，造訪之。公望不踰中門，於布簾內答云:「不在。」一日，伺賓在，掩入其室，公望走楞伽山，善隨至，則泛小舟入太湖。善嘆息曰:「韓先生所謂名可得聞，身不可得而見也。」作壽藏於支硎山下，賓為之記。姚廣孝序其詩曰:「公望為人，端雅純正。讀書窮理，諸子百家靡不博究。雖居市廛，如處巖壑。」[159]

157 〈韓高士奕〉,《列朝詩集》，甲集，頁1665。

158 〈王高士賓〉,《列朝詩集》，甲集，頁1663。

159 〈韓高士奕〉,《列朝詩集》，甲集，頁1665。

此二人之隱為絕意仕進：王賓是「人知其賢，莫敢引薦」，但他反因此而自得自適。吳寬〈王光菴先生遺象贊〉稱之「吳之隱淪，謂其拙於用而文足以敘事，謂其絕乎俗而術足以濟人。」[160]韓奕則是人屢請之而不就。所謂「雖居市廛，如處岩壑」，正寫其「市隱」的人生哲學。此外，兩人皆特意保護自我，甚至借助生理病態以自掩：韓奕以「目眚」而蒙，王賓則故意「以藥黥其面及肘股，皆成瘡」，製造「時人見而惡之」的情境；使世人厭而避之唯恐不及，「莫敢引薦」。

這種隱逸風貌除了有個人「自得」之意趣，以及「雖居市廛，如處岩壑」的市隱趣味，卻也潛藏憤世嫉俗式的幽憤。這自然與明朝初期政治氛圍有關，據康熙《吳江縣志》〈風俗〉云：「明興芟薙豪族誅求巨室，於是人以富為不祥，以貴為不幸。」[161]高啟腰斬於市，年僅三十九歲，徐賁瘐死於獄中，楊基被讒，死於勞役；張羽流放嶺南，押解回南京途中投江而死。國初吳中四傑無一善終，可想見當時士人不出仕的心理背景。

遵守傳統道德規範的人品及優遊林下、終老不仕的隱士生活態度，除王賓與韓奕外，還有杜瓊與邢量。《列朝詩集小傳》云：「吳中布衣高隱王仲光、韓公望之後，杜、邢實繼踵焉。」杜、邢二人分別為杜瓊、邢參。杜瓊，「自號鹿冠老人，晚而徙家東原，得朱長文樂圃家焉，學者稱東原先生。戴鹿皮冠，持方竹杖，出遊朋舊，逍遙移日，歸而菜羹糲食，怡怡如也。」邢量，吳寬稱其為「吳之狷士」[162]，《列朝詩集小傳》云：「同時有邢量用理居葑門，不娶，不畜奴婢，足跡不出里門，於書無所不通。」[163]所強調的仍是其博學（「於書無

160　（明）吳寬：〈王光菴先生遺象贊〉，《匏翁家藏集》，卷47，頁294。

161　（清）倪師孟：《吳江縣志》（臺北：中國地方文獻學會，1975年），卷38，〈風俗〉，頁1119-1120。

162　（明）吳寬：〈書隱者邢用理遺文後〉，《匏翁家藏集》，卷48，頁301。

163　〈杜淵孝瓊〉，《列朝詩集》，乙集，頁2575。

所不通」）與市隱的趣味。

「弘、正之間，吳中高士，首推啟南，次則明古。」[164]以沈周稱首的吳中高士，又呈現怎樣的面貌？

> 周字啟南，長洲人。祖孟淵，世父貞吉，父恆吉，皆隱居。工書畫。少學於陳五經之子孟賢，得前輩經學指授。年十五，游金陵，作百韻上地官崔侍郎，面試鳳凰臺賦，援筆而就，咸以為不減王子安。景泰間，郡守以賢良應詔，筮之得遯之九五，乃決計隱遯，耕讀於相城里，所居曰有竹莊，修閒居奉母之樂。母九十九齡乃終，先生年八十矣，又三年而卒。先生風神散朗，骨格清古，碧眼飄鬚，儼如神仙。所居有水竹亭館之勝，圖書彝鼎充牣錯列，戶屨填咽，賓客牆進，撫玩品題，談笑移日。興至，對客揮灑，煙雲盈紙，畫成自題其上，頃刻數百言。風流文翰，照映一時，百年來東南之盛，蓋莫有過之者。[165]

相對於王賓、韓奕以自我形體之損毀或極力躲避仕宦者之薦舉，沈周則多一份從容的生活步調。「世游藝苑，繼繼不絕」[166]的沈氏家族，自「人以顧玉山擬之」[167]的沈澄（字孟淵）及沈氏二兄弟，沈貞吉、沈恆吉，「皆隱居」。景泰年間，郡守以賢良詔沈周為仕，沈周卜卦「筮之得遯之九五，乃決計隱遯」[168]，以隱居為其生活之型態。沈周之有竹居「一區綠草半區豆，屋上青山屋下泉。如此風光貧亦樂，不嫌幽

164 〈史隱士鑒〉，《列朝詩集》，丙集，頁3256。

165 〈石田先生沈周〉，《列朝詩集》，丙集，頁3205。

166 （明）吳寬：〈跋元諸家墨蹟〉，《匏翁家藏集》，卷48，頁299。

167 〈沈徵士澄〉，《列朝詩集》，乙集，頁2581。

168 〈石田先生沈周〉，《列朝詩集》，丙集，頁3205。

僻少人煙」。[169]雖非極意構築之園林，卻能顯示隱者恬然自樂之情貌。三代皆隱，除了家族承傳的薰染，社會情境的氛圍也是重要的因素。

文徵明以「羨殺忘憂沈東老，詩書白髮自生涯」[170]勾勒沈周的隱士形象，又有「白石先生最神逸，輕風淡日總詩情」[171]寫其適意之生活，王、韓二人以醫維生，他則是「工書畫」，以藝自娛，展現了文人的生活情調。

沈周之隱，並非全然不問世事。《無聲詩史》稱他「里中有急難，不問誰何，輒捐囊中錢佐之。天寒雨雪，望里中突不烟者，則呼蒼頭課其困廩而致焉，曰：余固不能獨飽也。」[172]可見他對社會民生的關注，他在〈六旬自詠〉也提到「不憂天下無今日，但願朝廷用好人」[173]，與之有師友情誼的文徵明也有他關懷政事之記述：

> 公（案：王鏊）按吳，必求與語，語連日夜不休。一日論諫，先生曰：對章伏諫非鄙野人所知，然竊聞之，禮，上諷諫而下直諫，豈亦貴沃君心而忌觸諱耶？公遽曰：當今之時將為直諫乎？抑亦諷乎？先生曰：今主聖臣賢，如明公又遭時倚賴，諷諫直諫蓋無施不可。公徐出一章示之曰：此吾所以事君者，試閱之。先生讀畢曰：指事切而不汎，演言婉而不激，於諷諫直諫，兩得其義矣。公以為知言。同時文學之士，為上官所禮者，往往陳說時弊，先生不然，曰：彼以南面臨我，我北面事之，安能盡其情哉？君子思不出其位，吾盡吾事而已。然先生每聞

169　（明）沈周：《石田先生詩鈔》，《沈周集》，頁127。

170　（明）文徵明：〈次韻答石田梅雨後言懷之作〉，《文徵明集》，卷8，頁160。

171　（明）文徵明：〈題石田先生畫〉，《文徵明集》，卷4，頁61。

172　（清）姜紹書：《無聲詩史》，收入《四庫全書存目叢書》，子部，第72冊，頁718。

173　（明）沈周：《石田先生詩鈔》，《沈周集》，頁159。

> 時政得失，輒憂喜形於色，人以是知先生非終於忘世者。[174]

沈氏家族自祖父沈澄始，則以高節自持，名宦高臣雖折節與之交，然均不樂仕進，景泰年間，沈周曾為出仕與否而猶豫不絕，後筮易得「嘉遯」，方未出仕，終生布衣。他雖「隱遯」，但憂時憫俗之志仍形於外。

再看與沈周有姻親之誼的史鑑，其生活型態為：

> 吳江穆溪之上，有隱士曰史明古，其志正而直，其言卻而厲。其學於書無所不讀，而尤熟於史。……家居水竹幽茂，亭館相通，客至，陳三代、秦、漢器物及唐、宋以來書畫名品，相與鑒賞。好著古衣冠，曳履揮麈，望之者以為列仙之儒也。[175]

由是可發現「隱」為其共同之面貌，且皆擅藝事：沈周揮毫如煙雲，史鑑則為鑒賞文物；史鑑「於書無所不讀」、「博洽好學、執古信禮」，沈周則是「自群經而下若諸史子集，若釋老，若稗官小說莫不貫總」。藝事成了文人的自覺，「隱不違親，貞不絕俗」[176]與「優游城市之間，蕭散園池之上」[177]的雙重型態並不衝突，隱逸的生活態度則是文人與社會結構相呼應的生命情調。

除了由生活形態以判讀其「隱」之內涵，仍可從人文的角度來解讀。如文震孟在《姑蘇名賢小記》曾對吳中文人「隱」之形態有以下的分判：

---

174 （明）文徵明：〈沈先生行狀〉，《文徵明集》，卷25，頁595。

175 （明）吳寬：〈隱士史明古墓表〉，《匏翁家藏集》，卷74，頁469。

176 （明）吳寬：〈杜東原先生墓表〉，《匏翁家藏集》，卷72，頁453。

177 （明）吳寬：〈姚栗菴墓象贊并序〉，《匏翁家藏集》，卷47，頁294。

其一：隱居獨行之士，以王光庵（王賓）為首。其二：隱君子／幽人隱士，如邢參為「清貞介特、流風穆如」、「嘉遯城市，貧無恆業，唯教授鄉里，以著述自娛」，[178]以及邢量（字用理）[179]、朱性甫、朱堯民（朱凱）。其三：若隱若俠者為沈周。[180]其四為充隱，如彭孔加之行誼：「翁雖貧，所交皆賢豪長者，然不肯一言干乞。」[181]其五為隱德：顧氏家族三代從顧春潛、顧德育到顧祖展三代均為隱德者。

我們所認知的吳中人文圖像往往只是「風流文采，雍容便辟」，且有「軟美之誚」，如文震孟在其書前小序所言：

> 當世語蘇人則薄之，至用相排調。一切輕薄浮靡之習咸笑指為「蘇意」。見有稍自立者，輒陽驚曰：此子亦蘇之人耶？[182]

所謂的人文圖像，若從後世的眼光，自然是匯集許多史料所形成的人文版圖。對於吳中而言，當代人物的反省，往往可以呈現更豐富而多元的面向。當大家以「輕薄浮靡」來形容吳中之時，文震孟所描寫的不也補足了另一種角度的吳中圖像？

---

178 「邢參，字麗文。或云，用理先生之族孫也。」又：「吳故饒隱君子如邢先生。」見（明）文震孟：〈邢布衣先生〉，《姑蘇名賢小記》，收入周駿富輯：《明代傳記叢刊》，第148冊，頁29-30。

179 「邢蠢齋先生量，字用理，居葑城之東，陋室三間，青苔滿壁，折鐺敗席，淡如也。平生不娶。長日或不舉火，閉戶讀書，唯啖餅餌一二而已。」見（明）文震孟：〈邢布衣先生〉，《姑蘇名賢小記》，收入周駿富輯：《明代傳記叢刊》，第148冊，頁26。

180 「嘗聞先君子每稱先生行事，蓋若隱若俠，又恂恂內行，淳備篤實君子也。」見（明）文震孟：〈白石翁先生〉，《姑蘇名賢小記》，收入周駿富輯：《明代傳記叢刊》，第148冊，頁52。

181 （明）文震孟：〈隆池彭翁〉，《姑蘇名賢小記》，收入周駿富輯：《明代傳記叢刊》，第148冊，頁100。

182 （明）文震孟：〈序〉，《姑蘇名賢小記》，收入周駿富輯：《明代傳記叢刊》，第148冊，頁3。

如果說《列朝詩集小傳》呈顯的是文人藉隱逸以追求風雅的情調，那麼《姑蘇名賢小記》則點出了當時的政治環境與社會變遷歷史。隱逸的背後所呈顯的不只是悠然的生活形態，而是當時文人對政治環境、社會風尚的反映。以「藝文生活」對應政治的生活態度，可說是吳中文人的生活智慧。從國初高士對隱逸的堅持，弘治、正德年間文士市隱的趣味到「時人嘆羨」的「江左風流」，可以理解吳中人物在「隱逸」觀念的相同與呈現形式的差異；由文人生活「質」的演變，也側寫了明代社會風尚；同時也發現他們集體形塑吳中人文圖像的軌跡。吳中文人長期而集體的創造屬於自己地域的人文圖像，也因著這種創造，吳中一詞不再只是普通的地域名稱，它也象徵著好古博雅、自娛尚趣的「江左風流」。

第四節　自娛心態與適情尚趣

文人相處，其細膩的部分在於對生活瑣事之感應。從吳中文人與友朋頻繁的往來與交遊，可看出他們深厚的情誼以及他們所經營的文化生活；詩文唱和之間具顯的生活態度，往往更能表現文人的生命特質。[183]如吳寬之於沈周與史鑑，全然以藝文相交，個人情性之契合在詩中可見：

> 獨游勝地拈詩筆，豈是東坡有後身。天地何妨容一老，江山相對作三人。茶新正趨中泠水，花在能儲四月春。愧我經行猶別去，死生契闊不須論。有懷亡友史西村不得同游[184]

183 所謂生活態度，其實是一個人的人格，或曰，人格的實現。見成復旺：《神與物遊：論中國傳統審美方式》（臺北：商鼎文化出版社，1992年），第二章〈緣情感物〉，頁119。

184 （明）吳寬：〈次韻啟南游金焦二山見寄〉其二，《匏翁家藏集》，卷24，頁144。

史鑑已歿，與沈周同遊勝地，竟有「天地何妨容一老，江山相對作三人」的深情。往者已矣，在江山麗景中彷彿也看見故友的身影，這種時時的念想，也成就了吳中文人豐富的創作。除了記錄彼此交遊之情境，從他們的活動內容也看出文人如何展示個人風雅的生命內涵。王應奎《柳南隨筆》稱：

> 檗庵大師之論曰：異哉吳人！非吾楚人所能知也。楚人惟能忍嗜慾、耐勞苦，岸傲憤烈而後能死。吳人居長厚，自奉園林、音樂、詩酒。今日且極意娛樂，明日亦怡然就戮，甚可怪也。

吳人「極意娛樂」的生活態度成為此地的人文風貌。相對於楚人的「忍嗜慾、耐勞苦，岸傲憤烈而後能死」，吳人的「居長厚，自奉園林、音樂、詩酒」似乎充滿了生活的美感與趣味。

徐有貞〈閒趣軒記〉有云：「趣，向也，志意之所向為趣。……視之趣……聽之趣……嗅嗜之趣。」又言：「（閒趣者）棄富貴、謝功名、越道義而自趨於幽寂無事之域。與山水雲月為侶，不以閒為趣，得乎宜其求閒之深也。」[185]可見「趣無古今，在領之而已。」[186]的確，以文氏家族為例，文徵明「築室於舍東，曰『玉磬山房』，樹兩桐於庭，日徘徊嘯詠其中。」[187]生活的閒適與自得就從在「徘徊嘯詠」的情境中朗現，再者文彭開啟了「長洲印派」，文震亨之長物志又成為園林美學之代表，不啻為吳中文人在閒、韻之外，結合此地之博學傳統，所形成之生活美學。同時，他們對生活的經營，並非刻意

---

185 （明）徐有貞：〈閒趣軒記〉，（明）錢穀編：《吳都文粹續集》，卷30，收入《文淵閣四庫全書》，第1386冊，頁44-45。

186 （明）蔡羽：〈石湖草堂後記〉，（明）錢穀編：《吳都文粹續集》，卷31，收入《文淵閣四庫全書》，第1385冊，頁72。

187 〈文待詔徵明〉，《列朝詩集》，丙集，頁3389。

的追求風雅，而是出以「自娛」的心態，無論是創作的態度或是生活的經營，文人皆以自娛的態度，悠然自得的風貌為生活的本質。[188]錢謙益在描述錢穀的生活也提到：「燒香洗硯，悠然自得，有吳中先民之風。」[189]所謂的自得是不假外求；而悠然者，則由燒香、洗硯之個人生活雅趣可見。以下則分三部分來說明文人所展現出來的適情尚趣的生命型態。

一　自得的生命情調

詩文前的小序，往往可以說明當時寫作的情境，如：

> 連雨沾足，喜而有作，寫寄民望茂才。雨中思茗飲，貧篋苦無佳者。聞高齋頗富，分惠少許如何？陸子傳在坐，說此畫值茶數斤。余謂道德五千言，博一鵝，此物豈有定價耶？一笑。甲午六月廿九日。[190]

在連綿的雨季中，興之所至，而有丹青之繪。有雨怎能無茶，但卻發覺沒有好茶葉可以品嚐，既是好友，給少許茶葉應不為過。文徵明將此一小事化作文人的風雅韻事，以王羲之作道德經換鵝相比，不在其價格，而在其興味，即使陸子傳稱「此畫值茶數斤」，他仍要反其言而行，問「此物豈有定價？」就在這自問自答中，以「一笑」做結。一則看出其品茗之興，一則可見創作時興之所至的趣味。

---

188 逯耀東〈錢賓四先生與蘇州〉有言：「他在蘇州前後生活的時間並不長，但卻深喜愛那種恬淡的生活情趣。」、「賓四先生心中山林與蘇州的園林山林結合，然後有他常常說的『趣味』。」《中國時報》，人間副刊，2000年11月23日-26日。

189 〈錢處士穀〉，《列朝詩集》，丁集，頁4799。

190 （明）文徵明：〈題畫〉，《文徵明集》，補輯卷13，頁1107。

詩題本身一則是對生活的紀實，一則也能發現引發文人創作的生活情趣，如文徵明〈八月十三之夜與君求、希問、希濟看月於飛卿所寓水閣。閣正面女牆水月浮動，俄有小舟載琵琶過其下，頗發清興，賦詩紀之〉[191]，時有生活的興味，「頗發清興」；[192]這種興味，正是以「趣」為主的創作基調，也是吳中文人的本色。如文徵明稱唐寅「奇趣時發」，或稱沈周「自謂適情」[193]，適情尚趣為其創作的文化心態。因此，在詩文的範疇中，他們所得到的評價並不一。如沈周曾自言：

> 畫則知於人人者多，予固自信。予之能畫久矣，文則未始聞於人，特今日見知於儀部，予故難自信也。蓋儀部愛之深而昧其陋，飾其陋而溢其美也。然畫本予漫興，文亦漫興。天下事專至則精，豈以漫浪而能致人之重乎？並當號予為漫叟可矣。（跋楊君謙所題拙畫壬子）[194]

可以看出沈周對自己的文章並不稱道，即使對於畫，他也是指出因人多讚賞，他才自以為有此才能。但他強調的仍是「漫興」的創作態度，並以「漫叟」自稱。

生活之情趣來自於閒適的心境。在文人的詩文中，屢屢強調個人悠閒自在的生活步調。如吳寬〈病臥玉延亭〉：「高臥真如隱士閒，病

---

191 （明）文徵明：〈八月十三之夜與君求、希問、希濟看月於飛卿所寓水閣。閣正面女牆水月浮動，俄有小舟載琵琶過其下，頗發清興，賦詩紀之〉，《文徵明集》，卷8，頁187。

192 又如文徵明有言「惜一時漫興」、「聊用遣興」。見（明）文徵明：〈五友圖〉、〈題畫〉，《文徵明集》，補輯卷16，頁1202、1203。

193 （明）文徵明〈題石田先生畫〉：「近來俗手工摹擬，一圖朝出暮百紙。先生不辯亦不嗔，自謂適情聊復爾。豈知中有三昧在，可以意傳非色取。庸工惡劄競投集，鳳凰一出山雞靡。」見《文徵明集》，卷4，頁61。

194 （明）沈周：〈跋楊君謙所題拙畫　壬子〉，《石田先生詩鈔》，《沈周集》，頁229。

來受用未為慳。平池積水從消長，盡日清風自往還。短杖好扶宜野步，小冠初著稱衰顏。直須歸到吳城下，新搆幽亭兩況間。」[195]文徵明〈中秋日同諸友月洲亭看雨有作〉：「水竹會心非在遠，天時多故不妨閒。」[196]無不強調「閒」的生活感受。又有以〈閒興〉為題之詩作：

> 綠陰深覆草堂涼，老倦拋書覺晝長。塵土不飛髹几淨，寶罏親注水沉香。蒼苔綠樹野人家，手卷爐薰意自嘉。莫道客來無供設，一杯陽羨雨前茶。繞庭芳草燕差池，滿院清陰樹綠離。簾捲不知西日下，自持閒客了殘棋。酒闌客散小堂空，旋捲疏簾受晚風。坐久忽驚涼影動，一痕新月在梧桐。閒門謝客日常扃，好鳥隔鄰時一聲。暖氣薰人渾欲醉，碧梧窗下拂桃笙。端溪古硯紫瓊瑤，班管新裝赤兔毫。長日南窗無客至，烏絲小繭寫離騷。[197]

焚香、飲茶、靜坐、弈棋、書畫的文化生活，皆出以自娛的心態，自有「閒興」。

這種閒適的生活感受大都從生活的經營之間得見，文徵明有〈齋前小山穢翳久矣。家兄召工治之，剪薙一新，殊覺秀爽，晚晴獨坐誦王臨川「掃石出古色，喜松納空光」之句，因以為韻賦小詩十首〉[198]：

> 急樹滌罥塵，方楃淨於掃。寒煙忽依樹，窗中見蒼島。日暮無來人，長歌薙芳草。

---

195 （明）吳寬：〈病臥玉延亭〉，《匏翁家藏集》，卷28，頁170。

196 （明）文徵明：〈中秋日同諸友月洲亭看雨有作〉，《文徵明集》，卷10，頁241。

197 （明）文徵明：〈閒興〔乙卯〕〉，《文徵明集》，卷15，頁425。

198 （明）文徵明：〈齋前小山穢翳久矣。家兄召工治之，剪薙一新，殊覺秀爽，晚晴獨坐誦王臨川「掃石出古色，喜松納空光」之句，因以為韻賦小詩十首〉，《文徵明集》，卷1，頁19-20。

道人淡無營，坐撫松下石。埋盆作小池，便有江湖適。微風一以搖，波光亂寒碧。

小山冪蒼蘿，經時失崤崒。秋風忽披屏，姿態還秀出。層峰上崇垣，徘徊見西日。

清風自何來，蘺蘺灑芳樹。齋居不知晏，但見秋滿戶。欲詠已忘言，悠然付千古。

疊石不及尋，空凌勢無極。客至兩忘言，相對飡秀色。簷鳥窺人閒，人起鳥下食。

寒日滿空庭，端房戶初啟。怪石吁可拜，修梧淨於洗。幽賞孰知音，擬喚南宮米。

百卉凌秋卉，堅盟憐稚松。誰令失真性，屈曲薙鬖鬆。終然夭矯在，寒月走蒼龍。

幽人如有得，獨坐倚朱閣。巖岫窅以閒，松風互相答。此樂須自知，叩門應不納。

階前一弓地，疏翠蔭聚聚。有時微風發，一洗塵慮空。會心非在遠，悠然水竹中。

西日在屋角，落影搖窗光。撫時懷美人，還陟牆下岡。風吹白雲去，萬里遙相望。

所有人文精神的闡發都必須有一個活動場域作為群我之間交會（交匯）的「場所」[199]。無論是當時的聚會、日後的追憶（在場／不在

199 場所是行動和意向的中心，它是「我們存在中經驗到有意義事情的焦點」。在特定的場所脈絡中，事件和行動才有意義，而且被那些場所的特性所影響。因此，場所是規劃我們世界經驗的基本元素，包含著我們的意向、態度、目的與經驗。顏忠賢以為「場所的本質來自於定義：場所為人類存在的奧祕中心，並作為無自我意識之意向性的對象。根本上，每一個人會意識到和我們出生、長大、目前生活或曾有特殊動人體驗的場所，並且與之有深刻的聯繫。這種聯繫似乎構成了一種

場)，「場所」都有其特殊而深刻的體驗。藉由園林之設計與構建，形成文人生活的「場所」，以安頓個人的情性。如其自言「埋盆作小池，便有江湖適」，園林為文人的小宇宙，或為水竹之悠然，或有「落影搖窗光」的奇趣。在文人的巧思中，園林生活不只是個人居住的處所，而能展示個人自在的生命情調。如王寵居於石湖，有詩〈草堂新製紙屏燕坐悠然作〉:「紙屏合沓白雲圍，無數風花蹴燕飛。縱有道書抛不讀，北山長日閉玄扉。」[200]透過草堂的設計，成就個人山居生活的「悠然有得」。

至於吳寬則有〈園北新搆板屋制甚樸陋，濟之有作，次韻答之〉、〈濟之再和復次韻〉、〈濟之三和復次韻〉及〈板屋二適〉等系列作品。[201]

板屋之居甚為簡陋，吳寬卻能從中領略生活的美感與情趣。「匠巧免刻楹，童頑難毀瓦」，正因其樸陋，反而更顯其作為「居室」的單純本質。「葦席平可眠，荊墩矮宜坐」，葦席與荊墩恰指出板屋之陋，而「可眠」、「宜坐」之「可」與「宜」又點出板屋主人怡然之情貌，他是真誠地接受板屋之樸陋，雖然生活中時有窘境，如「雨陋痕在壁，月窺光落笲」，但轉化另一則角度，則又顯現了生活的美感。「向陽緣度冬，當暑卻忘夏。負暄兼看書、臨水還洗笲。」生活中的諸般不適都可轉為生活情調的適意。在板屋中的生活簡單而規律，「朝坐見日升，夕坐見日落」[202]，更有一種自得的情趣：「自我有此居，綿

個人與文化的認同。」見顏忠賢：《影像地誌學》(臺北：萬象圖書公司，1996年)，頁23-24。

200 (明)王寵：〈草堂新製紙屏燕坐悠然作〉，《雅宜山人集》，卷6，頁330。

201 (明)吳寬：〈園北新搆板屋制甚樸陋，濟之有作，次韻答之〉、〈濟之再和復次韻〉、〈濟之三和復次韻〉，《匏翁家藏集》，卷28，頁166；〈板屋二適〉，《匏翁家藏集》，卷28，頁167。

202 (明)吳寬：〈板屋二適　負暄〉，《匏翁家藏集》，卷28，頁167。

裘不重著，自我有此居，火爐但高閣。冬日何可愛，可愛更可樂。」[203]這種「樂」來自於宇宙化育、也來自於個人不識樸陋為拙劣，而能從其間汲取生活的適意與自在。

二　以藝「自娛」的生活型態

《姑蘇名賢小記》中對文人多有自娛的描述。如杜瓊：「晚歲持方竹杖，出遊朋舊間，逍遙自娛。」[204]袁飛卿：「讀書樹藝，自娛而已。」[205]顧子武：「焚香掃地，翛然自得，間作小詩及畫，不必甚工，自娛而已。」[206]無論是創作或生活情境，從其具體的文化生活在在可見，自娛似乎是文人自己而然的生活型態。以下從文人生活的內涵，來說明文人以藝自娛的多重面貌。

（一）品茗之趣

茶是文人創作的觸媒，文徵明有云：「詩興擾人眠不得，更呼童子起燒燈」、「松根自汲山泉煮，一洗詩腸萬斛泥」、「枯腸最是搜詩苦，醉眼翻憐得臥遲」，[207]詩句中寫出文人因茶而點染了個人創作興味，或是詩興大發（「詩興擾人眠不得」），或是腸枯思竭（「枯腸最是

203　（明）吳寬：〈板屋二適　負暄〉，《匏翁家藏集》，卷28，頁167。

204　（明）文震孟：〈淵孝先生杜東原〉，《姑蘇名賢小記》，收入周駿富輯：《明代傳記叢刊》，第148冊，頁38-39。

205　（明）文震孟：〈袁飛卿先生〉，《姑蘇名賢小記》，收入周駿富輯：《明代傳記叢刊》，第148冊，頁71。

206　（明）文震孟：〈世隱君顧子武先生〉，《姑蘇名賢小記》，收入周駿富輯：《明代傳記叢刊》，第148冊，頁117-118。

207　（明）文徵明〈謝宜興吳大本寄茶〉：「松根自汲山泉煮，一洗詩腸萬斛泥。」〈次夜會茶於家兄處〉：「詩興擾人眠不得，更呼童子起燒燈。」〈相城會宜興王德昭為烹陽羨茶〉：「枯腸最是搜詩苦，醉眼翻憐得臥遲。」三詩依序見於《文徵明集》，卷8，頁178、179、183。

搜詩苦」)，都有茶香可「一洗詩腸萬斛泥」。即便是煮茶，文人寫來也別有情味：

> 至味心難忘，閒情手自煎。(〈煮茶〉)
> 客散虛齋寂，風簷自煮茶。(〈迎春日風雨齋居漫述二首〉)
> 醉思雪乳不能眠，活火砂缾夜自煎。(〈是夜酌泉試宜興吳大本所寄茶〉)[208]

以茶會友，實能呈顯文人活動的雅趣，所謂「貧有茶香適淡歡」[209]，茶香融入生活之中，不僅是喜愛茶中淡淡的清香，更是藉此聯繫與友人的記憶。〈答湯子重〉:「茗椀清談魂欲醉，草簷紅日暖於春。」〈答陳道濟〉:「茗椀清風深破睡，松窗落日淡搖春。」[210]在相似的筆調、語法中，品茗的情味、友朋對話的適意，松窗與草簷的素樸都揉合在漾漾的春光裡。茶，不僅是文友們風雅生活相交的媒介，藉此亦可隱喻友朋相交的情誼。〈咏次明〉:「風神凝遠玉無瑕，十載論交似飲茶。」〈咏嗣業〉:「相思不到西軒下，想見清香對客凝。」[211]品茗已成為文友間隱然不宣的默契。

(二) 山水之遊

除了友朋交遊的文化活動，個人的生活也展現了獨特的生命情識。其一為山水生活，如王寵自言「守閭井築居石湖之上，悠然以山水禽鳥自娛」:

---

208 (明) 文徵明:〈煮茶〉、〈迎春日風雨齋居漫述二首〉,《文徵明集》，卷6，頁119、125;〈是夜酌泉試宜興吳大本所寄茶〉,《文徵明集》，卷8，頁179。

209 (明) 文徵明:〈殘歲書事〉,《文徵明集》，卷8，頁167。

210 (明) 文徵明:〈答湯子重〉、〈答陳道濟〉,《文徵明集》，卷9，頁214、216

211 (明) 文徵明:〈咏次明〉、〈咏嗣業〉,《文徵明集》，卷8，頁172、174。

搜窮巖、剔幽壑、棲古寺、攀危磴、挾書冊、鼎鐺梧，也蔭于喬林之下，琅琅諷讀長吟，遐嘯聲答崕谷；或劇談古人功德照焯，名節慷慨，輒窮日纚纚弗休。[212]

山水之好，倍于儕輩，徜徉湖上，樂而忘返。……僕雖日羣鹿豕，壤斷徑絕，愈覺心神俱爽耳。且生平無他好，頗耽文辭，登臨稍倦，則左圖右書，與古人晤語，縱不能盡解片言，會心莞然獨笑，飢而食、飽而嬉，人生適意耳。[213]

王寵「讀書石湖之上二十年，非歲時省侍，不數數入城。遇佳山水，輒忻然忘去，或時偃息於長林豐草間。」[214]坐擁山水，而尚友古人，其「適意」之情態，猶可從其詩作中得見：

石壁橫開蒼玉屏，古藤蜷曲似龍形。林篁背日寒蕭颯，洞壑興雲晝杳冥。采葛時聞歌隱隱，枕流長愛耳泠泠。支離不願論鍾鼎，白日山中煮茯苓。[215]

或為「采葛時聞歌隱隱，枕流長愛耳泠泠」，或為「閉門丘壑堪忘世，觸目禽魚總會心。」[216]觸目即是山水禽魚，所聞無非採葛之歌或林泉之聲，雖是「濁酒蒼苔頤懶性」[217]，卻能享受「酒杯書卷林間

212 （明）王寵：〈送楊子任序〉，《雅宜山人集》，卷9，頁403-404。

213 （明）王寵：〈山中答湯子重書〉，《雅宜山人集》，卷9，頁446-447。

214 （明）文徵明：〈王履吉墓志銘〉，《文徵明集》，卷31，頁714。

215 （明）王寵：〈岳公房古藤石壁清陰可憩〉，《雅宜山人集》，卷6，頁286。

216 （明）王寵：〈岳公房古藤石壁清陰可憩〉、〈端陽過錢二孔周〉，《雅宜山人集》，卷6，頁286、285。

217 （明）王寵〈山中答顧中丞華玉見寄之作〉：「湖上秋風吹錦林，丹青巖壑迴蕭森。

樂，煮石餐霞塵外心」[218]的悠然生活。再由詩題中所見，他常與友人有著徹夜賞花的經驗，如：

〈與諸友賞蓮酣飲達旦〉:「星辰聚此筵，聽雞還起舞。」

〈甲申七夕楊子任攜酒花下〉:「今宵渾不寐。」

〈諸友夜燕山亭達曉〉:「白鶴青巖秉燭游，石湖星斗耿天流。」[219]

可見他在山林之間，除了有悠然的生活感，更有放達自娛的情懷。

再如袁永之「日與高人逸士，探奇選勝，登陟遊衍，悠然自適。及歸，築室橫塘之上，據湖山之勝，縱浪其間，有終焉之志。雖蹔起守官，而寤寐林壑，未始少忘。」[220]又如顧璘「所歷若沅、湘，若天台、雁宕，若衡嶽，皆山水勝處，雖簿書鞅掌，而不忘觚翰。所至領客讌遊，感時懷古，臨觀賦詩，風流文雅，照應林壑，委蛇張弛，有古高賢特達之風。及是將解留務，往來吳門，尋鄉里舊遊，期余盡遊諸山，以畢其平生。」[221]山水之遊，或「探奇選勝」，或「感時懷古」，袁永之的「悠然自適」與顧璘的「風流文雅」皆能顯現退隱之後以山水寓情的文人情懷。一則是「寤寐林壑，未始少忘」，一則是

鏡中魚鳥忘機久，象外雲霞觸思深。濁酒蒼苔頤嬾性，高山流水愧知音。清時投笏誰能似，贈爾冥鴻萬里心。」《雅宜山人集》，卷6，頁302。

218 （明）王寵：〈越溪莊十絕句〉其十，《雅宜山人集》，卷8，頁356。

219 三詩依序見於《雅宜山人集》，卷5，頁204；卷6，頁283。

220 （明）文徵明：〈廣西提學僉事袁君墓志銘〉，《文徵明集》，卷33，頁761。

221 （明）文徵明：〈故資善大夫南京刑部尚書顧公墓志銘〉，《文徵明集》，卷32，頁750。

「盡遊諸山，以畢其平生」。對於山水，他們都有深刻的念想，不只是生活的部分或點綴，而是個人生活的寄寓。

（三）家居生活

文人的家居生活，也展示著個人的生命情識。或「樹藝以自娛」，或鑑賞與閱讀，都賦予自己的志趣與好尚，呈現個人的生命情調。

1　園藝生活

文徵明提到顧春潛歸隱之後的生活為：

> 喜樹藝，識物土之宜，花竹果蔬，各適其性。淺深有法，播植以時，而時其灌溉，久皆成林。花時爛然，故視喜溢，循畦履晦，日數十匝不厭。客至，燒筍為具，觴詠其間，意欣然樂也。[222]

顧春潛名蘭，字榮甫，吳郡臨頓里人。《姑蘇名賢小記》〈世隱君顧子武先生〉稱他：「有地數弓，種竹木成林，結椽三楹，署曰春潛，隱其中二十餘年，清風穆如也。」[223]

居家的園藝生活，透顯著一種單純的適意。就在播植花材，勤加灌溉之間，文人的身心獲得全然的舒展；然則，有別於農者以樹藝為業，文人以樹藝自娛，與友人觴詠其間，自有「意欣然樂」的愉悅。袁飛卿亦「以樹藝自娛」，文徵明稱他「性喜菊，闢小圃，植菊數百本，手自栽接，不以為勞」[224]，與顧春潛的「循畦履晦，日數十匝不

222　（明）文徵明：〈顧春潛先生傳〉，《文徵明集》，卷27，頁654。

223　（明）文震孟：〈世隱君顧子武先生〉，《姑蘇名賢小記》，收入周駿富輯：《明代傳記叢刊》，第148冊，頁117。

224　（明）文徵明：〈袁飛卿墓志銘〉，《文徵明集》，卷32，頁738。

厭」[225]有異趣之妙。袁飛卿的一段話，倒可以說明他們如何在貌似苦辛的園藝活動中加入文人的思維，獲得個人生命的安頓：

> 吾平生萬事皆可遣棄，惟積書種菊，不能忘情。或時饍爨不繼，回視吾所有，輒欣然以樂，不復自知其貧也。昔陶靖節采菊東籬，悠然有會。又其言曰：奇文共欣賞。以淵明之高，塵視一世，而猶復云云者，直欲寄其所志焉耳。余之所癖，殆是類也。[226]

閱讀與樹藝視為同一層次（「惟積書種菊，不能忘情」），來自陶淵明隱者形象的內化。在貧困之際，袁飛卿念及陶淵明「采菊東籬，悠然有會」高曠的心志，而袁飛卿亦有與陶潛相得之志趣：「回視吾所有，輒欣然以樂，不復自知其貧也。」因此，他們以樹藝自娛的心志，是透過陶淵明的典型意義而形塑個人的生命意識，一如袁飛卿自稱的「余之所癖」，顧春潛的「肆志為高，以隱約自勝」。

2　學藝生活

文人的居家生活除了園廬的清蔭，更能有悠然的學藝生活。

一可賞玩圖史。文徵明〈真賞齋銘〉云：

> 中父端靖喜學，尤喜古法書圖畫，古金石刻及鼎彝器物。家本溫厚，菑畬所入，可以裕欲；而於聲色服用，一不留意，而惟圖史之癖。精鑒博識，得之心而寓之目。……余雅同所好，歲輒過之。室廬靚深，庋閣精好。讌談之餘，焚香設茗，手發所

225　（明）文徵明：〈顧春潛先生傳〉，《文徵明集》，卷27，頁654。

226　（明）文徵明：〈袁飛卿墓志銘〉，《文徵明集》，卷32，頁738。

藏，玉軸錦褫，爛然溢目。[227]

真賞齋是華中父藏圖書之室，文徵明與華中父有同好而自相往來，二人相與品賞古玩、圖書器物，不僅是撫摩古玩，且對於「斷牋故楮」加以「探賾討論」。文徵明在〈玩古圖說〉對古董之字義作了詳盡的詮釋：

骨之為言，萬物莫不有骨也。董之為言，知也。知者為董，不知即為不董也。又董之為言，藉也。凡事莫不有藉，如物之盛於器，器之登于几，几之憑於地是也。……則知無骨不能成，無藉不能立。即如繪之有素，未可憑虛，胥此意也。然既言骨矣，而以董字連之者何也？物之有真偽，猶理之有陰陽虛實也，惟其法鑒者始能藏真，且知其品第高下而甲乙之。[228]

一則以「董」為「知」，須理解物之真偽，並能「知其品第高下而甲乙之」；一則以「董」為「藉」，知物所盛，以何器為宜：「若者宜玉軸，若者宜牙籤，若者宜囊，若者宜函，未可矯強也明矣。」提供了賞鑒者應有的態度與步驟。在當時江南收藏風氣極盛的吳中，文徵明將收藏者分三層次。[229]其一為：「真贗雜出，精駁間存，不過夸示文物，取悅俗目耳。」其二為：「緹緗拾襲，護惜如頭目，似知所好矣，而賞則未也。」其三則為文徵明所尚者。以歐陽修與米芾之語為例，一以「性真」為主：

227　（明）文徵明：〈真賞齋銘〉，《文徵明集》，補輯卷21，頁1303。

228　（明）文徵明：〈玩古圖說〉，《文徵明集》，補輯卷20，頁1289-1290。

229　（明）文徵明：〈真賞齋銘〉，《文徵明集》，補輯卷21，頁1304。

> 歐公云：「吾性顓而嗜古，於世人之所貪者，皆無欲於其間；故得一其好翫而老焉。」米云：「吾願為蠹書魚，游金題玉躞而不為害。」此其好尚之篤，賞識之真，孰得而間哉！

最下者缺乏品第之能力，如前所言「知者為董，不知即為不董也。」收藏物品「真贋雜出」，亦無品賞之興味，只是「取悅俗目」。其次能「陳列撫摩、揚榷究竟」具有賞鑒的能力，但與「寓意施斯、寄情高朗」者仍有層次之別。一則能「尋核歲月，甄品精駁，歷歷有據依」，又能又能如歐陽修之「無欲」、如米南宮之「遊金題玉躞而不為害」方可稱為「鑑賞家」。因此文徵明與華中父之品評討論，具顯文人的文化生活形式，並兼具才藝與自娛的文人氣質。

二可品茗奕棋與飲酒，錢孔周的家居生活如文徵明所述：

> 家本溫厚，室廬靚深，嘉木秀野，足以遊適。肆陳圖籍，時時招集奇勝滿座中。酒壺列前，棋局傍臨，握槊呼盧，憑陵翔擲，含醺賦詩，負軒而歌，邈然高寄，不知古人何如也。[230]

錢孔周的弈棋生活「棋局傍臨，握槊呼盧，憑陵翔擲」[231]，與文徵明的「縱橫棋槊可娛賓」[232]呼應，而「酒壺列前，負軒而歌」也有「晚得酒中趣，三杯時暢然。難忘是花下，何物勝樽前」[233]自在的況味。在詩文中可看到這些風雅的生活品味並非刻意營造，而是隨手拈來，以茶自適，以酒成趣，所謂「開軒對新花，有酒自斟酌」[234]的自在與隨興。

230 （明）文徵明：〈錢孔周墓志銘〉，《文徵明集》，卷33，頁756-757。

231 （明）文徵明：〈錢孔周墓志銘〉，《文徵明集》，卷33，頁757。

232 （明）文徵明：〈答鄭常伯〉，《文徵明集》，卷9，頁216。

233 （明）文徵明：〈對酒〉，《文徵明集》，卷6，頁119。

234 （明）文徵明：〈閒居四首〉，《文徵明集》，卷3，頁54。

三可焚香讀書。文徵明〈觀書〉：

> 老眼視茫然，時時手一編。未能忘習氣，聊復遣餘年。倚枕山窗下，篝燈細雨邊。誰應知此味？自結靜中緣。[235]

讀書本是文人生活的一部分，如詩中所言：「時時手一編」。文徵明也不時地與文人分享閱讀之情趣：「焚香供燕寢，閉閣讀殘書」、「北窗有涼吹，臥展架頭書」[236]，無論是深夜靜讀，或是吹著涼風臥展書頁，雖只是陳述閱讀的時與地，而無個人心境的展現，卻也可體會「自結靜中緣」的奧義。

「堆牀更有圖書在，歲晚相看不當貧」、「時憑茗椀驅沉困，聊有書編適燕歡」[237]詩句中展現文人以書自得的氣度。並非自恃於個人的博學，而是坐擁書海單純的愉悅，擁有圖書，可以「歲晚相看不當貧」，亦可「適歡」，從生活的趣味到生命的安頓，書，給了文人最深刻的慰藉。

與文徵明往來的密切的宜興文人李宗淵的生活也是「所至雖奧窔陋隘，必事汛潔。圖書行列，花竹秀野。客至，焚香瀹茗，燕笑以怡。勢利紛譁之事，一不入其心。惟喜讀書，揚榷究竟，必求抵止，非若他人涉獵而已。」[238]一切世俗紛譁無法進入在茶、香裊繞的書齋中，在生活情境與世俗刻意的隔絕中，文人方能保其全真，得享清寧的學藝生活。

---

235 （明）文徵明：〈觀書〉，《文徵明集》，卷6，頁119。

236 二句分見（明）文徵明：〈夏日簡履約〉、〈再答一首〉，《文徵明集》，卷6，頁111、112。

237 二句分見（明）文徵明：〈歲暮重葺西齋承諸友過飲〉，《文徵明集》，卷9，頁213；〈停雲館燕坐有懷昌國〉，《文徵明集》，卷7，頁143。

238 （明）文徵明：〈李宗淵先生墓志銘〉，《文徵明集》，卷30，頁692。

文人的風雅本質在於對生活細膩的經營，如王寵所言：「西齋晤語靜焚香，寂寂山家秋晝長。」[239]與書、茶融合，則是文人生活中最具藝文特色的韻事：

> 圖書繞案香縈壁，消盡桐陰茗一杯。[240]

> 茗椀罏薰意有餘，日長人散閉精廬。俄然屋角涼風順，吹起新蟬亂讀書。[241]

> 草榻地爐寒有味，卷書樽酒醉還休。[242]

> 罏香欲歇茶杯覆，詠得梅花苦未工。[243]

茶與香的薰然，酒的酣然在此處都有了圓滿的對應，透過文人細密的情懷，這些事物都有帶著風雅的符碼，成為文人生活不可或缺的一部分。文徵明謂「光景陳編裏，情懷薄酒邊」[244]，文人的時間雖投注在圖籍陳編中，但個人的情懷也因此有了依歸，據此，他們才能遠離塵囂，讓一己的幽懷在縈壁的罏香、清茶裡沉澱，自是「閒情未許俗人知」。[245]

---

239 （明）王寵：〈西齋雨坐與日宣三首〉，《雅宜山人集》，卷8，頁364。

240 （明）文徵明：〈贈閻秀卿〉，《文徵明集》，卷7，頁146。

241 （明）文徵明：〈崇義院雜題〔乙卯〕〉其六，《文徵明集》，卷14，頁384。

242 （明）文徵明：〈寒夜以可餉蟹燈下小酌有感〉，《文徵明集》，卷8，頁179。

243 （明）文徵明：〈歲暮齋居即事二首〉，《文徵明集》，卷7，頁144。

244 （明）文徵明：〈才伯過訪〉，《文徵明集》，卷6，頁118-119。

245 （明）文徵明：〈叔父侍御製致仕詩四首〉，《文徵明集》，卷9，頁194。

三　諧謔的生活情趣

透過生活的經營，得以看見文人自得的生命情調；另一方面，吳中文人以其幽默的生活態度，展示了諧謔的生活情趣。

郎瑛《七修類稿》有云：吳文徵明不食楊梅，世人誚之，自作詩解嘲云：「天生我口慣食肉，清緣卻欠楊梅福。」自我解嘲也形成諧趣的效應。原作為：

> 南風微微朝夜吹，暑雨未到山中時。此時珍果屬何物？五月楊梅天下奇。纖牙彷彿嚼冰雪，染指頃刻成胭脂。論名列品俱第一，我不解食猶能知。天生我口慣食肉，清緣卻欠楊梅福。冰盤滿浸紫葳蕤，長年只落供吟目。千金難致漠北寒，北人老去空垂涎。渠方念之我棄捐，食性吾自知吾偏。十年枉卻蘇州住，坐令同儕笑庸鄙；幾回欲作解嘲詩，曾未沾唇心不死。葉生生長楊梅塢，眼看口啖日千顆。願從君口較如何，補作西崦楊梅歌。[246]

從詩作可看到文徵明幽默的一面，一則談楊梅為吳中「論名列品俱第一」之水果，雖未食也知曉五月的珍果即是楊梅；自己卻又偏食，任憑其色澤之葳蕤，它就是「棄捐」的對象。同儕因其為十楊梅而效期庸鄙，他只能自我解嘲。葉生日啖千顆，文徵明只能以楊梅歌對應。以幽默的口吻看待自己「清緣卻欠楊梅福」，又與「北人老去空垂涎」對照，有著自我調侃的趣味，也創造了作品的諧趣。

其他吳中文人關於楊梅的作品中，也可發現諧謔的語調。如楊循

246 （明）文徵明：〈解嘲詩　弘治壬戌〉，《文徵明集》，補輯卷2，頁811。

吉〈初食楊梅〉：

> 楊梅本是我家果，歸來相對嘆先作。往來南北將十年，久不食汝已忘卻。憶從年小在吳中，食已成傷難療藥。年年端午即有之，街頭賣新先附郭。初間生酸帶青色，次見熟從枝上落。吳儂好奇不論錢，一味纔逢須倒橐。生時薰蒸喜烈日，所怕狂風陰雨虐。有紅有白紫者佳，大如彈丸圓可握。生芒刺口易破碎，到牙甘露先流齶。王船奉貢晝夜走，數枚出賜惟臺閣。其餘官小那得預，說著江南懷頗餓。吳人鹽蜜百計收，不知本味終枯涸。肉存液去但有名，奪以酸甜無可嚼。我今到家又遇夏，正是高林雨方濯。滿盤新摘恣狂啖，十指染丹如茜著。細思口食亦小事，其來乃以微官博，使予不有故山歸，安得香鮮列堆錯。人生百歲在適意，忍口勞勞何足樂。[247]

楊循吉視楊梅為「我家果」，並以「食已成傷難療藥」寫其嗜食楊梅的神態。再者，細寫楊梅之形、味，再擴而推至人生的感懷乃是「人生百歲貴適意，忍口勞勞何足樂。」當中的諧趣除了以莊整之筆寫日常水果之外，還有「我家果」的妙語。沈周則為楊梅立傳，亦莊亦諧的筆法，也帶出文人的幽默況味：

> 楊梅家湖之弁山，其族衍於杭、於蘇、於明，林林然號為蕃盛，一支至子孫數百不止。為人外浮內核，性恬而韻爽，以枚乘、揚雄有聞，曰：「吾姓幸同於雄，敢以枚自名，志吾所以慕藺也。」遂名楊梅。

247 （明）楊循吉：〈初食楊梅〉，（明）錢穀編：《吳都文粹續集》，卷27，收入《文淵閣四庫全書》，第1385冊，頁690。

從楊梅的命名開始，採取史傳筆法，將楊梅比擬為人，且與揚雄（揚與陽諧音）、枚乘（枚與梅同音異字）並置，在時代的錯置、人與物的替換中造成閱讀的趣味。以擬人的筆法形容楊梅的外貌，更是惟妙惟肖：

> 自幼好著青碧衫，壯易緋，老服紫縠裘。又有白衣者，出自明族，寡與人，枚少硬劣。嘗見孔君平，孔戲曰：「小子果楊家子乎？」對曰：「若孔雀，當孔家禽也。」人警其智。[248]

文人之間，也有彼此相戲之諧趣。如沈周有〈戲人短視〉、〈戲陳廷璧角巾失水〉，祝允明〈奉和沈先生戲贈性父短視之作〉等，都是由生活中的細節去開展友人之間諧謔的情趣。《蕉窗雜錄》記載：

> 伯虎與文徵仲交友甚厚，乃其情尚固自殊絕。伯虎、希哲兩公每欲戲之。一日，偕徵仲周遊竹堂寺，伯虎先囑近寺妓者云：「此來文君，青樓中素稱豪俠，第其性猝難狎，若輩宜善事之。」妓首肯，以密伺所謂文君者，兩公乃故與徵仲道經狎邪。伯虎目挑之，妓極固邀徵仲，若不相釋。徵仲悵然曰：「兩公調我耳！」遂相與大笑而別。此書又云：「文徵仲素號端方，生平未嘗一遊狹邪。伯虎與諸狎客，縱飲石湖上，先攜妓藏舟中，乃邀徵仲同遊，徵仲初不覺也。酒半酣，伯虎岸幘高歌，呼妓進酒，徵仲大詫辭別。伯虎命諸妓固留之。徵仲益大叫，幾赴水遂於湖上，買舴艋逸去。[249]

248　（明）沈周：〈楊梅傳〉，《石田先生詩鈔》，《沈周集》，頁226。

249　轉引自（明）項元卞：《蕉窗雜錄》，見（明）唐寅：《唐伯虎全集》，〈遺事〉，頁241。

當然，這段祝允明、唐寅合戲文徵明的軼事或為筆記中之傳聞，由文徵明但言「二公調我也」，或是「徵明益大叫」、「相與大笑而別」卻也看出文徵明對他們的戲弄是不以為忤，也只能自買舴艋舟離去，而不至於震怒拂袖離去。

他們戲弄的對象不只是身旁的友人，還有吳中的商賈：

> 寅嘗邀遊虎丘，會數賈飲於可中亭，且賦詩。靈更衣為丐者，賈與之食，啖之；且與談詩，詞辯雲湧，賈始駭，令賡詩，揮毫不已，凡百絕。抵舟易維蘿陰下，賈使人跡之不得，以為神仙，賈去，復上亭，朱衣金目，作胡人舞，形狀殊絕。[250]

以「變裝遊戲」轉換自己的身分，再展露一己之才；從他人驚詫的神情中獲得遊戲的快感，雖說失之放誕，倒也別具文人的趣味。

《自醉瑣言》也曾記載：

> 伯虎嘗夏月訪祝枝山，枝山適大醉，裸體縱筆疾書，了不為謝。伯虎戲謂曰：「無衣無褐，何以卒歲？」枝山遽答曰：「豈曰無衣？與子同袍。」[251]

再如楊循吉與祝允明之軼事：

> 時楊儀部循吉與允明並有文才，人皆稱之而先循吉。循吉戲曰：謂卿之文，循吉所不如，何迺楊祝稱？允明曰：馬固去驢

250 〈附見　張秀才靈〉，《列朝詩集》，丙集，頁3313。

251 （清）梁維樞撰：〈排調〉，《玉劍尊聞》，卷9，收入《續修四庫全書》，第1175冊，頁382-383。

遠甚，然未聞人曰馬驢也，辨給類此。[252]

文人化的趣味在於將文學典故轉用於生活中，造成「雅」與「俗」的對照。裸體縱筆疾書本為文人放誕之本相，唐寅以《詩經》之語將諧謔的場景轉而為莊重的氛圍，[253]祝允明又將唐寅拉進此氛圍，頗有劉伶「諸君何為入我幝中」的意味。[254]於是一個裸體的文人竟可以成為《詩經》裡描述的對象，將莊重的詩句與現世的生活疊合為一，就有了雅俗相融的趣味。以文字為遊戲之餘，又呈顯一己敏捷犀利的思維，表現了文人不俗的學識基礎與內莊外諧的才學機鋒。

252 （明）閻秀卿：《吳郡二科志》〈文苑・祝允明〉，收入周駿富輯：《明代傳記叢刊》，第148冊，頁779。

253 《詩經・國風・豳》〈七月〉：「無衣無褐，何以卒歲？」（清）孔穎達疏：《毛詩正義》（臺北：藝文印書館，2001年，阮元校勘十三經注疏本），頁280。

254 《世說新語》〈任誕〉：「劉伶恆縱酒放達，或脫衣裸形在屋中。人見譏之。伶曰：『我以天地為棟宇，屋室為幝衣，諸君何為入我幝中？』」見（南朝宋）劉義慶撰，余嘉錫箋疏，周祖謨、余淑宜整理：《世說新語箋疏》，頁731。

第七章
餘論

我們以為地域文學的成立，與他地的互動甚為相關。透過與其他地域文人的交流，更可發現自身的特色以及限制。對於前述六章的觀點進行總結之前，筆者提出文學對話與藝文互動的事例，藉以說明地域文學研究所涵括的範疇，進而提出後續研究的課題，作為全文整體的觀照。

第一節　吳中文人與其他地域的互動

一　詩學之對話

錢謙益在《列朝詩集小傳》指出「吳中詩文一派，前輩師承，確有指授。」[1]其中，他指出幾人因與北地李獻吉交遊，使詩風產生變化。[2]其一為徐禎卿（1479-1505）：

> 其持論，於唐名家獨喜劉賓客、白太傅，沉酣六朝散華流豔文章煙月之句，至今令人口吻猶香。登第之後，與北地李獻吉游，悔其少作，改而趨漢、魏、盛唐，吳中名士頗有「邯鄲學

1　〈蔡孔目羽〉，《列朝詩集》，丙集，頁3414。

2　「當李、何崛起之日，南方文士與相應者，昌穀、華玉、升之三人，而升之尤為獻吉所推許。」「元瑞舉進士，與顧華玉、徐昌穀號江東三才子。」〈朱九江曰藩〉，《列朝詩集》，丁集，頁4533；〈劉尚書麟〉，《列朝詩集》，丙集，頁3643。

> 步」之誚。然而標格清妍，摛詞婉約，絕不染中原傖父槎牙奡兀之習，江左風流故自在也。獻吉譏其守而未化，蹊徑存焉，斯亦善譽昌穀者與。[3]

明史本傳言徐禎卿為弘治十八年進士，因貌寢，授官大理左寺副，又因失囚，貶為國子博士。登第之後與李夢陽、何景明交遊，被列為弘治前七子之一。[4]

皇甫涍云：「李子當弘治、正德間，刻意探古，聲赫然。君與辨析追琢，日苦吟若狂。毋吝榮訾，卒所成就，多得之李子，而其知君顧未盡，況非李子哉。古曰知難久矣，夫諒哉，悲矣！」[5]皇甫汸則云：「弘、德之間，李何諸子，追述大雅，取裁風人，一時藝林作者響臻同好，景附咸足，馳騁海內，而徐君亦獨步江左矣。然而意見枘鑿，造詣堂室，恥淩好勝，詆訶生焉。君兼尚玄，虛守寂寞，祿位不顯，聲稱亦微。毛嬙雖豔，不悅於凡鳥；陽春誠麗，寡和於巴人，李子未化之談，家兄知難之嘆，可合而觀矣。」[6]

皇甫兄弟以同代人的視角，稱述徐禎卿的北學歷程。指出李、何兩人在為當時文人爭相景附之對象，以徐禎卿而言，由於科舉中第，在弘治十八年（1505）離開吳中，來到京師，《明史》稱他「悔其少作，改而趨漢魏盛唐，然故習猶在，夢陽譏其守而未化」[7]。固然，

---

3 〈徐博士禎卿〉，《列朝詩集》，丙集，頁3351。

4 《列朝詩集小傳》：「弘治時，朝士有所謂七子者：北郡李夢陽、信陽何景明、武功康海、鄠杜王九思、吳郡徐禎卿、儀封王廷相、濟南邊貢也。」見〈徐博士禎卿〉，《列朝詩集》，丙集，頁3351。

5 （明）皇甫涍：〈徐迪功外集序〉，《皇甫少玄集》，收入《文淵閣四庫全書》，第1276冊，頁649。

6 （明）皇甫汸：〈徐迪功外集後序〉，（明）徐禎卿：《徐禎卿詩集四卷外集三卷附錄一卷》，《迪功外集》，頁1。本文作於嘉靖壬寅年。

7 （清）張廷玉等：《明史》，卷286，〈列傳第一百七十四．文苑二〉，頁7351。

吳中文人有「北學中離群」[8]之感慨，卻因為徐禎卿與他地的交流，使得南北文學有了對話的可能，也確定了吳中的文學風貌。

從徐禎卿與李夢陽在各自的地域文學所處的位置來看，徐禎卿「少與祝允明、唐寅、文徵明齊名號吳中四才子」、「詩鎔鍊精警，為吳中詩人之冠。」[9]李夢陽則是前七子之盟主，兩人各為弘治、正德年間南、北文學的代表人物。徐禎卿以中進士、任職朝官的機緣，得與李夢陽等人「酒食會聚，討訂文史，朋講羣詠，深鉤賾剖」[10]。王漁洋〈戲仿元遺山論詩絕句〉云：

> 文章煙月語原卑，一見空同迥自奇，天馬行空脫羈靮，更憐《談藝》是吾師。[11]

「文章煙月」為徐禎卿「吳音」[12]的象徵語彙，王漁洋以為徐禎卿遇到李夢陽之後，便由「卑」轉為「奇」。同樣是清代文人的王夫之，則有不同的看法：「居然高寄，自昌穀本色，後苦為北地抹煞矣。」[13]兩人的遇合，對於徐禎卿來說，究竟如顧璘《國寶新編》所稱「融會折衷，備茲文質」。一則承繼吳中文學既有的風格，又吸取了北方尚

---

8 （明）祝允明：〈夢唐寅、徐禎卿〔亦有張靈〕〉，《祝氏集略》，卷4，《祝氏詩文集》，頁614。

9 （清）張廷玉等：《明史》，卷286，〈列傳第一百七十四・文苑二〉，頁7351。

10 （明）李夢陽：〈熊士選詩序〉，《空同集》，卷52，收入《文淵閣四庫全書》，第1262冊，頁475-476。

11 （明）王漁洋：〈戲仿元遺山論詩絕句三十二首〉，《漁洋山人精華錄訓纂》（臺北：中華書局，1965年），冊1，卷5下，頁25。

12 翁方綱云：「徐禎卿『仍存吳音。』」見（清）翁方綱：〈徐昌穀詩論一〉，《復初齋文集》，卷8，收入《續修四庫全書》，集部，別集類，第1455冊，頁427。

13 （明）王夫之：〈評〈送士選侍御〉〉，（明）王夫之撰，周柳燕校點：《明詩評選》（上海：上海古籍出版社，2011年），卷2，頁45。

實、尚質的文學傳統；還是如陳文述所云：

> 夢陽氣燄薰灼，一言皮、陸，大受數責。吳俗文弱，詩人溫柔，此迪功之包容夢陽耳。[14]

《四庫全書總目》就《迪功集》有言：「特夢陽才雄而氣盛，故枵張其詞；禎卿慮淡而思深，故密運以意。」[15]以二人之特質來說明二者文學風格之差異。審諸文獻，從李夢陽〈與徐氏論文書〉與徐禎卿〈與李獻吉論文書〉、〈答獻吉書〉、〈重與獻吉書〉[16]可看出二人文學觀念的差異點何在。李夢陽曾自言對徐禎卿歌詩之稱揚，在〈與徐氏論文書〉云：

> 僕西鄙人也，無所知識，顧獨喜歌吟，第常以不得侍善歌吟憂。間問吳下人，吳下人皆曰：「吳郡徐生者，少而善歌吟，而有異才。」蓋心竊鄉往。久之，聞足下來舉進士，愈益喜，計得一朝侍也。前過陸子淵，出足下文示僕，讀未竟，撫卷歎曰：佳哉，鏗鏗乎古之遺聲耶。[17]

---

14 （清）陳文述：〈書李空同集後三〉，《頤道堂文鈔》（上海：上海古籍出版社，2010年），頁23。

15 （清）永瑢、紀昀：《四庫全書總目提要》，卷171，集部24，〈別集類二十四．迪功集六卷、附談藝錄一卷〉，頁535。

16 （明）李夢陽：〈與徐氏論文書〉，《空同集》，卷62，收入《文淵閣四庫全書》，第1262冊，頁563；（明）徐禎卿：〈與李獻吉論文書〉，《迪功集》，卷6，〈書論序記碑誄〉，收入《文淵閣四庫全書》，第1268冊，頁768；（明）徐禎卿：〈答獻吉書〉，《迪功集》，卷6，〈書論序記碑誄〉，收入《文淵閣四庫全書》，第1268冊，頁769。

17 （明）李夢陽：〈與徐氏論文書〉，《空同集》，卷62，收入《文淵閣四庫全書》，第1262冊，頁563。

他對徐禎卿之讚譽，一則由吳下人之傳述，一則由作品的氣韻（鏗鏗乎古之遺聲）得見。以他對徐禎卿之激賞，何以會有「今足下忘鶴鳴之訓，捨虞周賡和之義弗之式，違孔子反和之旨而自附于皮陸數子，又強其所弗入，僕竊謂足下過矣」[18]之責？問題的癥結恐怕在於徐禎卿與他會面時所說的話。徐禎卿言：「竊欲自附于下執事，即如日休龜蒙輩走之願也。」[19]以徐禎卿的角度來看，他願意學習李獻吉的復古之學，一如吳中文人自附於皮日休、陸龜蒙之後輩，這句話，將李獻吉推舉到吳中文學前輩，而且是他們所景仰的鄉先賢，其實是一種尊崇而且真誠的態度。正因如此，卻衝擊到二者對文學傳統認同的差異。李夢陽所反對（甚或鄙夷者）正是「皮陸之徒」的文學創作，將他與皮、陸並列，不啻與他的文學觀念大相逕庭。李夢陽說：

> 至元白韓孟皮陸之徒為詩，始連聯鬬押，纍纍數千百言，不相下此，何異于入市攫金，登場角戲也。

並強調自己的詩學觀念：「夫詩宣志而道和者也，故貴宛不貴嶮，貴質不貴靡，貴情不貴繁，貴融洽不貴工巧。」[20]對吳中鄉先賢的批判使得徐禎卿有了以下的回應。徐禎卿云：「今足下責僕以相麗益，此古之道也，今何復見之？僕愚戇，何敢自愛，恐不足以承教，傷知人之明，為足下羞也。」[21]兩人的對話似乎因皮陸之說而引發爭議。

---

18 （明）李夢陽：〈與徐氏論文書〉，《空同集》，卷62，收入《文淵閣四庫全書》，第1262冊，頁564。

19 （明）李夢陽：〈與徐氏論文書〉，《空同集》，卷62，收入《文淵閣四庫全書》，第1262冊，頁563

20 （明）李夢陽：〈與徐氏論文書〉，《空同集》，卷62，收入《文淵閣四庫全書》，第1262冊，頁564。

21 （明）徐禎卿：《迪功集》，收入《文淵閣四庫全書》，第1268冊，頁769。

李夢陽後來在《迪功集》的譏評：「守而未化，故蹊徑存焉。」[22] 後來竟成為吳中文人認為徐禎卿並不背離吳中風格的引證。錢謙益更有「斯亦善謷昌穀者與」[23]之評。可見吳中與北地的文風有其差異，即使文人來到他地，反而因地域的差異而有了融合／轉向，或是堅持／固守的可能。

除了徐禎卿之外，受到李夢陽詩學觀念影響，並為錢謙益大加抨擊者為黃省曾。錢謙益指出：

> 李獻吉以詩雄於河雒，則又北面稱弟子，再拜奉書，而受學焉……。獻吉唱為古學，吳人厭其剿襲，頗相訾謷。勉之傾心北學，游光揚聲，袖中每攜諸公書尺，出以誇示坐客，作臨終自傳，歷數其生平貴游，識者哂之。[24]

試觀黃省曾寫給李夢陽的信，讚其「正德以後，天下操觚之士，咸聞風翕然而新變，實迺先生倡興之力。迴瀾障傾，何其雄也。」並以徐禎卿從其學為例，其與李夢陽「締金馬之交，每聞品論，輒終夜不寢，以思改舊矩，可謂奮厲焦苦矣」，得以「彬彬然高翔藝林」。自承一己好古之志，以為「不復古文，安復古道」。但文中溢美李夢陽之詞不時可見，如「我公凝稟之全而述作之備也。往匠可凌，後哲難繼，明興以來，一人而已。」「藝英雖偏而正軌未開，秀句雖多而真機罕悟，獨見我公，天授靈哲，大詠小作，擬情賦事，一切合轍。」[25]

---

22 （明）李夢陽：〈徐迪功集序〉，（明）錢穀編：《吳都文粹續集》，卷56，收入《文淵閣四庫全書》，第1386冊，頁686。

23 〈徐博士禎卿〉，《列朝詩集》，丙集，頁3351。

24 〈黃舉人省曾〉，《列朝詩集》，丙集，頁3532。

25 （明）李夢陽撰：《空同集》，卷62，收入《文淵閣四庫全書》，第1262冊，頁572-573。

稱譽李夢陽的創作表現為「明興以來，一人而已」，或以為他的創作內容「擬情賦事，一切合轍」。當然，這是黃省曾個人的文學觀念與文學品味，然則，以崇拜的心態向李夢陽學習，相對於徐禎卿的自覺意識，毋怪錢謙益會有如是的譏評。這也反映了吳中與他地文學對話的另一種形態。

二　藝文之互動

吳中由於地理環境之優越、商業活動的盛行，從明代中期以來便為江南文化的重鎮。在文學方面自成一派，在文化方面更形成了地域品味，締造獨特的風格，為其他地域吸收甚或形成對照的焦點。王士性云：「蘇人以為雅者，則四方隨而雅之。俗者，則隨而俗之……海內僻遠皆效尤之。」[26]其中松江府與蘇州府在地緣關係上頗為接近，文人相互往來者亦可見，如何良俊便是松江人，他與吳中文人往來密切，所撰寫的《四友齋叢說》，便有一節專門記錄文太史（文徵明）的生活，足為吳中文人鄉邦史事的參考文獻。再者，值得注意的為新安地區；新安指目前位於安徽省東南之歙縣、休寧等五個縣一帶，自北宋以來又通稱徽州。謝肇淛（1567-1624）在《五雜組》一書寫道：「富室之稱雄者，江南則推新安，江北則推山右。」[27]新安商人到了明代中期才形成一股勢力，可以與山西商人分庭抗禮。他們在藝文生活上，卻有與吳中相抗衡的型態。從另一方面來看，似乎又有取代吳中的姿態。王世貞（1526-1590）指出書畫作品的收藏趨向：「大抵吳人濫觴，而徽人導之，俱可怪也。」[28]沈德符《萬曆野獲編》有言：

26　（明）王士性：《廣志繹》，卷2，〈兩都〉，頁33。

27　（明）謝肇淛撰，傅成校點：《五雜組》，頁68。

28　（明）王世貞：《觚不觚錄》，收入《叢書集成簡編》，第137冊，頁17。

> 玩好之物，以古為貴，惟本朝則不然。永樂之剔紅、宣德之銅、成化之窯，其價遂與古敵。……始於一二雅人，賞識摩挲，濫觴於江南好事縉紳、波靡於新安耳食諸大估，曰千曰百，動輒傾橐相酬，真贗不可復辨，以至沈之畫上等荊、關，文、祝之書進參蘇、米，其敝不知何極。[29]

書畫收藏的品味由吳人而改變，從重宋到重元、明，使得書畫市場的價格大為變動，且影響到徽州地區。有明一代的藝品市場，與前代有著相異的藝術評準，這種風潮由吳中文人開其先河，新安商人繼其風氣。詹景鳳的一段話適可以表達新安人以吳人為賞鑒標準的現象：

> 詹景鳳曰：不然，畫法比北宋似過之；說唐又不是。字法非北宋能比，唐卻又不及，殆五代人筆也。而王世貞記憶曰：昇元是五代李主年號。會閣成，僧來請名，後主遂以昇元名之。采山因大喜曰：曩者但稱吳人具眼。今具眼非吾新安人耶！[30]

以藝術鑑賞之能力凌駕吳人，則表現出欣喜又自信的神態。除了展現新安地區賞鑑能力的提高，也發現吳人確實掌握著品味的趨向。地域之間的互動影響了賞鑑的品味，同時，主導品味的趨向，又與經濟優勢互為關聯。

雖然吳中一地的主導的地域品味逐漸由徽人取代，但吳地的社會風尚透過商品的流通輻射到各地，也成為時尚文化的中心，同時創造出屬於地域獨有的語彙，如「蘇意」、「蘇樣」。「蘇樣」指的是一種抽

---

29 （明）沈德符：〈玩具・時玩〉，《萬曆野獲編》，卷26，頁653。

30 （明）詹景鳳：《東圖玄覽編》，卷3，收入《美術叢書》（臺北：藝文印書館，1975年），5集，第1輯，頁167-168。

象的外觀概念，它沒有固定的款式可以遵循，而是對一種品味的要求。張岱有言：

> 吾浙人極無主見，蘇人所尚，極力模仿。一如斤幘，忽高忽低，如一袍袖，忽大忽小，蘇人巾高袖大，浙人效之，俗尚未遍，而蘇人巾又變低，袖又變小矣，故蘇人常笑吾浙人為趕不著，誠哉其趕不著也，不肖生平倔強，巾不高低，袖不大小，野服竹冠，人且望而之為陶庵，何必攀附蘇人，始稱名士哉，故願吾弟自出手眼，撇卻鍾譚、推開王李，穀儒、陶庵還其為穀儒、陶庵，則天下能事畢矣，學步邯鄲，幸勿為蘇人所笑。[31]

張岱指出浙人極意模仿蘇人之好尚，如邯鄲學步，蘇人且笑之為「趕不著」。文中也意指蘇人之服飾為「名士」之象徵，並甚有自覺意識，除了在服飾方面不需攀附蘇人，在文學表現，也要還原自己的面目。可見，在地域相互的流動之中，除了外在的服飾風尚習染至各地，也使得各地的文人儒士必須面對這一波波「蘇樣」的來襲，且必須有所自覺並尋找屬於自己地域的特色。這也是地域互動之中所呈現的文化現象。

第二節　結語

一　本文的回顧

本論文以地域文學為角度，期望能展現「文壇研究」應具備的具

31 （明）張岱：〈又與穀儒八弟〉，《瑯嬛文集》（長沙：岳麓書社，1985年），卷3，頁142。

體規模。文壇的研究涵括在地理特性之下文人群體的歷史源流、文人活動乃至於文人型態。簡言之，一則需理解文學環境的背景，一則需說明文人群體的組構及互動，以宏觀的角度審視文人、文學與文化。以地域為切入角度除了顯示客觀的歷史事實，也期盼對既有的文學史書寫，注入新的視野。本文從個別文人對生活地點的書寫，乃至於文人如何創塑一地的歷史記憶以及文化傳統的建構。進而論述政治、經濟、社會環境下的文學活動生態，以及文人在特定時空所展現的生命型態，提出的觀點如下：

其一，明代中期吳中地域的文風有著相異於他地的風貌。他們組構成地域性的文人群體，在文化世族的延續中，展現了吳中的人文特色。

其二，吳中有其獨特的文化傳統。藉由鄉先賢的撰作，文人得以具體理解「昔日的吳中」；文人於同地進行書寫，也使得「吾吳中」有了共同的歷史記憶。從地誌書寫道崇慕鄉先賢，地域意識代代相承，成為吳中文人內化的意識。

其三，由於商業活動的盛行，文學的風貌注入新的元素，文學商品化的現象比比可見，並創造了地域品味，成為一時風尚。同時，吳中的風尚也成為明代流行的趨向，適可成為他地競爭的焦點。

其四，在文化商品流行的文藝社會，吳中文人仍能追尋自我的生命型態，分別為狂怪風流、博雅好古、市隱心態與適情尚趣。在「雅」「俗」之間，呈顯吳人獨特的生活美學。

二　後續的研究議題

本文所論述的範疇為明代中期吳中文壇，對於時間的劃分，以中期為區隔。晚明的吳中文壇又有怎樣的風貌？當文人結社趨向於政治性質，處於世變之際的吳中文人，又展示怎樣的生命型態？這是值得進行深度探索的後續研究。

再者，地域性文化家族所繁衍的論題，也是值得重視的一環。如文氏家族，從遷吳第二代文洪起，經文林，至文奎、文徵明兄弟，而後文伯仁、文彭、文嘉；文肇祉、文元發、文元善；文震孟、文震亨、文從簡；文秉、文乘、文果、文栴；文點、文棪、文然，由明入清，人才輩出，值得研究者加以考索。其他如葉燮家族以及家族中的女性也是研究者值得抉發之處。

此外，文人群體的研究，仍有可開發的部分。如《吳門表隱》〈附集〉所勾勒的詩群：

> 吳門文學之盛，明初有「北郭十子合集」，楊維楨選；前輩有「依園七子合刻」；繼有「續北郭七子合稿」，韓是升序，范來宗選。同時又有「吳中七子」，皆品學推重於時。[32]

皆可發覺地域文人詩群的面向仍有豐富的資料，待研究者一一爬梳。

就地域文學而言，可以進一步追索文學傳播以及與他地互動的課題。文徵明論沈周：「內自京師，遠而閩、浙、川、廣，莫不知有沈周先生也。」[33]吳寬也稱之：「身處乎一宅，名揚乎兩都。」[34]王鏊《震澤集》有云：「燕集賦詩，或聯句，或分題詠物，有倡斯和，角麗搜奇，往往聯為大卷，傳播中外，風流文雅，他邦鮮儷。」[35]是透

---

32 （清）顧震濤：《吳門表隱》（南京：江蘇古籍出版社，1999年），〈附集〉，頁363。

33 （明）文徵明：〈沈先生行狀〉，《文徵明集》，卷25，頁594。

34 （明）吳寬：〈沈啟南象贊〉，《匏翁家藏集》，卷47，頁295。

35 （明）王鏊：〈送廣東參政徐君序〉，《震澤集》，卷10，收入《文淵閣四庫全書》，第1256冊，頁249。

過怎樣的媒介，使得吳中一地之文藝作品，成為眾人的焦點，並有「傳播中外」之稱？同時，在他們的文集中，也有著與異邦（日本）的互動，如祝允明有〈答日本使〉、〈和日本僧省佐詠其國中源氏園白櫻花〉等[36]，不啻為「傳播中外」的例證。類似中日之間的交流，以及與他地的互動，自可列入文學傳播的範疇，再加以討論。

以上所述，係說明吳中文壇的後續研究。若從宏觀的文壇研究出發，無論是吳中文壇與新安地域的對照，或是清代，乃至於近現代的吳中文壇研究，都是文學史上值得注意的課題，這也是可以持續追索的方向。

---

36 （明）祝允明：〈答日本使〉、〈和日本僧省佐詠其國中源氏園白櫻花〉，《祝氏集略》，卷6、8，《祝氏詩文集》，頁728、802。

後記
遲來的謝誌

為何要出版二十三年前的博士論文？是敝帚自珍？還是觀看時間膠囊的歲月光澤？是當年慶萱師推薦出版而我錯過的遺憾？可能只是這麼樸素的理由——放在心上的事，想給它一個位置，讓它發聲。只因當年博士論文完成之後，沒有寫謝誌，也沒寫後記，為這個理由而出書，是不是有點天真愚騃？但也只有這樣任性的理由，才能讓我以欣賞（而非求全責備）的眼光面對少作的出版。

*

就讀師大碩士班那年，因為所上沒有開設明清文學的課程，於是前往臺大旁聽吳宏一老師的課，因而以錢謙益《列朝詩集小傳》為碩論研究主題。那時，指導教授吳宏一老師因眼疾開刀，無法顧及我論文本體的粗疏與潦草，我又因為想早日脫離助教行政工作（那時系上的規定是碩士畢業後再二年方可卸下行政），趕著畢業，造成老師的為難。更讓老師為難的還在後頭，口考到一半，突然感覺一種很奇特的絞痛，老師們體諒孕婦的難處，先休息十分鐘，王熙元老師還詢問，要不要暫停口試？我非常堅定表示，要繼續！論文口試到底是完成了，五月十五日傍晚五點三十分，吾兒呱呱落地。上演了這齣上午碩士論文口考下午生產的一場劇，如此瘋狂有些荒謬，完全不符合自己對於學術與生育的想像。（女兒在博士班修課期間誕生，卻是研究生涯的一部分）有次高秋鳳老師就說了，一般人不太會記得自己碩士論文口考的日子，可是范范（從高中時期同學就這樣叫我）一定會記得。

是啊，三十年如電抹，至今還記得自己論文的瑕疵，口試中老師們關懷的神情；也記得那時無可比擬的痛與空白。但更多的是感謝。我記得，我珍惜。

就讀博士班期間，吳宏一老師前往香港中文大學任教，因此央請黃慶萱老師同時擔任指導教授。撰寫博士論文是一個與生活突圍的歷程，我何等幸運，由兩位老師共同指導。吳老師在我為研究論題踟躕之際，為我定錨；慶萱師則在我低潮之時，指引前路。還記得那一年，吳老師特地到黃老師新店中興路住處，二人共同審定我的論文大綱。我製作了兩份大綱，猶豫不決，兩位老師共同閱讀，確認了這本論文的大綱與細節。兩位老師一併閱讀我的論文 A 版 B 版，理出脈絡，確認論文章節。不可能忘記那個上午，兩個老師共同指導、對話的時刻，那是人生的琥珀時光。

回想當年博論口考之前，外子適勉為我排版口考本，還記得他為求封面雅致，翻找各種字體，獨力編輯整本博士論文，讓我不必為雜務分心，是博士論文最後一哩路的大功臣。口試委員陳弘治老師給我具體的建議，讓目次更有條理與文脈，沈秋雄老師在口試前的祝福，給了我力量，沈老師的文人風雅是我不可即的高度。陳滿銘老師的針砭與鼓勵，羅宗濤老師的悠然風采，至今難忘。大四那年，在戴璉璋老師「中國哲學史」的課堂上，我感知了學者的人文氣韻以及視域的閎深，這是我對於學術研究嚮往的起點。不能忘懷王更生老師當年在《文心雕龍》課堂以及博士入學口試對我的期許，更感念汪中老師在我卡關困頓之際的詢問與關切。某次餐宴汪老師遇到我，問起論文進度，見我囁嚅不語，老師說了：「你快寫出來，寫出來我送你一幅字。」果然，口試完成，我拿到雨盦師題寫東坡的詩：「梨花淡白柳深青，柳絮飛時花滿城。惆悵東闌一株雪，人生看得幾清明。」（啊，老師竟記得多年前討論宋詩，我們聊到的東坡絕句）

深深感念老師們給予我的教導及提點，低首祝禱，在遙遠的地方，一切虔誠終將相遇。

*

修訂博士論文的最初發想，是撰寫升等論文的二〇一一年，彼時的助理鈴惠是任勞任怨的好幫手，念潔在旁敲邊鼓：「老師，那你就出版啊」，種下心中的種子。多年以來，陸陸續續勞動研究室助理幫忙協助比對文集，查考資料，以強、詠旻、昭翔、雁喬等人皆付出許多心力。疫情期間，由芳瑋領銜，帶著琪芳、亭潔比對原典出處，每則注釋，根據現今學術體例梳理，佩純則從旁輔助，閱讀全書給予意見。啟志、靖妏、玟璇雖有專任教職，仍時時關切；書稿修訂期間，現任助理珮慈以及好友義玲，學妹淑雲、文祺，宗誠、珍毓、C.L、Cathy、Yuping、Fen 的督促打氣；這些點點滴滴的努力，不外是想讓它以「書」的模樣現身。全書保留當年博士論文的形貌，也是保留當年，由吳宏一老師、黃慶萱老師共同指導的記憶。但為了對應研究的時差，仍然作了必要的調整。

*

父親范國禎先生少年時代為了家計，羅東中學畢業後即擔任車掌，「蘇花公路」迂迴蜿蜒，一邊是險峻岩壁，底下是太平洋的浪濤，卻是他讀書的最佳場域。在困頓的環境中自學考取花蓮師範，從車掌轉換身分變成小學老師，父親是我們家庭沉穩厚實的力量。八十九歲的父親今年五月在臺大醫院動了髖關節手術，現在每日清晨五點，在家裡附近的公正國小操場走路健身，這種毅力與精神是我們的典範。母親李阿梅女士在南安國小任教四十三年，退休後在南方澳進行文史工作，是南方澳知名的「阿梅老師」。她以家鄉為榮，進而傳寫鄉邦資料，引領後輩。二十年間，媽媽完成多本書籍，透過訪談、文獻器物之整理、影像紀錄等為南方澳留下時代蛻變的軌跡。今年八十四歲的母親全然沒有接受過學術訓練，可說是寫作素人，所參與的《人海共濟：南方澳「百位戰風戰湧討海人」生命故事》（合著）去年獲得國史館臺灣文獻館佳作，今年更出版《歲月容顏：一甲子的回憶》的時光之書，令人嘆服。她凌晨俯案書寫，廚房就是她的寫作場所；以家庭為生活重心，卻能成就自己對家鄉南方澳的使命感。她的行動實踐，讓我看見女性的智慧與強韌的意志力，讓我體會了無窮的生命能量。

這本書獻給敬愛的爸爸媽媽，感謝他們對我的護持與源源不絕的愛。

范宜如

謹識於臺灣師大國文系834研究室

2024年8月8日

吳中文人年表

姓名	字號	中曆生卒	西曆生卒	里籍
顧德輝	字仲瑛，別號阿瑛	至大3年-洪武2年	1310-1369	崑山
陳汝言	字惟允	？-洪武4年	？-1371	吳縣
陳汝秩	字惟寅	天順2年-洪武18年	1329-1385	吳縣
俞貞木	初名楨，字貞木，後以字行，更名有立	至順2年-建文3年	1331-1401	吳縣
高啟	字季迪	至元2年-洪武7年	1336-1373	長洲
陳繼	字嗣初	洪武3年-宣德9年	1370-1434	吳縣
沈澄	字孟淵	洪武9年-天順7年	1376-1463	長洲
陳寬	字孟賢	？-成化9年	？-1473	吳縣
沈遇	字公濟	洪武10年-正統18年	1377-1448	吳縣
杜瓊	字用嘉	洪武29年-成化10年	1396-1474	吳縣
沈貞	字貞吉，號南齋	建文2年-成化19年	1400-約1483	長洲
祝顥	字惟清	永樂3年-成化20年	1405-1484	長洲
徐有貞	初名珵，字元玉	永樂6年-成化9年	1408-1473	吳縣
沈恆	字恆吉，號同齋	永樂7年-成化13年	1409-1477	長洲
劉玨	字延美	永樂8年-成化8年	1410-1472	長洲
邢量	字用理	永樂11年-弘治4年	約1413-1491	長洲
趙同魯	字與哲	永樂20年-弘治16年	1422-1503	吳縣
劉昌	字欽謨	永樂22年-成化16年	1424-1480	吳縣

姓名	字號	中曆生卒	西曆生卒	里籍
沈周	字啟南，號石田	宣德2年-正德4年	1427-1509	長洲
李應禎	名生生，以字行，更字貞伯	宣德6年-弘治6年	1431-1493	長洲
史鑑	字明古	宣德9年-弘治9年	1434-1496	吳江
吳寬	字原博	宣德10年-弘治17年	1435-1504	長洲
陸容	字文量	正統1年-弘治9年	1436-1494	太倉
戴冠	字章輔	正統7年-正德7年	1442-1512	長洲
朱存理	字性輔	正統9年-正德8年	1444-1513	長洲
桑悅	字民懌	正統12年-？	1447-？	常熟
沈雲鴻	字維時	景泰1年-弘治15年	1450-1502	長洲
王鏊	字濟之	景泰1年-嘉靖3年	1450-1524	吳縣
楊循吉	字君謙	天順2年-嘉靖25年	1458-1546	吳縣
都穆	字玄敬	天順2年-嘉靖4年	1458-1525	吳縣
祝允明	字希哲	天順5年-嘉靖5年	1461-1527	
唐寅	字伯虎，一字子畏	成化6年-嘉靖2年	1470-1523	吳縣
文徵明	初名壁，以字行，更字行	成化6年-嘉靖38年	1470-1559	長洲
錢同愛	字孔周	成化11年-嘉靖28年	1475-1549	長洲
顧璘	字華玉	成化12年-嘉靖24年	1476-1545	吳縣
徐禎卿	字昌穀，一字昌國	成化15年-正德6年	1479-1511	常熟人，遷吳縣
朱凱	字堯民	？-正德7年	？-1512	長洲人
蔡羽	字九逵	？-嘉靖20年	？-1541	吳縣
袁翼	字飛卿	成化17年-嘉靖20年	1481-1541	吳縣

姓名	字號	中曆生卒	西曆生卒	里籍
陳淳	字道復	成化18年-嘉靖18年	1482-1539（一作1482-1544）	吳縣
閻起山	字秀卿	成化20年-正德2年	1484-1507	長洲
黃魯曾	字得之	成化23年-嘉靖40年	1487-1561	吳縣
黃省曾	字勉之	正統5年-嘉靖19年	1490-1540	吳縣
皇甫沖	字子浚	弘治3年-嘉靖37年	1490-1558	長洲
王寵	字履仁，更字履吉	弘治7年-嘉靖12年	1494-1533	長洲
陸粲	字子餘，一字浚明	弘治7年-嘉靖30年	1494-1551	長洲
陸采	字子玄	弘治10年-嘉靖16年	1497-1537	長洲
皇甫涍	字子安	弘治10年-嘉靖25年	1497-1546	長洲
文彭	字壽承	弘治11年-萬曆1年	1498-1573	長洲
皇甫汸	字子循	弘治10年-萬曆10年	1497-1582	長洲
王穀祥	字祿之	弘治14年-萬曆14年	1501-1568	長洲
文嘉	字休承	弘治14年-萬曆11年	1501-1583	長洲
袁袠	字永之	弘治15年-嘉靖26年	1502-1547	吳縣
彭年	字孔嘉	弘治18年-嘉靖45年	1505-1566	長洲
歸有光	字熙甫	正德1年-隆慶5年	1506-1571	崑山
皇甫濂	字子約	正德3年-嘉靖43年	1508-1564	長洲
錢穀	字叔寶	正德3年-隆慶6年	1508-1572	吳縣
黃姬水	字淳父	正德4年-萬曆2年	1509-1574	長洲
陸師道	字子傳	正德6年-萬曆2年	1511-1574	長洲
周天球	字公瑕	正德9年-萬曆23年	1514-1595	長洲
劉鳳	字子威	正德12年-萬曆28年	1517-1600	長洲
王世貞	字元美	嘉靖8年-萬曆21年	1529-1593	太倉州

姓名	字號	中曆生卒	西曆生卒	里籍
張鳳翼	字伯起	？-崇禎9年	？-1636	長洲
孫七政	字世節	嘉靖7年-萬曆28年	1528-1600	常熟
王穉登	字伯穀	嘉靖14年-萬曆40年	1535-1612	先是江陰人，移居吳門
王延陵	字子永	不詳	不詳	吳縣
王賓	字仲光	不詳	不詳	長洲
邢參	字麗文	不詳	不詳	長洲
袁褧	字尚之	不詳	不詳	吳縣
袁表	字邦正，號胥臺	不詳	不詳	吳縣
袁袞	字補之	不詳	不詳	吳縣
張獻翼	字幼于，一字敉	不詳	不詳	長洲
張靈	字夢晉	不詳	不詳	吳縣
湯珍	字子重	不詳	不詳	長洲
虞堪	字克用，一字勝伯	不詳	不詳	長洲
韓奕	字公望	不詳	不詳	吳縣

* 表中資訊主要參考「中央研究院歷史語言研究所人名權威人物傳記資料庫」、「中國歷代人物傳記資料庫（CBDB）」以及張慧劍編著：《明清江蘇文人年表》（上海：上海古籍出版社，2008年）。

參考文獻

一　古籍

（先秦）莊子撰，陳鼓應註譯：《莊子今註今譯》，臺北：臺灣商務印書館，2011年。

（先秦）管仲：《管子》，臺北：臺灣商務印書館，1975年。

（漢）毛亨撰，（漢）鄭玄箋，（唐）陸德明音義：《毛詩》，收入《四部叢刊正編》，臺北：臺灣商務印書館，1979年，第1冊。

（漢）班固：《漢書》，北京：中華書局，1962年。

（漢）許慎：《說文解字》，臺北：黎明文化事業公司，2014年。

（漢）趙曄、張覺譯注：《吳越春秋》，貴陽：貴州人民出版社，2008年。

（漢）劉安編，何寧集釋：《淮南子集釋》，北京：中華書局，1998年。

（北魏）崔鴻：《十六國春秋》，收入《景印文淵閣四庫全書》，臺北：臺灣商務印書館，1983-1986年，第463冊。

（南朝宋）劉義慶撰，余嘉錫箋疏，周祖謨、余淑宜整理：《世說新語箋疏》，臺北：臺灣學生書局，2017年。

（南朝梁）劉勰撰，莊適選註：《文心雕龍》，上海：商務印書館，1947年。

（北齊）顏之推撰，（清）趙曦明注，（清）盧文弨補注：《顏氏家訓》，收入《續修四庫全書》，上海：上海古籍出版社，2002年，第1121冊。

（唐）李白：《李太白集》，收入《萬有文庫簡編》，上海：商務印書館，1939年。

（唐）李吉甫：《元和郡縣志》，收入《景印文淵閣四庫全書》，臺北：臺灣商務印書館，1983-1986年，第468冊。

（唐）李延壽：《北史》，北京：中華書局，1974年。

（唐）李林甫：《唐六典》，北京：中華書局，1992年。

（唐）杜荀鶴：《唐風集》，收入《景印文淵閣四庫全書》，臺北：臺灣商務印書館，1983-1986年，第1083冊。

（唐）歐陽詢撰，汪紹楹校：《藝文類聚》，上海：上海古籍出版社，1965年。

（唐）魏徵、令狐德棻：《隋書》，北京：中華書局，1973年。

（宋）方鳳：《野服攷》，收入《筆記小說大觀》，臺北：新興書局，1975年，6編，第4冊。

（宋）王楙：《野客叢書》，北京：中華書局，1987年。

（宋）朱長文：《吳郡圖經續記》，收入《宋元地方志三十七種》，臺北：國泰文化事業公司，1980年。

（宋）朱長文：《吳郡圖經續記》，收入《景印文淵閣四庫全書》，臺北：臺灣商務印書館，1983-1986年，第484冊。

（宋）朱熹：《四書章句集注》，臺北：大安出版社，1996年。

（宋）朱熹撰，朱傑人、嚴佐之、劉永翔主編：《朱子全書》，上海：上海古籍出版社，2002年。

（宋）李覯：《直講先生文集》，臺北：臺灣商務印書館，1965年。

（宋）范仲淹：《范文正集》，收入《景印文淵閣四庫全書》，臺北：臺灣商務印書館，1983-1986年，第1089冊。

（宋）范成大：《吳郡志》，收入《景印文淵閣四庫全書》，臺北：臺灣商務印書館，1983-1986年，第485冊。

（宋）歐陽修、宋祁：《新唐書》，北京：中華書局，1975年。

（元）貝瓊：《清江貝先生文集》，收入《明代基本史料叢刊》，北京：線裝書局，2015年，第21冊。

（元）陸友仁：《吳中舊事》，收入王雲五主編：《叢書集成初編》，臺北：臺灣商務印書館，1939年。

（元）黃溍：《金華黃先生文集》，收入《四部叢刊正編》，臺北：臺灣商務印書館，1979年，第69冊。

（元）楊維楨：《東維子文集》，臺北：臺灣商務印書館，1965年。

（元）鄭元祐：《僑吳集》，臺北：中央圖書館，1970年。

（明）文林：《文溫州集》，收入《四庫全書存目叢書》，臺南：莊嚴文化事業公司，1997年，集部，第40冊。

（明）文秉：《姑蘇名賢續紀》，收入周駿富輯：《明代傳記叢刊》，臺北：明文書局，1991年，第148冊。

（明）文洪：《文氏五家集》，收入《文瀾閣欽定四庫全書》，杭州：杭州出版社，2015年，第1427冊。

（明）文洪：《文氏五家集》，收入《景印文淵閣四庫全書》，臺北：臺灣商務印書館，1983-1986年，第1382冊。

（明）文徵明撰，周道振輯校：《文徵明集》，上海：上海古籍出版社，1987年。

（明）文震孟：《姑蘇名賢小記》，收入周駿富輯：《明代傳記叢刊》，臺北：明文書局，1991年，第148冊。

（明）王士性：《廣志繹》，北京：中華書局，1981年。

（明）王夫之撰，周柳燕校點：《明詩評選》，上海：上海古籍出版社，2011年。

（明）王世貞：《曲藻》，收入《廣百川學海》，臺北：新興書局，1970年。

（明）王世貞：《明詩評》，臺北：明文書局，1991年。

（明）王世貞：《弇州山人四部稿》，臺北：偉文圖書公司，1976年。
（明）王世貞：《弇州山人續稿》，臺北：文海出版社，1970年。
（明）王世貞：《觚不觚錄》，收入《叢書集成簡編》，臺北：臺灣商務印書館，1966年，第137冊。
（明）王世貞撰，陸潔楝、周明初批注：《藝苑卮言》，南京：鳳凰出版社，2009年。
（明）王世懋：《王奉常集》，收入《四庫全書存目叢書》，臺南：莊嚴文化事業公司，1997年，集部，第133冊。
（明）王兆雲輯：《皇明詞林人物考》，收入《四庫全書存目叢書》，臺南：莊嚴文化事業公司，1997年，史部，第111-112冊。
（明）王守仁撰，施邦耀輯評，王曉昕、趙平略點校：《陽明先生集要》，北京：中華書局，2008年。
（明）王行：《半軒集》，收入《明代基本史料叢刊》，北京：線裝書局，2013年。
（明）王錡：《寓圃雜記》，收入《元明史料筆記叢刊》，北京：中華書局，1984年。
（明）王寵：《雅宜山人集》，臺北：中央圖書館，1968年。
（明）王鏊：《震澤集》，收入《景印文淵閣四庫全書》，臺北：臺灣商務印書館，1983-1986年，第1256冊。
（明）王鏊等：《姑蘇志》，收入吳相湘主編：《中國史學叢書》，臺北：臺灣學生書局，1965年。
（明）申時行等：《明會典》，北京：中華書局，1989年。
（明）朱存理：《樓居雜著》，收入《景印文淵閣四庫全書》，臺北：臺灣商務印書館，1983-1986年，第1251冊。
（明）朱睦㮮輯：《聖典》，收入《續修四庫全書》，上海：上海古籍出版社，2002年，第432冊。

（明）朱載堉：《醒世詞》，收入謝伯陽編：《全明散曲》，濟南：齊魯書社，2016年。

（明）朱謀垔：《畫史會要》，收入《景印文淵閣四庫全書》，臺北：臺灣商務印書館，1983-1986年，第816冊。

（明）何良俊：《四友齋叢說》，北京：中華書局，1959年。

（明）何良俊：《何翰林集》，收入《四庫全書存目叢書》，臺南：莊嚴文化事業公司，1997年，集部，第142冊。

（明）何孟春：《餘冬序錄》，收入《四庫全書存目叢書》，臺南：莊嚴文化事業公司，1997年，子部，第101-102冊。

（明）何孟春撰，劉曉林等校點：《餘冬序錄》，長沙：岳麓書社，2012年。

（明）余繼登輯：《典故紀聞》，上海：商務印書館，1936年。

（明）吳偉業：《梅村家藏藁》，收入《四部叢刊正編》，臺北：臺灣商務印書館，1979年，第80冊。

（明）吳偉業：《梅村集》，收入《景印文淵閣四庫全書》，臺北：臺灣商務印書館，1983-1986年，第1312冊。

（明）吳寬：《匏翁家藏集》，臺北：臺灣商務印書館，1967年。

（明）宋濂等：《元史》，北京：中華書局，1976年。

（明）宋濂：《宋學士文集》，收入《四部叢刊正編》，臺北：臺灣商務印書館，1979年，第71冊。

（明）李日華：《恬致堂集》，上海：上海古籍出版社，2012年。

（明）李詡：《戒庵老人漫筆》，北京：中華書局，1982年。

（明）李夢陽：《空同集》，收入《景印文淵閣四庫全書》，臺北：臺灣商務印書館，1983-1986年，第1262冊。

（明）李樂：《見聞雜紀》，收入《續修四庫全書》，上海：上海古籍出版社，2002年，第1171冊。

（明）李贄：《焚書》，北京：中華書局，2018年。
（明）汪道昆：《太函集》，收入《明代基本史料叢刊》，北京：線裝書局，2015年。
（明）汪顯節編次：《繪林題識》，收入周駿富輯：《明代傳記叢刊》，臺北：明文書局，1991年，第72冊。
（明）沈周撰，張修齡、韓星嬰點校：《沈周集》，上海：上海古籍出版社，2013年。
（明）沈德符：《萬曆野獲編》，臺北：新興書局，1976年。
（明）周暉：《二續金陵瑣事》，收入《南京稀見文獻叢刊》，南京：南京出版社，2007年。
（明）邵寶：《容春堂集》，收入《景印文淵閣四庫全書》，臺北：臺灣商務印書館，1983-1986年，第1258冊。
（明）俞弁：《山樵暇語》，上海：商務印書館，1924年。
（明）姚希孟：《公槐集》，收入《四庫禁燬書叢刊》，北京：北京出版社，2000年，第178冊。
（明）皇甫汸：《皇甫司勳集》，臺北：臺灣商務印書館，1972年。
（明）皇甫涍：《皇甫少玄集》，收入《景印文淵閣四庫全書》，臺北：臺灣商務印書館，1983-1986年，第1276冊。
（明）胡應麟：《少室山房筆叢》，臺北：世界書局，1980年。
（明）胡應麟：《少室山房集》，收入《景印文淵閣四庫全書》，臺北：臺灣商務印書館，1983-1986年，第1290冊。
（明）胡應麟：《詩藪》，收入《續修四庫全書》，上海：上海古籍出版社，2002年，第1696冊，集部，詩文評類。
（明）胡應麟：《詩藪續編》，臺北：廣文書局，1973年，影印中央圖書館善本書。
（明）范濂：《雲間據目抄》，收入王德毅主編：《叢書集成三編》，臺北：新文豐出版公司，1997年，第83冊。

（明）倪岳：《青谿漫稿》，清武林往哲遺著本。

（明）唐寅：《唐伯虎先生全集》，臺北：臺灣學生書局，1980年。

（明）唐寅：《唐伯虎全集》，臺北：水牛文化事業公司，1966年。

（明）唐順之撰，馬美信、黃毅點校：《唐順之集》，杭州：浙江古籍出版社，2014年。

（明）夏元吉等：《明太祖實錄》，收入黃彰健等校勘：《明實錄》，臺北：中央研究院歷史語言研究所，1984年。

（明）徐有貞：《武功集》，臺北：臺灣商務印書館，1973年。

（明）徐有貞撰，孫寶點校：《徐有貞集》，杭州：浙江人民美術出版社，2019年。

（明）徐曾銘：《續名賢小記》，收入周駿富輯：《明代傳記叢刊》，臺北：明文書局，1991年，第148冊。

（明）徐禎卿：《迪功集》，收入《景印文淵閣四庫全書》，臺北：臺灣商務印書館，1983-1986年，第1268冊。

（明）徐禎卿：《徐禎卿詩集四卷外集三卷附錄一卷》，收入《迪功外集》，臺中：大立出版社，1981年。

（明）徐禎卿：《談藝錄》，收入（清）何文煥輯：《歷代詩話》，北京：中華書局，2004年。

（明）祝允明：《祝子罪知錄》，收入《續修四庫全書》，上海：上海古籍出版社，2002年，第1122冊。

（明）祝允明：《祝氏詩文集》，臺北：中央圖書館，1971年。

（明）祝肇：《金石契》，收入周駿富輯：《明代傳記叢刊》，臺北：明文書局，1991年，第21冊。

（明）袁宏道：《袁中郎全集》，臺北：世界書局，1935年。

（明）袁宏道撰，錢伯城箋校：《袁宏道集箋校》，上海：上海古籍出版社，1979年。

（明）袁袠：《衡藩重刻胥臺先生集》，收入《明代基本史料叢刊》，北京：線裝書局，2015年。
（明）高啟撰，周立編：《高太史鳧藻集》，收入《四部叢刊正編》，臺北：臺灣商務印書館，1979年，第73冊。
（明）張大復：《梅花草堂筆談》，杭州：浙江人民美術出版社，2016年。
（明）張岱：《瑯嬛文集》，長沙：岳麓書社，1985年。
（明）張昶：《吳中人物志》，臺北：臺灣學生書局，1969年。
（明）張萱：《西園聞見錄》，收入周駿富輯：《明代傳記叢刊》，臺北：明文書局，1991年，第118冊。
（明）張瀚：《松窗夢語》，北京：中華書局，1985年。
（明）章潢：《圖書編》，臺北：成文出版社，1971年。
（明）莫旦：《吳江志》，臺北：成文出版社，1983年。
（明）陸容：《菽園雜記》，北京：中華書局，1997年。
（明）陸容：《菽園雜記》，收入《元明史料筆記叢刊》，北京：中華書局，1985年。
（明）陸粲：《陸子餘集》，收入《景印文淵閣四庫全書》，臺北：臺灣商務印書館，1983-1986年，第1274冊。
（明）湯顯祖：《玉茗堂全集》，收入《四庫全書存目叢書》，臺南：莊嚴文化事業公司，1997年，集部，第181冊。
（明）焦竑：《玉堂叢語》，北京：中華書局，1981年。
（明）焦竑編：《國朝獻徵錄》，收入周駿富輯：《明代傳記叢刊》，臺北：明文書局，1991年，第114冊。
（明）賀復徵編：《文章辨體彙選》，收入《景印文淵閣四庫全書》，臺北：臺灣商務印書館，1983-1986年，第1408冊。
（明）馮時可：《馮元成選集》，收入《域外漢籍珍本文庫》，重慶：西南師範大學出版社；北京：北京人民出版社，2012年。

（明）黃宗羲：《明夷待訪錄》，北京：中華書局，1981年。

（明）黃省曾：《吳風錄》，收入張智主編：《中國風土志叢刊》，揚州：廣陵書社，2003年。

（明）楊廉：《新刊皇明名臣言行錄》，收入周駿富輯：《明代傳記叢刊》，臺北：明文書局，1991年，第45冊。

（明）楊萬里：《誠齋集》，上海：上海古籍出版社，2012年。

（明）葉盛：《水東日記》，臺北：新興書局，1984年。

（明）詹景鳳：《東圖玄覽編》，收入《美術叢書》，臺北：藝文印書館，1975年，5集，第1輯。

（明）過庭訓等：《平湖縣志》，收入《天一閣藏明代方志選刊續編》，上海：上海書店出版社，1990年，第27冊。

（明）過庭訓纂集：《明分省人物考》，周駿富輯：《明代傳記叢刊》，臺北：明文書局，1991年，第131冊。

（明）聞人詮、陳沂纂修：《（嘉靖）南畿志》，收入《北京圖書館古籍珍本叢刊》，北京：書目文獻出版社，1988年，史部，地理類，第24冊。

（明）劉鳳：《續吳先賢讚》，收入周駿富輯：《明代傳記叢刊》，臺北：明文書局，1991年，第148冊。

（明）蔣一葵：《堯山堂外紀》，收入《續修四庫全書》，上海：上海古籍出版社，2002年，第1195冊。

（明）錢穀編：《吳都文粹續集》，收入《景印文淵閣四庫全書》，臺北：臺灣商務印書館，1983-1986年，第1385、1386冊。

（明）閻秀卿：《吳郡二科志》，收入周駿富輯：《明代傳記叢刊》，臺北：明文書局，1991年，第148冊。

（明）龍文彬：《明會要》，收入《續修四庫全書》，上海：上海古籍出版社，2002年，第793冊。

（明）謝肇淛：《五雜組》，臺北：偉文圖書公司，1976年。

（明）謝肇淛撰，傅成校點：《五雜組》，上海：上海古籍出版社，2012年。

（明）歸有光：《震川文集》，收入《四部備要》，臺北：中華書局，1965年，集部。

（明）歸有光撰，嚴佐之、譚帆、彭國忠主編：《歸有光全集》，上海：上海人民出版社，2015年。

（明）顧元慶：《夷白齋詩話》，北京：中華書局，1985年。

（明）顧璘：《國寶新編》，收入《記錄彙編》，臺北：臺灣商務印書館，1969年。

（明）顧璘：《顧華玉集》，收入《景印文淵閣四庫全書》，臺北：臺灣商務印書館，1983-1986年，第1263冊。

（清）孔尚任：《湖海集》，上海：古典文學出版社，1957年。

（清）孔尚任撰，汪蔚林編：《孔尚任詩文集》，北京：中華書局，1962年。

（清）孔穎達疏：《毛詩正義》，臺北：藝文印書館，阮元校勘十三經注疏本，2001年。

（清）孔穎達疏：《左傳注疏》，臺北：藝文印書館，阮元校勘十三經注疏本，2001年。

（清）孔穎達疏：《禮記注疏》，臺北：藝文印書館，阮元校勘十三經注疏本，2001年。

（清）文含重修：《文氏族譜續集》，收入《中國西南文獻叢書二編》，北京：學苑出版社，2009年。

（清）王士禛：《漁洋山人精華錄》，收入《四部叢刊正編》，臺北：臺灣商務印書館，1979年。

（清）王士禛：《漁洋山人精華錄訓纂》，臺北：中華書局，1965年。

（清）永瑢、紀昀等：《四庫全書總目提要》，臺北：臺灣商務印書館，1983-1986年。

（清）朱彝尊：《靜志居詩話》，收入《續修四庫全書》，上海：上海古籍出版社，2002年，第1698冊。

（清）朱彝尊選編：《明詩綜》，北京：中華書局，2007年。

（清）李銘皖等修，（清）馮桂芬等纂：《蘇州府志》，臺北：成文出版社，1970年。

（清）姚承緒撰，姜小青校點：《吳趨訪古錄》，南京：江蘇古籍出版社，1999年。

（清）姜紹書：《無聲詩史》，收入《四庫全書存目叢書》，臺南：莊嚴文化事業公司，1997年，子部，第72冊。

（清）倪師孟：《吳江縣志》，臺北：中國地方文獻學會，1975年。

（清）孫嘉淦：《南遊記》，收入沈雲龍主編：《近代中國史料叢刊》，臺北：文海出版社，1969年，第32輯。

（清）翁方綱：《復初齋文集》，收入《續修四庫全書》，上海：上海古籍出版社，2002年，第1455冊。

（清）袁景瀾：《吳郡歲華紀麗》，南京：江蘇古籍出版社，1998年。

（清）張廷玉等：《明史》，北京：中華書局，1974年。

（清）曹允源：《吳縣志》，臺北：成文出版社，1970年。

（清）梁章鉅：《浪跡叢談》，收入《叢書集成三編》，臺北：新文豐出版公司，1996年。

（清）梁維樞：《玉劍尊聞》，收入《續修四庫全書》，上海：上海古籍出版社，2002年，第1175冊。

（清）陳文述：《頤道堂文鈔》，上海：上海古籍出版社，2010年。

（清）陳田輯：《明詩紀事》，收入《續修四庫全書》，上海：上海古籍出版社，2002年，第1710-1712冊。

（清）陳夢雷編，（清）蔣廷錫等奉敕撰：《古今圖書集成》，臺北：鼎文書局，1985年。

（清）傅山撰，劉貫文、張海瀛、尹協理主編：《傅山全書》，太原：山西人民出版社，1991年。

（清）黃宗羲：《宋元學案》，收入《儒藏》，成都：四川大學出版社，2005年，史部，第14冊。

（清）黃宗羲編：《明文海》，收入《景印文淵閣四庫全書》，臺北：臺灣商務印書館，1983-1986年，第1458冊。

（清）楊紹和：《楹書隅錄續錄》，收入《書目叢編》，臺北：廣文書局，1989年。

（清）鄒漪纂：《啟禎野乘》，收入周駿富輯：《明代傳記叢刊》，臺北：明文書局，1991年，第127冊。

（清）褚亨奭：《姑蘇名賢後紀》，收入周駿富輯：《明代傳記叢刊》，臺北：明文書局，1991年，第148冊。

（清）趙宏恩修：《（乾隆）江南通志》，收入《景印文淵閣四庫全書》，臺北：臺灣商務印書館，1983-1986年，第507冊。

（清）趙翼：《廿二史劄記校證》，北京：中華書局，2013年。

（清）趙翼：《甌北詩話》，南京：鳳凰出版社，2009年。

（清）潘介祉纂輯：《明詩人小傳稿》，臺北：中央圖書館，1986年。

（清）錢謙益：《牧齋初學集》，收入《四部叢刊正編》，臺北：臺灣商務印書館，1979年，第78冊。

（清）錢謙益撰集，許逸民、林淑敏點校：《列朝詩集》，北京：中華書局，2007年。

（清）嚴可均編：《全上古三代秦漢三國六朝文》，北京：中華書局，1958年。

（清）顧文彬：《過雲樓書畫記》，收入《續修四庫全書》，上海：上海古籍出版社，2002年，第1085冊。

（清）顧祖禹：《方輿紀要》，收入《續修四庫全書》，上海：上海古籍出版社，2002年，第601冊。
（清）顧祿：《清嘉錄》，北京：中國商業出版社，1989年。
（清）顧震濤：《吳門表隱》，南京：江蘇古籍出版社，1999年。

二　近人專著

《中國地域文化叢書》，瀋陽：遼寧教育出版社，1995年。
中文大辭典編纂委員會輯：《中文大辭典》，臺北：中國文化大學出版社，1973年，第3冊。
中國古代書畫鑑定組編：《中國古代書畫圖目》，北京：文物出版社，1986年。
中國古典文學研究會主編：《古典文學》，臺北：臺灣學生書局，1993年，第12集。
中國古典文學研究會主編：《古典文學》，臺北：臺灣學生書局，2000年，第15集。
中國明代研究學會主編：《明人文集與明代研究學術研討會會議論文》，臺北：中國明代研究學會出版，2001年。
尤雅姿：《魏晉士人思想與文化研究》，臺北：文史哲出版社，1998年。
牛建強：《明代中後期社會變遷研究》，臺北：文津出版社，1997年。
王友三主編：《吳文化史叢》，南京：江蘇人民出版社，1993年。
王文進：《南朝邊塞詩研究》，臺北：里仁書局，2000年。
王明珂：《華夏邊緣——歷史記憶與族群認同》，臺北：允晨文化實業公司，1997年。
石守謙：《風格與世變》，臺北：允晨文化實業公司，1996年。
成復旺：《神與物遊：論中國傳統審美方式》，臺北：商鼎文化出版社，1992年。

朱士嘉：《中國地方志綜錄》，臺北：新文豐出版公司，1975年。
朱書萱：《復古與超越——祝允明與鍾繇典範》，臺北：新文豐出版公司，2019年
江慶柏：《明清蘇南望族文化研究》，南京：南京師範大學出版社，1999年。
江寶釵：《嘉義地區古典文學發展史》，臺北：里仁書局，1998年。
余秋雨：《余秋雨臺灣演講》，臺北：爾雅出版社，1998年。
余英時：《中國近世宗教倫理與商人精神》，臺北：聯經出版事業公司，1987年。
吳仁安：《明清時期上海地區的著姓望族》，上海：上海人民出版社，1997年。
吳宏一：《中國文學研究的困境與出路》，臺北：天宏出版社，2011年。
吳潛誠：《感性定位——文學的想像與介入》，臺北：允晨文化實業公司，1994年。
李　玫：《明清之際蘇州作家群研究》，北京：中國社會出版社，2000年。
阮榮春：《明清中國畫大師研究叢書・沈周》，長春：吉林美術出版社，1996年。
來新夏：《中國地方志》，臺北：臺灣商務印書館，1995年。
周樹人撰，魯迅先生紀念委員會編纂：《魯迅全集》，上海：人民文學出版社上海分社，1973年。
季鐵男編：《建築現象學導論》，臺北：桂冠圖書公司，1992年
東吳大學歷史學系主編：《方志學與社區鄉土史學術研討會論文集》，臺北：臺灣學生書局，1997年。
林天蔚撰，國立編譯館主編：《方志學與地方史研究》，臺北：南天書局，1995年。

林慶彰：《明代考據學研究》，臺北：臺灣學生書局，1983年。

邱天助：《布爾迪厄文化再製理論》，臺北：桂冠圖書公司，1998年。

金開誠：《文藝心理學概論》，北京：北京大學出版社，1999年。

施懿琳、許俊雅、楊翠：《臺中縣文學發展史》，臺中：臺中縣立文化中心編印，1995年。

夏鑄九：《空間，歷史與社會》，臺北：唐山出版社，2009年。

夏鑄九：《空間的文化形式與社會理論讀本》，臺北：明文書局，1988年。

孫　立：《明末清初詩論研究》，廣州：廣東高等教育出版社，1999年。

耿立群主編：《深耕茁壯：臺灣漢學四十回顧與展望》，臺北：漢學研究中心，2021年。

高辛勇：《形名學與敘事理論》，臺北：聯經出版事業公司，1987年。

張宏生：《清代詞學的建構》，南京：江蘇古籍出版社，1998年。

張春興：《張氏心理學辭典》，臺北：東華書局，1989年。

張淑香：《抒情傳統的省思與探索》，臺北：大安出版社，1992年。

張廣智、張廣勇：《史學：文化中的文化——文化視野中的西方史學》，臺北：淑馨出版社，1992年。

張慧劍編著：《明清江蘇文人年表》，上海：上海古籍出版社，2008年。

曹淑娟：《晚明性靈小品研究》，臺北：文津出版社，1988年。

梅家玲：《漢魏六朝文學新論：擬代與贈答篇》，臺北：里仁書局，1997年。

淡江大學中文系主編：《「晚明思潮與社會變動」會議論文集》，臺北：弘化文化事業公司，1987年。

許伯明主編：《江蘇區域文化叢書：吳文化概觀》，南京：南京師範大學出版社，1996年。

許伯明主編：《江蘇區域文化叢書》，南京：南京師範大學出版社，1996年。

許伯明主編：《吳文化概觀》，南京：南京師範大學出版社，1998年。
郭預衡：《中國散文史》，上海：上海古籍出版社，1999年。
陳正祥：《中國歷史文化地理》，臺北：南天書局，1995年。
陳谷嘉、鄧洪波主編：《中國書院制度研究》，杭州：浙江教育出版社，1997年。
陳炳良編：《香港文學探賞》，臺北：書林出版公司，1994年。
陳書錄：《明代詩文的演變》，南京：江蘇教育出版社，1996年。
陳萬益：《晚明小品與明季文人生活》，臺北：大安出版社，1988年。
陳寶良：《中國的社與會》，杭州：浙江人民出版社，1996年。
曾大興：《文學地理學》，北京：人民出版社，2012年
費振鍾：《江南士風與江蘇文學》，長沙：湖南教育出版社，1995年。
黃保真、成復旺、蔡鍾翔：《中國文學理論史》，臺北：洪葉文化事業公司，1994年。
黃維樑主編：《活潑紛繁的香港文學──1999年香港文學國際研討會論文集》，香港：香港中文大學出版社，2000年。
黃繼持、盧瑋鑾、鄭樹森：《追跡香港文學》，香港：牛津大學出版社，1998年。
楊永安：《祝允明之思想與史學》，香港：先鋒出版社，1987年。
楊念群：《儒學地域化的近代型態──三大知識群體互動的比較研究》，北京：生活・讀書・新知三聯書店，1997年。
楊　義：《文學地理學會通》，北京：中國社會科學出版社，2013年。
董壽琪：《虎丘》，蘇州：古吳軒出版社，1999年。
廖可斌：《復古派與明代文學思潮》，臺北：文津出版社，1995年。
劉少雄：《南宋姜吳典雅詞派相關詞學論題之探討》，臺北：臺灣大學出版中心，1995年。
劉述先、梁元生編：《文化傳統的延續與轉化》，香港：中文大學出版社，1999年。

劉夢溪主編：《中國現代學術經典・梁啟超卷》，石家莊：河北教育出版社，1996年。

劉夢溪主編：《中國現代學術經典・劉師培卷》，石家莊：河北教育出版社，1996年。

劉綱紀：《文徵明》，長春：吉林美術出版社，1997年。

劉　瑩：《文徵明詩書畫藝術研究》，臺北：蕙風堂筆墨有限公司，1995年。

潘力行、鄒志一主編：《吳地文化一萬年》，北京：中華書局，1994年。

鄧之誠：《清詩紀事初編》，香港：中華書局，1976年。

鄭文惠：《詩情畫意——明代題畫詩的詩畫對應內涵》，臺北：東大圖書公司，1995年。

鄭利華：《明代中期文學演進與城市型態》，上海：復旦大學出版社，1995年。

鄭利華：《明代中期城市生活與社會型態》，上海：復旦大學出版社，1995年。

鄭培凱：《湯顯祖與晚明文化》，臺北：允晨文化實業公司，1995年

鄭毓瑜：《性別與家國——漢晉辭賦的楚騷論述》，臺北：里仁書局，2000年。

黎活仁、龔鵬程主編：《香港新詩的大敘事精神》，嘉義：南華管理學院，1999年。

蕭　馳：《中國抒情傳統》，臺北：允晨文化實業公司，1999年。

錢仲聯編：《中國文學大辭典》，臺北：建宏書局，1999年。

薛正興主編：《江蘇地方文獻叢書》，南京：江蘇古籍出版社，1999年。

謝國楨：《明清之際黨社運動考》，臺北：臺灣商務印書館，1978年。

韓經太：《理學文化與文學思潮》，北京：中華書局，1997年。

簡錦松：《明代文學批評研究》，臺北：臺灣學生書局，1989年。

顏忠賢：《影像地誌學》，臺北：萬象圖書公司，1996年。
羅時進：《文學社會學：明清詩文研究的問題與視角》，北京：中華書局，2017年。
嚴迪昌：《清詩史》，臺北：五南圖書出版公司，1998年。
嚴家炎主編：《二十世紀中國文學與區域文化叢書》，長沙：湖南教育出版社，1995年。
龔鵬程：《晚明思潮》，臺北：里仁書局，1994年。
龔鵬程主編：《五十年來的中國文學研究》，臺北：臺灣學生書局，2001年。
（日）藤岡謙二郎：《人文地理學》，東京：大明堂，1969年。
（日）藤岡謙二郎編：《人文地理學研究法》，東京：朝倉書店，1957年。
（法）Jean Baudrillard 著，林志明譯：《物體系》，臺北：時報文化出版企業公司，1997年。
（法）Roland Barthes 著，敖軍譯：《流行體系》，臺北：桂冠圖書公司，1998年。
（美）Edward Shils 著，傅鏗、呂樂譯：《論傳統》，臺北：桂冠圖書公司，1992年。
（美）Stephen Owen 著，鄭學勤譯：《追憶——中國古典文學中的往事再現》，上海：上海古籍出版社，1990年。
（美）Susan B. Kaiserm 著，李宏偉譯：《服裝社會心理學》，臺北：商鼎文化出版社，1997年。
（奧）Karl Polanyi 著，彭淮棟譯：《博藍尼講演集》，臺北：聯經出版事業公司，1985年。
Pierre Bourdieu. *The Field of Culture Production*. NY: Columbia University Press, 1993.

三　單篇論文

于志嘉：〈日本明清史學界對「士大夫與民眾」問題之研究〉，《新史學》第4卷第4期，1993年12月，頁141-175。

王水照：〈「京派」與「海派」〉，收入周樹人撰，魯迅先生紀念委員會編纂：《魯迅全集》，上海：人民文學出版社，1973年，第5卷。

王水照：〈北宋洛陽文人集團與地域環境的關係〉，《文學遺產》1994年第3期，1994年5月，頁74-83。

王明珂：〈羌族婦女服飾：一個民族化過程的例子〉，《中央研究院史語所集刊》第69本第4分，1998年12月，頁841-885。

王明珂：〈集體歷史記憶與族群認同〉，《當代》第91期「集體記憶專輯」，1993年11月，頁6-19。

王　徵：〈明中葉吳中派隱逸風尚與陶詩接受——以沈周、祝允明、文徵明為中心〉，《蘇州教育學院學報》第36卷第6期，2019年12月，頁37-44。

王曉輝：〈明中吳中文學的創作取向及審美流變〉，《學術交流》2021年第3期（總324期），2021年3月，頁171-180。

石守謙：〈古蹟．史料．記憶．危機〉，《當代》第92期「古蹟保存論述專輯」，1993年12月，頁10-19。

何維剛：〈從詠史到懷古：論南朝祠廟詩的書寫發展與南方經驗〉，《政大中文學報》第38期，2022年12月，頁27-54。

何維剛：〈隱匿的太伯：六朝吳地太伯廟考察〉，《東亞漢學研究（長崎大學多文化社會學部）》第9期，2019年11月，頁276-284。

余英時：〈從史學看傳統〉，《史學與傳統》，臺北：時報文化出版企業公司，1982年。

吳宏一：〈晚明的詩壇風氣〉，《國文天地》第2卷第8期，1987年1月，頁56-63。

吳承學：〈江山之助——中國古代文學地域風格論初探〉，《文學評論》1990年第2期，1990年5月，頁50-58。

吳智和：〈明人文集中的生活史料〉，收入中國明代研究學會主編：《明人文集與明代研究學術研討會會議論文》，臺北：中國明代研究學會出版，2001年。

吳智和：〈明人茶書飲茶生活文化〉，《國立編譯館館刊》第25卷第1期，1996年6月，頁161-187。

吳智和：〈明代蘇州社區鄉土生活史舉隅——以文人集團為例〉，收入東吳大學歷史學系主編：《方志學與社區鄉土史學術研討會論文集》，臺北：臺灣學生書局，1997年，頁23-47。

李卓穎：〈地方性與跨地方性：從「子游傳統」之論述與實踐看蘇州在地文化與理學之競合〉，《中央研究院歷史語言研究所集刊》第82本第2分，2011年6月，頁325-398。

李卓穎：〈易代歷史書寫與明中葉蘇州張士誠記憶之復歸〉，《明代研究》第33期，2019年12月，頁1-60。

李　明：〈地方認同與文學傳統：論高啟的蘇州書寫〉，《蘇州大學學報（哲學社會科學版）》2021年第6期，2021年11月，頁140-148。

李學勤：〈豐富多彩的吳文化〉，《文史知識》1990年第11期「吳文化專號」，1990年11月，頁18-25。

汪淵之：〈高啟詩與「吳中四才子」詩之比較——兼論明初至明中葉吳中詩風的演變〉，《蘇州大學學報（哲學社會科學版）》1999年第3期，1999年7月，頁66-70。

邵曼珣：〈明代中期蘇州文人尚趣研究〉，收入古典文學研究會編：《古典文學》，臺北：臺灣學生書局，1993年，第12集，頁177-199。

范宜如：〈《列朝詩集小傳》中的吳中文壇圖像〉，《國文學報》第28期，1999年6月，頁219-241、243。

范宜如：〈文徵明與吳中文壇——士論文人角色的定位與意義〉，收入《春風煦學集——黃慶萱教授七秩華誕受業論集》，臺北：里仁書局，2001年。

范宜如：〈吳中地誌書寫——以文徵明詩文為主的觀察〉，《中國學術年刊》第21期，2000年3月，頁389-418。

唐力行：〈從碑刻看明清以來蘇州社會的變遷——兼與徽州社會比較〉，《歷史研究》2000年第1期，2000年2月。

高燮初：〈談吳學研究〉，《歷史教學問題》1991年第4期，1991年5月，頁3-4。

常建華：〈日本八十年代以來的明清地域社會研究述評〉，《中國社會經濟史研究》1998年第2期，1998年5月，頁72-83。

張高評：〈唐宋文學研究概況〉，收入龔鵬程主編：《五十年來的中國文學研究》，臺北：臺灣學生書局，2001年。

郭英德：〈中國古代文人集團論綱〉，《中國文化研究》1996年第2期，1996年5月，頁9-15。

郭英德：〈明代文人結社說略〉，《北京師範大學學報》1992年第4期，1992年8月，頁28-34。

郭紹虞：〈明代的文人集團〉，《照隅室古典文學論集》，臺北：丹青圖書公司，1985年。

陸振岳：〈蘇州的山與地方文化〉，《蘇州大學學報（哲學社會科學版）》1998年第2期，1998年5月，頁96-100。

彭　毅：〈析論《楚辭．九歌》的特質〉，《楚辭詮微集》，臺北：臺灣學生書局，1999年。

黃繼持：〈中國文化傳統——現代文學行程中之審思〉，收入劉述先、梁元生編：《文化傳統的延續與轉化》，香港：香港中文大學出版社，1999年。

黃繼持：〈明代中葉文人型態〉，《明清史集刊》第1卷，1985年10月，頁37-61。

楊聯陞：〈原商賈〉，收入余英時：《中國近世宗教倫理與商人精神》，臺北：聯經出版事業公司，1987年。

劉苑如：〈「空間、地域與文化專輯」前言〉，《中國文哲研究通訊》第10卷第3期，2000年9月，頁107-108。

蔣　勇：〈地域自守與文壇互動：吳人史志書寫中的明代吳中士風和文學精神〉，《中國文學研究》2022年第3期，2022年9月，頁63-71。

鄭利華：〈明代中葉吳中文人集團及其文化特徵〉，《上海大學學報》第4卷第2期，1997年4月，頁99-103。

錢　穆：〈讀文選〉，《新亞學報》第3卷第2期，1958年8月，頁10-14。

韓經太：〈以地域分野的明初詩歌派別論〉，《文學遺產》1989年第5期，1989年10月，頁97-108。

嚴　明：〈吳文化的基本界定〉，《蘇州大學學報（哲學社會科學版）》1991年第3期，1991年5月，頁104-108。

嚴迪昌：〈「市隱」心態與吳中明清文化世族〉，《蘇州大學學報（哲學社會科學版）》1991年第1期，1991年2月，頁84-93。

嚴迪昌：〈文化世族與吳中文苑〉，《文史知識》1990年第11期「吳文化專號」，1990年11月，頁11-17。

龔顯宗：〈區域文學史──安平文學史〉，《臺灣文學研究》，臺北：五南圖書出版公司，1998年。

（日）山田賢著，太城佑子譯：〈中國明清時代「地域社會論」研究的現狀與課題〉，《暨南史學》第2期，1996年6月，頁39-57。

（日）辻田右左男：〈環境論的歷史〉，收入藤岡謙二郎編：《人文地理學研究法》，東京：朝倉書店，1957年。

（日）吉川幸次郎著，鄭清茂譯：〈文人的產生〉，《元明詩概說》，臺北：幼獅文化事業公司，1986年，頁113-120。

（日）澤田雅弘：〈明代中期吳中文苑考〉，《日本中國學會報》第35期，1983年10月，頁191-204。

（加）Edward Relph：〈場所的本質〉，收入季鐵男編：《建築現象學導論》，臺北：桂冠圖書公司，1992年。

（德）Jorn Rusen 著，劉世安譯：〈為時立義：邁向歷史意識基礎觀念之普遍性類型學〉，《當代》第155期，2000年7月，頁36-43。

四　學位論文

王文進：《荊雍地帶與南朝詩歌關係之研究》，臺灣：臺灣大學中文研究所博士論文，1987年。

吳美琪：《流行與世變：明代江南士人的服飾風尚與社會心態》，臺北：臺灣師範大學歷史研究所碩士論文，2000年。

李清筠：《魏晉名士人格研究》，臺北：臺灣師範大學國文研究所碩士論文，1991年。

林琦妙：《明代蘇州文學與繪畫藝術之交流》，臺北：政治大學中國文學研究所碩士論文，1986年。

林賢得：《明代中葉吳中名士詩歌研究》，臺北：臺灣師範大學國文研究所碩士論文，1987年。

范宜如：《錢謙益詩學觀念之反省——以〈列朝詩集小傳〉為探究中心》，臺北：臺灣師範大學國文研究所碩士論文，1993年。

張薰：《宋代西湖詞壇研究》，臺北：臺灣大學中文研究所碩士論文，1987年。

陳雯怡：《由官學到書院──從制度與理念的互動看宋代教育的演變》，臺北：臺灣大學歷史研究所碩士論文，1996年。

黃明理：《范氏義莊與范仲淹──關於范仲淹的儒學史地位的討論》，臺北：臺灣師範大學國文研究所博士論文，1998年。

江佩純：《文徵明詩歌生活空間研究──以蘇州為主的考察》，高雄：中山大學中國文學系研究所碩士論文，2015年

五　報紙

應鳳凰：〈《旋風》出版檔案──流離與定著〉，《聯合報》，第41版，讀書人週報，1999年10月18日。

逯耀東：〈錢賓四先生與蘇州〉，《中國時報》，人間副刊，2000年11月23日-26日。

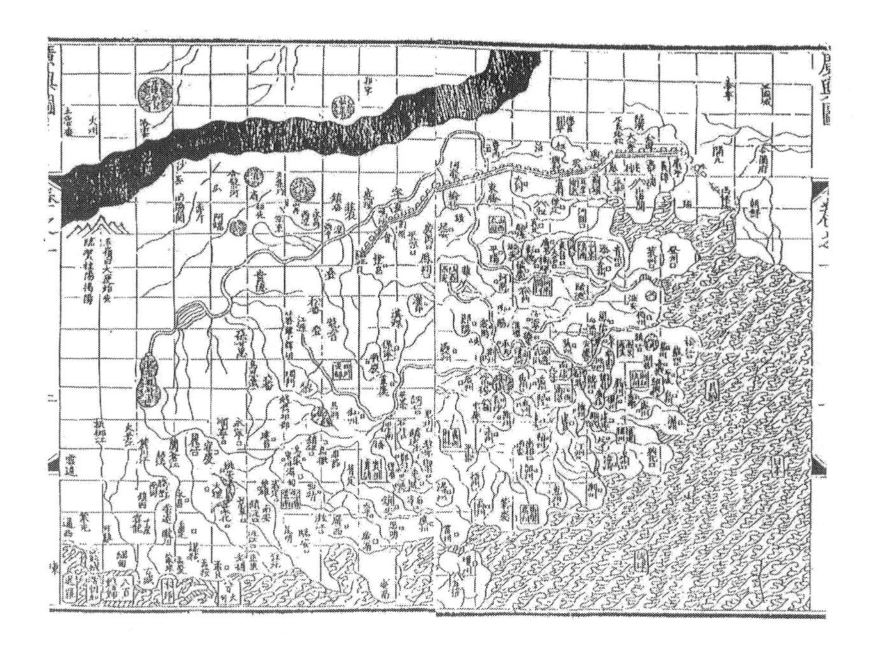

（元）朱思本撰，（明）羅洪先增補：〈廣輿圖〉

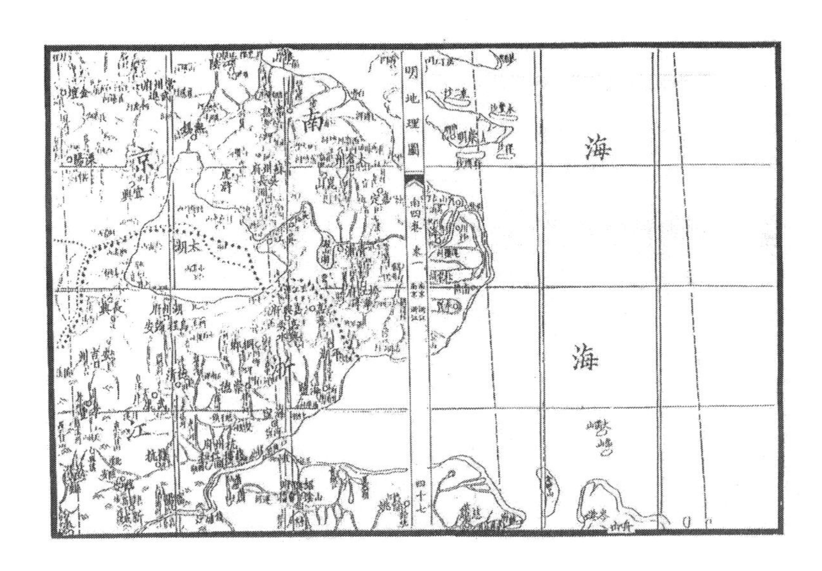

（清）楊守敬繪：〈明地理圖〉

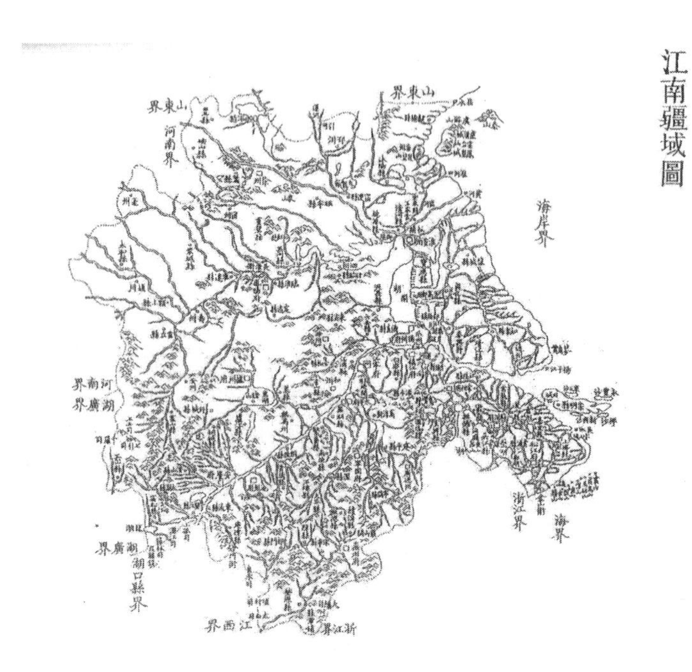

《古今圖書集成職方典・蘇州府部》江南疆域圖

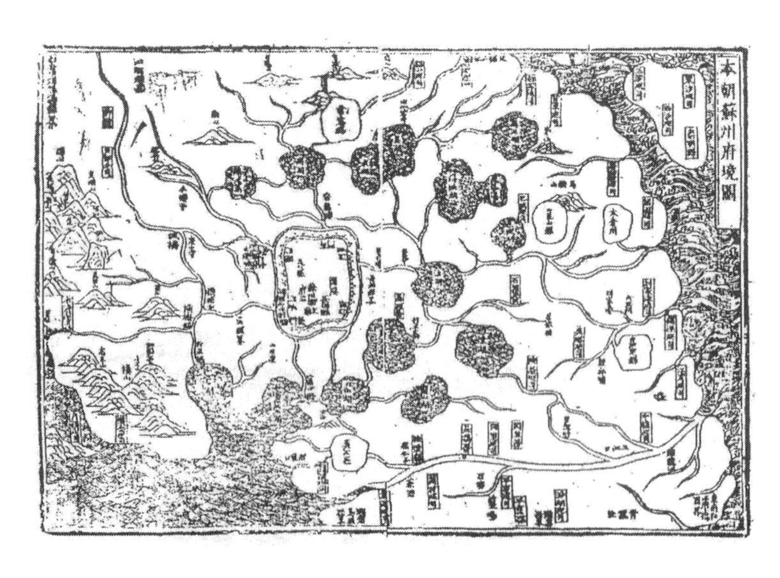

蘇州府境圖（《（正德）姑蘇志》附圖）

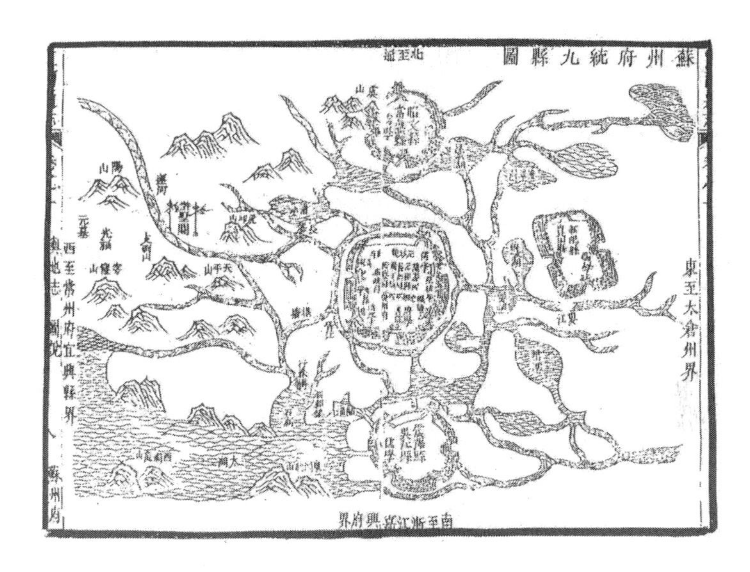

蘇州府統九縣圖（《江南通志》〈蘇州府圖說〉）

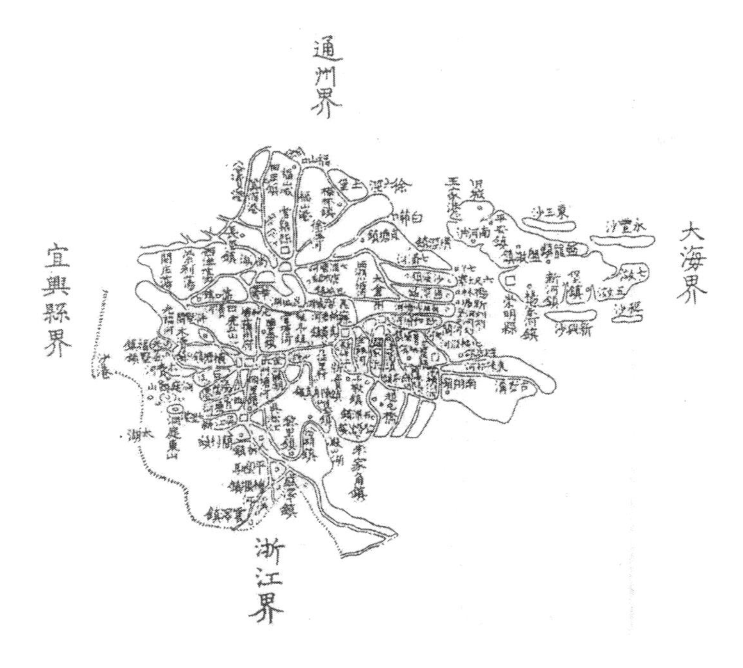

《古今圖書集成職方典．蘇州府部》蘇州府疆域圖

沈周《虎丘十二景圖冊》之千頃雲閣

文學研究叢書・古典文學叢刊 0803020

一個地域文學的考察
——明代中期吳中文壇研究

作　　者　范宜如
責任編輯　林婉菁
特約校稿　林秋芬

發 行 人　林慶彰
總 經 理　梁錦興
總 編 輯　張晏瑞
編 輯 所　萬卷樓圖書股份有限公司
排　　版　林曉敏
印　　刷　維中科技有限公司
封面設計　菩薩蠻電腦科技有限公司

發　　行　萬卷樓圖書股份有限公司
臺北市羅斯福路二段 41 號 6 樓之 3
電話 (02)23216565
傳真 (02)23218698
電郵 SERVICE@WANJUAN.COM.TW
香港經銷　香港聯合書刊物流有限公司
電話 (852)21502100
傳真 (852)23560735

ISBN 978-626-386-085-8
2024 年 8 月初版
定價：新臺幣 560 元

如何購買本書：
1. 劃撥購書，請透過以下郵政劃撥帳號：
帳號：15624015
戶名：萬卷樓圖書股份有限公司
2. 轉帳購書，請透過以下帳戶
合作金庫銀行 古亭分行
戶名：萬卷樓圖書股份有限公司
帳號：0877717092596
3. 網路購書，請透過萬卷樓網站
網址 WWW.WANJUAN.COM.TW
大量購書，請直接聯繫我們，將有專人為您服務。客服：(02)23216565 分機 610
如有缺頁、破損或裝訂錯誤，請寄回更換

國家圖書館出版品預行編目資料

一個地域文學的考察 ：明代中期吳中文壇研究 / 范宜如著. -- 初版. -- 臺北市 ：萬卷樓圖書股份有限公司, 2024.08
面； 公分. -- (文學研究叢書. 古典文學叢刊 ; 0803020)
ISBN 978-626-386-085-8(平裝)
1.CST: (明)吳中 2.CST: 明代文學 3.CST: 文學評論
820.906　　113003834